© 2016 - Éditions Jigal
27 cours d'Estienne d'Orves 13001 Marseille
www.polar.jigal.com

Couverture : © JG - NG
Directeur de collection : Jimmy Gallier

ISBN 979-10-92016-84-0

NILS BARRELLON

LA LETTRE ET LE PEIGNE

ÉDITIONS JIGAL

Pour Nath, Zach et Zouzou.

Chapitre 1

Avril 1945

Anna dut s'arc-bouter sur la lourde porte en fer pour qu'elle s'ouvrît. Un gravillon coincé sous le battant griffa le sol en couinant et y traça un quart de cercle parfait. Derrière elle, des exclamations lui parvinrent, guidées par la profonde cage d'escalier. L'air extérieur, frais mais soufré, épais et irritant, tranchait avec celui de l'intérieur, moite, éthylique et tiède. Le fracas des bombes était assourdissant. Non, pas des bombes, des orgues de Staline, pensa-t-elle.

Elle se figea. Cependant, son hésitation fut de courte durée, elle contourna la fosse encore fumante d'où s'échappait une odeur de viande grillée et s'élança à travers le jardin dévasté, zigzaguant entre les larges cratères.

Pas de direction précise.

S'éloigner. Le plus possible.

Vite, elle fut face à la Spree. Elle s'appuya sur le parapet défoncé et regarda les eaux noires qui charriaient des morceaux de bois et des carcasses de chevaux morts. Elle distingua alors le cadavre d'un soldat allemand, visage boursouflé tourné vers le ciel, qui vint s'écraser avec mollesse sur la pile centrale du pont d'Harlstraβe encore intact, avant de disparaître, happé par le courant. Elle tourna la tête et courut aussi vite qu'elle le put. Traversa. Sur l'autre rive, elle se retourna et entraperçut la porte de Brandebourg, là-bas sur sa gauche. Où aller ? Elle ne connaissait pas Berlin et Berlin, la capitale du Reich millénaire, n'était plus qu'une immense ruine n'offrant aucun abri. Elle avança en trottinant. Parmi les débris qui recouvraient presque entièrement la chaussée de l'avenue Reinhardt, elle enjamba le corps d'un enfant qui ne devait pas avoir dix ans et, quelques mètres plus loin, celui d'une femme dont le bras droit, sectionné, reposait devant elle, la main ouverte, tendue vers le garçon.

C'était la guerre et Anna l'avait presque oublié.

Elle ressentit un violent haut-le-cœur, crut qu'elle allait vomir mais il n'en fut rien. Elle continua. Le bruit des canons se fit plus insistant. Elle sentit la poudre mêlée à l'effluve âcre de la mort. Tandis qu'elle débouchait sur la Friedrichstraße, un soldat qui ne portait pas l'uniforme vert bouteille de la *Wehrmacht* arriva soudain à sa rencontre. Une mitraillette en bandoulière sur sa vareuse brune à grand col de fourrure, les rabats flottants de son casque en cuir tapant sur ses oreilles, il courait parmi les décombres avec une agilité déconcertante. Elle s'arrêta et baissa les yeux. Si elle n'en avait jamais vu, elle comprit pourtant qu'il s'agissait d'un Ivan. L'homme passa devant elle sans même lui jeter un regard et disparut derrière les vestiges d'un immeuble aussi vite qu'il avait surgi.

Elle resta un long moment sans bouger, comme glacée par cette fugace apparition, puis elle choisit de s'éloigner. Son instinct lui commanda de se rapprocher des façades délabrées et d'avancer. Comme elle arrivait à la station de métro d'Oranienburg, harassée, elle décida d'y trouver refuge et s'enfonça dans le sous-sol. Dans le couloir qui menait aux quais, une violente odeur de vase la surprit, rance et écœurante. Puis le premier cadavre. Un homme âgé, vêtu de haillons, la peau parcheminée, gisant sur le côté à quelques mètres d'un guichet défoncé. Elle se plaqua contre le mur opposé pour passer le plus loin possible du corps et, hypnotisée, continua sa progression. Elle ne put atteindre les quais. Il n'y avait plus de quai. L'eau avait empli le tunnel et on eut dit un marais aux relents nauséabonds. Sur l'eau verte, sans rides, flottaient çà et là des corps de civils. Des femmes, des enfants surtout, car tout ce que Berlin comptait d'hommes était mort ou en passe de l'être. Elle ne put s'empêcher de les compter. Trente-six dont vingt et un enfants. Elle ne voyait pas toute la station. Une crampe, vive et intense. Elle vomit son dernier repas.

Le ventre vide, elle essuya sa bouche du revers de sa manche et prit quelques minutes pour retrouver son souffle avant de remonter à la surface. Elle n'avait pas fait dix pas sur la chaussée qu'une horde de Russes, progressant comme un seul homme, apparut. Semblant fondre sur elle, cette rivière humaine bigarrée coula sur l'avenue, se brisant sur la bouche du métro puis se refermant derrière, déferla en direction du Reichstag en silence, sans s'occuper d'Anna qui se glissa dans le hall d'un immeuble.

Épuisée, elle s'assit contre un mur. Lentement, très lentement, elle en vint à se coucher sur le flanc. Elle n'avait plus de force. Dans l'encadrement de la porte, elle vit les Ivan passer, flot ininterrompu et muet qui semblait ne jamais vouloir se tarir. Elle regarda la nuit tomber très vite, le ciel voilé par la poussière noire des canons. Tout s'éloigna soudain et le fracas se tut.

Elle s'assoupit.

*

— Venez ! Venez vite. Il ne faut pas traîner là. Les Russes sont partout ! Venez !

Anna ouvrit les yeux avec difficulté. Une femme était penchée sur elle et, de sa main droite, secouait son épaule. Anna voulut s'asseoir mais une douleur dans les reins la fit crier alors qu'elle se relevait.

— Pas de bruit, lui intima la femme, le visage inquiet. Venez ! Levez-vous !

Anna surmonta la douleur et se mit sur ses pieds.

— Venez ! Suivez-moi !

— Quelle heure est-il ? marmonna Anna.

— Suivez-moi !

Il faisait nuit et, déjà, la femme avait disparu. Subitement apeurée, Anna s'enfonça dans le noir à son tour. Ses yeux discernèrent des formes et la silhouette de la femme se dessina plus loin, découpée dans la relative clarté de l'extérieur. Elle sortit à son tour. Les flammes d'un incendie tout proche éclairaient la rue d'une lumière vacillante et jaunâtre tandis qu'une clameur sourde vibrionnait dans l'atmosphère sans qu'on sût vraiment d'où elle provenait.

— Vous pouvez marcher ? demanda la femme.

Anna hocha la tête.

— Suivez-moi ! Vite !

Anna lui emboîta le pas. Elles avancèrent un temps dans les ruines de Berlin. La femme semblait bien connaître la ville car jamais elle ne tergiversait à un carrefour, avançant sans hésiter dans les rues pourtant méconnaissables de la capitale. En chemin, le son d'une explosion, bien qu'étouffé, lointain, fit sursauter Anna qui accéléra pour rester dans le sillage de son guide. Elles traversèrent les restes d'une école primaire, passèrent dans une salle de classe (où les petits bureaux d'écoliers formaient un enchevêtrement de bois et de métal dans un coin de la pièce comme une barricade dressée contre rien) et débouchèrent dans l'arrière-cour. Le mur du fond s'était écroulé en partie. Trois larges poutres s'appuyaient dans une brèche formant un pont. La femme s'y engagea. Au milieu, elle se retourna pour vérifier qu'Anna suivait. Mais Anna s'était arrêtée devant la passerelle de fortune.

— Venez ! dit la femme qui était revenue vers elle en lui tendant la main.

Anna l'attrapa. La femme tira doucement. La construction était stable et la crainte d'Anna s'envola. Sans savoir qui elle était, sans savoir où elle l'emmenait, elle lui faisait confiance. Elles franchirent l'obstacle.

— Nous y sommes presque. Il ne faut pas traîner. Venez.

Elle lâcha la main d'Anna et repartit.

Enfin, elles arrivèrent devant un immeuble éventré qui laissait voir l'intégralité des appartements meublés du premier étage. Si ce n'était les impacts de balles qui avaient vérolé les murs et déchiqueté les coussins des canapés, on aurait dit une maison de poupée. Elles le contournèrent car la porte d'entrée était obstruée par une carcasse de camion calciné. Sur le mur pignon, il y avait un trou dans lequel elles s'engagèrent. Le passage créé rejoignait le hall. À gauche de l'escalier dont la moitié des marches manquait, il y avait une porte. Avec ses deux mains, la femme tira sur le battant et l'entrebâilla afin de ménager un espace suffisant pour se faufiler en direction de la cave. Les gonds grincèrent de façon lugubre.

— C'est là !

La femme s'effaça pour laisser passer Anna puis entra. Elle prit le temps de refermer la porte avec soin, en tirant sur la corde qui y avait été fixée pour que l'opération fût plus commode.

Elles descendirent la volée de marches usées. Anna se cramponna à la rambarde en bois branlante qui courait sur le côté droit. En bas, une porte métallique. La femme y toqua. Un code précis : deux coups secs, un temps, deux coups, un temps, un coup. Du bruit.

— Hete ? C'est toi ?

— Oui. Ouvre.

Anna entendit les verrous qu'on tirait. La porte s'entrouvrit et la tête d'un homme âgé apparut.

— Alors ? demanda-t-il. Tu as trouvé ?

— Non, dit Hete.

— Ah. Les Russes ?

— Ils sont partout.

— Entre.

L'homme poussa la porte et aperçut Anna. Son visage se contracta, il se mit en travers du passage.

— Qui c'est, elle ?

— Je l'ai trouvée. Elle dormait dans un immeuble de la rue d'Oranienburger.

— Elle vient d'où ? demanda l'homme d'un ton sec.

— Je ne sais pas. Laisse-nous entrer Otto, tu vois bien qu'elle est fatiguée.

— Nous sommes déjà trop nombreux. Il n'y a pas de place.

— Laisse-nous entrer, Otto ! dit la femme avec hargne.

Comme l'homme ne bougeait pas, une voix féminine s'éleva de la cave :

— C'est toi, Hete ? Tu es avec quelqu'un ?

— Oui, Eva. Dis à Otto de nous laisser entrer.

— Otto ?

Il tourna la tête vers la voix pour répondre.

— Ne te mêle pas de ça, Eva. Il n'y a…

Hete, avec une force surprenante, poussa le gardien vers l'intérieur puis, dans le même élan, attrapa Anna par le bras. Otto, surpris, fut déséquilibré et manqua de tomber à la renverse. Il dut faire deux pas en arrière pour ne pas chuter. Hete en profita pour entrer dans le *Schutzraum**, tirant Anna avec elle.

— Mais qu'est-ce que… ? hurla Otto.

— Tais-toi ! intima Hete en fermant la porte. Les Russes sont partout. Tu veux qu'ils nous entendent ?

Cet avertissement fit l'effet d'une gifle. Le vieil Allemand se tut. Mais il fulminait, son corps sec était tendu, les veines de son cou saillaient. D'une voix plus basse, il revint à la charge tandis que se tournaient vers lui, les yeux inquiets des occupants du lieu que l'altercation avait réveillés. Ils luisaient d'un éclat fiévreux dans la lueur flageolante des deux bougies de Hindenburg posées sur une cassure du mur de droite qui se consumaient avec difficulté.

— Nous sommes déjà treize, Hete, nous respirons avec diffi-

* Abri.

culté, la nourriture fait défaut et il y a des enfants, tu le sais bien. Nous ne pouvons pas accueillir cette femme !

— Est-ce ça que tu enseignais à tes élèves avant l'arrivée de notre cher *Führer* ? siffla Hete. Aucune empathie, aucune entraide ?

— Ne mélange pas tout, dit Otto dont le ton avait subitement changé. Nous n'avons pas la place de l'accueillir, nous sommes trop nom…

— Tu n'as qu'à rejoindre le *Volkssturm**, ils ont besoin de bras ! Ça libérera une place ici !

La proposition moucha l'ancien instituteur Otto Gross qui s'avoua vaincu. Lui qui avait fait Verdun. Lui qui boitait depuis à cause de cet éclat d'obus dans la cuisse (et la douleur le lançait encore affreusement, le réveillant une nuit sur deux). Lui qui, entre les deux guerres, avait adhéré au KDP, le parti communiste allemand. Lui, Otto Gross, ne voulait plus, mais alors plus jamais, retourner sur un front. Quel qu'il fût. Pour quelque cause que ce fût. Alors il se tut. Il regarda Anna. Son teint, pourtant mal éclairé, semblait frais. Ses joues n'étaient pas creusées comme la plupart des femmes allemandes. Ses vêtements étaient propres. Elle était belle cette fille, et c'était presque suspect mais qui était-il pour l'empêcher de trouver refuge ici ? Et puis, combien de temps pourraient-ils encore se terrer là ? Alors, une personne de plus… Il tourna les talons et s'enfonça dans l'obscurité de la cave pour rejoindre son grabat sur lequel il s'allongea.

Anna, qui n'avait rien dit jusqu'alors, se crut obliger de remercier Hete :

— Merci… Pour votre accueil, dit-elle d'une voix hésitante.

— C'est normal, répondit Hete. Eva ! Où est ce matelas que nous avons récupéré chez les Baeck ?

— C'est la fille des Angermüller qui l'a pris pour remplacer le sien… Il était abîmé, dit-elle comme pour se justifier.

— Elle a jeté l'ancien ?

— Non. Il est appuyé contre le mur, là-bas.

— Va le chercher, s'il te plaît.

Eva s'exécuta tandis que Hete cherchait un endroit où le poser. Elle trouva une petite place, à gauche de l'entrée, derrière la porte. Elle y installa le matelas que Eva rapportait. La jeune fille avait aussi pris une couverture qu'elle tendit à Anna.

* Milice populaire allemande levée en 1944 et chargée d'épauler la *Wehrmacht* dans la défense du territoire du Reich. La réquisition touchait tous les hommes allemands valides de 16 à 60 ans.

— Tenez. Il fait frais ici.

— Merci. Elle ne vous manquera pas ? s'inquiéta Anna.

— Non. J'en ai deux, celle-là était à ma mère et…

La jeune femme ne finit pas sa phrase et Anna constata que ses yeux s'étaient embués presque instantanément. Hete, d'une voix sèche, presque méchante, ordonna :

— La nuit est encore longue, il faut dormir un peu. Nous parlerons demain.

D'autorité, elle souffla les deux bougies. Anna se coucha. Sa paillasse était si mauvaise qu'elle sentit le sol dans son dos mais peu lui importait. Elle déplia la couverture sur elle. Elle s'endormit vite.

*

Quand Anna se réveilla, deux enfants, une fille et un garçon qui ne devaient pas avoir six ans, étaient penchés sur elle et la scrutaient.

— Franz ! Anna ! les interpella une femme assez forte. Laissez la *Fräulein* tranquille !

Les enfants reculèrent d'un pas mais, comme leur mère ne les regardait déjà plus, poussés par la curiosité, ils revinrent vers Anna. Plus près encore.

— Tu t'appelles Anna ? demanda-t-elle à la fillette.

— Oui.

— Moi aussi.

— Toi aussi tu t'appelles Anna ? lui rétorqua la petite, surprise.

En souriant, elle hocha la tête gentiment. La gamine sourit à son tour.

— Tu me fais visiter ? demanda Anna.

— Oui.

Anna se releva avec peine, le dos meurtri. Dans le matelas se dessinait en creux sa silhouette. La petite fille lui tendit la main. Anna la prit dans la sienne.

— Maman a dit qu'il faut pas, dit le garçon.

Sa sœur fit celle qui n'entendait pas et entreprit de faire faire le tour de la cave à la nouvelle arrivante. Elle l'emmena tout d'abord voir sa mère.

— Anna ! Je t'ai dit de laisser la dame tranquille ! Vas-tu m'écouter à la fin ! la morigéna la grosse femme qui était occupée à rapiécer un vieux pantalon de toile marron.

— Ce n'est rien madame, dit Anna d'une voix douce. Votre fille est très mignonne... Et elle porte le même prénom que moi... ajouta-t-elle pour s'attirer la sympathie.

— Ah ! Il faut dire que c'est un prénom courant, marmonna la grosse dame. Si vous voulez bien m'excuser, j'ai du travail...

— Bien sûr... bien sûr... répondit Anna.

Et, la main de la petite fille toujours dans la sienne, elle s'éloigna. Elles firent, suivies de près par Franz, le tour de l'abri, se faufilant entre les chaises, les tables et les sommiers que les habitants avaient descendus pour recréer dans cette pièce humide, étayée par des troncs d'arbre mal dégrossis, un semblant de confort. À l'exception d'Otto Gross et d'un homme fort âgé qui était assis sur une chaise, le regard perdu, sa main tremblante posée sur le pommeau de sa canne, il ne semblait pas y avoir d'autres hommes. Des femmes plus ou moins vieilles et des enfants. Anna fit la connaissance d'une jeune fille d'une quinzaine d'années, à la peau très blanche, dont les cheveux tressés étaient ramenés en couronne audessus de la tête à la mode bavaroise. Elle s'appelait Sara et vivait seule ici depuis la mort de ses parents dans un bombardement en 1944. Pour ne pas s'attarder sur ce douloureux souvenir, elle présenta à Anna ses nouveaux « colocataires » :

— Le vieux monsieur qui est assis là-bas s'appelle monsieur Reiter. Il paraît qu'il a connu les batailles de 71 puis qu'il a été capitaine pendant la « drôle de guerre ». Maintenant, il est sourd. Il est assis sur cette chaise toute la journée et ne dit rien. La mère d'Anna et de Franz est madame Stoltz. Son mari est parti sur le front russe en 41. Elle habite au quatrième étage mais on ne peut plus y accéder depuis qu'une bombe a coupé l'escalier en deux. Vous connaissez déjà Hete et Eva. Elles sont sœurs. Et Otto est leur oncle. Le mari d'Hete est parti au *Lager** en 1938, il n'en est jamais revenu. Depuis, elle voue une haine incommensurable envers tous ceux qui font le salut nazi. Elle ne le dit pas, ce serait bien trop dangereux... Mais moi je le sais. Je l'ai compris.

Elle se pencha vers Anna et chuchota :

— Beaucoup ici vénèrent notre *Führer* avec ferveur. Certains même avec un zèle qui confine à l'aveuglement.

Elle tourna la tête en direction de madame Stoltz. Circonspecte, Anna se recula et dévisagea la jeune fille. Ainsi, maintenant, on pouvait parler du *Führer* en ces termes où l'ironie était à peine voilée ? On pouvait critiquer ouvertement un fidèle du parti ?

Sara prit soudain conscience qu'elle en avait peut-être trop dit.

* Camp de concentration nazi.

Après tout, elle ne connaissait cette femme que depuis une demi-heure. Elle s'en voulut et, sans qu'elle pût le contrôler, elle se mit à rougir comme un enfant que l'on surprend à faire une bêtise. Pendant toutes ces années de terreur, elle avait pourtant appris à tourner sept fois, huit fois, neuf fois (selon les propres termes de sa défunte mère) sa langue dans sa bouche avant de parler. Elle savait que la Gestapo était prompte à amener à la Prinz-Albert-straße quiconque se serait laissé aller à donner son opinion. Depuis 1933, peu de temps après sa naissance et la nomination d'Hitler à la chancellerie, le peuple allemand n'avait qu'une opinion, celle du *Führer*. Elle l'avait appris. On le lui avait appris.

Elle se mordit la joue. Pour se punir.

— Je… Il faut que… je vous laisse, bafouilla-t-elle en se levant pour s'en aller.

— Reste, dit Anna en lui prenant le bras pour la retenir.

Anna sourit aussi chaleureusement qu'elle le put. Elle avait saisi le trouble de l'adolescente. Avait compris qu'elle regrettait ses dernières paroles.

— Présente-moi les autres personnes. Ce que tu me dis restera entre nous. C'est une promesse.

Elles se regardèrent longuement.

— S'il te plaît, ajouta Anna.

La fille se rassit. Anna n'était pas beaucoup plus vieille qu'elle après tout. Sept, dix ans tout au plus. Elle se calma aussi vite qu'elle s'était emportée et entreprit de reprendre ses présentations en se promettant toutefois de s'en tenir à des descriptions banales.

— Il y a aussi toute la famille des Angermüller, la mère, la grand-mère, la fille Brigit et son frère.

Comme Anna s'étonnait de trouver ici un garçon d'une vingtaine d'années, Sara, oubliant les promesses qu'elle s'était faite trente secondes auparavant, lui expliqua que le fils Angermüller, Ewald, n'avait pas les capacités intellectuelles d'un homme de son âge. Sa mère le cachait chez elle depuis 1938, date à laquelle l'inventaire des « existences superflues » avait commencé. Tout l'immeuble le savait mais, curieusement, personne n'éventa le secret. Même en 1941, quand l'élimination « des vies sans valeur » s'intensifia, personne ne dénonça Ewald. Malgré la campagne de propagande visant à faire comprendre combien ces êtres inférieurs affaiblissaient le peuple allemand, pourrissaient le *Volkgeist** et lui coûtaient des sommes faramineuses, Ewald était resté chez sa

* L'esprit allemand.

maman. Et avait grandi. Quand ils furent obligés de se réfugier dans la cave à cause des bombardements répétés et de plus en plus précis de la *Royal Air Force*, Sara avait découvert un grand gaillard qui ne ressemblait en rien à celui qu'elle avait connu enfant, avec qui elle avait joué, en bas, dans la rue.

— Et puis, il y a le vieux couple Rosenthal qui habitait au premier, termina-t-elle.

— Rosenthal ? s'étonna Anna.

— Oui ! s'exclama Sara. Étonnant, non ? Figurez-vous que…

S'apercevant qu'elle s'apprêtait à commettre la même bourde que précédemment, elle plaqua sa main sur sa bouche. Et se tut.

Cela fit rire Anna.

— Ils sont allemands, vous savez, précisa juste Sara.

— Évidemment, se contenta de répondre Anna qui ne voulut pas en savoir davantage.

Après tout, tout cela serait bientôt derrière eux, se surprit-elle à penser.

*

La journée passa.

Vers la fin de l'après-midi, à travers le soupirail à charbon pourtant bouché par une épaisse plaque de fer, on entendit du bruit dans la rue. Des exclamations dans une langue inconnue.

— C'est du russe, lâcha Otto Gross. Ils sont là.

— Tu devrais t'en réjouir, dit Hete. N'as-tu pas été russe toi-même ?

Le vieil instituteur, jadis communiste, ne dit rien.

Les voix dehors étaient jeunes et masculines. Les hommes riaient, s'interpellaient, s'invectivaient. Ils semblaient joyeux et, dans un premier temps, cette bonne humeur fit du bien aux habitants de la cave. Cette bonne humeur qui avait disparu avec le conflit, cette bonne humeur qu'on s'interdisait, la réservant pour la fin de la guerre. Cette bonne humeur était là, tout près. Puis les exclamations devinrent plus violentes. Devinrent altercations. Elles inquiétèrent la communauté. Une crainte bestiale, venue des tripes, instinctive. Non réfléchie. Mais bien réelle. Nul besoin d'être parmi eux pour comprendre que l'alcool chauffait les sangs du petit groupe.

— Я хочу женщину ! cria soudain l'un d'eux.

— Да ! lui répondirent ses acolytes.

On les entendit s'éloigner dans la rue et les bouteilles tintinnabulèrent les unes contre les autres comme les cloches des vaches dans les montagnes du Tyrol.

— Qu'ont-ils dit ? demanda Sara quand elle jugea qu'ils s'étaient assez éloignés du soupirail.

Personne ne lui répondit. Seule Hete lui fit signe de la main de ne pas parler si fort. Cela ne la rassura pas.

Anna alla s'asseoir sur sa paillasse pour détendre son ventre encore douloureux. Les rumeurs qui couraient sur les Russes avaient de quoi faire frémir : ils tuaient les enfants puis les faisaient bouillir pour les manger ; ils violaient les femmes puis les tuaient ; ils frappaient les hommes puis les tuaient ; ils démembraient les animaux puis les tuaient. Effrayantes litanies. Tout le monde connaissait quelqu'un qui connaissait quelqu'un qui avait eu affaire à un Ivan et l'histoire était toujours horrible car, à la fin, invariablement, le Soviétique tuait. À Berlin, il était de notoriété publique que l'homme russe n'avait pas hérité de la légendaire supériorité de l'homme allemand, celui de la classe aryenne évidemment. Il se rapprochait plus de l'animal que de l'être parfait vers lequel le Troisième Reich, par une politique eugéniste audacieuse*, avait pour ambition de faire tendre chaque entité du *Volk*.

La cave resta silencieuse pendant longtemps.

On vit, par les interstices du soupirail calfeutré, la nuit tomber. Et, alors que les habitants commençaient à se diriger vers leurs lits, un fracas se fit entendre dans l'escalier d'accès. Un tonnerre. Un cyclone. Qui vint s'écraser contre la lourde porte en fer.

« Откройте ! Откройте ! » Les coups étaient si violents, si inattendus, que tous reculèrent. « Женщины ! » hurla une voix de stentor.

— Il faut ouvrir, dit alors Otto. Ils vont tout casser.

— Surtout pas ! dit Hete. Ils sont soûls, leurs réactions sont imprévisibles et…

— Nous sommes des civils, ils ne peuvent pas nous faire de mal, osa madame Stoltz sans vraiment croire à ce qu'elle disait.

— Elle a raison, acquiesça Otto.

Anna, elle-même terrorisée, observait les habitants : les Angermüller s'étaient réfugiés dans l'angle opposé à la porte d'entrée. Le grand Ewald, les mains sur la tête, tentait désespérément de se recroqueviller derrière sa mère qui avait passé son bras autour des épaules de sa fille. Eva Pfister se tenait, fébrile, aux côtés de sa

* Avec, entre autres macabres exemples, la création des Lebensborn, véritables centres de « création » d'enfants aryens.

sœur, ses jambes étaient agitées d'un imperceptible tremblement qui créait dans le tissu de sa jupe comme une houle miniature. Madame Stoltz, aussi droite que sa volonté le lui permettait, cachait dans son jupon la petite Anna et son frère Franz. Si son corps gardait cette fierté déplacée des gens du parti qui s'étaient toujours crus au-dessus de tout, son regard trahissait la frayeur qui l'habitait tout entière. Le couple Rosenthal, assis l'un en face de l'autre, se tenait les mains et semblait absorbé dans la prière. Quant au vieux Reiter qui n'avait rien entendu, il n'avait pas bougé de sa chaise.

Anna se tourna alors vers Sara qui, tétanisée, pleurait. Elle vint s'asseoir à ses côtés et la serra dans ses bras. Les coups sur la porte redoublèrent.

« Откройте! »

Personne ne bougea. Puis un coup de feu. Puis un deuxième. Ils tiraient sur la serrure. Otto se jeta sur la porte et, sans que sa nièce ait le temps de s'y opposer, il ouvrit aux Russes.

Ils étaient quatre.

Trois géants blonds aux mains larges comme des pelles qui portaient de grandes bottes de cuir noir crottées montant jusqu'à leurs genoux. Leur casquette était molle et on eut dit un béret pendant sur le côté droit. Ils portaient leur ceinturon par-dessus leur vareuse beige. Le plus grand des trois arborait une moustache fine, presque du duvet. Sur ses épaules, ses galons étaient barrés de trois traits jaunes parallèles contrairement à ceux, vierges, de ses camarades. Le quatrième soldat, au faciès asiatique, était d'un petit gabarit et ressemblait à un bonhomme de neige dans son grand manteau qui lui tombait presque jusqu'aux pieds. Sur sa tête était vissé un casque de cuir souple rehaussé de lunettes d'aviateur.

Ivres, ils riaient.

Le plus gradé, qui ne devait pas avoir vingt ans, s'avança. Il vint se placer au milieu de l'abri et en scruta les habitants avec minutie. Quand il eut fait le tour complet, il revint vers Sara qu'il désigna du bras.

— Вы ! lâcha-t-il.

Sara regarda Anna.

— Вы ! répéta le Russe.

Un temps. Long, très long.

— *Niet*, dit alors Hete. C'est une enfant. *Niet*. Prenez-moi.

Le Russe se tourna vers elle et resta interdit quelques secondes avant de partir d'un rire gras, rejoint par ses camarades. Cela dura une minute, peut-être deux, puis il fondit sur Sara, qu'il arracha des bras d'Anna sans ménagement, et la fit basculer sur son épaule comme un vulgaire sac de farine. Sara hurla. Elle s'agitait avec frénésie, ses pieds, ses poings tapaient le torse du géant qui semblait ne rien sentir. Déjà il faisait demi-tour en direction de la sortie. Au niveau de la porte, il se retourna, lança : « Используйте его ! Эти суки здесь ! » et disparut dans l'escalier. Très vite, les cris de Sara furent inaudibles.

D'un commun accord, les deux militaires blonds (peut-être des frères tant ils se ressemblaient) s'emparèrent de la même manière des deux plus jeunes filles des lieux, Brigit et Eva. Madame Angermüller qui tentait de s'opposer au rapt reçut une gifle d'une violence inouïe qui lui fit perdre connaissance. Hete, serrant les dents, se contenta de murmurer à sa sœur : « Ne résiste pas. »

Seul le petit cosaque, aux traits hideux, prit le temps de la réflexion. Son premier choix se porta sur madame Stoltz mais on ne le lui permit pas : « Не она. У нее есть дети. » Froissé, il hésita longuement devant Hete qui lui faisait face, sans baisser les yeux, le défiant avec morgue. Peut-être parce qu'il était plus petit qu'elle, il changea d'avis et, dégainant son pistolet, le pointa sur Anna. « Вы ! » Sa voix était si rauque, qu'on eut dit un grognement.

— *Niet*, dit Hete une nouvelle fois.

— Заткнись. Это то, что я хочу, répondit-il en braquant vers elle le canon de son Tokarev.

— Спешите Дильбар ! lui intima celui qui tenait Brigit.

Le petit soldat écarta Hete d'un bras et vint jusqu'à Anna. Il glissa sa main sous son aisselle et la releva. Anna n'opposa aucune résistance car elle n'en avait pas. Il se glissa derrière elle. Elle sentit le canon dans son dos. Elle avança.

Le cortège prit le chemin de la surface. Derrière eux, Anna entendit, juste avant que la porte ne se referme, Hete crier sur son oncle Otto. Le bruit des verrous qu'on fermait avec hâte.

Arrivé dans le hall de l'immeuble, chaque couple prit une direction différente. Les deux molosses sortirent dans la rue tandis que le Russe intimait à Anna d'emprunter les escaliers vers le premier étage. Elle se serra contre le mur pour ne pas basculer dans le vide pendant la montée. Elle ne voulait pas mourir. Pas maintenant. Ils grimpèrent jusqu'au deuxième et pénétrèrent dans un appartement. L'Ouzbek se mit à la recherche de quelque chose pouvant faire office de lit. Il trouva un vieux matelas troué dont les ressorts avaient par endroits crevé le taffetas. Il entreprit de tordre les fils de métal pour ne pas s'y piquer.

Anna le regarda faire. Sans force, elle s'était assise contre le mur, à l'autre bout de la pièce. Elle admira presque avec quelle opiniâtreté le Russe s'acharnait à rendre ce matelas confortable. Quand il eut fini, il recouvrit l'ensemble d'une vieille couverture qu'il dénicha dans la pièce contiguë.

La couche prête, il se tourna vers Anna.

Délicatement, il se débarrassa de son manteau. Puis de ses bottes, de son casque, de son pantalon, de sa chemise. Quand il fut en caleçon, Anna put voir à quel point il avait envie d'elle. Toujours sans précipitation, il ôta les trois montres-bracelets qu'il portait au poignet droit, les aligna à côté de ses chaussures.

Il sourit. Il ne lui restait plus que quelques dents.

Puis il ôta son caleçon long et invita Anna à le rejoindre.

Chapitre 2

8 septembre 2012

Anke abandonna la double avenue Unter den Linden qui passait devant le bâtiment baroque du *Deutsches Historisches Museum*. Elle tourna à droite dans la rue Hinter dem Gießhaus pour tomber sur la deuxième partie du musée, reliée à la première par un tunnel invisible. Résolument moderne, cet ajout avait été voulu par le chancelier Kohl et conçu par l'architecte sino-américain Ieoh Ming Pei, à qui l'on devait, entre autres, la pyramide du Louvre. Le grand escalier tournant en verre tranchait de façon admirable avec les bâtiments environnants. Tout en rondeur, en légèreté et en transparence, quand ses voisins rivalisaient de robustesse, d'opacité et d'angles droits. Certains n'aimaient pas. Anke trouvait que l'ensemble avait de la gueule.

Elle coupa son gyrophare et descendit de sa voiture. Elle se glissa sous la rubalise jaune qui protégeait le parvis du musée, après avoir montré sa carte de police au gardien qui surveillait les lieux et s'assurait qu'aucun badaud ne franchisse cette frontière plastifiée.

Un collègue d'une trentaine d'années, jean, tee-shirt, baskets à la mode, vint à sa rencontre. Anke serra la main qu'il lui tendit.

— Vous êtes le capitaine Hoffer de la BKA* ?

— Oui.

— Lieutenant Erich Bahlow du *Landeskriminalamt* de Berlin.

* *Bundeskriminalamt* : police fédérale.

Nous vous attendions, capitaine. Vous avez fait bonne route ?

Anke Hoffer se garda de répondre à cette question débile, de celles qui n'attendaient pas de réponse. Wiesbaden était séparée de la capitale allemande d'environ six cents kilomètres. Elle avait avalé la distance en moins de cinq heures. Elle était vannée et n'avait pas pris le temps de s'arrêter à l'hôtel avant de venir ici, où elle ne savait même pas pourquoi sa présence avait été requise. Les premières constatations qu'on lui avait communiquées semblaient montrer que l'affaire relevait des compétences du LKA* local. Andreas, son fils, fêtait le lendemain ses quatorze ans et elle voulait être à la maison pour les lui souhaiter. Cela lui laissait une douzaine d'heures pour faire de son mieux.

— La Scientifique a fini ? demanda-t-elle alors qu'ils se rendaient sur la scène de crime.

— Presque.

— Des témoins ?

— Non. C'était en pleine nuit.

— Vous n'avez pas fait évacuer ? s'étonna Anke devant le nombre de visiteurs qui déambulaient dans le musée.

— Non. C'est trop grand. Et puis le meurtre a eu lieu dans un local technique interdit aux visiteurs.

Anke tiqua mais n'ajouta rien. Cette enquête commençait fort mal.

— Pourquoi avez-vous demandé l'appui du BKA ?

— Vous verrez, répondit le lieutenant, énigmatique.

Ils traversèrent une bonne dizaine de salles d'expositions dont Anke, pourtant fine observatrice en temps normal, aurait été incapable de décrire le contenu. La réponse de son collègue l'avait intriguée et elle était entièrement absorbée dans ses pensées.

— Nous y voilà !

Le *Polizeikommissar** Bahlow poussa une porte sur laquelle était collé un panonceau « INTERDIT AU PUBLIC ». Derrière, la police scientifique s'activait et prenait des mesures précises à l'aide d'un mètre à visée laser. Le corps n'était déjà plus là mais l'emplacement du cadavre avait été matérialisé par du scotch blanc. Anke imagina l'homme, les bras en croix, couché sur le sol. Au niveau du torse, une tache de sang épongée avait laissé une trace.

L'endroit n'était pas grand, assez sombre car, au plafond, deux

* Landeskriminalamt : police du länd.
* Lieutenant.

des quatre néons étaient HS et il n'y avait aucune fenêtre pour apporter un peu de lumière. Des casiers métalliques, comparables à ceux que l'on trouvait dans les salles de sport, couvraient tout le mur gauche. Celui de droite était sommairement décoré avec quelques affiches d'expositions ayant eu lieu dans le musée. Face aux armoires vestiaires, il y avait une petite table et deux chaises en bois. Juste derrière la porte, un tableau en liège sur lequel étaient punaisées des consignes réservées au personnel et une carte postale assez vulgaire où une paire de fesses féminine en premier plan affirmait que l'été serait *caliente* à Marbella.

— Il était sur le ventre ou sur le dos ? demanda Anke.

— Sur le ventre, dit son collègue. Attendez. Franz !

Un homme en combinaison blanche se retourna.

— Le *Polizeioberkommissar** Hoffer du BKA, dit-il en pointant son pouce sur Anke. Elle aimerait voir les photos.

Anke eut envie de gronder Bahlow car elle avait horreur qu'on parle en son nom, qu'on décide pour elle, ne serait-ce que pour des broutilles. Toutefois, elle se retint. Le jeune lieutenant n'avait pas pensé à mal et, après tout, elle aurait demandé à voir les clichés de la scène de crime s'il ne l'avait pas fait pour elle.

Le scientifique abandonna son collègue et vint à eux. Il ouvrit l'ordinateur portable floqué de la célèbre pomme blanche qui était posé sur la table.

— J'ai déjà déchargé les clichés. Ce sera plus facile de les visionner ici.

Il lança le logiciel *ad hoc* et les photos apparurent. Comme elles étaient petites, il se pencha sur le clavier pour trouver le raccourci permettant un affichage plein écran mais une minute se passa sans qu'il ne trouve comment faire.

— Excusez-moi, je n'ai pas l'habitude des Mac. Je ne sais pas où il faut…

— Vous permettez ? demanda Anke.

Ses doigts se posèrent sur le pad tactile. Glissement vers le haut. Onglet présentation. Clic. Glissement vers le bas. Activer le mode plein écran. Clic. Comme par magie, la photo s'adapta à la taille de l'écran.

— Voilà !

— Ah oui, c'est simple en fait… commenta l'adepte des PC.

* Capitaine de police.

Comme Anke ne répondait rien, il comprit qu'il gênait et s'éloigna.

La première photo avait été prise depuis la porte et ne présentait que peu de différence avec ce que les deux officiers avaient sous les yeux si on omettait la présence du cadavre.

— L'arme du crime ? demanda Hoffer.

— Pistolet. Une seule balle, dixit le légiste. On en saura plus après l'autopsie.

— Vous avez la douille ?

— Non. Ils l'ont embarquée.

— Pourquoi « ont » ? Pourquoi le pluriel ? s'étonna Anke.

— Les caméras de surveillance. On voit deux hommes entrer dans le local. Vous voulez voir l'enregistrement ?

— Plus tard.

— Des empreintes ?

— Aucune. Ils avaient des gants.

— Ils l'ont abattu de dos ?

— Oui.

Anke ressentit un curieux soulagement : il n'avait pas vu sa mort arriver. C'était une maigre consolation, pensa-t-elle, mais après tout, sans chercher à être cynique, cette façon de mourir n'était pas si mal. Prématurée bien sûr mais mille fois préférable à celle qu'avait dû endurer son père par exemple. Une nouvelle fois, à son corps défendant, les images lui revinrent, ces images qu'elle n'avait jamais su effacer malgré tous ses efforts : l'hôpital, les tuyaux, la peau si blanche de son père, ses veines… On ne choisissait pas ses souvenirs.

— Un problème, capitaine ? s'inquiéta Balhow.

— Non. Non. Je pensais à quelque chose : vous avez prévenu sa famille ?

— La famille de la victime ?

— Oui, la famille de la victime, répondit-elle, agacée par le manque de vivacité de son interlocuteur.

— Euh… Je ne sais pas… Oui… Je pense… Je n'étais pas sur les lieux en premier… Pourquoi ?

— Il faudra leur dire qu'il n'a pas souffert. Ça atténuera leur peine.

— Oui… D'accord.

— Vous voulez bien le faire maintenant, lieutenant ? demanda Anke d'une voix ferme.

— Très bien… capitaine… Je m'en charge, dit Balhow, interdit.

Il sortit son téléphone portable de sa poche intérieure.

— Je vais appeler mes collègues qui ont circonscrit la scène de crime.

— Merci.

Tandis qu'il s'éloignait pour téléphoner, Anke fit défiler les autres photos, prises sous d'autres angles, en gros plans, mais aucune ne lui apporta d'informations supplémentaires intéressantes.

— Voilà ! C'est fait ! lui apprit le lieutenant en revenant vers elle. Ils allaient justement passer voir sa femme.

— Très bien. Merci, dit Hoffer sans le penser.

D'un geste vif, elle ferma le capot de l'ordinateur et resta pensive un moment avant de demander :

— On est où là ?

Son jeune collègue la dévisagea, qui commençait à trouver cette femme un peu bizarre.

— Ben… Au musée.

— Non ? Sans blague ! Cette pièce, là, c'est quoi ?

— Ah ? Ici ? s'exclama-t-il.

— Oui. Ici.

— C'est une antichambre qui sert de vestiaire. Depuis la porte du fond, on accède à un couloir qui mène aux réserves.

— Vous me montrez ?

— Oui. C'est par là. Suivez-moi.

Le lieutenant Balhow se dirigea vers le fond de la pièce en enjambant la silhouette du cadavre comme si le corps avait été encore présent. Les deux policiers de la Scientifique coupèrent le faisceau de leur laser rouge pour les laisser passer. La porte n'était pas fermée, cependant Anke remarqua le lecteur de carte magnétique sur le côté. Une diode orange clignotait.

— Normalement c'est fermé ? demanda-t-elle.

— Oui. Seuls les employés autorisés peuvent ouvrir avec leur badge, dit Balhow en tapotant sur le lecteur.

— Pourquoi est-ce ouvert ?

— Les deux gars sont entrés là. Ils ont volé la carte de la victime et sont entrés.

Le lieutenant ouvrit la porte et ils s'engagèrent dans le couloir. Très vite, ils atteignirent une première salle qui partait sur la gauche. Elle était fermée par une porte ajourée en métal. Anke y aperçut une succession d'étagères remplies de caisses en bois. Ils passèrent devant une petite dizaine de pièces identiques puis le couloir tourna à angle droit. Ils avancèrent encore sur une dizaine de mètres et tombèrent sur une ultime porte. « ACCÈS INTERDIT À TOUTE PERSONNE ÉTRANGÈRE AU SERVICE. »

— Et voilà ! Ils sont venus ici ! commenta Balhow qui tapa du poing sur le battant.

— Il y a quoi derrière ? demanda Anke Hoffer.

— La raison de votre présence ici.

*

Derrière la baie vitrée, il regardait les voies de chemin de fer que l'on apercevait au loin, derrière les auvents de la gare centrale. La cinquantaine bien tassée, il portait un costume sombre qu'il avait fait faire sur mesure chez un tailleur parisien, avec une chemise blanche et une cravate rouge. Ses épaules larges et sa petite taille lui donnaient un air trapu. Il avait un double menton couvert d'une barbe naissante qu'il s'était pourtant rasée ce matin. Ses cheveux n'étaient pas totalement gris toutefois on voyait que cela n'allait pas tarder. Ses lunettes en écaille, carrées et noires, rendaient son visage sévère (sûrement parce qu'elles étaient symétriques de sa mâchoire robuste et anguleuse) quand ses amis trouvaient au contraire qu'elles l'adoucissaient. Il fallait le connaître.

Et cela n'était pas donné à tout le monde. Son monde n'était pas accessible.

Il avait su le verrouiller.

Le soleil était encore haut sur la capitale helvète. C'était une belle journée. Une très, très, belle journée, pensa-t-il. Ils avaient appelé depuis l'autoroute pour le prévenir, ils seraient là dans moins d'une heure. Tout se déroulait à merveille, « selon le plan » pour reprendre la formule consacrée qu'il affectionnait et, pour quelqu'un de cartésien comme Bernd Wagner, c'était un motif de satisfaction non dissimulé.

Il vint s'asseoir dans son large fauteuil en cuir et pressa le bouton de l'interphone.

— Eva ?

— Oui, monsieur ?

— Vous pouvez y aller, Eva. Je n'aurai plus besoin de vous aujourd'hui.

— Ah ? Vous êtes sûr, monsieur ?

— Oui, oui.

— Vous n'oubliez pas que vous êtes attendu demain à Zurich par le journaliste du *NZZ**. Jean-Charles passera vous prendre à 7 heures en bas de chez vous.

— Je n'oublie pas. Bonne fin de journée, Eva.

— Bonne soirée monsieur. Merci.

Dans le tiroir du milieu de la colonne de droite, il prit sa boîte à cigares qu'il posa sur ses genoux. Il caressa quelques secondes le couvercle en bois patiné avant de l'ouvrir. Il hésita un instant avant de choisir un Montecristo N° 4 qu'il posa devant lui. Sans hâte, il rangea sa petite cave portable à l'endroit où il l'avait prise, après s'être assuré que la température et l'humidité, affichées sur des cadrans fixés sous le couvercle, étaient correctes. Tiroir du milieu, colonne de droite.

Il prit le temps de tâter la cape qui était huileuse et grasse avant d'insérer la tête de sa vitole dans son coupe-cigare. D'un geste sec mais non précipité, il la décapita puis en tira une petite bouffée à cru qui emplit sa bouche d'arômes de sous-bois et d'épices. Enfin, il la fit tourner délicatement entre son pouce et son index dans la flamme de son briquet pour en embraser le pied. Quand il fut rougeoyant, il s'enfonça un peu plus dans son fauteuil pour faire basculer le dossier puis porta son cigare à ses lèvres, ferma les yeux pour mieux se concentrer sur la première bouffée, celle qu'il préférait. Le module tint ses promesses. Café, cacao, une pointe de vanille. Il ne le dirait jamais mais c'était une putain de bonne chose que savaient faire ces salopes de communistes !

Il n'eut pas le loisir de s'attarder sur les arômes complexes, les saveurs changeantes de son havane, la sonnerie du visiophone dans le bureau de sa secrétaire le sortit de la douce rêverie dans laquelle il s'était laissé aller. Il se leva, passa dans la pièce d'à côté. Sur l'écran, il les reconnut et déclencha la gâche électrique.

Que cet abruti de Gottfried Feuerbach, se soit entiché d'Angelina n'avait rien d'étonnant, elle était le portrait de sa mère : belle et intelligente. En revanche, que sa fille se soit amourachée de ce molosse au QI incertain le plongeait dans des abîmes de perplexité. Mais c'était sa fille. Sa fille unique. Son bébé. Et jamais, au grand jamais, il n'aurait pu lui faire une remarque quant au choix de son fiancé. Une remarque sur quoi que ce soit qui la touche d'ailleurs. Il lui avait toujours tout passé. Pour le moment, il accep-

*Neue Zürcher Zeitung (Nouvelle Gazette de Zurich).

tait ce choix malheureux. D'autant qu'il avait su tirer profit de cette étonnante union. Son futur gendre (il frissonna) avait des qualités intéressantes : peu scrupuleux, costaud, obéissant, fidèle à la cause.

Il entendit le bruit des portes de l'ascenseur. Dix secondes plus tard, ils franchissaient le seuil de la double porte vitrée.

— Bonjour, Père.

Bernd Wagner grimaça.

— Passons dans mon bureau, dit-il d'une voix froide.

Ils le suivirent.

— Ferme la porte Gottfried, ordonna-t-il.

Jugeant cette formalité indigne de son statut de « membre de la famille », Gottfried Feuerbach fit un signe de tête à celui qui l'accompagnait pour qu'il s'en acquittât. Wagner s'assit. Ne proposa pas de siège à ses invités qui n'osèrent en demander et restèrent debout devant son bureau.

— Alors ?

— Il y a eu un petit problème.

— Comment ça ? demanda Bernd qui se tendit. C'est quoi un « petit problème » ?

— Un gardien. Nous avons été obligés de…

Wagner se relâcha.

— Ah ! Ça…

Il se fit pédagogique :

— Ce vers quoi nous tendons ne se fera pas sans casse. La cause… La cause suit un cours qu'on ne saurait endiguer.

— Oui, Père.

Wagner regarda celui qui pourrait peut-être un jour (il frémit encore) devenir le mari de sa fille. Avait-il compris ce qu'il venait de dire ? Il scruta ses yeux, n'y vit aucune lueur d'intelligence. Cela confirma ce qu'il avait toujours pensé : ce gars était un abruti et il conviendrait de l'écarter. Sans que Angelina ne le sache évidemment. Mais ces préoccupations n'étaient pas à l'ordre du jour. D'autres, bien plus importantes devaient mobiliser toutes ses compétences.

— Vous n'avez pas laissé de traces ?

— Aucune.

— Vous l'avez ?

— Oui, Père.

— Donne !

— Mickaël ! dit Gottfried à son acolyte.

Sans bruit, ce dernier s'agenouilla, ouvrit la grande poche de son sac à dos qu'il avait posé à ses pieds. Il en sortit une petite boîte noire empaquetée dans un sachet plastique zippé qu'il déposa dans la main de Gottfried. Celui-ci le fit passer à son futur beau-père qui affichait un large sourire. Bernd Wagner soupesa l'ensemble, le fit tourner dans ses mains comme il l'aurait fait pour un lingot d'or ou un énorme diamant. Ses yeux brillaient.

— Excellent travail, Gottfried.

— Merci, Père.

— Nous pouvons passer à la deuxième phase.

— Très bien, Père.

— Je vous appellerai. À bientôt.

Les deux hommes comprirent qu'il leur fallait s'en aller. Ce qu'ils firent, laissant Bernd seul devant le sac plastique. Quand il eut entendu les portes de l'ascenseur se refermer, il décrocha son téléphone fixe et composa un numéro. Trois sonneries.

— Allô ?

— Bernd Wagner à l'appareil.

— *Guten Abend, Herr Wagner.*

— J'ai l'objet.

— Très bien. Comment comptez-vous procéder maintenant, Herr Wagner ?

— Comme je vous l'avais exposé. Je lance les analyses comparatives dès demain.

— Très bien. Et ce Français ?

Bernd attendait cette question. Il inspira et récita la réponse qu'il avait pris la peine de préparer.

— Cette histoire ne tient pas et n'a jamais tenu. Aucune analyse ADN n'a été menée. Aucune preuve biologique n'est venue étayer ses affirmations. Tout ceci n'est que foutaise et ne mérite pas qu'on s'y attarde. Et puis, cela remonte à plus de trente ans…

À l'autre bout du fil, un silence. Son interlocuteur étudiait la réponse.

— Bien, finit-il par dire. Je vous fais confiance, Herr Wagner.

Il marqua une pause, volontairement mélodramatique, avant d'ajouter :

— Ne me décevez pas, Herr Wagner.

— Ce n'est pas envisageable, se crut obligé de répondre Bernd avant de raccrocher.

Il se leva. Déambula dans la pièce comme pour se dégourdir les jambes alors qu'il n'en avait pas besoin. Revint s'asseoir. Il tira deux grosses bouffées sur le Montecristo qui ne s'était pas éteint, preuve de sa grande qualité et du savoir-faire du paysan cubain qui l'avait roulé entre ses mains calleuses. *Hecho a mano*.

Bernd Wagner était calme. Il maîtrisait la situation. Il était celui qui occuperait une place importante sous peu.

Dans la colonne de droite, le troisième tiroir tout en bas, il prit une paire de gants de chimiste en caoutchouc blanc qu'il enfila. Puis il sortit la petite boîte noire du sachet plastique. Il l'ouvrit et contempla, sans le toucher, l'objet qu'elle contenait. Un objet du quotidien. Un objet sur lequel on ne s'attardait jamais en temps normal.

Mais celui-ci n'était pas quelconque : son ancien propriétaire lui avait conféré une aura qu'il garderait éternellement.

Ce peigne était unique.

*

Le conservateur était petit et malingre. Il ne semblait pas si vieux pourtant ses cheveux roux tiraient déjà sur le gris rouille. Il portait des lunettes aux montures trop grandes pour son visage dont le teint était si pâle qu'il en faisait maladif. Ses mains étant gantées, tel un garagiste, il tendit son coude à Anke Hoffer pour la saluer. Comme celle-ci ne savait quoi faire, il garda le bras en l'air une dizaine de secondes avant de le baisser et de se présenter :

— Lens Müller. Je suis en charge du département du XXe siècle. Vous êtes chargée de l'enquête ?

— Peut-être. Cela dépendra de ce que vous me direz, répondit la capitaine.

— Ah ? Et qu'est-ce que je dois vous dire ?

Hoffer regarda Balhow. Après tout, c'est lui qui avait entretenu le suspense jusqu'à présent. Le lieutenant sourit, visiblement satisfait de son petit effet.

— Vous avez terminé l'inventaire ? questionna-t-il.

— Oui. Oui. Enfin, il me reste à vérifier les esquisses d'Adolf Ziegler…

— Pouvez-vous communiquer le résultat de votre inventaire au capitaine Hoffer ici présent ? demanda Balhow avec une emphase exagérée puis, se tournant vers Anke : il semblerait que nos deux visiteurs n'aient emporté qu'un seul objet.

— Oui, reprit le conservateur.

— Ah ? Et de quel objet s'agit-il ? demanda Anke comme le conservateur, sûrement de mèche avec le lieutenant, gardait le silence.

— Il s'agit d'un peigne.

— Un peigne ?

— Oui. Venez voir.

Le sosie de Woody Allen emmena la policière jusqu'à un bureau caché derrière une étagère métallique recouverte d'objets divers. Il ouvrit un grand album dont il feuilleta les pages pour s'arrêter sur la photo d'un peigne.

Couleur ivoire, il était posé sur un papier noir.

— Voilà !

— Ils n'ont pris que ça ? s'étonna Anke.

— Je n'ai pas fini l'inventaire, mais pour l'instant, oui !

La capitaine se pencha pour détailler la photo. C'était un joli peigne. Elle n'était pas spécialiste mais il lui sembla qu'il était en ivoire ou, tout du moins, taillé dans une matière noble autre que du plastique. Un détail attira soudain son attention. Sur le côté droit, gravée sur la partie plane par laquelle on l'empoignait, elle discerna une croix gammée. Elle prit l'album pour l'approcher de ses yeux. Oui ! C'était bien une croix gammée. Dessous, elle lut les initiales A.H. écrites en cursives gothiques entrelacées.

Une subite réaction de dégoût. Elle reposa l'album sur la table.

— A.H. ? demanda-t-elle. C'est pour Adolf…

— Hitler, confirma le conservateur. Ce peigne appartenait au *Führer*. Il était dans un joli écrin en cuir noir qu'ils ont pris aussi. Évidemment.

— Évidemment… Pourquoi n'ont-ils pris que ce peigne ? Pourquoi ont-ils été capables de tuer pour ce peigne ? Pourquoi ce peigne était là ? lâcha-t-elle en rafale.

— Cela fait beaucoup de questions, capitaine. Vous avez cinq minutes ?

— Oui. J'ai même toute la journée, dit Anke qui, sans pouvoir se l'expliquer encore, avait maintenant la certitude qu'elle ne serait pas rentrée pour l'anniversaire de son fils.

— Bien, bien. Montons à la cafétéria du musée, je répondrai à toutes vos questions. Dans la limite de mes connaissances.

— Bonne idée. Je vous suis.

Le conservateur enleva ses gants, en fit une boule qu'il jeta avec désinvolture dans une grande poubelle trois mètres plus loin. Le ballon improvisé y tomba sans même toucher le rebord.

— Trois points ! dit-il à mi-voix avant de demander à Balhow : vous jouez au basket, lieutenant ?

— Non, confessa celui-ci, penaud.

— Et vous, capitaine ?

— Non. Mais ma fille y joue, c'est une grande fan des Skyliners*.

— Mmm, connaisseuse. On y va ?

— Je vous attends, lui confia Anke.

Müller ouvrit le chemin, les deux officiers se glissèrent en silence dans son sillage. Ils sortirent de la réserve et la porte se referma toute seule derrière eux. Ils revinrent sur leurs pas, traversèrent une nouvelle fois la scène de crime où les scientifiques, qui avaient terminé leurs investigations, étaient occupés à ranger leurs affaires. Leur guide, qui connaissait les lieux par cœur, marchait vite et, cinq minutes plus tard, ils étaient attablés devant un café noir pour Anke et Erich, un thé au jasmin pour Müller qui y versa quatre sachets de sucre semoule avant de le touiller longuement. Anke le regarda faire sans bruit et attendit qu'il finît. Elle avait pour habitude d'accaparer cent pour cent de l'attention des gens qu'elle interrogeait. Cela évitait bien des malentendus et des pertes de temps.

— Première question, monsieur Müller, ce peigne avait-il de la valeur ?

— Une valeur historique évidemment mais sa valeur marchande… Pfff, si je devais l'estimer, quelques centaines d'euros. Guère plus.

— Ah ? J'aurais pensé plus.

— Vous savez, capitaine, le *Führer* possédait de nombreuses résidences. Le Nid d'aigle en Bavière que lui offrit Martin Bormann pour son cinquantième anniversaire, et dans lequel il n'a été qu'une dizaine de fois, sa résidence du Berghof que l'on confond souvent avec le Nid d'aigle, soit dit en passant – il fit un clin d'œil qu'Anke trouva déplacé –, la Tanière du loup, *Wolfsschanze*, en Prusse-Orientale, maintenant on dit Pologne – nouveau clin d'œil – et bien sûr, le *ReichsFührerbunker* à Berlin pour ne citer que les plus connues. La plupart ont été pillées par les Alliés et on trouve des objets lui ayant appartenu un peu partout

* Équipe de basket masculine de Francfort.

dans le monde. Ce sont souvent de simples soldats qui, en guise de souvenir, ont emporté un sous-main, un verre, un presse-papiers, une fourchette, une serviette... Ces butins de guerre, qui n'ont pas grande valeur, ressortent au gré des successions en Israël, aux USA, en France... Je sais qu'il y a même un marché sur Internet mais il est confidentiel. L'odeur du soufre est encore trop présente. Les propriétaires n'osent pas vraiment les mettre en vente et les acquéreurs ont peur de tomber sous le coup d'une loi.

— Qui existe ?

— En Allemagne, il est permis de vendre ou d'acheter quelque chose floqué de la croix gammée à l'exception de *Mein Kampf* dont les rééditions sont prohibées. D'ailleurs, en 2010 à Munich, une vente organisée par la maison Hermann Historica a vendu pour plus d'un million d'euros d'objets estampillés « nazi ». Les acheteurs venaient du monde entier ! Inutile de vous dire que cette vente a fait polémique... N'empêche, elle a eu lieu. En France, un député a tenté, il y a deux ans, de faire passer une loi interdisant le commerce d'objets nazis mais je ne crois pas qu'il ait eu gain de cause.

— D'où venait ce peigne, monsieur Müller ?

— Connaissez-vous Anni Winter, capitaine ?

— Non.

— Elle était intendante de l'appartement d'Hitler sur la Prinzregentenstraße à Munich. À la fin de la guerre, elle a déménagé beaucoup d'affaires lui appartenant pour les cacher et éviter qu'elles ne soient dérobées. C'est sa petite-fille qui en a fait don au musée en 1990. Tout ça traînait dans une grande malle cadenassée qui n'avait pas été ouverte depuis 1945.

— Pourquoi ce don ?

— Si sa grand-mère était très attachée à ces affaires, sa mère n'en avait déjà pas grand-chose à faire. Pourtant, à la mort d'Anni Winter, la malle resta dans le grenier de la maison familiale. À sa majorité, sa petite-fille a convaincu sa mère de s'en débarrasser. Elle m'a expliqué qu'elle était la première de la famille à ressentir une culpabilité liée à cette malle et son contenu.

— Vous étiez déjà ici en 1990 ? s'exclama Bahlow.

— Oui. Pourquoi ?

— Et vous n'avez jamais exposé ces objets ? reprit Anke.

— Non ! Trop tôt. L'histoire est trop récente, les blessures sont encore ouvertes. Il y a encore en Allemagne et ailleurs des gens qui ont connu la Seconde Guerre mondiale et ses souffrances, capitaine. Oh ! Il y a bien eu des tentatives : il y a deux ans, l'exposition que Simone Erpel a montée a fait couler beaucoup d'encre, elle était pourtant bâclée et très incomplète !

Hoffer comprit au ton du conservateur que celui-ci ne portait pas sa collègue dans son cœur. Jalousie peut-être d'avoir été évincé de l'équipe organisatrice.

C'était l'une des forces du capitaine Anke Hoffer : elle excellait dans l'art de lire entre les lignes ou, plutôt, d'entendre les non-dits. Ceux d'un gardé à vue pendant sa déposition par exemple. Tout ce qui n'était jamais dit mais qui transpirait. Cela ne constituait pas une preuve et il lui fallait souvent ramer pour prouver ses « impressions » mais elle ne se trompait que rarement. La frustration du conservateur n'étant toutefois pas à l'ordre du jour, elle enchaîna :

— Ainsi, cette faible valeur intrinsèque explique que ce peigne ait été entreposé sans précaution particulière ?

Le conservateur eut l'air gêné. Il but une gorgée de thé.

— Il y a deux portes à franchir tout de même, capitaine. La deuxième est blindée et possède neuf points d'ancrage. Tous les employés ne possèdent pas la carte permettant de l'ouvrir.

— La victime en possédait une ?

— Oui. En tant que veilleur de nuit, il avait accès à toutes les pièces.

— Combien d'autres personnes disposent de cette autorisation ?

— À part lui et moi, il y a le directeur, le responsable de la sécurité et mes collègues chargés des autres départements. Il n'est pas rare que nous ayons à « fureter » (index et majeurs dessinèrent les guillemets) dans les réserves.

— Vous et vos collègues travaillez la nuit ?

— Non. Évidemment.

— Évidemment, le paraphrasa-t-elle.

Elle goûta son café et, à peine y avait-elle trempé les lèvres, sut qu'elle ne le boirait pas. Il était infâme. Elle posa le gobelet en carton devant elle. Marqua une pause.

— À quoi pensez-vous, capitaine ? demanda Balhow.

— À la même chose que vous, lieutenant, répondit Anke malicieuse.

— Ben, je ne pense à rien.

Anke sourit mais ne fit aucune remarque.

— Les ravisseurs étaient bien renseignés. Ils n'ont pas agressé n'importe qui, n'importe quand…

— Mais la seule personne qui travaillait de nuit et qui possédait l'accès à la réserve ! termina Balhow, très fier de lui.

— Ce que je voudrais comprendre, monsieur Müller, reprit Anke, c'est la valeur que peut posséder cet objet qui justifierait qu'on tue pour s'en emparer.

Le conservateur posa la tasse de thé qu'il avait fini pendant la passe d'armes des deux officiers.

— Ça, capitaine, j'ai bien peur que ce ne soit à vous de le trouver !

Chapitre 3

9 septembre 2012

La nuit avait été courte pour Anke Hoffer. Elle avait refusé l'invitation à dîner du lieutenant Bahlow, prétextant une grosse fatigue due au voyage. Elle avait fait monter dans sa chambre un plateau-repas léger qu'elle avait à peine touché. Elle s'était douchée et s'était mise au lit, son MacBook sur les genoux. La connexion wifi de l'hôtel était excellente, elle avait pu travailler efficacement.

Les recherches internet constituaient une part non négligeable de son travail. En règle générale, elle complétait ses fouilles à l'aide des infos glanées dans les nombreux fichiers du BKA mais, quand elle était en déplacement, elle confiait ces recherches complémentaires à Franz Aldermann, un ami, analyste à Wiesbaden*.

Elle aimait avoir une vue d'ensemble de l'épiphénomène dont elle était chargée. Car, en général, un crime n'était rien que la partie émergée d'un tout plus grand. Le symptôme d'une maladie. Elle cherchait à connaître la maladie et le symptôme s'expliquait alors aisément. L'inverse n'était que perte de temps. C'était sa méthode et elle la partageait avec elle-même, ce qui n'était déjà pas si mal.

Ses recherches l'avaient aiguillée vers la sphère dite « néonazi », du nom de ces groupuscules d'extrême droite qui se revendiquaient plus ou moins des idées du national-socialisme chères à Hitler. Elle avait consulté des dizaines de sites nauséabonds, des

* Capitale et seconde plus grande ville du land de Hesse, après Francfort-sur-le-Main. Siège du BKA.

forums de discussion où, sous couvert du relatif anonymat que semblait procurer le monde numérique (elle aurait pu obtenir l'adresse postale de n'importe lequel des dégénérés qui se cachaient derrière les avatars d'Eichmann ou d'Himmler aussi facilement que si elle avait ouvert les pages blanches) se déversaient d'ineptes flots xénophobes. Elle avait trouvé le site dont avait parlé Lens Müller la veille. Un hallucinant succédané d'eBay sur lequel on pouvait se porter acquéreur d'un objet ayant appartenu au *Führer*: un lot de couverts en argent pour 750 euros; des ronds de serviette pour 1 400 euros; un exemplaire de *Der internationale Jude* de Henry Ford provenant de sa bibliothèque personnelle pour 1 600 euros... Elle avait mailé l'URL à Franz en lui demandant de surveiller le trafic en direction de cette adresse au cours des prochaines semaines. Toutes les adresses IP qui s'y connecteraient seraient répertoriées.

Elle avait terminé ses recherches en se connectant sur Tor. Créé dans le but avouable de surfer de façon discrète voire secrète sur la toile par une poignée de *geeks* libertaires, ce réseau numérique souterrain, peu connu du grand public, était vite devenu le lieu de villégiature d'un bon nombre de truands qui y vendaient tout et n'importe quoi, surtout si c'était illégal. On y croisait aussi des centaines d'extrémistes fanatiques en tout genre qui y étalaient leurs infectes doctrines anxiogènes sans risquer une quelconque censure. Organisé en peau d'oignon, Tor garantissait à son utilisateur un anonymat structurel: personne ne pouvait remonter à la source d'une requête. Aucune traçabilité n'était possible, même pour les analystes informatiques de la citadelle de Wiesbaden.

Anke avait stocké toutes les infos collectées dans un dossier et, quand elle éteignit son portable vers deux heures du matin, il affichait deux cents mégaoctets de données. Cependant, si elle avait eu à le résumer, elle aurait dit ceci: il y avait une montée de la pensée nazie qui, si elle n'avait jamais disparu, semblait se structurer sur la dernière décennie. Et ce, à l'échelle mondiale.

Le meurtre de ce gardien de musée, le vol de ce peigne, n'étaient que la partie visible d'un problème plus vaste, beaucoup plus vaste, qui justifiait la présence de la police fédérale. Qui justifiait qu'elle rate, une nouvelle fois, l'anniversaire d'un de ses enfants.

C'était ce qu'elle avait dit à son mari, Markus, qui avait fait semblant de comprendre. C'était ce qu'elle avait dit à son fils qui n'avait pas compris et lui avait presque raccroché au nez.

*

Quand elle arriva au commissariat de Berlin Ouest, elle eut du mal à trouver le parking réservé au personnel. Il lui fallut prouver son identité et hausser un peu le ton pour que l'agent chargé de sa surveillance l'autorisât à y garer sa Mercedes Classe A.

Elle trouva le lieutenant Bahlow dans le bureau qu'il partageait avec un autre officier. Il avait le teint pâle, presque verdâtre, de celui qui avait pris une cuite.

— Bonjour, lieutenant ! hurla presque Anke en poussant la porte.

— Moins fort, capitaine, moins fort, supplia-t-il en se prenant la tête dans les mains.

— Un problème, lieutenant ?

— J'ai une migraine carabinée. Je crois que je suis malade…

— Avez-vous passé une bonne soirée hier, lieutenant ? demanda malicieusement Hoffer.

— Euh… Oui… Oui…

— Pas d'excès ?

— Non… Non…

— Ah. Bien. Je me disais peut-être que vous aviez pris froid en sortant ou quelque chose comme ça.

— Non… Je ne pense pas… Je…

— Je peux prendre un café ? demanda-t-elle en désignant la cafetière pleine qui dégageait un agréable fumet.

— Oui… Oui… Bien sûr, capitaine. Faites.

— Merci. Vous en voulez un ? C'est excellent quand on a pris un coup de froid.

— Non… C'est bon, je vous remercie.

Elle remplit à moitié un mug à l'effigie du *Hertha BSC Berlin**. En but une gorgée et le trouva correct.

— Bon. Vous prenez une aspirine et on se met au travail ? lança-t-elle, résolue à cesser de le taquiner.

— Oui. Je vous accompagne.

Le lieutenant se leva avec lenteur. Le moindre geste faisait vibrer sa tête de façon douloureuse pourtant il mena Anke jusque dans une salle équipée de plusieurs ordinateurs, connectés à deux grands écrans de télévision. Il retrouva sans difficulté les enregistrements des caméras de surveillance du musée qui avaient été saisis.

— Je vous laisse, dit-il. Les images sont calées au bon endroit, il n'y a qu'à appuyer sur *play*. Je vais prendre une aspirine et je reviens.

* Club de foot berlinois.

Il sortit gauchement sous l'œil amusé de la capitaine. Quand il eut fermé la porte, Anke appuya sur le bouton lecture. Elle reconnut tout de suite la salle du musée contiguë à l'antichambre. Du bas de l'écran sortit un homme de corpulence moyenne. Il traversa la salle, badgea et poussa la porte. Immédiatement, deux hommes, taillés comme des armoires à glace, surgirent en courant derrière lui. Ils se pressèrent pour ne pas laisser la porte se refermer et se glissèrent dans l'antichambre. Il n'y avait pas de son alors Anke imagina le coup de feu. Elle regarda l'heure affichée en haut à droite de l'écran: 5h07. Puis plus rien. Elle fit avancer le film en accéléré. À 5h46, les deux hommes ressortaient, traversaient l'écran, disparaissaient dans le coin inférieur gauche.

Elle prit le temps de revenir sur les deux passages du film où les meurtriers étaient présents et focalisa son attention sur le deuxième: en sortant, les deux agresseurs étaient face caméra. Elle connaissait bien le logiciel installé sur l'ordinateur et n'eut aucun mal à zoomer sur leur visage. Comme souvent dans ces cas-là, la définition de l'image, trop grossière, ne permettait aucune identification. Balhow entra avec un verre dans lequel finissait de se dissoudre un cachet blanc de la taille d'une pièce de deux euros.

— Alors? demanda Erich sans attendre de réponse.

— Deux hommes, la trentaine, type caucasien, professionnels. Identification impossible. Il faudra tout de même diffuser un signalement.

— Mouais, on l'fera.

— Diffusion nationale. On ne sait jamais.

— Ça coûte rien, je le ferai. Promis, dit Balhow mollement.

— Le papier, c'est quoi?

— Hein?

— Le papier que vous avez dans la main.

— Ah! Ça! s'exclama le lieutenant comme s'il venait de s'en apercevoir. Tenez, c'est le rapport balistique. Il vient d'arriver.

Il tendit à Hoffer un fax dont l'encre finissait à peine de sécher.

— Déjà? Quelle efficacité! s'exclama la capitaine.

Elle parcourut le rapport qui concluait, à l'aide de la balle neuf millimètres parabellum retrouvée sur le cadavre, qu'il s'agissait d'un Beretta 92FS. Les rayures laissées par les stries du canon sur le projectile avaient été comparées aux entrées du fichier idoine et aucune correspondance n'avait été trouvée. Cette arme était inconnue.

— Beretta 92FS? Ce n'est pas la police française qui utilise ce type d'arme ? demanda-t-elle.

— Qui utilisait ! la reprit le lieutenant. Ils sont passés au Sig-Sauer depuis une dizaine d'années au moins, je crois. Le choix de la raison*…

Il tenta un sourire pour appuyer sa plaisanterie mais cela lança un éclair douloureux dans son cerveau qui le transforma en un disgracieux rictus.

— Votre tête ? s'inquiéta Hoffer.

— Ça devrait aller mieux après ça, dit-il en buvant cul sec son médicament. Et maintenant ?

Anke finit son café et réfléchit à sa réponse :

— Ça ne s'annonce pas facile.

* Le fabricant d'arme Sauer est allemand.

Chapitre 4

14 septembre 2012

Erich Balhow roulait vivement vers l'hôtel du capitaine Hoffer qu'il était excité de revoir. C'était une belle femme, certes, mais ce n'était pas ce qui l'émoustillait. Cette excitation était toute professionnelle. Leur collaboration lui plaisait. Après dix ans dans la Police, il redécouvrait son métier sous un angle nouveau. Ou plutôt, sous l'angle originel, celui qui l'avait amené à entrer dans les forces de l'ordre. Cette recherche de la vérité, cette traque du meurtrier, ce combat manichéen entre les forces du Mal et celles du Bien dont il faisait évidemment partie. Pas de paperasses, pas d'interminables nuits de patrouille sans autre piment que les traditionnelles rixes de poivrots, pas de longues après-midi à écouter les plaintes de ses concitoyens sur des sujets aussi variés que les nuisances sonores du voisin du dessous ou la poussette laissée dans les parties communes de l'immeuble.

Non. Une vraie investigation, âpre et difficile, dont on ne voyait pas la solution et pour laquelle il fallait faire, enfin, un vrai boulot de flic. Faire travailler sa tête. Recouper les faits. Activer son réseau. La capitaine ne cessait de l'étonner, qui n'arrivait pas un matin sans une nouvelle piste à explorer, un nouveau témoin à interroger, un nouvel alibi à vérifier.

Malgré leurs efforts, l'enquête n'avait toutefois pas beaucoup avancé. Pourtant, Erich pensait pouvoir faire un grand pas ce jour et la perspective de surprendre la capitaine par son initiative l'enchantait. Un de ses indics, croisé la veille par hasard, lui avait révélé l'existence d'un nouveau lieu de réunion de la jeunesse nationaliste. Un club privé, le Vingt-Quatre, venait de voir le jour sur Brückenstraβe dans le quartier de Schöneweide. Et ce n'était pas un hasard. Cette petite rue surnommée la Braune Straβe, la rue Brune, abritait déjà le célèbre bar Zum Henker, repaire des néonazis pullulant dans ce faubourg déshérité de l'ex-Berlin Est. Le Vingt-Quatre, qui affichait sans finesse son appartenance à l'organisation *Frontbann 24**, avait ouvert ses portes trois jours auparavant et ne désemplissait pas depuis.

Sans avoir la moindre idée de ce qu'ils pourraient y trouver, Bahlow estima qu'une visite s'imposait.

Il se gara devant l'hôtel, à cheval sur le trottoir, mais prit la peine de rabattre son pare-soleil sur la face interne duquel apparut, en épaisses lettres noires, le mot *POLIZEI*. Il entra dans le vestibule et se dirigea d'un pas vif vers une jeune femme à l'accueil.

— Bonjour, monsieur. Que puis-je faire pour vous ?

— Bonjour. Je souhaiterais avoir le numéro de chambre de madame Hoffer.

— Oui. Je vous donne ça tout de suite.

Elle entra le patronyme dans son ordinateur. Appuya sur Entrée. Haussa les sourcils.

— Ah ! Madame Hoffer a quitté l'hôtel hier, en fin d'après-midi.

Bahlow eut un instant d'hésitation.

— C'est impossible ! Elle était avec moi hier. Nous nous sommes quittés vers 17 heures.

— Elle a effectué son check-out à 18 heures pourtant.

— Vous ne vous êtes pas trompée de nom ? Hoffer. Capitaine Hoffer. Avec deux F.

Sans s'énerver, en gardant le sourire, la fille vérifia à nouveau.

— Je suis formelle, monsieur. Madame Hoffer a quitté notre établissement à 17 h 56.

— Bien… Merci…

Bahlow s'éloigna. Au milieu du hall, il sortit son téléphone et appela Anke Hoffer. À la quatrième sonnerie, il tomba sur son répondeur.

— Capitaine, c'est Erich Balhow. Je suis à votre hôtel et on me

* Camaraderie (Kamradschaft) d'extrême droite interdite en novembre 2009 pour son apologie du Troisième Reich. Son nom fait référence à l'organisation Frontbann, créée en 1924 par Ernst Röhm, qui deviendra la SA (Sturmabteilung, Section d'Assaut).

dit que vous l'avez quitté. S'il ne vous convenait pas, vous auriez dû m'en parler. J'en connais de très bien, pas très chers. Enfin… Je venais vous chercher car je pense avoir une piste intéressante à exploiter. Très intéressante même. Je vous attends pour y aller. Rappelez-moi. À tout de suite.

Le lieutenant retourna à sa voiture et démarra, décidé à attendre l'appel de sa collègue devant un café chaud dans une petite brasserie de sa connaissance.

Il en but quatre avant qu'Anke Hoffer ne se manifestât.

— *Hallo* ! Capitaine Hoffer ?

— Oui.

— Où êtes-vous, capitaine ? Je pense avoir trouvé une piste in…

— Je suis à Francfort, lieutenant.

— …téressante… Ah ? s'étonna Balhow. À Francfort ? Mais… Nous n'avons pas fini…

— Moi si. Je suis désolée, lieutenant.

La voix de la capitaine était froide et sans affect.

— J'ai dû rentrer en urgence, néanmoins je serai ravie que vous me fassiez un compte rendu de vos recherches, lieutenant. Si vous y pensez.

— Euh… Oui… Si j'y pense, dit-il, froissé.

— Merci, lieutenant. Bon courage.

Elle raccrocha, laissant Balhow interdit et énervé. Jamais il n'aurait pensé que cette femme puisse faire preuve d'autant de culot et l'idée qu'elle n'avait peut-être pas eu le choix ne lui traversa pas l'esprit. Abandonner une enquête à peine commencée. Tirer un trait sur les investigations menées, sur ces cinq journées de travail qui… Qui n'avaient rien donné, il devait l'admettre. Mais ce jour, il allait changer la donne et prouver à cette capitaine malpolie qu'il était, lui aussi, un flic de première classe. Il paya ses cafés et s'engouffra dans sa voiture. Se mit en route en direction de Schöneweide.

Il se gara dans une rue perpendiculaire et s'approcha à pied jusqu'au Vingt-Quatre. À l'abri des regards, derrière une estafette stationnée devant un magasin de fruits et légumes, il prit le temps d'observer les lieux. Devant la porte et les devantures opaques, d'où s'échappait le bruit sourd d'une musique violente, s'était formé un attroupement de jeunes qui buvaient des pintes de bière en fumant des cigarettes. Il constata que tous les passants traversaient systématiquement la rue une centaine de mètres en amont ou en aval du club pour continuer leur chemin sur le trottoir opposé. Rien d'étonnant, ces jeunes faisaient peur. Crânes tondus, chaussés de rangers en cuir noir montantes dans lesquelles était enfoncé un pantalon treillis, ils parlaient fort, juraient, s'invectivaient. L'un d'eux adressa un salut nazi à un homme de couleur qui passait en se hâtant. Les insultes fusèrent. Certains firent mine de se lancer à sa poursuite. L'homme prit peur et partit en courant. Les rires éclatèrent. Ils étaient ici chez eux et affichaient leurs orientations politiques, si on pouvait appeler ainsi leurs théories nauséabondes, sans vergogne ni retenue. Erich distingua même une croix gammée, tatouée dans le cou d'un grand sec au regard mauvais.

Balhow hésita. Il sentit une boule se former au fond de son estomac. Se jeter tout seul au milieu de cette faune n'était pas rassurant. Il avait peur. Cependant, reculer n'était pas envisageable. Il fallait montrer à cette capitaine qu'il était capable d'obtenir des résultats. Avec ou sans elle. Il posa la main sur son flanc gauche pour s'assurer de la présence de son semi-automatique et se lança.

Quand il fut à une dizaine de mètres du groupe, un jeune garçon assez gras, un verre de Pils à la main, l'interpella :

— Eh ! Pédale ! Ici c'est un trottoir privé ! Bouge !

Erich, jusqu'alors hésitant quant à la manière de procéder, sauta sur l'occasion. Ses yeux bleus et ses cheveux blonds seraient son laissez-passer. Il accéléra le pas (son cœur fit de même) et fondit sur le môme. Avec un sang-froid exceptionnel, il vint coller son visage contre celui de son interlocuteur.

— Je pourrais te renvoyer le compliment, gros lard, dit-il d'une voix basse, les dents serrées. La race aryenne n'a rien à gagner à te garder dans ses rangs. T'es gros, t'as les yeux sombres et si ça se trouve, t'as les cheveux noirs.

Le groupe s'était rapproché, formant un cercle autour d'eux, et attendait dans un silence soudain religieux que l'altercation en vînt aux poings. Erich s'écarta d'un pas, regarda le garçon de la tête aux pieds avant d'asséner :

— T'es juif ?

Le gamin devint rouge. Il hoqueta comme soufflé par la question. Un de ses amis lui tapa sur l'épaule :

— Alors, David ? Tu réponds au monsieur ?

L'assemblée éclata de rire.

— Eh ! Samuel ? T'as perdu ta langue ou quoi ? ajouta un autre crâne rasé.

Rires.

D'une voix mal assurée, le gros menaça Balhow pour ne pas perdre définitivement la face.

— T'es un homme mort !

Le lieutenant réagit au quart de tour et, sans sommation, asséna un coup de tête au skinhead. Il entendit son nez craquer, son verre voler en éclats. Le vit s'affaler dans une flaque de bière, porter ses mains à son visage déjà maculé de sang. Erich suspendit son souffle. Il venait de jouer quitte ou double. Intérieurement, il compta jusqu'à dix. Comme personne ne semblait vouloir lui sauter dessus, il tourna les talons.

— Je vais boire une bière. T'as pas intérêt à être là quand je sors... *Sieg Heil.*

Son cœur battait à un rythme fou. Pourtant il avança le plus calmement possible jusqu'à l'entrée du club. Appuya sur la sonnette. La porte s'ouvrit.

Il entra et avança jusqu'au comptoir. Le barman, en tee-shirt sans manches blanc, arborait le portrait d'Adolf Hitler tatoué sur son épaule droite. Sur la gauche, dans un cartouche enflammé, les lettres ZOG* pourtant interdites en Allemagne. Il regarda Bahlow d'un œil mauvais.

— Une mousse, lança le policier.

Il se tourna vers la salle. Elle était remplie de jeunes, soûls à n'en pas douter, qui dansaient au milieu d'une piste mal éclairée. Danser n'était peut-être pas le verbe le plus adéquat (à leur décharge, il était difficile de percevoir le tempo de la bouillie sonore qui s'échappait des baffles). Les skins se jetaient les uns sur les autres en hurlant, tournaient sur eux-mêmes, bras tendus et poings fermés. Les coups de pied volaient comme autant de pas de danse. Soudain, un participant fut éjecté de la mêlée, à moitié K.O. Il vint au comptoir où, pour reprendre ses esprits, il vida une bière avant de retourner dans ce maul rugissant. Bahlow ne vit aucune fille.

— *Bier*, gueula le barman en posant un verre devant lui.

Il but une gorgée de bière et la trouva infecte. Elle était d'une amertume impressionnante. Il prit sur lui pour ne pas laisser paraître son dégoût. Un homme s'assit à sa droite.

— Bien joué ! cria le nouvel arrivant.

Balhow se tourna vers lui. Il reconnut le grand escogriffe avec la croix gammée dans le cou.

* *Zionist Occupied Government* (gouvernement occupé pas les sionistes). Ce sigle antisémite est prohibé en Allemagne.

— Pour ?

— Le merdeux. Il a tendance à en faire trop. Un coup de boule de temps en temps lui fera du bien. (Il leva le bras en direction du serveur.) Tielo ! Bière ! Je t'ai jamais vu dans le coin ? Tu arrives à Berlin ?

— Ouais.

— Tu viens d'où ?

— Augsburg.

— Et qu'est-ce tu viens foutre à Berlin ?

Balhow sourit. L'inversion des rôles l'amusa et il y alla à fond :

— T'es d'la police ou quoi ?

L'autre le regarda fixement. Ses yeux étaient sombres, presque noirs, mais brillaient comme s'ils avaient été éclairés de l'intérieur. Il porta son verre à sa bouche et, jetant la tête en arrière, le vida intégralement avant de lâcher un rot gargantuesque.

— T'es un comique, toi !

— Si tu l'dis.

— Tu bois pas ta bière ? demanda-t-il en désignant du menton le verre encore plein de Balhow.

— Non. Elle est à chier.

Le grand partit d'un franc éclat de rire.

— Tu as raison ! Tielo ! Enfin un gars qui pense comme moi ! Ta Pils est à gerber ! s'exclama-t-il.

— Boulot.

— Hein ?

— Je suis sur Berlin pour le boulot. Je cherche du taf. T'as un truc ?

— Tielo ! Bière ! Ça se pourrait… Qu'est-ce tu sais faire ?

— Des trucs.

— Des trucs ? Quel genre de truc ?

Balhow se força à boire. Il lui fallait une contenance.

— Genre le truc du musée que j'ai vu à la télé. Tu vois ce que je veux dire ?

— Ouais… Mais ça, je fais pas.

— Tu vois pas qui je devrais aller voir alors… Pour ce genre de truc ?

Le skin empoigna le verre qu'on venait de lui servir mais se contenta d'enlever la buée qui s'était formée sur les parois.

— Tu viens d'où exactement à Augsburg ?

— Qu'est-ce ça peut te foutre ? Tu connais du monde à Augsburg ?

— Ça se pourrait… Alors ?

Balhow sentit que le moment était venu de tirer sa révérence. Il fit un effort pour ne pas céder à la panique qui le gagnait.

— Alors tu fais chier avec tes questions ! Tu sais pas, tant pis ! Je trouverai ailleurs. *Tschüss* !

Il se leva et gagna la sortie.

Dehors, il s'éloigna du bar à grandes enjambées, sans se retourner. Il ne ralentit pas, même après avoir tourné au coin de la rue, et rejoignit sa voiture au pas de course. Une fois à l'intérieur, il expira longuement comme après un dur effort. Il lui fallut presque dix minutes pour ne plus entendre son cœur tambouriner dans sa poitrine. Un début de migraine se fit sentir et il massa ses tempes pour essayer de la faire disparaître.

Il avait eu peur.

Très peur.

Pour rien.

Chapitre 5

23 novembre 2012

— Quelle est la jauge de la salle ? demanda Bernd Wagner.

— Mille cinq cents personnes, lui répondit Dieter Kohl.

— On remplira ?

— Des bus de cinquante places ont été prévus. Huit à Zurich, cinq à Lausanne, six à Genève et cinq à Bâle. J'appellerai chaque responsable de section une semaine avant pour leur mettre un peu la pression mais je ne doute pas qu'ils les rempliront. De son côté, Bruno prévoit cinq, voire six cents personnes.

Bernd n'était pas très doué en calcul mental et, de peur de dire une ânerie devant ce petit merdeux surdiplômé que les Américains auraient appelé *spin doctor*, il fit l'addition sur sa calculatrice, optant pour l'estimation basse de Bruno Barbey, chef de la section de Berne, surnommé triple B.

— Mille quatre cents. Tout le monde ne pourra pas rentrer !

— C'est l'idéal. J'ai demandé un devis pour l'installation d'un écran géant à l'extérieur afin de retransmettre votre allocution. Les télés seront obligées de traiter le sujet.

Ce meeting était important. Après avoir obtenu 14,8 % aux dernières législatives, le parti de Bernd Wagner, l'Aurore Blanche, voulait frapper un grand coup et, décidé à entrer en guerre, il lui fallait montrer ses muscles.

Presque trente-cinq ans de politique. Trente-cinq ans à être raillé, vilipendé, traité de tous les noms. Trente-cinq ans qu'il alternait coups d'éclat et excuses publiques. Mais le jeu en avait valu la chandelle. Enfin, après trente-cinq années dans l'ombre de ces politicards qui confondaient action et tergiversation, qui gouvernaient à coups de sondages d'opinion, qui n'avaient pour idéologie qu'un ramassis de mesurettes inefficaces, il allait enfin leur damer le pion. La vague les surprendrait, les balayerait. Et dans le chaos qui en résulterait, il saurait rallier l'opinion (cette masse informe, difforme, abrutie et malléable) à sa cause.

Puis, à La cause.

Les analyses étaient revenues. Elles avaient demandé du temps mais peu importait : elles étaient positives pour les trois laboratoires où les échantillons avaient été envoyés. La phase suivante pouvait être enclenchée qui représentait beaucoup d'argent, ce nerf de la guerre. Ce meeting était le clairon qui sonnerait la charge.

— Très bien. Bon travail, Dieter. Quand pourrai-je relire le texte ?

— Il sera prêt après-demain.

— Bien. Dès qu'il est fini, envoyez-moi une version. Je veux avoir du temps pour le retravailler.

— Très bien, monsieur.

— Donnez des consignes pour qu'il soit agressif. Je ne veux pas avoir à le reprendre intégralement.

— Ce sera fait.

— Bien. À bientôt Dieter.

— Bonne fin de journée, monsieur.

Le conseiller en communication sortit.

Bernd Wagner savoura cet instant impalpable et pourtant bien présent où les choses se mettaient en place « selon le plan ». Il goûta avec délectation cette douce sensation qui conférait une impression de puissance. De maîtrise absolue.

Toutefois, il ne voulut pas s'abandonner plus qu'il ne le fallait à ce voluptueux sentiment, traître pour un chef de guerre, et quitta le siège de son bureau pour venir s'installer dans le canapé à l'autre bout de la pièce. Il attrapa le magazine de golf sur la table basse et le feuilleta sans parvenir à se concentrer sur les conseils des pros qui suggéraient tel exercice pour améliorer son petit jeu, tel grip pour gagner de la distance, telle routine pour consolider son putting.

L'interphone sonna. Puis Eva, sa secrétaire :

— Monsieur Feuerbach est arrivé, monsieur.

— Faites-le entrer.

Il se leva pour accueillir son gendre « du moment ». Ce dernier s'était rasé la tête et arborait une boule à zéro qui lui donnait un air bovin. Dieu seul savait ce que sa fille pouvait lui trouver ! Il était en polo à manche courte et Bernd Wagner remarqua pour la première fois que ses bras étaient intégralement recouverts de tatouages. Il surmonta sa répugnance et serra la main que Gottfried lui tendit.

— Bonjour, Père.

— Bonjour Gottfried. Assieds-toi.

Il fit un effort pour ajouter :

— Je t'en prie.

Bernd Wagner alla chercher une grosse enveloppe kraft dans son bureau et la posa sur la table basse.

— Voilà. Tout est là-dedans. Nom, photo, adresse. On passe à la deuxième phase.

— Bien, Père.

— Je veux un travail impeccable.

— Oui, Père.

— Nous ne sommes pas pressés. Donc, poste-toi devant chez lui, prends le temps d'étudier son mode de vie, ses heures de sorties, les trajets qu'il prend, ses relations. Trouve le meilleur endroit et le meilleur moment.

Ce genre de recommandation n'était pas pour rassurer Gottfried. Trop floue. C'était un soldat et il aimait les ordres. Un ordre, pour quelqu'un d'obéissant comme lui, était comme une caresse. Pas besoin de réfléchir, agir c'était tout et c'était déjà bien. Ainsi, il sut qu'il ne pourrait pas se contenter de ces consignes éthérées.

— Quelle est la date… (il chercha le bon mot) butoir ?

Son beau-père regarda sa Rolex.

— Nous sommes le 23 novembre… Disons, avant la fin de l'année.

31 décembre, traduisit Gottfried pour lui-même.

— Très bien, Père. Ce sera fait. Je peux l'ouvrir ?

— Oui.

Il se pencha et attrapa l'enveloppe. Elle n'était pas fermée. Il y glissa sa main et en sortit une photo au dos de laquelle il lut le nom et l'adresse de la cible qu'il mémorisa instantanément. Il la retourna.

C'était un cliché en noir et blanc qui avait été pris à l'aide d'un téléobjectif. Le sujet marchait dans la rue. La trentaine, peut-être moins, il portait une veste de tweed sombre, un peu trop grande pour lui, un jean noir et des Converse claires. En s'aidant du mobilier urbain en arrière-plan, Gottfried estima sa taille à un mètre quatre-vingts. Il avait une barbe bien taillée et des cheveux mi-longs, assez ébouriffés.

Gottfried se concentra une grosse minute sur la photo, grava ce portrait dans sa mémoire comme on le ferait du visage de sa mère : de façon indélébile.

— Très bien, Père. Avant la fin de l'année, vous aurez ce…

Chapitre 6

16 décembre 2012

— Jacob à la guitare basse !

Jacob pressa du pied droit la pédale du milieu de son rack d'effets. Le son devint plus clair, plus puissant aussi. Il lâcha la bride imaginaire de ses doigts qui se mirent à courir le long du manche de sa guitare basse. C'était son quart d'heure warholien. Son solo. James, à la batterie, se contentait de lui donner le tempo avec ses cymbales Charley fermées. Il se fit plaisir, enchaîna une vingtaine de mesures avant que Karl ne le rejoigne avec sa guitare sous un mini mais fervent tonnerre d'applaudissements, il ne devait pas y avoir plus de vingt spectateurs.

— Jacob ! répéta Karl. Et nous sommes les Princess of Jazz ! Merci. À bientôt.

Ils finirent le morceau sous les acclamations qui ne s'arrêtaient pas.

— Une autre ! Une autre !

— Une autre ? demanda Karl, faussement candide. Une dernière alors ?

Les spectateurs gloussèrent de satisfaction. Karl se pencha pour attraper sa pinte et en but une longue rasade. Puis, en se relevant, il fit un signe de tête à Ann pour qu'elle monte sur scène avec eux.

— En guise d'au revoir, nous allons interpréter « But not for me » version Chet Baker*.

* La version originale est de George Gershwin. NdA.

Mais c'est la dernière, OK ? Après Charlie va nous engueuler parce qu'on finit trop tard. Hein, Charlie ?

Le propriétaire du bar, occupé à sécher un verre au torchon, grommela quelque chose d'inintelligible qui fit rire l'auditoire et le groupe.

— Vous voyez ! dit Karl en lançant les premières notes du morceau.

Jacob et James entrèrent à la mesure suivante. Puis Ann se greffa sur le trio. Sa voix était pure, cristalline, *so jazzy* ! Tout en l'écoutant, Jacob la regardait avec les yeux de l'amour. Dans ces moments de grâce musicale, il lui arrivait de penser que cette fille était trop bien pour lui...

Karl, James et lui avaient formé The Princess of Jazz en janvier 2009, sur un coup de tête, après une discussion à la machine à café – James était cadreur, Karl technicien – et la découverte de goûts musicaux qui convergeaient. À l'époque, Jacob débutait et n'était pas encore un excellent bassiste mais ses fausses notes étaient effacées par la virtuosité de Karl à la guitare et la régularité de métronome de James à la batterie. Le groupe avait vite tenu la route et ils avaient fait quelques dates dans les cafés du quartier, se forgeant un petit cercle de fans. Forcément, leurs liens s'étaient resserrés et, quand Karl se maria à l'été 2010, Jacob fut convié à la cérémonie et à la noce qui suivit.

Dans la grande maison familiale du petit village de Marktheidenfeld à une petite centaine de kilomètres de Francfort, un kiosque avait été monté et The Princess of Jazz avait assuré l'ambiance avant qu'un disc jockey professionnel ne prenne le relais pour augmenter les BPM* et inciter les gens à danser. Ce fut là-bas, près du grand buffet dressé sur la terrasse, à côté de la piscine, qu'il avait connu Ann Krause.

Il avait renversé la moitié de sa pinte sur sa robe blanche.

— Oh ! Merde ! Euh... Pardon je veux dire... Oh, je suis sincèrement désolé... Je...

Jacob tourna sur lui-même pour repérer quelque chose susceptible de faire office d'éponge. Il repéra un tas de serviettes en papier blanches posées sur une table et s'empressa d'aller les chercher. Il en tendit un petit paquet à Ann.

— Tenez ! Je suis vraiment, vraiment désolé.

— Pas autant que moi ! répondit Ann en souriant. Une chance, il fait chaud.

* Battements par minute.

— Oui, confirma un peu bêtement Jacob. Et puis la bière... Euh... Ça ne tache pas... Enfin, je ne crois pas... Je ne sais pas pour être tout à fait franc. Est-ce que ça tache, la bière ?

Elle trouva cette question amusante.

— Oui ! Hélas. Mais ce n'est pas très grave, cette robe était à une amie.

— Ah ! s'étonna Jacob. Elle risque de ne pas être super contente, dit-il d'un air contrit.

— Je plaisante, rétorqua Ann. Elle est à moi mais je ne l'ai pas payée cher ! Je crois en revanche que je vais être obligée d'aller piquer une tête dans la piscine parce que l'odeur est entêtante, non ?

— Non... Enfin...

— Je m'appelle Ann, dit-elle en posant sur la table du buffet la boule humide de serviettes. Et vous ?

— Jacob. Jacob Schmidt... Je suis le bassiste du groupe... On a joué tout à l'heure...

— Je vous ai vu. Moi, je suis la petite amie du guitariste !

Jacob la regarda comme une poule un couteau. Certes, il n'était pas placé au premier rang lors de la cérémonie religieuse, mais il ne lui avait pas semblé que la mariée était blonde.

— Donc... Vous êtes la mariée ? demanda-t-il, surpris et un peu benêt.

— Non. Ex-petite amie. Nous sommes sortis ensemble au lycée puis nous sommes restés amis. Enfin il faut croire puisque je suis ici !

Elle rit franchement et cela surprit Jacob qui se sentit un peu con. Il détailla cette jolie fille au regard surprenant – des yeux bleus très clairs, presque transparents – rehaussé par de nombreuses taches de rousseur sur le nez et les pommettes. Il s'attarda peut-être plus qu'il ne l'aurait fallu sur sa poitrine, généreuse sans être opulente, que son décolleté bâillant laissait entrevoir. Quand il s'aperçut qu'elle le regardait la regarder, il rougit. Il dirigea son regard vers le sol et bredouilla :

— Bien. Je vous souhaite une excellente soirée (il était 17 heures).

— Tu ne m'offres pas un verre ?

— On se tutoie ? dit-il en relevant la tête.

— Non ?

Elle souriait et Jacob la trouva vraiment très, très jolie.

— Si... Si...

— Alors ce verre ?

— Pas de bière, je suppose ?

— Non.

Ils avaient discuté tout le reste de la soirée comme s'ils avaient été seuls. Il lui avait appris qu'il était journaliste sur la chaîne iM1* pour l'émission Tekknissimo. Mais que ce n'était que pour payer son loyer. Qu'il rêvait de faire carrière dans la musique. Elle avait trouvé ça super (pour se justifier, elle avait précisé qu'elle adorait chanter aussi) et lui avait confié qu'elle était institutrice. Elle s'était excusée car c'était bien moins glamour que d'interviewer des stars du rock. Il lui avait révélé que, bien au contraire, si elle avait su comme ces chanteurs et chanteuses pouvaient être des têtes à claque, elle aurait changé d'avis. Il avait ajouté que son travail ne consistait pas à les interviewer mais à préparer les fiches qui permettraient à Luise Cyrus, l'animatrice vedette de la chaîne, de les interviewer tout en faisant croire qu'elle savait tout d'eux. Il lui avait avoué qu'il aurait bien aimé s'occuper de jeunes enfants lui aussi. À cet instant, Ann avait compris qu'il avait envie d'elle. Comme elle aussi en avait envie, ils avaient couché ensemble, après qu'il l'eut raccompagnée dans son petit appartement dans le centre de Francfort et qu'elle lui eut proposé un dernier verre.

Ils étaient ensemble depuis. Deux ans. Presque et demi. Et il la trouvait toujours aussi belle. Surtout quand elle chantait.

Il était près de deux heures du matin quand le groupe se sépara sur le trottoir devant le Binding Treff. Charlie, qui descendait le rideau de fer, leur souhaita bonne nuit. Karl et James, après avoir chargé tout le matériel dans la vieille Opel de Karl, partirent dans la direction opposée de Ann et Jacob qui étaient venus à pied. Jacob, ayant pas mal bu pendant et surtout après leur set, ne marchait pas très droit et Ann le taquina :

— Tu veux que je porte ta guitare, tu ne m'as pas l'air…

— Taratata ! hurla Jacob. Je suis impec !

— Chuuut, l'exhorta-t-elle avec fermeté. Pas si fort !

Comme toujours – Ann avait sur lui un pouvoir de dissuasion qu'il ne s'expliquait pas – il obéit. Il baissa d'un ton. De deux même. Alors qu'ils passaient devant la station de U-bahn Bornheim Mitte, il se rapprocha d'elle, passa son bras droit autour de ses épaules et sa main tomba sur son sein, qu'il empoigna doucement.

— Tu viens dormir à la maison ? proposa-t-il, du sexe dans la voix.

* Independent Music TV : chaîne câblée allemande.

— Mmm…

— Allez ! Viens…

Elle sourit.

— Non, Jacob. Tu es ivre et j'ai classe demain. Je n'aurais déjà pas dû rester mais quand j'ai vu la radasse qui te faisait du rentre-dedans, je me suis dit qu'il ne fallait pas te laisser sans surveillance.

— Quelle radasse ? Cette super petite brune, *muy piquante*, qui n'a pas su résister à mon charme naturel ? Je te trouve dure. Ce n'est pas de sa faute…

— *Muy piquante* ? *Muy* moche, oui !

— Rhhoooo… Allez, viens dormir chez moi…

— Non.

Il n'insista pas car elle détestait ça et il savait qu'elle se fâcherait. Il se tut et se contenta d'avancer, s'appliquant à ne pas zigzaguer. Quand ils arrivèrent à l'angle du Günthersburgpark, ils s'arrêtèrent et Ann demanda :

— Tu veux que je t'accompagne ?

— Si tu dors avec moi, d'accord.

— Non, Jacob.

— Alors non.

Elle évita sa bouche à l'haleine chargée et l'embrassa sur la joue.

— Dors bien. On se voit demain, tu passes me chercher à la sortie de l'école ?

— Euh… Je ne sais pas si…

Il essaya de se rappeler son programme du lendemain sans y parvenir.

— Je t'appelle.

— OK. Je t'aime.

— Je t'aime.

Il la regarda s'éloigner, ou plutôt, il regarda son cul s'éloigner. Bien moulé dans son jean, il le trouva très excitant et eut un début d'érection. Quand elle ne fut plus qu'une silhouette anonyme, il tourna les talons et entreprit de marcher d'un pas vif afin de se dégriser un peu avant de se mettre au lit. Il remonta la Burgstraße et récupéra la Berger Straße via la rue Gronauer. Il aimait ce quartier de Francfort, son quartier. Il l'avait minutieusement choisi quand il était arrivé en 2004, peu de temps après la mort de son père, et n'en avait pas bougé depuis.

Lorsqu'il déboucha dans sa rue, une grosse, grosse fatigue le submergea et il accéléra, pressé de se jeter dans son lit. Arrivé à la porte de son immeuble, il ne prêta pas attention à l'imposante BMW noire aux quatre roues motrices garée devant. Il composait le code à cinq chiffres sur le clavier du digicode quand une main musclée se posa sur sa bouche, le tirant en arrière. Il voulut crier mais n'en fut pas capable.

— Prends ses pieds !

Il vit un homme cagoulé passer devant lui, qui se baissa pour attraper ses chevilles. Dans un geste réflexe, Jacob balança son pied droit avec hargne et toucha la tempe de l'homme qui lâcha un cri rauque.

— Ah l'enculé ! dit-il en portant ses mains à sa tête.

Jacob se mit à s'agiter aussi vivement qu'il le pouvait et ses jambes battaient l'air dans un mouvement frénétique. L'homme derrière lui passa son deuxième bras autour de son torse pour le serrer davantage mais la guitare basse l'empêcha d'assurer une prise ferme et Jacob, qui se tortillait comme un beau diable, parvint à se dégager. Surpris, son agresseur desserra l'étreinte sur son visage, assez pour que Jacob ouvre la bouche et parvienne à mordre cette main ennemie. Il planta ses dents dans la chair et serra aussi fort qu'il le put. L'autre lâcha un grognement sourd, enleva sa main. Jacob cracha le morceau qu'il avait détaché et tenta de s'élancer dans la rue mais déjà l'autre lui tombait dessus, le projetait au sol et s'affalait de tout son poids sur lui. Sa tête heurta le trottoir au niveau de sa pommette droite, il sentit une douleur vive au milieu du dos. Il voulut pousser sur ses mains pour se relever mais l'homme était trop lourd.

— Je l'ai ! Chope ses jambes !

Jacob se contracta, releva la tête aussi haut que possible et hurla. Il prit un coup brutal sur le sommet du crâne qui propulsa son menton sur le sol. Sa mâchoire se referma sur sa langue et il crut qu'il se l'était coupée. Le sang emplit sa bouche. La douleur fit passer un voile noir devant ses yeux pourtant il ne s'évanouit pas et vit une fenêtre s'allumer au premier étage de l'immeuble devant lui. Puis perçut le bruit caractéristique d'une sirène de police.

— Les flics ! On s'arrache !

L'homme qui pesait sur Jacob se releva. En un éclair, les deux agresseurs montèrent dans leur voiture. Jacob entendit les portières claquer et la berline démarrer dans un crissement de pneus. Au bout de la rue, les gommes couinèrent encore sur l'asphalte alors qu'elle tournait à gauche dans Große Spillingsgaße et disparaissait, le hayon arrière encore béant.

Jacob resta quelques secondes allongé, tentant de retrouver ses esprits. Il se releva quand les lumières bleues et rouges zébrèrent la rue. Le véhicule de police s'arrêta à son niveau et deux policiers en tenue en sortirent prestement. Déjà, ils étaient devant lui. Celui de gauche avait la main posée sur sa matraque tandis que celui de droite braquait le faisceau de sa puissante lampe torche sur son visage.

— Un problème, monsieur ?

— Un problème ? Vous êtes aveugles ou quoi ? répondit Jacob avec véhémence. Deux malades viennent de me tomber dessus !

— On se calme, monsieur, rétorqua le policier. On se calme ! Reculez vers le hall de l'immeuble, s'il vous plaît !

— C'est quoi le délire ! Je me fais tabasser et c'est moi qui...

— Pour la deuxième fois, monsieur, calmez-vous et reculez vers le hall ! répéta l'agent en faisant sauter le bouton pression de l'étui en cuir qui recouvrait le Taser X26 accroché à sa ceinture.

Jacob se ravisa. Il était deux heures du matin, il sentait sûrement la bière à deux kilomètres, il comprit que les deux flics avaient toutes les raisons de croire à une rixe d'ivrognes. Il se radoucit :

— Pardon, messieurs ! Je recule... Je recule...

Il joignit le geste à la parole. Le policier lâcha la crosse de son pistolet à impulsions incapacitantes.

— Je m'appelle Jacob Schmidt. Je suis journaliste et musicien. Je rentrais chez moi quand deux hommes cagoulés me sont tombés dessus et m'ont roué de coups.

— Très bien, monsieur. Nous allons vérifier ça. Vous avez vos papiers d'identité, s'il vous plaît ?

Jacob, dessoûlé comme par magie, sortit son portefeuille de la poche intérieure de son blouson, en extirpa sa carte d'identité et la tendit au policier. Celui-ci la remit à son collègue qui partit avec dans leur voiture de patrouille.

— Vous êtes blessé ?

— Je crois que je me suis coupé, dit Jacob en tirant la langue.

Le policier s'avança et éclaira la bouche ensanglantée de Jacob.

— Effectivement. Ça n'a pas l'air d'être trop profond... La langue ça saigne beaucoup... Rien d'autre ?

— Ma joue me brûle.

— Vous êtes éraflé également. Vous sentez l'alcool aussi, monsieur.

— J'ai… J'ai bu quelques verres. Mais je suis rentré à pied !

Jacob s'aperçut soudain qu'il avait toujours sa guitare basse sur le dos. Il en profita pour changer de sujet et la fit glisser par terre.

— Je suis sûr que ma guitare est morte en plus !

Il ouvrit la fermeture éclair de sa housse et constata que, dans le choc de la chute, le manche de son instrument s'était cassé au niveau de sa jonction avec la caisse de résonance.

— Une guitare à deux mille euros ! Merde !

Le deuxième policier revint et rendit à Jacob sa pièce d'identité. Il fit un petit signe de tête à son collègue pour lui faire comprendre que tout était OK.

— Je reprends, dit le policier, vous rentrez chez vous à pied… Après un concert, je suppose ?

— Oui, confirma Jacob qui se retint de faire une remarque ironique sur l'esprit de déduction hors pair du représentant des forces de l'ordre.

— Alors que vous arrivez chez vous, deux hommes avec des cagoules vous agressent. C'est bien ça ?

Jacob hocha la tête.

— Une idée de ce qu'ils voulaient ?

— Je ne sais pas… Mon argent… Ma guitare…

— Vous ont-ils demandé de leur donner votre argent ?

— Non.

— Votre guitare ?

— Non. En fait, ils n'ont rien dit ! Ils m'ont ceinturé par surprise et…

Jacob rassembla ses souvenirs. Tout avait été si vite. « Prends ses pieds ! » « Chope ses jambes ! » Les cagoules…

— J'ai comme l'impression qu'ils voulaient… Il hésita tellement cela paraissait énorme… qu'ils voulaient m'enlever !

Les deux policiers échangèrent un regard étonné. Jacob comprit qu'ils ne le croyaient pas. Comment leur en vouloir ? Lui-même n'était pas convaincu.

— Voulez-vous que nous vous accompagnions à l'hôpital, monsieur ?

— Non. Ça ira, dit Jacob. Il faut que je porte plainte ?

— Il faut effectivement.

— Maintenant ou ça peut attendre demain ?

— C'est vous qui voyez, monsieur, mais maintenant ce serait mieux effectivement. Le commissariat est sur Turmstraße. Voulez-vous que nous vous y emmenions ? C'est juste à côté.

Jacob réfléchit et déclina la proposition. Il voulait se poser chez lui. Les deux policiers, après s'être assurés qu'il était sûr de sa décision, attendirent qu'il ait franchi la porte de son immeuble pour remonter dans leur voiture et reprendre leur ronde nocturne.

Jacob resta interdit quelques secondes dans le hall puis monta en courant jusqu'au premier étage. Il ouvrit sa porte et s'engouffra dans son appartement. Referma promptement, boucla le verrou.

Dans le noir, appuyé contre le mur, la tension accumulée le quitta, se déversant comme un fluide froid à travers les pores de sa peau.

Ses mains se mirent à trembler.

Il pleura.

Chapitre 7

Mars 1948

— Maman ! Je suis fatigué, maman !

— Allez, Josef. Sois courageux, nous sommes presque arrivés…

— Maman ! Je suis fatigué… Tu me portes, maman ?

Josef s'était arrêté. Anna tira doucement sur sa main pour le faire avancer. Il ne bougea pas.

— Allez, Josef ! dit-elle d'un ton suppliant. Maman ne peut pas te porter.

— Si, maman. Porte-moi !

— Non ! Je ne peux pas, Josef. Regarde comme je suis chargée.

— Porte-moi, maman.

Les yeux de l'enfant s'étaient emplis de larmes et Anna les vit briller.

Elle était lasse mais elle comprenait et, en son for intérieur, excusait son fils. Ils marchaient depuis ce matin – ils marchaient même depuis près de trois ans – et il était naturel qu'un enfant si petit demande une pause. Ce n'était pas un caprice. D'ailleurs Josef n'était pas capricieux car c'était un luxe qu'Anna n'avait pu lui octroyer. En d'autres circonstances, peut-être lui aurait-elle cédé – n'y avait-il pas droit comme les autres enfants de son âge ? – mais les temps étaient durs, si durs que, à y bien penser, tout était sujet à caprice. Alors, en accorder un seul eut été une erreur qu'Anna n'avait pas commise.

Elle posa l'énorme baluchon qui contenait leurs maigres affaires. De son épaule, soudain délestée, partit une décharge électrique qui lui traversa tout le bras. Elle grimaça. S'accroupit face à Josef.

— Je sais que tu es fatigué, mon ange, mais nous allons bientôt pouvoir nous reposer. Tu vois cette charrette à bras, là-bas ?

— Non.

— Si ! Regarde ! Là-bas !

Elle lui désigna l'attelage emmené par un homme courbé au bout de la rue.

— Avec le monsieur ? demanda l'enfant.

— Oui ! Avec le monsieur. Eh bien c'est juste après.

— Juste après quoi ?

— Juste après le monsieur avec la charrette.

— C'est troooop loin ! geignit Josef.

Anna le serra dans ses bras. Elle aurait aimé pleurer mais elle se l'interdit. Combien de fois, depuis qu'il était né, avait-elle dû retenir ses larmes ? Ne rien montrer. Être forte. Elle fit faire demi-tour à son fils pour qu'il lui présente son dos, l'attrapa sous les bras, déplia ses jambes tout en le soulevant pour venir le jucher sur ses épaules. Josef tapa de satisfaction dans ses petites mains.

— Cheval ! cria-t-il, heureux.

— Ne bouge pas trop, Josef, tu vas tomber !

Avec prudence, elle se pencha pour saisir la sangle de son baluchon et se remit en route. Elle n'avait pas menti, l'immeuble de son cousin Heinrich se situait dans la prochaine rue à droite, derrière l'homme et sa charrette à bras, du moins l'espérait-elle car, déjà, elle était harassée. Elle voulait croire que ce serait le début d'une nouvelle vie. Qui chasserait l'autre. Cette vie d'errance, de faim, de froid qu'Anna connaissait depuis trois ans. Que Josef avait toujours connue.

Elle avait survécu à Berlin jusqu'à son accouchement. Elle s'était terrée sous les toits d'un immeuble de la rue Schützen après s'être aperçue que les Ivan répugnaient à monter dans les étages car, en Russie, les maisons étaient de plain-pied. Hete, aidée de son oncle Otto rongé par la culpabilité, s'était occupée d'elle. Ils l'avaient approvisionnée, en nourriture, en eau, lui avaient procuré des linges propres pour elle, puis pour le bébé. C'est Hete qui avait trouvé une sage-femme expérimentée avec qui elle avait mis Josef au monde sans complications. Elle devait tout à Hete à qui elle n'avait rien donné en échange. Habitait-elle toujours Berlin ? Était-elle toujours en vie ou était-elle décédée, comme sa sœur Eva morte sous les assauts répétés des Soviétiques ?

Peu après qu'elle eut accouché, Anna prit la décision de fuir la capitale. Elle pouvait se le permettre, elle avait du lait. Ses seins étaient ronds et pleins, elle pensait pouvoir pallier les besoins de son bébé sans avoir à s'en soucier (elle déchanterait un peu plus tard quand sa propre subsistance viendrait à manquer). Berlin n'offrait rien et il était impossible d'imaginer y élever un enfant. La nourriture était rare et donc rationnée. Les femmes avaient été réquisitionnées pour remettre Berlin debout et la plupart avaient passé leurs journées dans les ruines, à charrier des seaux et des seaux de gravats sous les aboiements plus ou moins hostiles des « libérateurs staliniens ». Anna échappa aux corvées imposées en restant cloîtrée, veillant à ce que Josef ne crie pas trop fort pour ne pas attirer l'attention des Russes. Bien que sa grossesse intriguât, on ne la dénonça pas.

Quand Josef eut trois mois, Anna l'emmitoufla dans un grand drap qu'elle noua autour de sa taille, à la manière des femmes africaines. Elle réunit toute la nourriture qu'elle avait réussi à mettre de côté, rognant un peu sur chacun de ses repas, et la fourra dans un petit cabas. Enfin, elle enfila tous ses vêtements les uns sur les autres et partit au milieu de la nuit. Le couvre-feu avait été levé avec le départ « des Alliés » et elle n'eut aucun problème à sortir de la ville. Elle avait dans l'idée de rejoindre sa ville natale. Elle pensait que Leipzig aurait été moins touchée par le conflit, elle pensait y retrouver ses anciennes amies, elle pensait…

Il lui fallut presque deux mois pour y arriver. Elle découvrit, lors de ce voyage, un pays ravagé que ses habitants, ahuris et hagards, peinaient à faire redémarrer. Tout était à refaire, tout manquait. Les routes, le pain, le lait, les maisons, les écoles. Les hommes manquaient. Sur la route, elle en croisa pourtant. Des cohortes entières qui revenaient des camps, du front, de l'enfer. Des morts vivants, émaciés, affaiblis, blessés, amputés. Des sous-hommes.

Leipzig n'avait pas été épargnée. Elle ne reconnut pas la ville qui l'avait vue naître, les rues dans lesquelles elle avait joué. L'immeuble de son enfance avait été rasé dans un bombardement et le seul membre de sa famille qu'elle réussit à retrouver, après plusieurs jours de recherche, fut une vieille tante, sœur de son père. Sénile, elle vivait dans un petit appartement insalubre et se nourrissait des déchets qu'elle ramassait dans les poubelles.

Anna entreprit alors un périple qui les mena, elle et Josef, dans une ribambelle de villes de ce Troisième Reich, bâti pour être millénaire et n'ayant pas vécu deux décennies, qui rivalisaient de misère et de désolation. Cette errance dura trois ans. Trois longues années pendant lesquelles elle crut perdre Josef à plusieurs reprises. Sous-alimenté, l'enfant mettait des semaines à se débarrasser du moindre virus et la grippe de l'hiver 1946 faillit le tuer.

Ironie du sort, ce fut à Berlin qu'ils avaient quitté et où ils revenaient finalement que la chance, qui les fuyait depuis des années, leur sourit : Anna croisa dans la file d'attente d'un magasin d'alimentation de Charlottenburg-Nord, une ancienne camarade d'école, Brigit Nagler. Veuve dynamique, elle tentait de subvenir aux besoins de ses deux enfants en bas âge et ce fut les larmes aux yeux qu'elle annonça à Anna qu'elle ne pouvait pas l'aider. Toutefois, elle lui apprit que son cousin, Heinrich Worms, était revenu du front russe il y avait quelques mois et qu'il habitait Fanningerstraße dans l'arrondissement de Lichtenberg. Peut-être l'aiderait-il ?

C'était de l'autre côté de la ville, dans la partie administrée par les Russes. Anna n'avait pas de quoi payer un titre de transport en commun et elle n'osa pas demander l'asile à Brigit. Ils dormirent sous le pont Röntgen.

Ils s'étaient mis en marche tôt ce matin-là. Et, alors que la nuit tombait, froide et humide, la rue Fanninger était là, au bout de la rue Atzpodien, derrière l'homme avec la charrette à bras.

Anna, qui avait depuis longtemps cessé de croire en Dieu, se surprit à prier pour que son cousin soit là. Elle gardait de lui le souvenir d'un garçon boutonneux, de cinq ou six années de plus qu'elle, joyeux et sportif. Il excellait au football, crut-elle se rappeler sans pour autant pouvoir le jurer. Elle l'avait perdu de vue quand il avait commencé à travailler, au début des années trente (il préférait la compagnie des filles de l'usine et de son âge), mais elle savait qu'il avait été mobilisé dès les premiers mois de la guerre. Il était revenu, lui. Dans quel état ?

Quand elle fut à l'angle des rues Atzpodien et Fanninger, l'homme à la charrette, qui vendait du charbon au seau, les regarda d'un œil mauvais. Anna s'éloigna d'une dizaine de mètres avant de laisser tomber son sac et de poser Josef par terre. Les Berlinois avaient fait des merveilles en trois ans. Bien sûr, des ruines subsistaient çà et là mais dans l'ensemble, la voirie avait été refaite, les becs à gaz, régulièrement espacés, éclairaient de larges trottoirs.

— Nous y voilà, Josef ! Tu vois, c'était juste derrière la charrette.

— Ah oui ! s'enthousiasma Josef comme savent le faire les enfants de son âge. Il est où, cousin Heinrich ?

— Au numéro 14. Viens, il faut avancer un petit peu.

— Mais je suis fatigué, maman, dit-il, un brin malicieux.

— Mais tu es un garçon ! Un garçon n'est jamais fatigué, si ?

— Non ! Je suis fort moi !

Il attrapa le sac et tenta de le soulever. Sa mère lui vint en aide et, tenant chacun un bout de l'anse, ils avancèrent jusqu'au numéro 14. Anna poussa la porte cochère et ils entrèrent dans la cour intérieure pavée. Elle courut presque vers les boîtes aux lettres et y chercha le nom de son cousin avec ferveur. Elle poussa un petit soupir de soulagement lorsqu'elle l'aperçut : « Heinrich Worms, 3è ét. Droite ». L'étiquette, vieille et jaunie, datait d'avant-guerre. Anna frémit mais n'en montra rien. Être forte…

— Allez, Josef, c'est tout en haut !

— Tout en haut ? demanda l'enfant avec une moue inquiète.

— Heureusement que tu n'es pas fatigué. Tu n'es pas fatigué, n'est-ce pas, Josef ?

— Ben non, maman. Allez !

Il ouvrit le chemin et grimpa sans rechigner jusqu'au palier du troisième. Le cœur battant, Anna frappa à la porte. Quatre fois.

Aucune réponse.

(Aurait-elle la force d'aller plus loin s'il n'ouvrait pas ?)

— Il est pas là, le cousin Heinrich ? demanda Josef.

— Mais si il est là ! Bien sûr qu'il est là ! Il n'a pas entendu, c'est tout, répondit Anna avec toute la conviction dont elle était capable. Une conviction susceptible de la convaincre elle-même.

Elle toqua à nouveau. Deux fois.

Et la porte s'ouvrit.

Heinrich. Malgré la barbe qui lui mangeait les joues, elle reconnut immédiatement son nez anguleux, ses beaux yeux bleus. Cependant, il avait les cheveux blancs et était plus grand que dans son souvenir.

— Oui ? demanda son cousin d'une voix lasse.

— Heinrich ?

— Oui ?

— Tu ne me reconnais pas, Heinrich ?

L'homme plissa les yeux et se pencha vers Anna. Il l'observa sans bruit pendant presque une minute. Puis son visage s'éclaira :

— Anna ?

— Oui, dit-elle.

— Oh ! Anna ! Anna !

Il se jeta sur elle avec violence et l'étreignit avec force. Josef recula d'un pas.

— Oh, Anna ! Anna !

— Tu m'étouffes, Heinrich, tu m'étouffes !

Josef se mit à pleurer. Heinrich lâcha sa cousine. Ses yeux étaient humides.

— Oh pardon, Anna ! Pardon !

Puis, apercevant le petit bonhomme :

— C'est ton… fils ?

— Oui, confirma Anna en prenant Josef dans ses bras pour le calmer. Il est fatigué, nous marchons depuis ce matin.

— Oh, Anna !… Anna !

Il la regarda un long moment sans rien dire, visiblement très ému, puis s'exclama :

— Mais entrez ! Entrez donc ! C'est ton sac ?

— Oui. Je…

— Entrez, je m'en occupe.

Il libéra le passage et attrapa le baluchon qu'il souleva comme s'il avait été rempli de plumes. Anna entra. Heinrich les suivit, posa le sac derrière la porte d'entrée qu'il ferma.

L'appartement n'était pas vaste et consistait en une pièce principale qui faisait office de cuisine et de salon. Une petite porte sur la droite menait à la chambre attenante.

— Asseyez-vous ! dit Heinrich en désignant la table.

Ils obéirent et Anna goûta au confort pourtant sommaire des chaises en osier qui auraient mérité d'être rempaillées. Heinrich, exalté, tourna autour d'eux, caressa la tête de Josef, répéta « Anna, oh, Anna… » une bonne dizaine de fois. Elle s'aperçut qu'il boitait un peu, sa jambe droite semblait raide.

— Avez-vous faim ? Voulez-vous manger quelque chose ? demanda-t-il. Bien sûr que vous avez faim ! Tu as faim, mon grand ?

Sans attendre de réponse, il ouvrit le vaisselier qui était posé entre les deux fenêtres donnant sur la rue, attrapa deux assiettes creuses, trois verres, deux cuillères à soupe qu'il plaça sur la table. Il mit le feu sous une casserole posée sur la cuisinière à gaz – équipement qui surprit Anna par sa modernité – et, tandis que la soupe réchauffait, il attrapa un gros pain noir dont il coupa deux grosses tranches. Il en tendit une à Anna et déposa la deuxième devant Josef, comme un trésor.

— Tiens ! Régale-toi !

Josef prit la tranche du bout des doigts et en détacha un bout de mie qu'il mit dans sa bouche.

— Attends ! J'ai encore mieux, dit Heinrich.

Il ouvrit la fenêtre de gauche et attrapa sur le rebord une assiette contenant un petit peu de beurre. Il sortit son couteau de sa poche, en fit jaillir la lame qu'il essuya sur le haut de son pantalon avant de couper un généreux morceau de beurre qu'il étala sur le pain du gamin.

— Tu vas voir, ce sera bien meilleur. Croque !

Josef, impressionné, obéit. Il planta ses petites dents dans la tartine et secoua la tête à la manière d'un petit chien pour détacher une bouchée. Ses yeux brillèrent alors. Un large sourire apparut sur son visage poupin. Il se souviendrait longtemps de cette première tartine au beurre.

— C'est bon, n'est-ce pas ? Tu en veux, Anna ?

Anna sembla gênée.

— Mais oui tu en veux !

Il tartina le pain de sa cousine, la regarda le savourer avant de se lever pour revenir avec la gamelle de soupe dont il remplit les deux assiettes. C'était un bouillon bien gras où nageaient de généreux morceaux de viande.

— Attention, c'est chaud ! Attends un peu, recommanda Heinrich à son jeune hôte.

Dans le buffet, il prit une bouteille de vin rouge, se servit un verre. Servit Anna. En mit un fond dans le verre de Josef qu'il compléta avec de l'eau. Il ne dit plus rien, les laissa finir leur repas. Ils se régalèrent. Anna n'avait pas aussi bien mangé depuis de nombreuses années. Josef découpait des morceaux de pain beurré qui devenaient de petits bateaux dans l'assiette de soupe avec lesquels il jouait un peu, les poussant du bout de sa cuillère, soufflant dessus, avant de les engloutir.

— Tu manges comme un homme ! s'étonna Heinrich quand il constata que l'enfant avait fini son assiette et son pain. Tu en veux encore ?

— Oui, dit Josef.

— Non, dit Anna fermement mais sans méchanceté. Il ne la mangera pas et puis il est l'heure de dormir, Josef, nous avons beaucoup marché aujourd'hui. Heinrich... Je... Tu...

Heinrich Worms n'était pas un abruti et il perçut la gêne de sa cousine.

— Bien sûr que vous pouvez dormir ici cette nuit.

Anna chancela. Cette nuit. Cette nuit seulement ! Elle avait tant espéré qu'il pourrait plus. Elle s'était trompée et s'en voulut.

— Vous allez prendre mon lit. Viens, Josef !

Worms tendit sa main à l'enfant qui, repu et donc apprivoisé, l'attrapa. Anna les suivit jusqu'à sa chambre dont le lit occupait la quasi-totalité de la surface. Elle déshabilla son fils et le coucha. Elle l'embrassa sur la joue avec tendresse.

— Dors bien, gamin ! Et pour demain, on verra ! ajouta Heinrich en sortant.

Anna et son cousin vinrent reprendre place à table. Heinrich remplit les verres à nouveau.

— Que fais-tu à Berlin, Anna ?

Elle lui expliqua leurs pérégrinations à travers l'Allemagne et il l'écouta sans l'interrompre. Quand elle eut fini, sans emphase particulière, il lui dit qu'elle et son fils pourraient emménager dans l'appartement qui appartenait à son frère avant la guerre. De trois ans son aîné, Karl Worms n'était pas revenu de Stalingrad. Célibataire et sans enfant, son modeste trois pièces, qui avait échappé aux bombardements, était inoccupé. Heinrich en possédait les clés et pensait même qu'il était encore sommairement meublé. Il installerait Anna et Josef dès le lendemain.

De soulagement, Anna éclata en sanglots, se confondit en remerciements. Heinrich la serra contre lui. Il la serra fort. Il la serra comme on serre une personne chère longtemps disparue. À l'exception de la vieille tante de Leipzig, Anna était la seule famille qui lui restait.

*

Le 10 mars 1948, Anna et Josef s'installèrent au numéro quinze de l'allée Caprivi. Ce jour, Anna décida que la guerre serait dorénavant derrière eux. Elle voulait regarder devant, elle voulait que Josef ait enfin la vie qu'il méritait.

Chapitre 8

16 décembre 2012

Jacob n'avait presque pas dormi quand il se présenta au *Polizeirevier** de la rue Turm.

Il avait revécu la scène plusieurs fois et avait cherché à comprendre. Pourquoi lui ? Pourquoi Jacob Schmidt ? Peu avant de sombrer dans un sommeil agité, il s'était finalement persuadé que seul le hasard expliquait cette agression : ils voulaient son argent et lui étaient tombés dessus parce qu'il s'était trouvé au mauvais endroit, au mauvais moment. C'était la version qu'il comptait livrer aux forces de l'ordre et à sa copine. Il avait hésité à l'appeler mais y avait renoncé, estimant que la réveiller en pleine nuit pour lui raconter sa mésaventure l'aurait stressée pour rien.

Le commissariat était un bâtiment austère, à deux cents mètres à vol d'oiseau de son appartement, et Jacob s'y rendit à pied. À l'accueil, quand il expliqua la raison de sa présence, on lui demanda de patienter. Ce qu'il fit, pendant plus de deux heures, avant qu'un homme d'une quarantaine d'années habillé en civil ne vienne le chercher. Il le guida sans parler jusqu'à une vaste salle dans laquelle se trouvaient plusieurs bureaux que rien ne séparait. Quelques personnes travaillaient. L'officier s'assit derrière l'une des tables et invita Jacob à prendre place face à lui. Il approcha le clavier de son ordinateur, fit pivoter l'écran vers Jacob pour que celui-ci puisse lire ce qu'il noterait.

* Commissariat.

— Bien. Je suis le lieutenant Bauer. Je vous écoute.

Cette laconique introduction déstabilisa Jacob. Il ne sut par quoi commencer.

— Oui ? dit Bauer en tapotant sa table avec les doigts de sa main droite, les uns après les autres, pour marquer son impatience.

Le lieutenant n'était pas d'une humeur accorte, son plus jeune fils avait la varicelle et il avait passé une nuit exécrable. Ce barbu à la joue griffée le gonflait déjà.

— Vous ne me posez pas de questions ? osa Jacob.

— Vous voulez ? Nom !

— Schmidt.

— D et T à la fin ?

— Oui.

— Prénom ?

— Jacob.

— Nationalité, date et ville de naissance ?

Jacob déclina son état civil que l'officier consigna. Cela prit un peu de temps car les deux index du lieutenant Bauer exécutaient une drôle de danse : tendus au-dessus du clavier, ils tournaient imperceptiblement sur eux-mêmes, pendant une poignée de secondes, à la recherche de la bonne lettre sur laquelle ils fondaient une fois repérée, telle une buse sur un mulot. Puis, aussi vite, ils revenaient à leur position d'origine pour recommencer leur manège avec la consonne ou la voyelle suivante.

— Bon. Ça, c'est fait ! Alors maintenant, je vous écoute.

Jacob comprit qu'il n'avait plus le droit de tergiverser et se lança :

— Je rentrais chez moi hier et…

— Quelle heure ?

— Pardon ?

— Vers quelle heure rentriez-vous chez vous ?

— Il devait être deux heures du matin, précisa Jacob.

— C'est tard.

Cette remarque refroidit Jacob. Il se dit qu'il ne devait pas faire bon être sur le banc des accusés avec le lieutenant Bauer.

— C'est parce que je suis musicien, je fais partie d'un groupe et…

L'officier se redressa sur son siège.

— Ah ? Vous jouez de quel instrument ? demanda-t-il d'un ton curieusement enjoué.

— De la guitare basse.

— Non ! s'exclama le policier. Moi aussi ! Dingue !

— Euh… Oui… dit Jacob.

Il ne savait pas s'il lui fallait partager l'enthousiasme de son interlocuteur car ni le lieu ni le moment ne lui parurent adéquats.

— Vous jouez de quoi ? Rock ? Jazz ? Pop ?

— Jazz. Mon groupe s'appelle The Princess of Jazz, on fait surtout des reprises.

— Ah… Super… dit Bauer avec une pointe d'envie dans la voix. Votre guitare, c'est une Fender ?

— Non, c'est une Rickenbacker.

— La même que McCartney ?

Jacob, qui venait de trouver le biais pour recentrer la conversation, laissa la question du lieutenant en suspens et enchaîna sans marquer de pause :

— Et d'ailleurs, elle s'est cassée lors de mon agression…

— Ah, c'est dommage. Parce que c'est une bonne guitare.

— Oui. Je ne sais même pas à qui je dois faire une déclaration pour qu'on me la répare parce que…

— Vous êtes assuré ?

— Oui… Enfin… Oui…

— Faites une déclaration et joignez-y une copie du dépôt de plainte. Après, ça dépendra de votre compagnie d'assurances.

Le caractère décousu et farfelu de cet entretien commença à agacer Jacob.

— Je vous raconte ce qui m'est arrivé, maintenant ? demanda-t-il d'une voix cassante qu'il regretta presque aussitôt.

Le policier lui jeta un regard mauvais et sembla se renfrogner.

— Oui. Allez-y.

Jacob lui narra ce qui s'était passé : l'agression, les deux hommes, la BMW, l'intervention de ses collègues. Le lieutenant Bauer écouta sans l'interrompre, le visage fermé.

— Vous avez pu lire la plaque d'immatriculation de la voiture ? demanda-t-il quand Jacob eut fini.

— Non. Tout a été trop vite. Et puis, il faisait noir…

— Mmm… Une idée de ce qu'ils voulaient ?

— Mon portefeuille, ma guitare… Je ne sais pas trop.

— Bon. On va résumer tout ça !

Le policier reprit la déposition de Jacob. À voix haute, il déclama chaque phrase, en détachant les mots pour pouvoir les taper sur son clavier au fur et à mesure :

— « Dans la nuit du dimanche 16 (seize) décembre, vers 2 (deux) heure du matin, je rentrai à pieds à mon domicile situé au numéro 9 (neuf) de la Freihofstraße. Devant mon domicile, deux individus cagoulé m'ont agressé, me plaquant au sol. Ils ont prit la fuite à bord d'une BMW de couleur »... Quelle couleur ?

— Noire. Ou bleu marine, je ne suis pas catégorique, il faisait sombre.

— « De couleur foncée à l'arrivée d'une patrouille de police. »

Il relut sa prose. Corrigea deux ou trois fautes. En laissa deux ou trois que Jacob n'osa pas lui faire remarquer.

— Voilà. Ah ! Je vais ajouter pour votre guitare. Ça aidera pour l'assurance. « La guitare que j'avais avec moi lors de l'agression, de marque Rickenbacker, a été cassée. »

Il lança l'impression du PV. Au milieu de la pièce, une vieille imprimante à ruban se mit à bourdonner. Le lieutenant se leva, alla récupérer la feuille et la tendit à Jacob pour relecture.

— C'est tout ? lâcha Jacob.

— Il faut ajouter quelque chose ?

— Ben... Je ne sais pas... Je...

— Réfléchissez bien.

Ce que fit Jacob. Sans se soucier de ce que penserait le policier, il ferma les yeux. Tâcha de se souvenir. Du mieux qu'il le put.

Le digicode. La main sur son visage. Le deuxième homme. Le coup de pied. Il mord la main. Il... La main ! Une image enfouie, subliminale, lui revint, claire et précise. Il ouvrit les yeux comme s'il se réveillait en sursaut après un cauchemar et s'exclama :

— Son avant-bras était tatoué !

Cette révélation ne fit pas l'effet escompté sur le lieutenant Bauer qui l'accueillit sans excitation particulière.

— Le droit ou le gauche ?

— Le droit. L'avant-bras droit !

— Que représentait le tatouage ?

— C'était un chiffre, je crois, soixante-huit ou quatre-vingt-trois j'ai du mal à me souvenir. Il y avait un huit, c'est sûr. Le nombre était entouré de serpents et de têtes de mort et des os. C'était assez compliqué mais... L'écriture était bizarre...

— Ça ressemblait à ça ? Vous permettez ?

Une femme blonde qui travaillait jusqu'alors à un bureau voisin s'était approchée. Elle se penchait vers le bloc de Post-it du lieutenant Bauer et lui demandait la permission de prendre une feuille.

L'officier la regarda et demanda :

— Vous êtes ?

— Capitaine Hoffer, BKA, dit la femme.

*

Anke Hoffer n'était pas retournée à Berlin depuis l'affaire du *Deutsches Historisches Museum* qui, si elle n'était pas encore classée, ne tarderait pas à l'être. L'analyse des vidéos des caméras de surveillance et l'enquête de voisinage n'avaient strictement rien donné, tout comme le signalement – beaucoup trop flou – des deux tueurs diffusé dans tous les commissariats du pays. Enfin, l'arme du crime n'apparaissait dans aucun fichier.

Parce que le vol pouvait n'avoir été perpétré que pour donner du crédit à la thèse du « cambriolage qui tourne mal », Anke, aidée de l'enthousiaste lieutenant Balhow, avait pourtant enquêté sur l'entourage du garde du musée assassiné mais les investigations n'avaient abouti nulle part. La victime était un bon père de famille, sans histoires, apprécié par ses collègues. De ce qu'Anke avait pu en juger, son épouse lui avait été fidèle depuis leur mariage et aucun amant jaloux, aucune maîtresse jalouse ne rôdait autour du couple qui justifiât de creuser davantage. Enfin, de condition modeste, comme ses parents et beaux-parents, l'argent virtuel qui aurait pu se cacher dans une grosse prime d'assurance-vie ou un héritage, mobile courant dans les meurtres de sang, n'existait pas.

Au soir du cinquième jour d'enquête, après qu'Anke l'eut débriefé au téléphone, son patron avait estimé que cette affaire ne méritait pas qu'on s'y attarde – ou, pour être plus précis, que le BKA s'y attarde car peu lui importait que la section locale y dépense de l'énergie et du temps. Il lui avait donc ordonné de revenir à Wiesbaden et de se mettre à la disposition d'un groupe d'enquête travaillant sur une possible menace terroriste nommée Till Kross.

Ce Munichois de 26 ans converti à l'islam, était revenu sur le territoire après un séjour en Afghanistan. Kross s'était fait remarquer deux ans auparavant par de virulentes diatribes contre les infidèles outre-Rhin. Incarcéré pour une bagarre de rue, il avait disparu des écrans radar à sa sortie de prison avant d'être localisé, en septembre 2011, dans le giron d'un prêcheur salafiste égyptien, terré dans un faubourg du Caire. Depuis cette date, il était activement surveillé. La moindre de ses allées et venues était connue et aucun doute ne planait quant à son passage par la patrie du commandant Massoud : il s'apparentait plus au commando militaire qu'à une simple visite touristique. Depuis plus de deux mois, Anke se relayait avec plusieurs collègues pour coller aux basques de l'activiste. Comme souvent dans ces cas-là, la filature était menée avec la plus grande discrétion car, de toute évidence, Kross avait intégré un réseau.

Et le BKA voulait le réseau. Till Kross serait leur cheval de Troie.

Bien qu'accaparée par cette tâche fastidieuse qui rognait sur sa vie de famille, entretenant les habituelles tensions dans son couple, la capitaine Hoffer ne parvenait pas à oublier ce meurtre au muséum. À plusieurs reprises, elle avait hésité à joindre le lieutenant Balhow pour voir s'il avait avancé dans ses investigations mais elle ne l'avait pas fait. Quelque chose dans cette affaire la chiffonnait. Les recherches qu'elle avait menées le premier soir de son enquête ne cessaient de lui tourner dans la tête. Elle s'échinait à vouloir trouver un lien entre ce vol singulier et l'agitation qu'on observait récemment dans le Landerneau néo-nazi. En effet, l'actualité de ces dernières semaines avait été ponctuée d'évènements à caractère raciste. Pris séparément, ces derniers ne semblaient être que des faits sans importance, d'ailleurs souvent relégués à la rubrique faits divers des quotidiens nationaux mais, pour Hoffer, ces soubresauts malsains d'une frange de la population nostalgique des exactions nationales-socialistes du siècle dernier traduisaient une inquiétante dynamique.

Elle en voulait pour preuve l'étonnante résonance qu'avait eue en Allemagne le discours tenu par Bernd Wagner, leader suisse du parti populaire « élégamment » nommé l'Aurore Blanche. Des posters reprenant les phrases fortes de cette allocution musclée, aux relents xénophobes à peine voilés, avaient fleuri sur les murs des grandes agglomérations allemandes grâce au zèle des colleurs d'affiches du NPD*. S'en étaient suivies deux ou trois séances houleuses dans la chambre basse du parlement où des députés étiquetés Die Linke* avaient jugé bon de relancer le débat sur la dissolution du NPD (une tentative similaire avait échoué en 2003).

Hoffer n'avait fait part de ses interrogations à personne à l'ex-

* Nationaldemokratische Partei Deutschlands : Parti National Démocrate d'Allemagne (extrême droite, NdA).

* La Gauche.

ception de son mari qui s'était moqué d'elle et de ses visions complotistes tirées par les cheveux.

Il n'empêche, le peigne d'Hitler était toujours dans un coin de sa tête.

Ce matin-là toutefois, ce fut Till Kross qui la monopolisa totalement. Pour la première fois depuis qu'il était suivi, alors qu'il avait été jusque-là d'une prudence extrême dans ses déplacements, le Munichois avait commis une bourde. Il était venu apporter un sac de sport grand format, que le BKA suspectait d'être rempli d'armes, à un homme jusqu'alors inconnu. Kross avait remis son paquet sur le pas de la porte, à la sauvette. Les deux hommes n'avaient pas échangé un mot. Sur les photos prises par l'équipe du BKA, le jeune Allemand, qui affichait en règle générale une décontraction travaillée, volontairement ostentatoire (à croire qu'il se savait suivi) paraissait tendu et inquiet. Assez pour qu'on considérât cette visite impromptue comme le début de quelque chose. Cela se confirma très vite quand le destinataire du paquet fut identifié: Gayr Tsarvaiev, dit Abdulla Seïfoullah. Voir ressurgir ce quinquagénaire tchétchène, bien connu des services de police mais qui s'était fait oublier depuis plusieurs années, ne présageait rien de bon.

Anke avait été chargée de recueillir toutes les infos possibles sur lui.

Pour ce genre de travail, après quinze années au BKA, la capitaine ne se contentait plus d'une simple recherche dans les fichiers: elle étayait toujours sa gamme* avec le ressenti des collègues ayant eu affaire à la personne dont elle voulait brosser le portrait judiciaire le plus fidèlement possible. Les renseignements supplémentaires qu'elle obtenait étaient pour la plupart enregistrés sur les disques durs de Wiesbaden mais ceux n'y figurant pas apportaient de l'épaisseur, un éclairage nouveau... Anke aurait eu bien du mal à expliquer les avantages de ces « bruits de couloir » comme elle les appelait, mais elle ne pouvait plus s'en passer.

Le commandant Meyerfield, du sixième commissariat de Francfort, était le dernier officier à s'être frotté à Tsarvaiev, qui lui devait son ultime séjour en prison. Anke habitait un ravissant pavillon, dans le très chic quartier de Zeilsheim à l'est de la ville, qui n'était qu'à quelques kilomètres du commissariat. Ce matin-là, elle avait donc décidé de lui rendre visite avant d'aller à son bureau.

* Batterie de recherche sur un suspect.

L'accueil de son collègue fut froid, pour ne pas dire glacial. Immédiatement, Anke comprit que le commandant, sûrement formé à la vieille école, ne goûtait guère la présence féminine dans la police. Que cette présence appartînt à la BKA n'était pas pour arranger les choses. Anke passa outre la froideur affichée et fit connaître la raison de sa visite « amicale » à ce géant qui la dépassait d'au moins deux têtes :

— Vous êtes le dernier, commandant, à avoir traqué Tsarvaiev. J'aurais aimé savoir ce que vous pensez de lui.

— Ce que je pense de lui ?

— Oui.

— Je ne suis même pas sûr de me souvenir en quelle année c'était.

— 2006.

— C'est loin, dit-il en soufflant.

Anke comprit qu'elle n'obtiendrait rien sans rien. Par chance, les hommes, comme le corbeau du fabuliste français, lâchaient facilement leur fromage si on savait les brosser dans le sens du poil. C'était on ne peut plus vrai dans les forces de l'ordre, milieu machiste s'il en était. Elle choisit de ne pas faire dans la dentelle et sortit l'artillerie lourde :

— C'est dommage parce que, avec votre expérience, vos années de terrain, je pensais que vous seriez à même de m'apporter des informations précieuses. Vous savez, au BKA, nous ne sommes pas souvent sur le terrain finalement et cela se sent dans nos analyses. La connaissance du Milieu, de la rue, est irremplaçable.

Elle faillit ajouter « vous êtes irremplaçable » mais se retint. Les yeux du commandant brillaient, elle l'avait ferré.

— 2006, vous dites ?

— Oui. Tsarvaiev. Gayr Tsarvaiev. Vous l'avez coffré pour attaque à main armée.

Meyerfield regarda la capitaine droit dans les yeux. Après quelques secondes, il marmonna :

— Mmm. Oui. Tsarvaiev, ça me revient…

Il fit semblant de fouiller dans ses souvenirs. Cela amusa Anke car elle n'était pas dupe : le regard de celui ou celle qui scrutait vraiment sa mémoire fuyait, c'était une règle qui ne souffrait presque pas d'exception. Seuls les menteurs étaient capables de ne pas baisser les yeux. Pour vérifier notamment qu'ils étaient crus. Quand Meyerfield estima que son effet avait assez duré, il feignit la surprise d'être toujours dans le hall du commissariat. En effet, il avait volontairement campé sur ses positions, au sens propre du terme, quand Anke s'était présentée.

— Mais venez donc dans mon bureau, nous serons mieux pour parler… capitaine.

Ils passèrent dans une vaste salle où se trouvaient plusieurs bureaux. Meyerfield, subitement charmé par cette femme qui, d'elle-même, avait su rétablir l'ordre hiérarchique naturel, lui présenta une chaise et attendit qu'elle soit assise pour prendre place à son tour. Comme il se souvenait très bien de Tsarvaiev, ce connard du Caucase comme il l'avait surnommé à l'époque, il attaqua son « histoire ».

Il parla et parla et Anke admira avec quelle vitesse la mémoire défaillante de l'officier avait retrouvé des couleurs et de l'entrain. Juste avec un compliment. Remarquable effet placebo.

Elle se concentra et ne prêta donc pas attention au garçon qui entra, accompagné d'un officier bougon. Toutefois, quand Meyerfield eut fini de parler, alors qu'elle décidait de prendre congé (très rapidement elle avait compris que les infos du commandant n'auraient aucune valeur) elle entendit le jeune homme évoquer un tatouage sur lequel figurait le chiffre huit.

Elle se leva. Meyerfield lui tendait la main, le bras replié dans l'espoir de la tirer vers lui au dernier moment pour lui voler une bise, nouvelle pratique copiée sur les voisins français, de plus en plus courante chez les jeunes en Allemagne. Anke l'ignora et, sans dire un mot, se dirigea vers le bureau où l'homme déposait.

— Ça ressemblait à ça ? Vous permettez ?

Elle se pencha vers le bloc de Post-it de l'officier et lui demanda la permission de prendre une feuille. L'officier la regarda et demanda :

— Vous êtes ?

— Capitaine Hoffer, BKA, dit-elle d'une voix ferme.

— Ah ? s'étonna-t-il. Je vous en prie.

Anke, sans demander la permission cette fois, prit un crayon qui traînait sur le bureau et dessina, du mieux qu'elle le put, le chiffre quatre-vingt-huit en lettres gothiques. Elle tendit le résultat au jeune homme dont le visage s'éclaira :

— Oui ! s'exclama-t-il après avoir vu le croquis enfantin de la capitaine. Oui ! C'était exactement ça ! Avec des serpents autour. Deux serpents étranges.

— Qu'avaient-ils d'étrange ?

— Leurs têtes étaient des têtes de mort... Enfin, les têtes des serpents étaient en squelette, comme si on avait retiré la peau. Sauf la langue qui sortait, fourchue. Je ne sais pas si je m'exprime correctement...

— Si, je vois.

— Et puis il y avait aussi une tête de mort humaine, et des os...

— Vous avez fini d'enregistrer sa déposition, demanda Hoffer au lieutenant.

— Un souci ? s'inquiéta Meyerfield qui s'était approché, curieux.

— Non, non, répondit-elle en se tournant vers lui. Merci beaucoup, commandant, vos renseignements m'ont été précieux et...

— Vous n'avez pourtant pris aucune note...

— Tout est là, commandant, dit-elle en pointant son front avec son index.

Elle ne put se contenir et ajouta, espiègle :

— Au BKA, nous ne sommes pas sur le terrain mais nous avons appris à nous servir de notre tête !

Meyerfield tiqua et Anke comprit qu'il avait compris. Comme quoi, il n'est pas aussi con qu'il en a l'air pensa-t-elle. Le commandant tourna les talons et, *in petto*, jura, mais un peu tard, qu'on ne l'y reprendrait plus.

— Vous signez le PV et on discute dehors ! ordonna Anke.

— Euh... Oui, oui, répondit Jacob, intimidé.

Alors qu'il attrapait le stylo que lui tendait la capitaine pour signer le procès-verbal, le lieutenant Bauer se crut obligé de reprendre la main. Si, tel un animal, il avait pu uriner sur son bureau, il l'aurait fait : on était entré sur son territoire, il fallait qu'il marque à nouveau les frontières de sa zone de compétence. Ce commissariat était le sien ; ce bureau était le sien ; ce témoin était le sien. Et qu'une femme de la BKA ou d'ailleurs le contestât n'était pas à l'ordre du jour.

— Une minute ! Je dois ajouter au procès-verbal la mention de ce tatouage. Cela pourrait aider à faire avancer l'enquête.

— Inutile, lança Hoffer.

— Je vous demande pardon ? demanda Bauer en se levant, subitement menaçant.

— Cet ajout me semble inutile, lieutenant, se tempéra la capitaine qui comprit qu'elle avait été un peu brutale.

— C'est à moi d'en décider.

Quelle grue je fais ! pensa Hoffer qui, pour gagner cinq minutes, venait d'en perdre dix. Elle s'en voulut de n'avoir pas été aussi maligne qu'avec le commandant Meyerfield. Toujours laisser aux hommes l'impression qu'ils mènent la barque se répéta-t-elle. Elle fit un petit pas en arrière pour signifier qu'elle abdiquait.

— Et je décide que c'est utile, ajouta le lieutenant en bombant le torse.

— Comme vous voulez. Je vous attends dehors, dit-elle à Jacob avant de s'éloigner.

Elle alla s'installer dans le couloir qui servait de salle d'attente. Elle trouva un siège et un vieux numéro de *Bunte* qu'elle feuilleta mécaniquement : Dieu que la vie des people était fade en comparaison de la sienne !

Jacob la rejoignit trois quarts d'heure plus tard. Quand elle l'aperçut, elle se leva, vint à sa rencontre.

— Vous avez fait vite, dit-elle.

— Ah ? s'étonna Jacob qui ne perçut pas l'ironie de la remarque. J'ai eu l'impression que votre collègue a tout fait pour que ça s'éternise pourtant… Taper plus lentement sur un clavier, je ne sais pas si c'est possible.

— Ce n'est pas mon collègue. On sort ? Vous avez cinq minutes ?

— Oui, oui. Pas de problème.

Quand ils furent sur le trottoir, Anke demanda :

— Vous connaissez le quartier ?

— Oh oui ! J'y habite depuis huit ans.

— Vous connaissez un endroit où nous pourrions discuter tranquillement ?

— Mmm, réfléchit Jacob. Il y a le Günthersburgpark pas loin… Sinon, je connais une brasserie qui…

— Très bien, trancha Anke. Allons-y. Je vous suis.

Jacob s'élança.

À mesure qu'il avançait vers la Berger Straße, un doute l'étreignit. Qui était cette femme ? Pourquoi lui avait-il accordé aussi vite sa confiance ? Pourquoi lui avait-il obéi aveuglément ? Il se rappela qu'elle n'avait présenté aucun papier certifiant de son identité. Le BKA avait-elle dit, mais qu'y faisait-elle ? De ce qu'il en connaissait, cet énorme centre gérait « tout et n'importe quoi », du crime pédophile au crime financier, de la cybercriminalité à la protection du président de la confédération. Il essaya de se souvenir d'un reportage qu'il avait vu sur ZDFneo* mais rien de précis ne lui revint. Une nébuleuse policière. Voilà tout ce qu'il savait du BKA.

Alors qu'ils n'étaient plus qu'à une centaine de mètres de leur destination, Jacob se sentit mal. Soudain, l'idée lui vint de partir en courant. Elle ne semblait pas particulièrement sportive, il aurait vite fait de la distancer. Mais c'était oublier qu'il n'était pas particulièrement sportif lui non plus. Et puis, elle cachait peut-être bien son jeu. Sans s'en rendre compte, il avait accéléré le pas.

— Un problème ? s'inquiéta Hoffer qui trottinait presque à côté de lui.

Jacob s'arrêta. Il se tourna face à elle.

— En fait, vous êtes qui ? demanda-t-il d'une voix blanche.

La capitaine Hoffer sourit.

Le jeune homme avait pâli d'une façon vertigineuse et se tenait raide devant elle. Elle nota un léger frémissement de ses épaules qui traduisait une tension musculaire de son corps tout entier. Ce n'était pas la première fois qu'elle faisait cet effet à un homme. Elle avait déjà eu l'occasion de juger du pouvoir secret de l'étiquette BKA sur certains de ses interlocuteurs. N'importe quel Allemand connaissait cet acronyme, mais très peu savaient ce qu'il cachait en son sein et, naturellement, l'inconnu effrayait.

— Je pensais m'être présentée, mentit-elle.

— Non, balbutia Jacob.

— Toutes mes excuses. Je suis la capitaine Anke Hoffer, dit-elle en lui tendant la main.

— Jacob Schmidt.

Ils échangèrent une poignée de main mécanique.

— Je travaille au BKA, division ST pour *Staatsschutz**. Cette division est en charge des crimes à motivation politique.

— Les islamistes ?

— Entre autres mais pas que. Tenez, voici ma carte.

Elle sortit sa carte professionnelle et la présenta à Jacob qui lui prit des mains pour la détailler. Il vérifia notamment que la photo correspondait bien à la femme qui se tenait devant lui. Lorsqu'il en fut sûr, il lui rendit son document et se relâcha.

— Merci, dit-il.

— De rien. Nous pouvons repartir ?

* Chaîne de télévision allemande spécialisée dans les documentaires.

* Sécurité de l'État.

— Euh oui, oui. Bien sûr.

Ils rejoignirent la brasserie et y entrèrent. Hoffer voulut détendre l'atmosphère et proposa d'offrir à boire. Jacob prit un demi, elle se contenta d'un Coca zéro. Elle le laissa boire une gorgée et, quand il reposa son verre au centre du sous-bock, elle posa sa première question :

— Vous êtes juif ?

Jacob Schmidt resta interloqué.

S'il était juif ?

Presque.

Chapitre 9

Mai 1995

Martine Hespel sortit en trombe du campus de l'ENSEEIHT*. Quand elle passa devant la loge de la concierge, elle lui fit un petit signe de tête par pure politesse mais ne s'arrêta pas comme elle le faisait d'ordinaire pour échanger quelques banalités. Elle était pressée ! Son vélo était attaché sur le petit parvis. Déjà, elle avait son trousseau à la main et avait isolé la petite clé de son antivol. Elle libéra sa bicyclette, rangea le U et ses clés dans son cartable qu'elle glissa sous le sandow vert du porte-bagages. De nouveau, elle jeta un œil à sa montre, il était 17 h 27.

Elle n'aurait pas dû prendre ce rendez-vous chez le dentiste si tôt après son cours. Comme d'habitude, un étudiant zélé était venu lui poser des questions à la fin de l'heure et, comme d'habitude, elle n'avait pas su lui signifier qu'elle était déjà en retard et n'avait pas le temps de lui répondre. Il n'avait pas compris tout de suite, elle avait dû reprendre son explication et maintenant, elle était vraiment en retard.

Mentalement, elle choisit le chemin le plus court pour aller jusqu'à la rue de la Pomme. Bien sûr, cet itinéraire comportait un sens interdit mais son sens inné, presque maladif, de la ponctualité s'en accommoda. Elle aurait traversé la Garonne à la nage si cela avait pu la faire arriver à l'heure. Elle calcula, c'était plus fort

* École nationale supérieure d'électrotechnique, d'électronique, d'informatique, d'hydraulique et des télécommunications (Toulouse).

qu'elle, le temps qu'il lui fallait, ajouta deux minutes pour les imprévus et constata avec plaisir qu'elle pouvait encore y être à temps. Mais il ne fallait pas traîner.

Le vélo à la main, elle descendit les quelques marches qui débouchaient au niveau de la chaussée. Les yeux rivés sur son objectif, le canal du midi au bout de la rue Caraman, elle ne regarda pas à droite comme elle aurait dû le faire et ne vit pas arriver la Renault rouge de la rue Riquet. Son conducteur, qui conduisait beaucoup trop vite dans ce quartier du centre-ville, eut à peine le temps de freiner et heurta la cycliste avec une violence inouïe. Une étudiante en master Nouvelles Technologies de l'Énergie – qui avait eu madame Hespel en première année – cria.

La Renault, tandis que ses pneus mordaient l'asphalte en couinant, écrasa la bicyclette. Un bruit métallique à glacer le sang.

Puis le son mat du corps de Martine qui heurtait le sol après avoir volé sur une dizaine de mètres.

Elle mourut sur le coup.

Josef n'apprit sa mort que le lendemain. Un coup de fil de sa belle-mère qui lui annonça froidement que les funérailles étaient prévues quarante-huit heures plus tard afin qu'il puisse venir d'Allemagne. Elle précisa que Martine serait enterrée au cimetière de Lardenne à l'ouest de Toulouse et que la cérémonie religieuse se tiendrait à 15 heures. Puis, elle insista pour savoir s'il viendrait. Josef, encore sous le choc de la nouvelle, bredouilla que oui, bien sûr, il serait là. Avec Jacob.

Il eut du mal à trouver des billets d'avion pour Toulouse depuis Berlin, à croire que le monde entier se rendait en France où les urnes fermeraient dans un peu plus de cinq heures. À ses côtés, son fils Jacob semblait perdu dans ses pensées. Il regardait par le hublot et Josef le regardait regarder. Ses yeux étaient embués par les larmes. Il conçut sans problème, lui qui avait enterré sa mère à l'âge de trente ans, que perdre la sienne à dix ans constituait une douleur violente, difficile à assumer. Un traumatisme qui laisserait des marques. Il posa avec douceur sa main sur l'épaule de son fils qui ne réagit même pas.

Et puis, curieusement, Josef voulut parler de sa maladie à Jacob. Cette envie lui vint comme ça, sans raison apparente, mais il la refoula avec énergie, s'interrogeant sur le mécanisme imbécile à la source de ce besoin morbide : s'épancher sur sa propre mort le jour de la mort de sa femme. Évoquer au fils le décès du père le jour du décès de la mère. Il eut un frisson. Comme l'hôtesse passait dans l'allée, pour chasser ces pensées délétères, il demanda un whisky.

— Votre fils désire quelque chose ? demanda la jeune fille.

— Jacob ? Tu veux boire quelque chose ?

Jacob ne tourna pas la tête mais la secoua sans énergie de droite à gauche.

— Non, merci, dit Josef.

— Tout va bien ? s'inquiéta-t-elle avec empathie.

— Pas trop non. Merci, éluda-t-il.

— S'il désire quelque chose, plus tard, n'hésitez pas.

— Très bien. Merci.

Ils atterrirent à l'heure. Prirent le premier taxi de la file et arrivèrent à leur hôtel peu avant 19 heures. Josef avait réservé une chambre dans le Grand Hôtel de l'Opéra dont les fenêtres donnaient sur la place du Capitole. Il avait envie de montrer cet endroit à son fils. Car il avait aimé cette place quand il y était venu, il y a des années, avec elle. Lui qui pensait avoir fait table rase de ses huit années de mariage avec Martine Hespel-Schmidt constatait que ce n'était pas tout à fait exact. Elle avait laissé sa trace, comme une cicatrice : une marque indélébile qu'il partageait avec Jacob et, dans l'ascenseur qui les menait au deuxième étage, il dut admettre que lui aussi était en deuil.

Depuis la fenêtre de leur chambre, ils assistèrent au triomphe des partisans de Jacques Chirac. Ils regardèrent cette foule en liesse sans vraiment la voir.

Jacob se revit sur les épaules de son père, sa mère à leur côté, au poste-frontière Heinrich-Heine-Straße. Il n'était pas grand mais il se souvenait de cette marée humaine venue assister à la chute du Mur. Il se rappelait l'enthousiasme de son père, le sourire de sa mère. Ils étaient passés de l'autre côté ce soir-là, tard dans la nuit. Ils s'étaient laissés porter par le flot est-allemand qui se déversait jusqu'à la RFA devant les gardes ahuris, comme soûls. Ils avaient regardé les boutiques, les rues et puis ils étaient rentrés chez eux, à l'Est. Jacob avait les jambes lourdes mais les yeux pleins d'étincelles.

La cérémonie religieuse fut célébrée en l'église des Jacobins devant une trentaine de personnes. Josef vint saluer ses ex-beaux parents qu'il n'avait pas revus depuis 1990. Jacques Hespel lui donna une accolade sincère tandis que Marie-Paule lui serra la main sèchement. Malgré tout, Josef lui sut gré d'être si mesurée dans son ressentiment. Il savait qu'elle lui vouait une haine féroce depuis son divorce avec sa fille unique qui n'avait jamais pu revendiquer la garde de Jacob et avait quitté l'Allemagne comme elle y était venue, sans rien. Deux années de bataille juridique âpre n'avaient pas changé la donne : Jacob était né en Allemagne et, s'il possédait la double nationalité franco-allemande, aux yeux du *Jugendamt**, il n'était qu'allemand. Martine ne dut qu'à la bienveillance de Josef, qui à plusieurs reprises amena Jacob en France pour les vacances, de voir son fils au cours des trois dernières années.

À la sortie de l'église, Jacques et Marie-Paule embrassèrent Jacob avec chaleur et proposèrent de l'emmener jusqu'au cimetière dans leur voiture. Il accepta. Josef leur laissa ce petit moment d'intimité et grimpa dans la voiture d'un cousin de son ex-épouse. Marie-Paule laissa Jacob prendre la place de devant. Jacques roulait lentement derrière le corbillard.

— Tu continues de parler français, Jacob ? demanda Marie-Paule en français.

— Oui, dit Jacob.

En effet, à l'initiative de son père, il entretenait sa langue maternelle en suivant des cours de conversation deux fois par semaine au centre français de Berlin.

— C'est bien, Jacob. Il ne faut pas que tu oublies que tu es autant français qu'allemand. Tu le dois à ta mère.

La grand-mère marqua une pause. Elle croisa le regard sévère de son mari dans le rétroviseur central mais n'en tint pas compte.

— Tu es triste, Jacob ?

— Oui.

— Tu sais, ta mère t'aimait énormément même si elle ne te voyait pas souvent.

— Je sais.

— Prie pour elle ainsi tu ne l'oublieras jamais. Dieu sera votre intermédiaire.

Jacob se tourna vers sa grand-mère.

— Lequel ?

* Organisme allemand chargé de surveiller les soins et l'éducation apportés par les parents à leurs enfants. Il joue un rôle significatif dans toute procédure familiale, notamment le droit de garde en cas de divorce.

Chapitre 10

16 décembre 2012

— Si je suis juif ? répéta Jacob.

— Oui.

Son père était juif, sa mère ne l'était pas, il n'était donc pas juif selon les lois immuables de la Halaka. Demi-juif éventuellement, lui avait-on appris, mais il trouvait le terme laid, qui sonnait pour lui comme demi-écrémé ou demi-portion, et ne l'avait jamais repris à son compte. Toutefois, il n'était pas catholique pour autant, ni demi-catholique. Il avait choisi sa voie ou plutôt il n'en avait choisi aucune. Il était et se revendiquait athée. Ce fut ce qu'il répondit à Anke Hoffer :

— Non. Mon père l'était mais pas ma mère. Elle était catholique. Moi je suis athée.

Il but une gorgée de bière, moins savoureuse que la première.

— Pourquoi me demandez-vous ça ?

— Parce que le tatouage que vous avez vu est typique des groupes néonazis et que…

— Les skinheads ? la coupa Jacob.

— *Boneheads* pour être plus précis, rectifia Anke. À l'origine…

Elle s'arrêta car elle eut soudain la paresse de se lancer dans la description détaillée du mouvement skinhead qui comptait presque autant de factions que de sympathisants. Elle but un peu de Coca. Ce fut Jacob qui revint à la charge quand elle reposa son verre devant elle :

— Et puis ?

— Vous voulez vraiment savoir ?

Il ne répondit pas mais Anke comprit qu'elle venait de le vexer. Oui, il voulait vraiment savoir. Elle regarda sa montre discrètement. Elle avait un peu de temps alors, se basant sur les recherches menées dans sa chambre d'hôtel le soir du meurtre du gardien, elle mit à contribution son excellente mémoire et son impressionnante faculté de synthèse :

— Le mouvement skinhead naît en Angleterre à la fin des années soixante. De jeunes Anglais, urbains, amateurs de jazz, de Vespa et d'amphétamines vont sacraliser leur tenue vestimentaire : Dr Martens, jeans courts, polo Fred Perry, bretelles et crâne rasé.

— En guise de symbole militaire ?

— Pas du tout. Souvent, ils bossaient à l'usine et cette coupe leur évitait des accidents de travail. À l'origine, le mouvement skinhead est apolitique. C'est la politique thatchérienne qui va profondément changer la donne. Le climat social anglais exécrable va favoriser l'émergence du National Front qui soucieux de faire le plein de militants, va aller draguer dans les stades de foot, très fréquentés par les skinheads qui s'avèrent faciles à convaincre. À la fin des années soixante-dix, un de ses membres crée *Screwdriver* qui va devenir le groupe phare du mouvement Oi !*, la musique des skinheads. Son leader, Ian Stuart, est un militant néonazi. Il convertit lui aussi bon nombre de jeunes aux idées d'extrême droite…

Anke perçut l'incrédulité de son interlocuteur. Lors de ses recherches, elle aussi avait découvert avec surprise le prosélytisme diablement efficace du guitariste, chanteur et fondateur du label Blood & Honour.

— C'est à moindre échelle ce qui s'est passé dans les années trente en Allemagne. Hitler est arrivé au sommet de la sphère politique car il était charismatique, oui, mais aussi et surtout parce que l'état du pays lui était favorable. Ian Stuart va acquérir cette petite notoriété, ce statut de leader, en surfant sur les difficultés sociales qui gangrènent l'Angleterre à cette époque. Ses concerts sont de plus en plus violents, les textes de ses chansons de plus en plus homophobes, xénophobes et racistes. En réaction à cette dérive nationaliste, naissent alors des groupes de skinheads antiracistes qui, parce qu'ils sont très ancrés politiquement à gauche, se nomment les *redheads* et surnomment les skinheads néonazis, *boneheads*, têtes d'os.

* Contraction de « *Hey You* ! ». Toutefois, certains expliquent aussi que « Oi » serait la transcription phonétique des dernières lettres de « *Strenth through Joy* », la traduction anglaise du mouvement nazi « La force par la joie » (*Kraft durch Freude*).

Anke fit une pause. But pour humecter sa gorge sèche.

— Je ne sais pas si j'ai été claire ?

— Si si… concéda Jacob, épaté par la précision de son intervention.

— Aujourd'hui, on dénombre plusieurs factions issues de ce mouvement originel des skinheads propres à chaque pays. Ce n'est pas qu'un problème allemand, c'est un phénomène mondial : nazi-skin, hammer-skin, fascho-skin, white power skin… C'est un peu le foutoir. Chez nous, le *Verfassungsschutz** estime le nombre de militants à deux mille pour quelques dizaines de milliers de sympathisants. Par chance, les groupes sont relativement isolés les uns des autres mais, si quelqu'un ou quelque chose venait à les unir… Enfin, tout ça est compliqué et, pour résumer, vous avez raison, globalement, si on omet quelques groupes perpétuant les origines festives et apolitiques du mouvement, les skinheads partagent les théories de l'extrême droite.

— Et l'extrême droite aime se rouler dans la fange de l'antisémitisme ! compléta Jacob.

— Exact. D'où ma question sur vos origines. J'espère d'ailleurs que vous ne l'avez pas mal interprétée, je m'aperçois que j'ai été un peu directe. C'est un de mes défauts.

Jacob ne répondit pas. Oui, il l'avait trouvée directe mais, après tout, n'était-ce pas mieux ainsi ?

— Et le tatouage ? interrogea-t-il.

— Le chiffre quatre-vingt-huit est souvent utilisé. Le huit symbolise la huitième lettre de l'alphabet, le H, qui, doublée, forme l'abréviation *Heil Hitler*. En récitant l'alphabet dans l'autre sens, on tombe sur « SS ». Bref, des références subtiles… Au début, les signes de reconnaissance et d'appartenance étaient clairement affichés, puis les codes sont apparus, déchiffrés par les seuls initiés. Les chiffres pour les lettres est le plus simple mais il en existe des plus alambiqués. « *Fourteen Words* » par exemple qui fait référence à une citation d'un néonazi américain dont j'ai oublié le nom qui signifie *« We must secure the existence of our people and a future for white children »*.

— Nous devons sécuriser la vie de nos gens et l'avenir des enfants blancs, murmura Jacob.

— L'utilisation du loup-garou est aussi un grand classique. Le *Werwolf**, cet animal imaginaire, était l'emblème d'une organisa-

* Service de renseignement allemand.

* Loup-garou.

tion SS qui avait en tête de poursuivre le combat contre les Alliés après que la reddition ait été signée.

Jacob finit son verre, imité par Anke qui conclut :

— La liste de ces symboles de ralliement est encore longue, je ne les connais pas tous.

Ils restèrent un moment silencieux comme s'ils méditaient sur ces dernières paroles.

— Pourquoi mon histoire vous a-t-elle interpellée, capitaine ? Car vous n'étiez pas au commissariat pour ça, non ?

Anke Hoffer le regarda, surprise par la sagacité de cette question. Elle réfléchit à sa réponse qui ne la satisfit pas mais qu'elle donna tout de même :

— Je travaille sur une affaire… qui présente certaines similarités.

Chapitre 11

Janvier 1953

La neige avait recouvert Berlin pendant la nuit.

Quand Anna et Josef sortirent de leur appartement du 15 de l'ancienne allée Caprivi récemment renommée Marie-Curie, les trottoirs et la chaussée étaient encore immaculés. Josef poussa un cri de joie. Il fit quelques bonds, se retourna pour s'extasier sur ses traces.

— Doucement, Josef, tu vas glisser !

L'enfant n'écouta pas sa mère et continua à sauter. Anna le regarda. Elle n'avait pas le courage de le gronder. Elle avait mal dormi et avait tourné dans son lit toute la nuit avant de prendre sa décision. À la lueur d'une bougie, sur la table de la cuisine, elle avait écrit la lettre qu'elle s'apprêtait à porter à son cousin. La démarche aurait été plus aisée si Josef avait été à l'école mais elle n'avait pas voulu attendre. Et puis elle était sûre de trouver Heinrich chez lui un dimanche.

Elle vint prendre son fils par la main et le tira dans la bonne direction. Josef se mit en marche, accéléra, prit une vingtaine de mètres d'avance, s'arrêta et se retourna. Alors, avec vivacité, il confectionna une boule de neige qu'il jeta maladroitement en direction d'Anna. Comme il la rata, elle lui rendit la monnaie de sa pièce. Plus précise, elle le toucha. Il rit.

Comme deux enfants, ils jouèrent quelques minutes et Anna oublia presque pourquoi ils étaient dehors ce dimanche, si tôt le matin mais, quand elle mit ses mains dans les poches de son manteau, elle sentit l'enveloppe. Elle s'assombrit.

— Allez, on y va, Josef. Réchauffe tes mains, elles doivent être gelées et tu vas tomber malade.

— Même pas, maman, dit-il.

— Fais ce que je te dis ! intima Anna d'une voix ferme.

Josef laissa tomber la neige qu'il avait prise et s'épousseta les mains sur les jambes de son pantalon. En regardant le sol, boudeur, il suivit Anna. Ils traversèrent le quartier de Friedrichfelde puis longèrent l'hôpital Oskar Ziethen avant d'arriver chez Heinrich Worms.

Au moment de frapper à la porte, Anna fut prise d'une bouffée de honte. Depuis qu'il leur avait prêté l'appartement de son frère décédé, il y avait presque cinq ans de cela, elle n'avait rendu que quatre visites à son cousin, alors que leurs deux logements n'étaient distants que de quelques centaines de mètres.

Le temps avait filé si vite !

Grâce aux jardins d'enfants mis en place par le gouvernement de Wilhelm Pieck dans la zone d'occupation soviétique, Anna, déchargée de Josef, avait vite trouvé du travail. Elle avait été embauchée dans une *Volkseigener Betrieb** où, huit heures par jour, elle mettait dans des boîtes en carton des ampoules électriques qui arrivaient sur un tapis roulant au rythme de dix toutes les minutes. Travail aliénant qui l'épuisait. Elle rentrait éreintée et dépensait le peu d'énergie qui lui restait à jouer avec Josef (ne rien montrer, ni fatigue, ni lassitude). Les dimanches étaient réservés au repos. Ils faisaient la grasse matinée dans le grand lit, déjeunaient copieusement puis, si le temps le permettait, sortaient en début d'après-midi pour aller se promener dans un parc. Leur préférence allait au Schloßpark qui était spacieux, très vert et se situait à moins de deux minutes de chez eux. Anna lisait un livre sur un banc pendant que Josef courait, sautait, se cachait, poursuivait des ennemis invisibles. Parfois, Gustav et sa mère les rejoignaient. Les enfants se connaissaient bien car ils étaient gardés ensemble pendant la semaine. Ils partageaient leurs jeux tandis que leurs mères discutaient de choses et d'autres.

Plus tard, Josef entra à l'école et, s'ils conservèrent la tradition de la sortie dominicale, une partie de la journée fut consacrée à l'apprentissage des leçons et la rédaction des devoirs, tâche aisée tant

* Entreprise possédée par le peuple.

Josef était doué pour apprendre et comprendre.

Ainsi, depuis la fin de leur errance, la vie d'Anna et Josef était simple. De cette simplicité naquit une certaine forme de bonheur familial qui créa autour d'eux une bulle dans laquelle ils oublièrent les autres. Si on le lui avait dit, Anna aurait nié : elle n'avait pas oublié son cousin ! Elle l'avait juste – sans s'en rendre compte – mis entre parenthèses. Cette mise au ban temporaire et involontaire datait de mars 1948 et Anna prit conscience, sur le palier d'Heinrich que, si elle s'apprêtait à y mettre fin, c'était pour une raison égoïste.

Néanmoins, elle mit ses scrupules de côté et frappa.

Son cousin, comme d'habitude, ouvrit la porte presque immédiatement.

— Ah ! Anna ! dit-il avec joie avant de la serrer dans ses bras. Josef ! Comme tu as grandi ! Tu vas finir par me rattraper, brigand !

Il se baissa, cueillit l'enfant et le souleva comme s'il était de paille pour le poser sur son épaule droite.

— Ça me fait plaisir de vous voir ! Ça faisait longtemps !

Bien qu'aucun reproche ne perçât dans sa voix, Anna se sentit rapetisser.

— Pardon, Heinrich. Tu sais…

— J'avoue que je n'ai pas trouvé le temps de vous rendre visite. Et je n'ai pas d'excuse en plus. Je suis un méchant cousin ! dit-il tandis qu'il plaquait Josef contre le mur du palier, à quelques centimètres du plafond, pour lui faire des chatouilles.

— Arrête… cousin… Heinrich… balbutia Josef entre deux fous rires. Je… vais… faire… pipi…

— Ah non ! Pas sur le palier, brigand !

Il le posa au sol.

— Mais entrez, entrez donc. Vous voulez boire quelque chose de chaud ? Il doit me rester du thé dans la théière.

Ils entrèrent et s'installèrent autour de la table de la cuisine, comme ils l'avaient fait cinq ans auparavant. Heinrich servit à chacun une tasse de thé brûlant et posa le sucrier devant Josef.

— Mets plusieurs cuillères, c'est meilleur, dit-il en lui faisant un clin d'œil.

Josef s'exécuta non sans avoir demandé du regard la permission de sa mère. Elle la lui accorda en silence.

— Oh ! s'écria Heinrich en se levant brusquement. J'y pense ! C'est bientôt ton anniversaire, il me semble !

— Dans une grosse semaine, confirma Anna.

— J'ai un cadeau pour toi, Josef !

Il passa dans sa chambre et revint, les mains dans son dos.

— Tu aimes le football, Josef ?

— Ouais, répondit l'enfant.

— On dit oui, Josef. Pas ouais, lui fit remarquer Anna.

— Pardon, maman. Oui.

— Tu sais y jouer ?

— Un peu.

— Eh bien, avec ça, tu seras bientôt le meilleur de l'école !

Il brandit un superbe ballon en cuir marron qu'il avait dû nettoyer car il brillait comme s'il était neuf. Il fit un pas en avant puis, soudain, se ravisa et remit la balle dans son dos. Il se tourna vers Anna.

— Il est sage à l'école au moins ? Il a de bons résultats ?

— C'est le meilleur de sa classe, confia Anna avec une certaine fierté.

— Ah ! dit Heinrich comme soulagé. Alors, il peut avoir son cadeau ?

— Oui.

— Tiens, champion !

Il lança le ballon à Josef qui l'attrapa à la volée.

— Eh ! Quelle vivacité, on dirait Fritz Walter* !

Un large sourire illumina le visage de Josef qui participait aux parties endiablées de la cour de récréation, souvent avec un ballon à moitié crevé et oblong, qui ne rebondissait jamais deux fois de la même façon. Il vit tout de suite tout le prestige qu'il pourrait tirer de cette balle rutilante et… ronde.

— Merci, cousin Heinrich.

— De rien, gamin, de rien. J'y ai beaucoup joué… Avant la guerre, dit-il avec une nostalgie empreinte de tristesse. Mais je suis trop vieux maintenant et puis, avec cette douleur à la jambe…

Il frotta sa cuisse droite du plat de la main.

— Il te servira bien plus qu'à moi !

— C'est un joli cadeau, dit Anna. Josef, donne un bisou à cousin Heinrich.

Josef s'exécuta.

— Et si tu allais l'essayer dans la cour ? proposa-t-elle. J'ai à parler avec Heinrich. Tu ne fais pas trop de bruit. Ne tape pas sur les murs.

* Joueur de football allemand, champion du monde en 1954.

— Promis, maman, dit Josef qui partait déjà en courant.

Ils l'entendirent dévaler les escaliers.

— Tu as un gentil bonhomme, Anna, remarqua Heinrich.

— Oui.

— Veux-tu encore du thé ?

— Non merci.

— Que veux-tu me dire, Anna? demanda Heinrich qui avait perçu le trouble qui habitait sa cousine.

— C'est délicat…

Elle avait réfléchi pendant tout le trajet à la meilleure façon de présenter sa requête mais, pourtant, les mots se dérobaient. Son cousin, à voix basse, demanda :

— Tu as des problèmes avec le ministère de la Sécurité d'État* ?

— Non, non ! répondit précipitamment Anna que la simple évocation de ce terrible service, qui prenait une ampleur que nul ne pouvait ignorer, effraya. Non. Je… Tout a commencé, il y a un peu plus de deux ans, en 1950…

Elle frotta ses mains sur le tissu de sa jupe, baissa les yeux.

— Je m'en souviens comme si c'était hier… Je marchais comme un automate, j'étais épuisée, vidée. Mon seul réconfort était la main de Josef dans la mienne. Je lui ai demandé s'il avait passé une bonne journée à la FDJ* mais il était trop absorbé à suivre des yeux une corneille qui voletait au-dessus de nous et il ne m'a pas entendue. Je n'ai pas insisté. Dimanche arrivait, nous aurions tout le temps de parler, de jouer, de faire des câlins. Nous sommes arrivés allée Caprivi et, comme d'habitude, j'ai laissé à Josef le soin de relever le courrier. Il était si fier de le faire… Tu aurais vu sa tête !

Elle sourit tristement avant de reprendre.

— Il a ouvert la boîte, a glissé sa petite main à l'intérieur et en a ressorti un morceau de papier sale, plié en quatre. Il a refermé le clapet de la boîte avant de m'apporter le papier. Je l'ai déplié. Les lettres étaient bien formées, l'écriture presque élégante mais le message infect.

— Qu'est-ce que ça disait ?

— « Ton fils ne t'appartient pas, sale juive. »

Heinrich ne dit rien. Il se leva brusquement et alla à la fenêtre.

Il vérifia que Josef était toujours dans la cour puis revint s'asseoir face à sa cousine. Il resta silencieux un long moment. Anna attendit sa réaction sans parler.

* *Ministerium für Staatssicherheit*. Plus connu sous le nom de STASI.

* *Freie Deutsche Jugend* : Jeunesse libre allemande.

— C'était peut-être une mauvaise plaisanterie, dit-il enfin.

— J'ai reçu quatre messages similaires dans les mois qui ont suivi.

— Ah. Tu les as gardés ?

— Non. Je les ai brûlés.

— Tu as bien fait.

Il resta songeur un instant avant de demander :

— En 1950, tu m'as dit ?

— Oui.

— Rien depuis ?

— Pas de message, non.

— Autre chose ?

— Oui… C'était il y a deux mois… C'est pour ça que je suis ici aujourd'hui…

— Que s'est-il passé ?

— J'attendais Josef à la sortie de l'école… Tous les enfants sont sortis mais Josef n'était pas parmi eux.

Elle fixa le mur en face d'elle.

— Je me suis mise sur la pointe de pieds pour tenter de le repérer dans la foule des enfants qui s'est éclaircie très vite. Je commençais à paniquer quand je l'ai aperçu. Il sortait de l'école. Je suis venue à sa rencontre. « Mais enfin, où étais-tu ? » je lui ai demandé sans même prendre la peine de l'embrasser. « C'est un monsieur qui m'a retardé, maman. Ce n'est pas de ma faute » m'a-t-il répondu. « – Un monsieur ? Quel monsieur ? – Il était dans la cour quand la cloche de la sortie a tinté. » Sa réponse m'a glacé le sang. J'ai tourné sur moi-même mais je n'ai vu personne, à part les derniers écoliers qui disparaissaient au coin de la rue. Je me suis emportée : « Qu'est-ce que c'est que cette histoire, Josef ? Ne me raconte pas de mensonges, tu sais bien que je déteste ça ! » Ses yeux se sont remplis de larmes. « Mais je ne mens pas, maman, je te jure. » J'ai compris qu'il me disait la vérité et je m'en suis immédiatement voulu d'avoir été aussi brusque, d'avoir douté de lui. Je l'ai serré dans mes bras puis nous avons pris la direction du parc. Je lui ai donné son goûter, un morceau de pain et une pâte de fruit qu'il a engloutis avec voracité. Comme d'habitude.

Anna reprit son souffle. Heinrich se leva pour aller chercher la théière et emplit les deux tasses.

Elle le regarda faire sans le voir. La scène était si vive. Si douloureuse. Sur le chemin du parc, ses pensées s'étaient entrechoquées, sans pouvoir se structurer, avant d'être aspirées par le maelström de ses craintes infondées. Elles resurgirent avec violence.

Qui était cet homme ? La STASI ? Tant de bruits couraient sur cette police politique si spéciale qu'on désignait par la guerrière locution « *Schild und Schwert der Partei* »*. On la disait partout : des hommes aux grands manteaux de cuir noir, les mêmes que les officiers de la Gestapo portaient quelques années auparavant, déambulaient dans les rues de la capitale. Quand on les apercevait, on changeait de trottoir, le plus discrètement possible afin qu'ils ne prennent pas ça pour une tentative de fuite, synonyme de passage par le 103 de la Ruschestraße pour interrogatoire. Mais ces fantômes noirs du Troisième Reich n'étaient que la partie émergée de l'iceberg et, sous la surface de l'eau trouble de cette RDA en gestation, se trouvait cette oppressante présence invisible, cette cohorte d'informateurs recrutés le plus souvent par la force, qui scrutaient, espionnaient, rapportaient les faits et gestes de leurs voisins, de leur famille, de leurs collègues. Au numéro 15 de l'allée Marie Curie, une rumeur affirmait que madame Dietrich, la veuve du quatrième étage, était une IM*. Comme toutes les rumeurs, personne ne savait quelle en était la part de vérité mais tous les habitants de l'immeuble, sans se concerter, avaient décidé d'appliquer un prudent principe de précaution : les conversations avec madame Dietrich se concentraient sur le temps qu'il faisait ou sur le temps qu'il ferait. Jamais sur ce que l'on ferait si le temps le permettait. Anna avait une peur panique de cette police. La faute à un curieux sentiment de culpabilité, aux contours indéfinis, qui l'habitait depuis son retour à Berlin. Sans que rien ne le justifiât, elle y vivait comme une étrangère qui n'aurait pas été invitée.

— Tu veux du sucre ? demanda Heinrich, la sortant de sa torpeur.

— Oui. Merci.

Elle remua son thé, en but une gorgée avant de reprendre le fil de son histoire.

— Quand nous avons été seuls, quand j'ai été sûre que personne ne pouvait nous entendre, je lui ai demandé : « Qu'est-ce qu'il voulait ce monsieur, Josef ? Celui qui t'attendait à la sortie de l'école ?

Il m'a répété plusieurs fois la même phrase. Comme s'il avait peur que je ne comprenne pas… Il m'a dit que je devais rester à la disposition de la cause. Il a répété plusieurs fois : «tu dois rester à

* Le glaive et le bouclier du Parti.

* *Inoffizieller Mitarbeiter*. Collaborateur officieux généralement contraint.

la disposition de la cause. » Et puis il est parti. »

Une nouvelle fois, Heinrich resta silencieux un long moment après qu'Anna eut fini sa phrase. Puis, il demanda :

— Et c'est pour ça que tu es ici aujourd'hui ?

— Oui, dit Anna sans chercher à mentir – la gêne qu'elle avait ressentie en arrivant avait disparu, effacée par la gravité de ses révélations.

— Que puis-je faire pour toi ?

— Je voudrais que tu gardes ceci, dit-elle en posant sur la table l'enveloppe qu'elle avait sortie de la poche de son manteau.

Son cousin la prit. Il la tourna dans ses grosses mains pour constater qu'elle était cachetée. Au recto, à l'encre noire, était écrit en petits caractères « Josef ». Il la reposa.

— Je peux savoir ce que c'est ?

— Non. Je ne préfère pas.

— Peut-être que si je savais…

— N'insiste pas, Heinrich. Je peux te faire confiance ?

— Évidemment.

— Garde cette lettre précieusement. Un jour, peut-être, Josef viendra la demander. Ce jour-là, donne-lui.

Sa voix n'avait pas tremblé et Heinrich comprit combien ce qu'elle demandait était important pour elle.

— Ce jour-là ? Quel jour ?

— Je ne sais pas. Peut-être ne viendra-t-il jamais. Je peux te faire confiance, Heinrich ? insista-t-elle.

Il prit la lettre sur la table et passa dans sa chambre. Quand il revint, il ne l'avait plus.

— Tu peux me faire confiance, Anna.

— Merci.

Elle se leva. À ce moment, Josef, qu'ils n'avaient pas entendu monter, entra dans l'appartement.

— Ah ! Josef ! Nous allons y aller. Tu remercies une nouvelle fois cousin Heinrich pour son joli cadeau, s'il te plaît ?

*

Staline mourut quelques semaines après, le 5 mars 1953.

Anna et Josef ne revirent qu'une fois leur cousin, la même année, au début du mois de juin. Ils le croisèrent à la station Lichtenberg du S-Bahn. Il était décoiffé et semblait passablement excité. Un vent de tumulte bruissait dans Berlin, de l'électricité était dans l'air, presque palpable. Heinrich paraissait si pressé qu'ils n'eurent le temps d'échanger que quelques phrases banales. Ce furent les dernières.

Ils le regardèrent s'éloigner à grands pas, puis, alors que rien l'instant d'avant ne laissait présager une telle attitude, Josef vint se planter devant sa mère.

— Il est où, mon père ? demanda-t-il sans tourner autour du pot.

Anna regarda son fils. Elle devait admettre que le petit bonhomme de huit ans qui lui faisait face n'était plus un enfant. Les premières années de sa vie avaient été si dures qu'il avait sûrement grandi plus vite qu'un autre gamin de son âge. Pour la première fois, elle vit l'homme qu'il serait. Et elle comprit combien sa question était légitime. Bien sûr, elle aurait souhaité qu'elle vienne plus tard mais, s'y étant préparée, elle ne se déroba pas. Il y avait un banc public, un peu plus loin dans la rue, elle y amena Josef. Ils s'assirent.

— Pourquoi me demandes-tu ça ?

— Je veux savoir ! Il est mort à la guerre ?

— Peut-être, répondit Anna d'une voix calme. Je ne sais pas.

Cette réponse troubla l'enfant qui revint donc à la charge.

— Comment il s'appelle ?

— Je ne sais pas.

— Pourquoi tu sais pas ? C'est pas possible de pas savoir ! dit-il avec nervosité.

— Ton père, Josef…

Un homme passa devant eux. Anna attendit qu'il soit loin.

— Ton père était un soldat russe.

Josef se tut et la fixa. Elle vit ce même petit rictus qui retroussait sa lèvre supérieure quand il peinait à résoudre un exercice de mathématiques un peu ardu.

— La lettre… C'était pour lui ?

Anna ne comprit pas tout de suite.

— J'étais sur le pas de la porte quand tu l'as donnée à cousin Heinrich. Je vous ai vus, expliqua-t-il.

— Non. Ça n'a rien à voir. Ton père… a délivré Berlin.

Évoquer le viol n'aurait pas eu de sens. Anna mentit par omission.

— C'était un héros, en quelque sorte.

Chapitre 12

Janvier 1964

— Souffle ! Mais souffle donc ! cria Anna.

— Attends ! Je fais mon vœu, maman.

Josef ferma les yeux. Son souhait ne lui prit qu'une seconde à formuler (que Rachel ne le repousse pas quand il tenterait de l'embrasser) mais il prit un malin plaisir à laisser trépigner sa mère pendant une petite minute. Quand il ouvrit les yeux, il la vit, si belle encore malgré les quelques rides au coin des lèvres. Les flammes des bougies illuminaient son visage. Les mains jointes, comme pour une prière, elle implora :

— Allez ! Souffle !

Il souffla.

Dix-huit ans.

Le mur coupait Berlin depuis deux ans. Malgré ce qu'on tentait de leur enseigner en classe sur la dangerosité de l'empire occidental et la nécessité de s'en protéger, cette absurdité de briques et fils barbelés les révoltait, lui et ses copains. Une révolte discrète toutefois, que l'on évoquait entre amis de confiance, à voix basse.

— Tiens, dit sa mère en lui tendant un paquet cadeau. Joyeux anniversaire, mon chéri.

Il détestait quand elle l'appelait ainsi mais il ne dit rien. L'école supérieure élargie* touchait à sa fin, le baccalauréat était en ligne de mire. Une simple formalité tant Josef excellait dans toutes les

* EOS *Erweiterte Oberschule*. Équivalent du lycée en France.

matières et en particulier en mathématiques. Viendrait alors le temps du service militaire et des études supérieures. Josef sentait qu'il allait très prochainement s'éloigner de sa mère et il voulait profiter d'elle encore un peu: aller au parc le dimanche, passer la chercher à la sortie de l'usine le vendredi soir.

Souffler les bougies de son dix-huitième anniversaire.

Il déchira le papier brillant et découvrit une boîte en carton carrée sans inscription. Intrigué, il l'ouvrit. Telle une poupée gigogne, elle en contenait une autre, plus petite. Qui en renfermait une autre. Qui en renfermait une autre, de la taille d'un paquet de cigarette. Il la secoua. Bruit métallique. Deux clés, identiques, reliées par un anneau. Il le prit entre le pouce et l'index et le leva devant lui.

— C'est quoi ?

— Les clés d'une chaîne, dit Anna, mystérieuse.

— D'une chaîne ?

— Une chaîne, oui.

— Une chaîne pour quoi faire ?

— Se protéger des voleurs, pardi.

— Je ne comprends pas, maman.

— Viens !

Elle se leva et d'un petit geste de la main l'exhorta à la suivre. Puis elle fit mine de s'enfuir. Josef se lança à sa poursuite. Ils descendirent l'escalier et arrivèrent dans la petite cour intérieure. Anna riait comme une enfant.

— Et voilà, dit-elle. Bon anniversaire, mon chéri.

Elle désignait, posée contre le mur du fond de la cour, une superbe bicyclette rouge de marque Minsk, firme biélorusse qui fabriquait de jolis vélos et motos pour les distribuer dans toute l'URSS. Elle était rutilante, neuve à n'en pas douter, et Josef sut que sa mère avait dû se priver de pas mal de choses au cours de l'année pour pouvoir la lui acheter. Il s'en voulut mais ne le montra pas.

— Oh ! Maman ! Elle est magnifique !

— Je suis contente que tu l'aimes.

— Je peux l'essayer ?

— Évidemment. C'est la tienne ! Tu vas voir, elle a cinq vitesses, dit-elle avec fierté.

Josef détacha l'antivol qu'il confia à sa mère, sortit de l'immeuble et partit en trombe pour faire le tour du quartier. Pas d'autres bruits que celui de la chaîne mordue par les pignons du plateau avant, le petit cliquetis de la roue libre, le vent dans ses cheveux. Il appuya plus fort sur les pédales, goûta cette sensation exquise de liberté qu'offre la vitesse. Un sourire niais barrait son visage quand il revint se garer dans la cour de l'immeuble.

— Alors ? demanda Anna.

Josef se jeta à son cou pour l'embrasser avec chaleur.

— Merci, maman. Elle est bath !

— Bien, je suis contente. On remonte manger ton gâteau ?

— D'accord.

Josef partit en direction de la cage d'escalier.

— Tu ne l'attaches pas ? demanda Anna.

— Ah ! Oui ! Où avais-je la tête ! Une si belle bicyclette ne manquerait pas de faire des envieux.

— Oh ? Tu crois ? Dans notre belle république démocratique ?

Josef perçut toute l'ironie dans la remarque de sa mère. Ce que pensait Anna de la mainmise russe n'était pas un secret pour son fils. Dès qu'il avait été en âge de tenir une conversation sérieuse, elle avait tenté de lui inculquer les bases d'une conscience politique. « L'histoire, disait-elle, nous a appris qu'il faut connaître ceux qui nous gouvernent. Seuls les moutons se laissent guider par un chien. » Mais, si son intention était d'aider Josef à construire seul une ligne idéologique, ses propres propos n'avaient pas été ni très objectifs ni aussi neutres qu'elle le pensait. Très vite, Josef avait saisi qu'elle abhorrait le SED* et, plus précisément, son premier secrétaire Walter Ulbricht, instigateur du mur qui défigurait Berlin. Aux yeux de sa mère, Ulbricht était coupable de donner l'impression aux plus faibles de ses concitoyens que la RDA était maître de son destin. C'était un menteur et Anna détestait les menteurs.

Josef enserra la roue avant et le cadre avec l'antivol et ils remontèrent dans l'appartement pour déguster le gâteau au chocolat. Pour l'accompagner, et parce que c'était fête, Josef avait acheté en revenant du lycée une caisse de six Radeberger, une des bières préférées de sa mère car elle était brassée en Saxe, sa région natale. Le gâteau était succulent (comme toujours, Anna ne le ratait jamais) et ils burent peut-être plus de bières qu'ils n'auraient dû. Ils étaient un peu ivres. De chaque côté de la table, ils ne disaient plus rien.

Anna regardait son fils avec amour et fierté. L'homme qui se tenait devant elle, caprice de la mémoire, lui rappela l'enfant qu'elle avait attendu avec anxiété à la sortie de l'école, alors qu'il

* Le Parti socialiste unifié d'Allemagne.

n'avait pas encore dix ans. Quand cet inconnu l'avait abordé. Ce souvenir lui fit l'effet d'un électrochoc. L'engourdissement dû aux vapeurs d'alcool se volatilisa.

Elle devait lui dire.

Elle se leva.

— Bien ! Ce n'est pas tout mais je travaille demain. Je suis fatiguée. Tu m'aides à faire la vaisselle ?

— Bien sûr, maman.

Ils débarrassèrent la table et s'approchèrent de l'évier. Le rituel était immuable : Anna lavait et Josef essuyait. Anna repoussa tant qu'elle le put le moment de se lancer, frottant plus qu'il ne l'aurait fallu chaque assiette, chaque couvert mais, quand elle empoigna le dernier verre sale, elle ne put plus reculer :

— J'ai quelque chose à te dire Josef…

— Oui ?

— Je… Ce n'est pas facile… J'ai peur que tu ne comprennes pas…

Le ton troublé de sa mère inquiéta Josef.

— Quelque chose ne va pas, maman ?

— Non… Non… Je…

Elle lui tendit le verre propre qu'il essuya. Elle passa un coup d'éponge autour de l'évier machinalement…

— Je voudrais que tu me promettes, si jamais il t'arrivait quelque chose, ou si… Je voudrais que tu ailles trouver le cousin Heinrich, il te remettra une enveloppe, dit-elle d'un trait, comme pour s'en débarrasser.

Josef posa le verre sec puis plia le torchon qu'il étendit sur le dossier d'une chaise. En l'absence de père pour contrebalancer, modérer ou revendiquer sa place auprès d'Anna, la relation unique qu'il avait tissée avec sa mère leur avait conféré une compréhension sans faille l'un de l'autre. Il ne lui cachait rien, elle lui disait tout. Il la comprenait sans qu'elle eût besoin de s'expliquer. Souvent, il ne lui était pas nécessaire d'attendre la fin de sa phrase pour entendre ce qu'elle voulait dire.

Pour la première fois, ce n'était pas le cas et cela l'ébranla.

— Je ne comprends pas, maman. S'il m'arrivait quelque chose ? S'il m'arrivait quoi ? demanda-t-il, agité.

— Je… Tu comprendras…

— Non, je ne comprends pas !

— Promets-moi juste d'aller voir le cousin Heinrich.

— Pourquoi ? Pourquoi, maman ?

Elle le regarda. Puis baissa les yeux. Elle chercha la force de ne pas tout lui dire. Ne rien montrer. Être forte. Pour lui.

— C'est quoi ces histoires, maman? Aller voir le cousin Heinrich s'il m'arrive quelque chose? Mais nous ne l'avons pas revu depuis une éternité ! s'emporta-t-il.

Anna fit un pas en arrière. Ils restèrent silencieux, face à face, se jaugeant du regard. Pour la première fois.

— Promets-le-moi, supplia Anna.

— Oui. Maman.

Il prit sa mère dans ses bras. Elle pleurait.

*

Il ne se souvenait plus.

Par déduction, il était à peu près sûr qu'il s'agissait de l'année 53. L'année de la mort de Staline et des émeutes qui s'ensuivirent. L'année où l'Everest fut conquis, il se rappelait que son instituteur avait qualifié l'exploit d'Hillary et Norgay de « formidable coup de publicité impérialiste qui faisait honte aux valeurs véhiculées par le sport ». Ainsi, la dernière fois qu'il avait vu le cousin Heinrich, il n'avait pas dix ans.

S'il était à peu près sûr qu'il habitait dans Fanningerstraße, il ne parvenait plus à se rappeler du numéro. Il avait parcouru la rue sur toute sa longueur, à trois reprises, espérant que sa mémoire visuelle lui permettrait de retrouver l'adresse mais rien n'y fit.

Sur Roedeliusplatz, il entra dans une brasserie qui faisait face à l'église orthodoxe Saint-Antoine. Au comptoir, il commanda une chope de pils puis interpella le plus vieux des serveurs de l'établissement pour lui demander s'il ne connaissait pas un homme nommé Heinrich, grand, cheveux bruns, mains larges et musclées qui habitait dans le quartier.

— Non. Ça ne me dit rien. Il vient souvent ici ?

— Pour ne rien vous cacher, je suis sûr qu'il était là il y a dix ans, depuis, je ne sais pas, avoua Josef.

— Houla ! siffla le serveur. Ça remonte, votre histoire ! Je ne suis ici que depuis huit ans. Depuis mon retour de Stalingrad... Putain de Russes !

Dans sa tête, Josef fit rapidement le calcul. L'homme était revenu du front en 1955 ! Dix ans après la fin de la guerre ! Il faillit demander des explications tant cette information lui parut fantasque mais il jugea qu'il s'agissait d'une curiosité malsaine qui pourrait, de plus, être mal perçue.

— Ah, se contenta-t-il de dire. Connaissez-vous quelqu'un qui pourrait me renseigner ?

L'homme se gratta la tête.

— Essayez le cordonnier, plus loin, en face de la boucherie. Il s'appelle Hans-Klein, il est installé depuis 1948. Si quelqu'un le connaît, c'est lui.

Josef but la moitié de sa pinte, remercia le serveur et sortit.

La cordonnerie était fermée. Josef décida de revenir le lendemain mais il ne trouva pas le temps. Deux jours plus tard, l'échoppe était encore close. Il se promit de repasser le plus rapidement possible mais, pris dans le tourbillon de la fin de l'année scolaire, il oublia. Quelques mois plus tard, quand il repensa à cette étrange lettre qui l'attendait chez le cousin Heinrich, il choisit de faire confiance à sa mère : elle avait jugé bon de ne pas lui en dire plus, il fallait respecter cette décision, sans aucun doute mûrement réfléchie. Il avait promis de faire selon ses recommandations, il décida de s'en tenir à sa parole : il irait chercher ce pli si quelque chose lui arrivait.

Quoi ?

L'avenir le lui dirait.

Chapitre 13

17 décembre 2012

Jacob et Anke se séparèrent devant la brasserie après que la capitaine lui eut laissé sa carte professionnelle, au cas où. Ils partirent dans deux directions diamétralement opposées.

Jacob marchait avec lenteur, encore un peu perturbé par cette drôle de conversation. Comme son visage le piquait, il s'arrêta face à la vitrine en miroir d'un magasin de chaussures et constata que le pansement qu'il avait posé sur sa joue s'était décollé. Il l'arracha. Dessous, l'éraflure suintait un liquide jaune peu ragoûtant. Il scruta la rue, aperçut l'enseigne caractéristique d'une *Apotheke* (A rouge sur lequel se détachait un caducée blanc), et s'y dirigea d'un pas énergique. Il entra dans la pharmacie, acheta de quoi refaire son bandage mais refusa l'aide que lui proposait la pharmacienne, une grosse femme aux cheveux gras. Il voulait rentrer chez lui. Se poser dans son canapé. Appeler Ann. Il avait envie de se blottir dans ses bras, comme un enfant dans ceux de sa mère, lui qui ne se souvenait presque pas de la sienne.

Quand il déboucha dans sa rue, il repéra immédiatement la BMW. Elle était garée une cinquantaine de mètres avant l'entrée de son immeuble. Il tenta de se raisonner, ce n'était qu'une simple coïncidence, ce modèle était courant en Allemagne. Néanmoins il s'était figé et n'avançait plus. Bien au contraire il reculait, sans même s'en rendre compte, comme on le ferait devant une bête sauvage.

« C'est eux ! Je suis sûr que c'est eux ! Ils m'attendent ! Putain, je fais quoi ? Réfléchis Jacob, réfléchis. »

Il essaya de se calmer mais sentit que la panique le gagnait. Elle disparut quand il vit passer l'enfant, avec sa raquette de tennis sur le dos.

— Eh ! Pssitt ! l'interpella-t-il.

Le gamin, âgé d'une grosse dizaine d'années, se retourna.

— Cinq euros facilement gagnés, ça te dit ? proposa Jacob en sortant un billet bleu de la poche de son pantalon.

Le jeune tennisman regarda l'argent mais ne bougea pas. Jacob comprit que ses parents l'avaient mis en garde. Lui-même, plus jeune, aurait pris ses jambes à son cou devant une telle proposition.

— Pas d'entourloupe, promis, c'est juste une blague. J'ai des amis dans la BMW noire qui est garée plus loin dans la rue. Je sais qu'ils veulent me faire une surprise mais je voudrais bien les surprendre en premier. Je voudrais juste savoir s'ils sont cachés dans leur voiture ou pas. Cinq euros pour toi si tu vas vérifier discrètement et que tu reviens me le dire. Tiens.

Jacob avança vers l'enfant et glissa le billet sous la sangle de sa housse de raquette.

— Eh ! dit le môme, surpris. Ma mère m'a dit de ne pas parler à des inconnus et encore moins…

— Ta mère a parfaitement raison mais moi je ne suis pas un inconnu. Je suis Jacob Schmidt. J'habite au numéro 9. Tu pourras le dire à ta mère si tu veux. Mais bon, tant pis ! Si tu ne veux pas les cinq euros, rends-les-moi, je vais trouver quelqu'un d'autre…

Le gamin prit le billet et hésita quelques secondes.

— Je vais voir s'ils sont dans la voiture et je reviens vous le dire ?

— Oui. C'est une fille et un garçon, mentit Jacob. Deux euros de plus pour toi s'ils ne te voient pas. Ça marche ?

— Deal !

Le petit espion partit en direction de la berline. Il traversa la rue pour ne pas être sur le même trottoir, s'arrêta au niveau de la voiture. Jacob admira ses talents de comédien quand il fit mine d'ouvrir sa pochette de raquette, feignit la surprise avant de revenir sur ses pas en courant comme s'il avait oublié quelque chose d'important.

— Ils sont dans la voiture ! rapporta-t-il fièrement.

— Ah ! Super ! Merci beaucoup !

— Mais ce sont deux garçons. Pas une fille et un garçon. Ils ont des drôles de bonnets noirs sur la tête…

Le sang de Jacob se glaça.

— Merci. File jouer au tennis maintenant.

— Et mes deux euros ?

— Ah ! Tiens !

D'une pichenette du pouce, il envoya la pièce en la faisant tournoyer dans les airs. L'enfant l'attrapa au vol.

— Merci, m'sieur ! À plus !

Il s'en alla.

Jacob tourna les talons et partit en courant dans la direction opposée. Il courut pendant dix minutes sans vraiment savoir où il allait, en proie à une frayeur incontrôlée. Ils étaient là pour lui. Il n'avait pas rêvé, c'était bien à lui qu'ils en voulaient. Lui, le demi-juif.

Un violent point de côté le contraignit à s'arrêter. Il posa les mains sur ses genoux pour reprendre son souffle. Et recouvrer la raison. Il lui fallait réfléchir. Que faire ? Retourner à la police ? Le lieutenant Bauer allait l'envoyer paître, c'était sûr. Appeler la capitaine Hoffer ? Il sortit la carte de visite de l'officier, dégaina son iPhone, composa les premiers chiffres avant de se raviser. De son portefeuille, il extirpa un petit morceau de papier bristol jaune paille enfoui sous les nombreuses cartes de fidélité. Il le déplia.

L'écriture de son père était à moitié effacée.

« Heinrich Worms – rue Fanninger, Berlin »

Il rangea le bristol et prit la direction de l'appartement d'Ann. Elle avait toujours été de bon conseil, elle l'aiderait à faire le bon choix.

*

Ann n'était pas chez elle quand Jacob arriva au 41 Gluckstraße. Il était 13 heures. Elle était à l'école et ne rentrerait pas avant 15, peut-être même 16 heures si elle restait travailler dans sa classe comme cela lui arrivait fréquemment. Il lui envoya un SMS pour lui faire savoir qu'il l'attendait chez elle puis, comme il possédait un double des clés, il entra, s'allongea sur le canapé et s'endormit. Quand il se réveilla, Ann était penchée au-dessus de lui, la mine inquiète.

— Que t'est-il arrivé ? demanda-t-elle sans préambule.

Jacob, encore à moitié endormi, ne comprit pas la question :

— Je me suis posé sur le canapé et je me suis assoupi.

— Non ! Ton visage ? Qu'as-tu fait à ton visage ?

— Ah ça… dit-il en posant ses doigts sur la plaie de sa joue. Je vais tout t'expliquer. Hier, après que nous nous sommes…

— Attends ! Il faut désinfecter sinon ça va te laisser des marques. Ne bouge pas !

Elle se leva et passa dans la salle de bains. Elle revint avec une petite trousse de premiers secours. D'une main experte, elle libéra de son sachet une petite compresse stérile qu'elle imbiba d'alcool.

— Attention, ça va piquer ! le prévint-elle.

Jacob lâcha un cri.

— Eh ! Ça brûle, ton truc !

— J'ai presque fini. Ne bouge pas.

Il obéit. Elle tamponna sa joue, assécha la plaie avec de l'éosine et la recouvrit avec un morceau de gaze qu'elle fixa à l'aide de deux morceaux de sparadrap. Son intervention terminée, elle rangea tout son attirail d'infirmière dans la trousse à pharmacie et la posa sur la table basse.

— Tu veux boire quelque chose ? demanda-t-elle. Je vais prendre une bière, j'ai une de ces soifs !

— Je veux bien oui.

— Une bière ou autre chose, j'ai du Coca ?

— Une bière c'est très bien.

Elle passa dans la cuisine, attrapa deux Beck's dans le frigo, les décapsula. Revenue dans le salon, elle vint s'asseoir dans le canapé à côté de Jacob, lui tendit une bouteille puis but la moitié de la sienne d'une seule traite.

— Ça fait du bien ! Je n'ai pas arrêté de parler toute l'après-midi et je n'ai pas trouvé le temps de boire un verre d'eau. À 4 heures, j'ai vu ton message et je suis venue directement. Alors ? Ton visage ?

Comme Jacob cherchait ses mots pour débuter son histoire, Ann demanda d'une petite voix :

— Tu t'es battu ?

— Non ! Non ! s'offusqua Jacob. Pour qui tu me prends ?

— Pardon, s'excusa-t-elle, surprise de la vive réaction de Jacob. Je ne sais pas, ton visage, ça ressemble à…

— Non, on m'a battu ! Hier, après que nous nous sommes quittés, deux gars me sont tombés dessus devant la porte de chez moi.

Ils avaient des cagoules et j'ai eu l'impression qu'ils…

Il hésita. Regarda Ann. Elle était suspendue à ses lèvres.

— Qu'ils… l'incita-t-elle à continuer.

— Qu'ils voulaient m'enlever.

Il se tut. Le croyait-elle ? Il lui sembla que oui.

— Qu'ils voulaient t'enlever ? répéta-t-elle après quelques secondes. Te kidnapper ?

— Oui.

— Tu es sûr que tu ne fais pas une crise de parano, Jacob ?

Cette question le blessa. Elle ne le croyait pas, comme le lieutenant Bauer ne l'avait pas cru. Il s'emporta :

— Et ça ! dit-il en désignant sa joue. Et ça ?

Il tira la langue pour lui montrer la balafre rouge qui la rayait.

— Putain, Ann ! Je te dis qu'ils voulaient m'enlever !

Elle posa sa bière, s'approcha de lui et posa ses mains de chaque côté de son visage. Elles étaient douces et tièdes. Délicatement, elle vint poser ses lèvres sur les siennes. Tendre baiser, presque maternel.

— Ne t'énerve pas. Je te crois.

— Vraiment ? dit-il comme un enfant.

— Vraiment.

Il plongea ses yeux dans les siens. Y vit ce reflet qu'il aimait tant. Elle le croyait.

— Mais tu me caches quelque chose Jacob. Qu'est-ce qui te fait croire qu'ils voulaient t'enlever ?

Elle l'étonna. Ils n'étaient pas ensemble depuis trois ans et elle le connaissait si bien…

— C'est… Je ne sais pas… C'est si bizarre…

— Dis-moi, je te dirai si c'est bizarre.

— C'était en 2001. À Noël…

Chapitre 14

24 décembre 2001

Jacob faisait face à son père. Il n'y avait pas grand monde dans ce restaurant français que Josef avait choisi un peu au hasard. La serveuse affichait une moue déconfite et on eut dit qu'elle servait les plats à contrecœur. Sur les murs recouverts d'une tenture sombre, les appliques distribuaient comme à regret une lumière blafarde. La musique de fond était presque inaudible (pourtant Jacob reconnut la playlist de SWR3*) et les mets quelconques.

Dans l'absolu, tout contribuait à faire de cette soirée un cauchemar.

Jacob aurait donné n'importe quoi pour être ailleurs. Avec Janet par exemple. Il pensa à ses seins sur lesquels il avait posé la main, la semaine dernière, alors qu'ils s'embrassaient avec fougue devant le lycée pour se donner le courage d'affronter ces vacances pendant lesquelles ils ne se verraient pas. Janet partait dans la famille de sa mère en Bavière pendant toute la durée de cette trêve des confiseurs.

Ce réveillon de Noël, en tête-à-tête avec son père qui choisissait invariablement un restaurant français – manière de convoquer à la table l'épouse et surtout la mère partie trop tôt – était un calvaire auquel Jacob était condamné depuis six ans. L'habitude n'y faisait rien : chaque 24 décembre, Jacob ressentait un extrême sentiment de solitude. Personne n'était là pour partager ce moment

* Radio allemande très populaire

familial avec eux. Pas d'oncle, pas de tante, de cousin, plus ou presque de grands-parents. Les premières années après la mort de leur fille unique, Jacques et Marie-Paule Hespel avaient demandé à recevoir leur petit-fils qui venait passer une semaine en hiver, quinze jours en été, dans la grande maison de la banlieue toulousaine. Cependant, au fil du temps, ils s'étaient désintéressés de ce petit-fils trop loin pour être aimé et ses visites en France s'étaient espacées de plus en plus. Cela faisait plus d'un an que Jacob ne les avait pas vus.

Chaque 24 décembre, il lui fallait se rendre à l'évidence, son père était sa seule famille.

— Les cadeaux ? demanda Josef en repoussant devant lui son île flottante qu'il n'avait presque pas touchée.

— C'est parti ! répondit Jacob avec un enthousiasme surjoué.

Chacun attrapa son sac sous la table pour en sortir son cadeau.

— Commence ! dit Josef en tendant à son fils un petit paquet parallélépipédique.

— Non. Toi.

— On le fait à *Schnick-Schnack-Schnuck** ?

— Ici ?

— Ben quoi ? Y'a personne, dit Josef en tendant sa main à plat au-dessus de la table. Tu as peur ?

— Pfff. En trois parties gagnantes ?

Josef acquiesça d'un mouvement de tête.

Jacob gagna la première partie. Josef la seconde. La serveuse arriva au milieu de la troisième partie.

— Ces messieurs prendront un café ?

Le père et le fils ne l'entendirent pas, absorbés dans leur combat de mains qui venait de prendre une importance capitale, comme si l'occasion était donnée au fils de tuer le père et au père de prouver au fils qu'il n'était pas encore bon à jeter à la poubelle.

— Ah ah ! s'écria Josef coiffant de sa main tendue le poing serré de Jacob. Deux-un pour moi !

— Ces messieurs prendront un café ? redemanda la fille.

— Deux, s'il vous plaît, dit Josef sans la regarder.

Quand il retira sa main, un soubresaut agita son bras et il renversa son verre.

Le fond de vin rouge fit une grosse tache sur la nappe blanche.

— Ah ! Merde ! s'écria-t-il. Pardon. Je suis confus, je...

*Version allemande de pierre-feuille-ciseaux.

Il tenta de ramasser les débris de verre mais une nouvelle contraction involontaire l'en empêcha. Il se coupa l'index, du sang coula sur la dernière phalange.

— Ce n'est rien, papa. Laisse. La dame va le faire… Madame, s'il vous plaît.

La fille souffla bruyamment pour marquer son mécontentement. Jacob se leva, fit le tour de la table et passa un bras sous l'aisselle de son père pour l'aider à se lever.

— Viens. On va nettoyer cette plaie.

— C'est inutile, plaida Josef.

— Allez viens.

Ils passèrent dans les toilettes.

Devant la glace, tandis qu'il laissait son doigt sous un filet d'eau froide, Josef regardait son visage fatigué. La maladie progressait. Insidieusement. Bientôt, il ne pourrait faire passer ces mouvements irrépressibles pour de la maladresse. Bientôt, il… Il n'eut pas le courage de penser la fin de sa phrase et ferma les yeux.

— Papa ? Ça va ? dit Jacob qui revenait de l'urinoir.

— Oui, oui. Ça ne saigne plus, précisa-t-il en lui montrant son index. On se les offre, ces cadeaux ?

Ils vinrent reprendre leur place. Pendant leur absence, la serveuse avait débarrassé, changé la nappe et apporté deux expressos. Au centre de la table, une assiette avec quatre mignardises. Jacob en choisit une au chocolat et l'avala goulûment.

— Prends la mienne, je n'en veux pas, lui proposa son père.

Jacob ne se le fit pas répéter et dévora la deuxième bouchée.

— Tiens ! dit Josef en lui tendant son présent pour la seconde fois. Joyeux Noël !

— Eh ! Tu n'as pas gagné ! protesta Jacob. On avait dit trois parties gagnantes !

— Deux-un pour moi avant l'interruption. C'est un peu une victoire. Allez ! Ouvre !

Jacob s'exécuta. C'était un téléphone portable, un Nokia 3310, le top du moment. Jacob, qui ne s'y attendait pas, fit un bond de joie sur sa chaise.

— Waa ! Merci, papa !

Il vint embrasser son père avec chaleur.

— Il est trop cool !

— Et je te paie le forfait d'appel qui va avec ! Tu as le droit à une heure d'appel en Allemagne, mais uniquement en Allemagne, attention ! Si tu t'acoquines avec une Anglaise, il faudra appeler d'une cabine ! dit-il avec malice.

— Papa…

— Et tu peux aussi envoyer trente messages écrits.

— Trop cool ! Je peux l'ouvrir ? Il marche ?

Josef hésita.

— Euh, oui. Oui. Normalement oui. Mais je ne sais pas s'il est chargé ou pas. Tu devrais tout de même prendre le temps de lire la notice avant de l'allumer, ajouta-t-il en bon mathématicien…

— Je la lirai plus tard ! J'essaie !

Il avait déjà déballé l'appareil et arrachait les plastiques protecteurs. Il pressa la touche marche arrêt mais le mobile refusa de s'allumer.

— Ah ! Tu as raison, dit Jacob, il faut sûrement le charger.

Il ne voulut pas en rajouter dans la déception, de peur de chagriner son père. Il rangea le portable dans sa boîte et sortit son cadeau.

— Ce n'est pas aussi cool qu'un téléphone mais j'espère que ça te plaira !

Josef ouvrit son présent. Découvrit l'album *Flashpoint* des Rolling Stones en disque laser. Pochette rouge vif. Flamme d'allumette stylisée noire et blanche.

— C'est l'album *live* de leur tournée *Urban Jungle Tour*, précisa Jacob.

— Merci. Merci beaucoup, dit-il ému.

Josef était un vrai fan du groupe britannique qu'il avait toujours préféré aux Fab Four et qu'il suivait depuis leur premier single en 1963. À ce moment précis, ils distinguèrent la voix de Mick Jagger dans les vieux haut-parleurs fixés dans deux des coins de la pièce. Jacob n'y vit qu'une coïncidence. Josef perçut un petit clin d'œil du destin : il était dans le tempo qu'il s'était fixé.

— « Ruby Tuesday » ! dit-il en connaisseur. On l'écoute ?

Ils se turent mais Josef n'entendit pas la célèbre ballade composée par Keith Richards. Son esprit se fit la malle et, comme toujours, *horror vacui*, les maths comblèrent le vide, faisant tourbillonner les chiffres dans son cerveau.

Il compta le nombre de secondes avant sa mort.

Il avait décidé, depuis longtemps déjà, qu'il ne laisserait pas la maladie choisir cette date importante, comme elle l'avait fait pour sa mère. Il voulait être maître de sa vie jusqu'à la fin. Et il avait fixé cette dernière au 5 mai 2003, jour anniversaire du décès de sa mère.

Non sans raison : selon ses calculs, il serait alors encore en possession de ses moyens qui, toujours selon ses projections, rentreraient dans une phase de dégradation rapide passée cette date. Il avait amplement réfléchi avant de prendre cette décision : était-ce égoïste vis-à-vis de Jacob ? Comment le lui annoncer ? Comment le convaincre qu'il préférait mourir plus jeune mais debout ? Comment lui faire comprendre qu'il ne l'abandonnait pas ? À toutes ces questions, il avait trouvé des réponses qu'il s'était promis de révéler à Jacob selon un échéancier élaboré par ses soins.

Josef Schmidt gérait sa vie comme il préparait ses cours : mathématiquement.

Ainsi, le 4 juillet 1998, il apprit à Jacob qu'il était atteint de la chorée de Huntington ; le 25 mars 2000 il évoqua une première fois l'idée de ne pas lutter jusqu'au bout ; le 24 décembre 2000 il expliqua de façon claire qu'il choisirait sa façon de mourir ; et ce soir, avant-dernier réveillon de Noël avec son fils, quarante-deux millions neuf cent soixante-neuf mille six cents secondes avant de partir, Josef avait prévu de lui parler de la lettre.

Quand les dernières notes de la chanson résonnèrent dans le restaurant presque vide, Josef estima le moment opportun.

— Je voulais te parler de quelque chose. Je…

Jacob se raidit. L'année précédente, à la même date, son père lui avait froidement annoncé qu'il voulait se suicider et, bien qu'il comprît les raisons qui expliquaient son souhait d'en finir ainsi, Jacob avait mis plus de six mois à digérer l'annonce. Ses résultats scolaires en avaient été le baromètre, qui chutèrent vertigineusement au deuxième trimestre.

— Voilà. Tu vas sûrement trouver cela étrange…

— Arrête, papa ! Si c'est pour me dire que tu reviendras me parler depuis là-haut, ça ne me fait pas vraiment rire.

Ses yeux se remplirent de larmes.

— Non. C'est tout autre chose, dit Josef d'une toute petite voix. Quand j'avais ton âge, exactement, c'était le jour de mon dix-huitième anniversaire, ma mère, Anna, ta grand-mère, m'a confié un… un secret. Un secret que je voudrais te confier à mon tour.

Il fit une pause. Regarda son fils qui, c'était évident, attendait la suite.

— Je vais essayer de te redonner ses mots parce que… Parce que c'est peut-être mieux. Il fit semblant de les chercher alors qu'il les connaissait par cœur : elle m'a dit que, si un jour, il m'arrivait quelque chose, il faudrait que j'aille voir notre cousin Heinrich et qu'il aurait alors une lettre à me remettre.

Il se tut. Comprit combien cette révélation devait paraître étrange à Jacob. Comme elle lui avait paru étrange il y avait trente-huit ans de cela. Il sortit de la poche intérieure de sa veste le petit morceau de bristol qu'il avait préparé. Il le tendit à son fils. Jacob l'attrapa et le lut à haute voix : *« Heinrich Worms – rue Fanninger, Berlin »*.

— Qu'est-ce que c'est que ça, papa ? demanda-t-il en secouant la tête, circonspect.

— Je ne sais pas… J'ai posé la même question à ta grand-mère.

— Et ?

— Et elle n'a rien voulu me dire. Elle m'a juste demandé de lui promettre d'aller voir Worms s'il m'arrivait quelque chose. Et j'ai promis. Je voudrais que tu promettes à ton…

— Mais s'il t'arrivait quoi ?

— Elle n'a pas précisé.

— Et tu es allé le voir ?

— Heinrich Worms ?

— Oui.

— Non. Enfin si. J'ai essayé…

— Que t'était-il arrivé ?

— Rien, mentit Josef. Je voulais juste savoir. Je voulais juste comprendre.

— Mais tu ne l'as pas vu ?

— Non. Il n'était plus à l'adresse, il… Il avait disparu.

Jacob resta silencieux un long moment.

— C'est ça ton secret ?

— Oui.

— Pourquoi me le confier ? Et pourquoi maintenant ?

— J'ai toujours eu dans l'idée de te le transmettre. Ce que je n'avais pas prévu c'est que je devrais le faire si tôt.

Il baissa les yeux, gêné d'avoir à remettre sa mort prochaine sur le tapis. Jacob fit tourner le papier entre ses doigts plusieurs fois avant de le tendre à son père.

— Je ne suis pas sûr que ça me concerne, en fait, dit-il durement.

— Garde ce papier. Il est pour toi. Et tu as peut-être raison, ça ne te concerne peut-être pas. Mais je voulais que tu le saches.

— Comme tu voulais que je sache que tu vas te suicider ! lança Jacob à son père comme il l'aurait fait avec une pierre, pour faire mal.

Sans même prendre la peine de ramasser son nouveau téléphone portable, il se leva en renversant sa chaise, furieux.

— Tu fais chier, papa !

Il traversa le restaurant et sortit dans la nuit.

Josef n'essaya pas de le retenir.

Chapitre 15

Avril 1963

Heinrich acheta *L'Aurore* dans le kiosque en bas de chez lui et remonta à pas tranquilles vers la place de la Convention en direction de la boulangerie. L'air était doux. Il s'assit sur un banc public, un de ceux chers à cet artiste français qu'il avait découvert depuis peu et qu'il affectionnait. Perfectionner sa maîtrise de la langue française en écoutant ses chansons était un vrai plaisir. Il sortit sa pipe, l'alluma, tira une longue bouffée puis ouvrit son quotidien pour en attaquer la lecture. Comme toujours, il s'attarda quelques secondes sur la une (De Gaulle à la TV pour nous persuader que tout ne va pas si mal) puis tourna les pages jusqu'à trouver celles traitant de l'actualité internationale. Il parcourut les titres des articles et constata qu'aucun n'abordait la situation en Allemagne de l'Est qui, pourtant, cristallisait les tensions vives de la guerre froide.

Il avait été parmi les premiers, le 11 juin 1953, à se mettre en grève pour protester contre l'augmentation des cadences décidée par Walter Ulbricht, nouvellement nommé à la tête du parti. Quelques jours plus tard, il était dans la rue quand les chars d'assaut entrèrent dans la ville et tirèrent sur la foule. Il avait échappé de justesse à la vague d'arrestations massives qui avait suivi le soulèvement populaire et avait décidé de quitter le plus vite possible la terre qui l'avait vu naître. Il n'avait pris que le strict nécessaire et était passé à l'Ouest la nuit suivante. Il était monté dans un *Korridorzug** à la gare de Berlin Zoologischer Garten qui l'avait emmené à Hanovre. De là, il avait traversé à pied la BRD*, le grand-duché du Luxembourg, la Wallonie du royaume de Belgique et avait débarqué à Paris, capitale de cette France qu'il avait combattue une décennie auparavant, par une chaude journée d'août.

Jusqu'en 1962, comme lui, des millions d'Allemands passèrent à l'Ouest pour fuir ce régime, capable d'ouvrir le feu sur ses concitoyens désarmés. Pour endiguer ce raz-de-marée, « pour mettre fin à ce débauchage systématique de citoyens de la République Démocratique Allemande » expliqua Kroutchev, la construction du mur de la honte fut décrétée, qui coupait Berlin depuis presque un an. D'un peuple, ils en avaient fait deux et Heinrich ne savait pas auquel il appartenait: était-il occidental parce qu'il vivait à Paris, ou restait-il un Oriental, né à Leipzig ? Cette question d'identité ne cessait de le harceler depuis sa fuite. C'était ainsi qu'il appelait cet exil forcé. Là-bas, ses compatriotes n'avaient pas eu à se la poser, on avait choisi pour eux. Il eut une pensée à l'endroit de ces familles allemandes, séparées par une ligne imaginaire tracée arbitrairement par des hommes pour répondre à la folie d'autres hommes.

Il referma son journal et resta un instant les yeux dans le vide. Un pigeon qui atterrit à ses pieds pour venir picorer quelques miettes mit fin à cette subite hébétude. Il vida sa pipe en la tapotant contre le bord du banc, plia *L'Aurore* et se leva. Il traversa la rue, entra dans la boulangerie où il acheta un gros pain à la croûte sombre. Alors qu'il arrivait rue Blomet, le ciel se couvrit d'un coup, des gouttes tombèrent, d'abord éparses pour, très vite, se transformer en une giboulée glacée. Il se hâta et parvint à échapper à l'averse en se ruant dans son immeuble. Il releva le courrier, grimpa les quatre étages. La porte n'était pas fermée, il entra, enleva son manteau, posa le journal, le pain et son chapeau sur l'étagère qui recouvrait les patères.

— Papa !

Il reconnut la petite silhouette de Bernard qui se détachait au bout du couloir. Son fils lui fondit dessus. Il se baissa, écarta les bras pour le recevoir.

— Tu es enfin réveillé ! dit-il en le soulevant de terre jusqu'au plafond. Quel loir tu fais !

* Train fermé et verrouillé durant tout le transit en RDA.

* Bundesrepublik Deutschland. République fédérale d'Allemagne.

— Quel quoi ? dit l'enfant.

— Loir. Quel loir ! *Siebenschläfer*... C'est un joli petit animal qui dort tout le temps... Comme toi !

Il l'embrassa puis le serra contre lui. Dans son oreille, il chantonna quelques vers de la chanson de Brassens : «...refusant d'acquitter la rançon de la gloire, sur mon brin de laurier je dormais comme un loir. »

— Arrête, papa, ça fait des guilis ! ricana Bernard.

— Henri ? Tu es rentré ?

— Oui, répondit-il en reposant son fils au sol.

— Tu as pris le pain ?

Il avança jusqu'à la cuisine. Jacqueline était devant les fourneaux. Un délicieux fumet de viande grasse emplissait la pièce.

— Le pain ! annonça-t-il en le posant au milieu de la table déjà dressée.

Il vint se placer derrière son épouse, passa ses bras autour d'elle, glissa ses mains sous son tablier.

— Que nous préparez-vous de bon, madame Vormet ? demanda-t-il, taquin, en déposant un baiser dans son cou.

— Arrête, Henri, tu vas me faire faire une bêtise !

Avec sa cuillère en bois qu'elle essuya dans son torchon, elle donna un coup sur la main droite de son mari qui tentait de s'aventurer dans son corsage.

— C'est un pot-au-feu. Allez, appelle ton fils et installez-vous, c'est prêt !

Chapitre 16

17 décembre 2012

Ann finit sa bière d'une traite.

— Et tu penses qu'il t'est arrivé quelque chose ? demanda-t-elle crûment.

— Ben… Oui… Enfin, je ne sais pas. Je pensais que tu… Qu'est-ce que tu en penses toi ?

— Tu veux vraiment savoir ?

Il savait qu'elle ne mâcherait pas ses mots. Si son avis allait dans son sens, cela le conforterait et lui donnerait l'assurance qu'il lui manquait. Sinon, sa réponse serait blessante. C'était le prix de sa franchise. Il prit quelques secondes pour peser le pour et le contre.

— Dis-moi.

— Tu es fatigué, Jacob. Tu es fatigué et tu crées des liens entre des choses qui ne sont pas liées. Il te faut du repos. Juste du repos.

— Tu ne me crois pas ? Attends !

Il attrapa son blouson qu'il avait posé sur le dossier du canapé, sortit son portefeuille puis le bristol. D'un geste menaçant, il le leva devant les yeux d'Ann.

— Et ça ? J'invente ?

Ann regarda le bristol, prit le temps de le lire puis, avec tendresse, elle appuya sur son bras pour le lui faire baisser.

— Mais je te crois, Jacob. Je te crois. Tu n'as pas besoin de me montrer des preuves, mon chéri. Je te crois sur parole. Oui, ton père t'a confié ce curieux secret. Oui, deux hommes t'ont agressé hier devant chez toi. Ce que je dis, et je te le livre comme je le pense, c'est que ces deux faits sont indépendants l'un de l'autre. Ne va pas chercher des connexions qui n'existent pas.

— Ils étaient devant chez moi tout à l'heure! lança Jacob, nerveux. Les deux gars étaient devant chez moi tout à l'heure ! Ils m'attendaient ! C'est pour ça que je suis ici !

— Tu les as vus ?

— Oui ! Enfin non…

— Jacob ?

— Je ne les ai pas vus mais je sais qu'ils étaient là, dit-il froidement.

Ann ne savait pas quoi penser. Elle observa Jacob. Ses yeux étaient cernés. Il était pâle. Il ne s'était pas rasé du week-end et une barbe sale creusait ses joues. Elle ne lui mentait pas, il était fatigué, il fallait qu'il se repose. Les vacances scolaires arrivaient à la fin de la semaine, elle se dit qu'elle pourrait lui proposer de partir, de faire un petit voyage pour se ressourcer. Elle n'en eut pas l'occasion, Jacob se leva d'un bond, enfila son blouson.

— Tu ne me crois pas !

Elle voulut le contredire, lui dire de se calmer mais il ne lui en laissa pas le temps.

— Tu m'excuses mais j'ai des choses à régler ! À plus !

Déjà, il claquait la porte de l'appartement. Elle courut jusqu'au palier, se pencha au-dessus de la rambarde d'escalier. Il descendait les marches trois par trois.

— Jacob ! cria-t-elle.

Il ne répondit pas.

*

Il était en colère.

Contre Ann qui ne l'avait pas cru ; contre la police qui l'avait pris de haut ; contre son père qui lui avait confié ce stupide secret.

Secret pourri que Josef Schmidt avait emporté dans sa tombe, comme prévu, le 5 mai 2003. Ce jour-là – vers 20 heures, Jacob avait reçu un coup de téléphone de l'association suisse Dignitas qui lui apprit le décès de son père par « assistance organisée au suicide ». Josef avait tout prévu : son corps fut rapatrié en Allemagne où l'enterrement avait été organisé dans les moindres détails et Jacob n'eut qu'à suivre le corbillard jusqu'au cimetière de Leipzig. Il hérita de tous les biens paternels : trois semaines après l'inhumation, maître Bähnisch, notaire à Berlin, le convoqua dans son étude pour lui remettre les clés du 79 Westfälische Straße et celles de la golf Volkswagen GTI grise métallisée (la même année, il vendit l'appartement, tous les meubles qui s'y trouvaient et brada la voiture dans la foulée). En revanche, pas un mot, pas une lettre, concernant ce morceau de bristol jaune, glissé dans son portefeuille un soir de Noël et dont son père ne lui avait jamais reparlé.

Une bouffée de rage l'envahit. Il tapa du pied dans une poubelle de rue orange, fixée sur le poteau d'un réverbère. Le bruit fit sursauter une vieille dame qui sortait d'un magasin d'alimentation. Elle regarda Jacob et, s'avançant vers lui d'un air menaçant, le tança :

— Eh bien ! Jeune homme ! Qu'est-ce que cela signifie ?

Jacob recula, bredouilla des excuses et partit en courant. Quand il eut tourné le coin de la rue, il se remit à marcher. Tenta de se calmer en inspirant puis expirant à fond. Josef ne pouvait plus rien pour lui, mais Ann ? S'était-il trompé sur elle ? Il avait cru qu'elle pourrait l'aider, qu'à eux deux, ils perceraient ce mystère… Et elle l'avait renvoyé dans les cordes sans ménagement, sans faire l'effort de comprendre. Elle l'avait déçu. Irrité et déçu. Étaient-ils seulement faits pour être ensemble ? se demanda-t-il alors. Étaient-ils seulement compatibles ? Cet épisode semblait prouver le contraire : tout montrait qu'il n'était pas fou, le bristol de son père, la tentative d'enlèvement, le subit intérêt de cette femme du BKA… Il s'arrêta. Il ne lui avait pas parlé du capitaine Hoffer ! Il avait oublié. Elle l'aurait cru si… Il faillit faire demi-tour mais y renonça, soudain résolu à se débrouiller tout seul.

Elle ne le croyait pas ? Il allait lui montrer !

Il allait retrouver cet Heinrich Worms ! Cette lettre expliquerait tout.

L'idée lui vint de solliciter de l'aide auprès de James et Karl parce que c'était aussi à ça que devaient servir les meilleurs amis. Il entra dans une brasserie, commanda une bière et sortit son téléphone pour appeler le batteur des Princess of Jazz dont il se sentait plus proche. Une petite enveloppe fermée dans la barre d'état en haut de son écran lui indiqua qu'il avait trois messages en absence. Il composa le numéro de son répondeur.

9 h 34. Claudia, la maquilleuse de Luise Cyrus, qui lui faisait du

rentre-dedans depuis quelques mois : « Eh ! Beau gosse ! Qu'est-ce que tu fous ? On tourne aujourd'hui, je te rappelle. Luise attend ses fiches ! Je ne pourrai pas la retenir bien longtemps. (rires) Appelle. »

12h12. Claudia encore : « Salut beau gosse ! Jamais tu rappelles ? T'es malade ou quoi ? Bref… La Cyrus est folle de rage, elle dit qu'elle n'a jamais enregistré une émission aussi pourrie. Elle parle même de la refaire ! Évidemment, elle n'arrête pas de répéter que c'est de ta faute. Je te défends mais… Tu sais comment elle est quand elle est vénère ! Allez ! Fais signe, ça devrait la calmer. »

16h45. Doris Pfister, directrice des programmes de la chaîne iM1 : « Monsieur Schmidt, l'équipe de Tecknissimo vous a attendu aujourd'hui. Si vous êtes malade, vous seriez aimable de prévenir très rapidement. Trois journées de tournage sont prévues cette semaine et votre présence est… indispensable. Rappelez-moi. »

Ce rappel à l'ordre ramena Jacob sur Terre. Comme il n'eut pas le courage d'affronter Doris Pfister, froide, peu avenante et dont il avait peur, il rappela Claudia qui décrocha dès la première sonnerie :

— Eh ! Beau gosse ! T'es pas mort ?

— Salut, Claudia. Je… Je suis malade… bafouilla-t-il.

— Ah ? Ça va ? Rien de grave ? s'inquiéta la jeune fille.

— Non, non, mais il faut que je reste au chaud pendant un petit moment et…

— Tu veux que je vienne à ton chevet ? Pour faire l'infirmière… ajouta-t-elle d'une voix charnelle.

— Non, ça va. Je te remercie. Je serai absent toute la semaine… Tu peux m'excuser auprès de Luise ?

— Bien sûr, beau gosse. Tu es sûr que tu ne veux pas que je vienne te…

— Non, merci, éluda-t-il. À lundi prochain !

Il raccrocha précipitamment. Chercha dans son répertoire téléphonique la fiche de Karl et l'appela. Il tomba sur son répondeur. Expliquer son problème de vive voix relevait déjà de la gageure, la réaction d'Ann en était la preuve flagrante, et il ne voulut donc pas laisser de message. Il but sa bière à petites gorgées. Karl n'était pas joignable mais quid de James ? Non. Il était évident qu'il ne le croirait pas. Il ressemblait trop à Ann. Même humour, même logique, même couleur de cheveux ! (Ils se ressemblaient tellement que, à plusieurs reprises, Jacob s'était même demandé s'ils n'avaient pas eu une aventure dans son dos. Après tout, n'était-elle pas l'ex-copine de

Karl ? Un de plus, un de moins…) Se confier à lui reviendrait à s'exposer à une semblable désillusion. Même cause, même effet.

Devant son verre vide, il comprit qu'il ne pourrait compter sur personne. Lui et lui seul, point barre. Il se conforta dans cette idée une demi-minute puis commanda un cognac. Un coup de fouet s'imposait. Il fit tourner devant ses yeux le liquide ambré qu'il happa d'une traite. Peu habitué aux alcools forts, la claque fut à la mesure de ce qu'il attendait, tonique et stimulante. Elle le gonfla d'énergie. Il régla et sortit. La nuit était tombée. L'air était humide et froid. Jacob ferma son blouson et releva le col sur ses joues puis partit d'un pas décidé.

Il descendit Berger Straβe, à l'opposé de chez lui, et tourna dans Rendeler Straβe. Il la remonta sur toute la longueur pour tomber dans Eulengasse. Cette « ruelle du hibou » l'amena jusqu'à la place JohannisKirche. Un calme olympien l'habitait, il savait ce qu'il faisait et pourquoi il le faisait. Il traversa le parvis de l'église puis Groβe Spillingsgasse et pénétra dans le parking d'une propriété. Au fond de celui-ci, il escalada la clôture en béton en prenant appui sur le capot d'une voiture et atterrit dans le jardin de sa copropriété. Il pénétra dans son immeuble par la porte de derrière, préféra l'escalier pour monter jusqu'au deuxième étage. Avant de surgir sur le palier, il s'assura que personne ne l'y attendait. Sans bruit, il entra chez lui. Il n'alluma pas et rampa jusqu'à la fenêtre donnant sur Freihofstraβe. Le plus discrètement possible, il examina sa rue. La BMW était toujours garée devant chez lui.

Il sourit.

Il n'était ni fou… Ni con.

*

Gottfried Feuerbach s'escrimait à arracher les peaux mortes qui se soulevaient à la racine des ongles de sa main droite, comme les écailles d'une pomme de pin mûre. C'était toujours le même cirque, à l'entrée de l'hiver, ses mains se desséchaient et la crème suédoise dont sa future femme l'obligeait à se badigeonner n'y faisait rien. Il porta son index à sa bouche et arracha un lambeau de derme mort d'un demi-centimètre de longueur.

Sur le tranchant de sa main droite, il observa la marque des dents de Jacob Schmidt. Ce merdeux ne l'avait pas loupé : il lui manquait un bon centimètre carré de chair. La plaie suait un liquide visqueux que le pansement avait du mal à absorber. Il se décollait et Gottfried avait déjà dû le changer deux fois.

Bientôt vingt-quatre heures qu'ils planquaient dans la voiture. Gottfried en avait assez et serait bien rentré chez lui pour prendre une douche, s'offrir une bonne mousse et baiser Angelina. Hélas, il n'était pas question de revenir les mains vides. Il n'avait pas osé rappeler son beau-père qui lui avait laissé un message en début d'après-midi. Bernd Wagner lui faisait peur et il n'imaginait pas lui apprendre qu'ils avaient échoué. Cet homme âgé et bedonnant le terrifiait, lui qui était, à raison de deux heures quotidiennes de musculation, une armoire à glace. Étrangement, la dimension physique, le rapport de force animal, n'étaient pas une composante de ce sentiment de supériorité qui émanait de Bernd Wagner. Gottfried était fier d'avoir compris cela tout seul, cependant il n'avait pas poussé l'analyse plus avant, concluant que le métier d'un soldat ne consistait pas à réfléchir mais à obéir. Ce en quoi il excellait. D'autant plus qu'il avait une confiance aveugle dans les ordres du leader de l'Aurore Blanche.

— J'ai envie de pisser, lâcha Mickaël à côté de lui.

— Ben tu t'retiens.

— P'tain, ça fait cinq heures qu'on est dans cette caisse, j'peux quand même aller pisser un coup bordel !

Et sans attendre l'aval de son co-équipier, il ouvrit sa portière et sortit. Gottfried le vit s'éloigner puis disparaître au coin de la rue. Il va où ce con ? se demanda-t-il avant de lever machinalement les yeux vers les fenêtres de l'appartement. Elles étaient toujours dans l'obscurité. Ça n'était pas étonnant : l'entrée de l'immeuble se trouvait devant eux, il ne pouvait pas rentrer chez lui sans qu'ils ne l'aperçoivent.

L'échec de la nuit dernière le contrariait encore. Comment avaient-ils pu foirer à ce point ? S'il avait la réponse à cette question (ils avaient merdé car ils avaient sous-estimé le paquet par excès de confiance), il refusait de l'admettre. C'eût été avouer qu'ils n'avaient pas été professionnels. Or, il était professionnel. Et il comptait bien en faire la démonstration sous peu.

La porte passagère s'ouvrit. Un courant d'air glacial entra en tourbillonnant dans l'habitacle. Mickaël s'assit en jurant :

— P'tain, j'me suis g'lé la bite ! C'est l'pôle Nord ce pays de merde !

— T'as été où ? demanda Gottfried qu'une envie pressante taraudait aussi depuis une bonne heure.

— Là-bas, à droite. Y'a une benne à ordures de chantier, j'me suis mis derrière.

— J'y vais.

— Eh ! J'croyais qu'il fallait s'ret'nir !

Feuerbach ne répondit pas. Il ajusta sa cagoule-bonnet sur son crâne rasé pour ne pas avoir trop froid, jeta un œil dans le rétroviseur avant d'ouvrir sa porte. Sur le trottoir, il sortit une Marlboro, l'alluma et tira une grosse bouffée. À petits pas, pour dégripper ses jambes engourdies, il rejoignit la benne-urinoir. Il s'assura que personne ne venait avant de se soulager contre la paroi en fer recouverte d'une peinture jaune écaillée.

En revenant vers la BMW, il regarda une nouvelle fois les fenêtres du troisième étage. Toujours éteintes. Il lui sembla toutefois apercevoir une ombre derrière les rideaux de celle de gauche. Sans s'arrêter pour ne pas attirer l'attention, il s'assura qu'il ne se trompait pas : une forme sombre, de la corpulence d'un homme debout, se détachait bien derrière la vitre. Il crut même repérer le point rougeoyant d'une cigarette incandescente. Il jeta son mégot dans le caniveau et accéléra pour rejoindre la voiture. Il tapa sur le carreau de Mickaël.

— Quoi ? dit ce dernier en descendant sa glace.

— Il est chez lui !

— Hein ! Pas possible, on n'a pas bougé d'là. Il a pas…

— Il y est, j'te dis ! On va le cueillir maintenant !

— On n'attend pas qu'il sorte ?

— On l'a pas vu venir, c'est qu'y a une autre entrée. Dépêche-toi ! Prends les affaires, on l'endormira là-haut. Il fait nuit, on le descend et on l'embarque vite fait.

— C'est risqué. Si jamais quelqu'un passe ou…

— On fait ce que je dis, aboya Gottfried. Prends les affaires.

Il s'écarta pour laisser sortir Mickaël qui passa à l'arrière du véhicule, ouvrit le coffre et en sortit un sac à dos noir. Ils traversèrent la rue et vinrent se flanquer contre la porte d'entrée de l'immeuble.

— Cagoule ! intima Gottfried en déroulant la sienne sur son visage, imité par son acolyte. Digicode !

Mickaël composa le code à cinq chiffres sur le clavier numérique et la porte se déverrouilla. Ils s'engouffrèrent dans le hall.

*

Jacob, à quatre pattes, passa dans la cuisine. Il ferma la porte derrière lui et éclaira. La pièce était sans fenêtre, il ne risquait pas de révéler sa présence à ses ravisseurs. Il prit un quart d'heure pour avaler une tranche de salami posée sur du pain de mie, quelques pickles, un yaourt et une banane. Ce repas lui fit du bien.

Il éteignit. Quand ses yeux se furent habitués à l'obscurité, il rampa jusqu'au long meuble du salon dans lequel il trouva son passeport, un peu d'argent liquide et le chargeur de son téléphone. Il passa ensuite dans sa chambre où il prit quelques affaires de rechange qu'il fourra dans son sac de voyage. Enfin, dans la penderie, il décrocha sa doudoune qu'il enfila sans se lever, à la place de son blouson un peu léger pour la saison. Les températures étaient toujours plus fraîches à Berlin.

Il ne voulut pas précipiter son départ. Tout portait à croire qu'il ne pourrait pas repasser de sitôt, alors, la main sur la poignée de la porte, il réfléchit quelques minutes pour être sûr de ne rien oublier.

*

Ils grimpèrent jusqu'au troisième. Sans bruit, ils vinrent se glisser jusqu'à la porte. Mickaël sortit son nécessaire à crochetage. Il ne lui fallut que quelques secondes pour choisir le bon crochet qu'il inséra dans le cylindre. Dessous, il introduisit l'entraîneur, ce morceau de métal en forme de L, assez souple, sur lequel il exerça une légère pression. D'un geste expert, il racla les goupilles et la serrure rendit les armes sans offrir de résistance. Il donna deux tours dans le sens inverse des aiguilles d'une montre. Il rangea ensuite ses outils, sortit un flacon de chloroforme dont il humecta abondamment un morceau de chiffon rouge. Une odeur d'hôpital, froide et alcaline, emplit le palier. D'un petit signe de tête, il indiqua à Gottfried qu'il était prêt.

— Maintenant ! lança Feuerbach.

Ils entrèrent dans l'appartement.

*

Jacob sortit sans bruit sur le palier. Alors qu'il s'engageait dans la cage d'escalier, une voix d'homme se fit entendre au troisième étage : « Maintenant. » Il frémit. *Prends ses pieds ! Les flics, on s'arrache !* Son oreille de musicien aurait pu reconnaître le timbre de cette voix entre mille. Ses agresseurs étaient au-dessus !

Il se figea. Un bref bruit de lutte lui parvint.

« Putain, c'est pas lui ! » « C'est quoi ce bordel ? Il habite pas au troisième ? »

La panique le submergea et, en voulant s'élancer vers le rez-de-chaussée, il coinça l'une des bretelles de son sac de voyage dans la poignée de la porte palière qui tira d'un coup sec sur son épaule droite. Il lâcha un cri de douleur.

« C'est en dessous ! »

Jacob libéra son sac.

« Il est là ! »

Il perçut le pas des deux hommes qui s'élançaient à sa poursuite mais ne se retourna pas pour vérifier. Il dévala l'escalier jusqu'au rez-de-chaussée. Arrivé devant l'ascenseur, son instinct lui dicta d'opter pour la sortie de gauche qui donnait sur le jardin. Il le traversa en trombe, jeta son sac par-dessus la rambarde qu'il escalada avec une énergie décuplée.

« Là-bas ! Dans le jardin ! » « Prends la voiture, fais le tour ! »

Jacob sauta dans le parking et partit en courant. Sans réfléchir, sans se retourner, il courut à perdre haleine dans les rues de Francfort. Au loin, il entendit le bruit des pneus qui crissaient.

*

— PUTAIN ! PUTAIN DE MERDE !

Gottfried frappa le volant de la BMW du plat des mains avec une violence à peine contenue. À ses côtés, Mickaël regardait ses pieds.

— Putain ! Même pas foutu de lire une boîte aux lettres correctement ! Bordel ! Zweite et dritte* ça ne s'écrit pas pareil quand même ! MERDE !

— Je suis de Neuchâtel*, tenta de se justifier le francophone.

— Et ? Tu comprends rien à ce que je te raconte alors ?

— Si mais… J'écris jamais en allemand.

— Pauvre con de Romand, pesta Gottfried avec fiel.

La théorie prônant la supériorité de certaines races sur d'autres n'était pas absurde, elle pouvait être mise en lumière au sein même d'un pays comme la Suisse. Comment pouvait-on dès lors se convaincre du contraire ? Comment ne pas adhérer au programme de l'Aurore Blanche qui en avait fait son pilier central ? Il balaya ces considérations dont il n'était pas chargé mais se promit de faire

* Deuxième et troisième.

* Un des quatre cantons de la Suisse romande unilingue français avec Genève, Jura et Vaud.

payer cette faute à Mickaël dès que l'occasion se présenterait.

— Deux fois ! Deux fois qu'on merde ! Putain !

La date butoir du 31 décembre approchait. Il avait volontairement pris son temps pour planifier cette opération dans les moindres détails, pour que l'extraction se fît sans anicroche, le plus proprement possible. Wagner n'avait d'ailleurs pas pris de nouvelles jusqu'à ce jour, lui laissant une liberté d'initiative dont il lui savait gré. Et voilà que, par la faute de cet abruti illettré, il se trouvait dans une position inconfortable.

— Qu'est-ce qu'on fait maintenant ?

— On bouge. Faut pas rester là, ça sert plus à rien. Et puis l'autre va finir par appeler les flics.

Il mit en marche le gros moteur V8. L'idée lui vint alors qu'il quittait sa place de stationnement. Il regarda l'horloge de bord qui indiquait 19h07. En bombardant bien, il serait à Berne avant 23 heures.

Il savait ce qu'il allait dire à Bernd Wagner.

*

Quand Jacob s'arrêta, il ne savait pas où il était. Devant lui, la rue s'enfonçait dans un bois. Un panneau de signalisation indiquait qu'il s'agissait d'une impasse. Il était perdu dans sa ville alors qu'il ne devait pas être à plus de… Il n'avait jamais accroché avec les mathématiques mais ses parents lui en avaient transmis les gènes : il estima sa vitesse à une dizaine de kilomètres/heure, son temps de course à trente minutes. Fit les conversions nécessaires et le calcul… Il était perdu à moins de cinq kilomètres de son domicile ! Il tourna sur lui-même comme étourdi : il était au milieu d'une zone pavillonnaire où les petites maisons blanches étaient alignées au cordeau le long de la voie. Il marcha jusqu'à l'intersection la plus proche et, à la lumière des réverbères, lut les noms des rues qui se croisaient : Auerfeldstraße et Im Staffel. Il n'était jamais venu ici.

C'était la deuxième fois de la journée qu'il courait ainsi. Que ses jambes enchaînaient les foulées sans qu'il en eût vraiment le contrôle. Deux fois qu'il fuyait devant ces hommes.

La faute à une peur primitive.

Instinctive donc non réfléchie.

Donc inutile.

Une subite réaction d'orgueil lui fit recouvrer tous ses sens et il sentit une énergie brûlante le remplir de haut en bas. Fini ! La fuite n'était plus une option ! Il remonta son sac sur l'épaule et partit en laissant le bois derrière lui. Il traversa, passant entre de curieuses maisons à colombages. Il marcha jusqu'à trouver une station de bus. Il monta dans le bus numéro 43 qui le ramena dans le centre-ville après avoir croisé l'autoroute 661 (il ne se souvenait pas l'avoir franchie dans sa fuite). Il rejoignit la gare centrale de Francfort, acheta le premier billet pour Berlin, grimpa dans le train ICE* 592 à 22h08 qui le déposa dans la capitale allemande peu après minuit.

Il dénicha un hôtel abordable dans une petite rue qui partait sur la droite de Invalidenstraβe. Après avoir pris la carte magnétique servant de clé, il demanda si on pouvait lui prêter un bottin. Le réceptionniste, un étudiant malingre au fort accent turc, lui répondit que le *WLAN** était accessible dans les chambres pour la modique somme de deux euros par jour et lui nota gentiment sur un morceau de papier l'URL de l'annuaire téléphonique en ligne de Deutsche Telekom qu'il lui tendit.

Jacob n'insista pas et monta dans sa chambre. Alors qu'il ouvrait la porte, son téléphone vibra dans la poche de son pantalon. SMS. Ann : *« Tu boudes ? Je m'excuse. Appelle-moi. C'était l'anniversaire de ma sœur, tu lui as manqué ;-) J'ai trop bu, je passe la nuit chez elle. »* Oui. Il boudait. Il ne lui répondit pas mais trouva une prise électrique sur laquelle il brancha son téléphone pour recharger la batterie.

Il était vanné. Une fatigue immense, incommensurable, qu'il n'avait jamais connue. Il s'écroula sur le lit sans prendre la peine de se déshabiller et s'endormit immédiatement.

*

Il était onze heures passées d'une minute quand Gottfried prit la sortie 36 en direction de Bern-Neufeld. À l'aide des commandes au volant, il fit défiler son répertoire et appela Wagner. Le dispositif main libre coupa le son de la radio. Sonnerie. Deux. Puis la voix grave de son futur beau-père :

— Oui. Alors ? Vous l'avez ?

* InterCity-Express. Train à grande vitesse de la Deutsche Bahn.

* Wifi.

Gottfried frissonna. Il se tourna vers Mickaël et posa son index sur sa bouche, perpendiculaire à la ligne de ses lèvres. L'autre hocha la tête pour lui faire comprendre qu'il avait reçu le message et se tourna pour regarder dehors par la vitre passager.

— Nous arrivons, nous sommes sur Tiefenaustraße.

— Ah. Très bien. Passez par le parking.

La musique revint, coupée brutalement par l'animateur de Couleur 3* qui annonça le prochain morceau, une énième saloperie anglaise au nom imprononçable. D'un geste rageur, Gottfried éteignit le poste pour ne pas l'entendre. *In petto*, il répéta une dernière fois ce qu'il avait prévu de dire. Les quatre heures de voyage avalées d'une traite lui avaient laissé le temps de peser chaque mot, de trouver les meilleures tournures de phrase, le meilleur enchaînement. Il fallait, bien sûr, annoncer l'échec, faire comprendre qu'il était dû à Mickaël (sans trop l'accabler tout de même car il en était garant et avait donc sa part de responsabilité), mettre en exergue le manque de chance dont ils avaient été victimes lors de leur première tentative avec l'arrivée inopinée de la police. Pour finir, ne pas rester sur ce bilan négatif et enchaîner sur ce qu'il comptait faire pour rattraper sa boulette. Le résultat lui plaisait mais, quand il sortit du tunnel, il se mit à douter.

— On lui dit quoi ? demanda alors Mickaël.

— Toi, tu dis rien, t'as assez fait de conneries comme ça !

L'autre n'ajouta rien, haussa les épaules, et se tourna de nouveau vers l'extérieur. Les arbres défilaient sur les bords de la chaussée et, en contrebas, on devinait les eaux noires de la Aar. Gottfried passa sous les voies de chemin de fer, rejoignit la rue Bollwerk, contourna le gigantesque parvis de la gare centrale, longea l'immense vague de verre protégeant de la pluie les passagers en attente du tramway et se présenta enfin devant l'entrée du parking souterrain. Les pneus neufs hurlèrent en mordant le béton peint de la rampe d'accès. Longue plainte stridente jusqu'au troisième sous-sol. Il se gara à sa place habituelle, à côté de l'ascenseur.

Deux minutes plus tard, ils entraient chez Bernd Wagner.

Il était assis à son bureau derrière un épais nuage de fumée. Une seule lampe de chevet éclairait la pièce faiblement, offrant une vue magnifique sur la gare et la ville illuminée en arrière-plan. Il ne les salua pas, tira une grosse bouffée sur son cigare et demanda :

— Il est dans le coffre ?

* Radio suisse.

Gottfried fit un pas en arrière. Se racla la gorge.

— Eh, bien, commença-t-il de la voix la plus claire dont il soit capable, nous… nous ne l'avons pas.

Wagner se redressa sur son siège, appuyant ses coudes sur son bureau.

— Pardon ?

— Nous… Nous ne l'avons pas… Il n'est pas dans le coffre, répéta Gottfried.

— QUOI ?

Bernd se leva d'un bond, envoyant valser son fauteuil à roulettes. Seule sa silhouette, petite et râblée, se détachait sur la baie vitrée.

— Nous avons eu un petit problème… Il nous a échappé, Père. À deux reprises, il…

— PUTAIN MAIS C'EST QUOI CE BORDEL ? mugit Wagner.

Gottfried se décomposa et perdit toute assurance. Il bredouilla :

— Il est beaucoup plus malin que nous ne l'avions imaginé… Il est passé par une autre entrée… Je pensais que le jardin était clos mais… En fait… Il est parvenu à s'enfuir…

— Tais-toi !

Wagner écrasa son cigare dans le cendrier et cela prit un temps affreusement long. Il fit le tour de son bureau pour venir se planter face à ses deux hommes de main. Une seconde, l'image de sa fille lui traversa l'esprit. Cet abruti n'aurait pas le privilège de l'épouser, c'était décidé. Et tant pis si Angelina lui en voulait, il le ferait pour son bien, comme lorsqu'elle était une enfant.

— Et pourquoi vous êtes là devant moi ? Sans lui ?

— Je sais comment le retrouver.

— Tiens donc ! Tu m'intéresses, dit Wagner. Je t'écoute.

— Nous savons qu'il a une petite amie. Elle s'appelle Ann Krause, elle est institutrice. Je pensais que… qu'elle ferait un bon appât.

Bernd ne disait rien. Il se contentait de regarder ce monstrueux tas de muscles au cerveau atrophié.

— Et pourquoi es-tu revenu me dire ça ? Tu ne pouvais pas faire preuve d'initiative ?

— C'est que… Pour être efficace, il faudra sûrement… aller loin et…

— Et ?

— Je voulais m'assurer que cela ne vous dérangeait pas… Père.

Bernd Wagner se retint de le gifler. Il tourna les talons et alla chercher sa chaise, la fit rouler jusqu'à son bureau. Il s'assit. Prit le temps de sortir un nouveau cigare, de l'étêter, de l'allumer et d'en savourer la première bouffée.

— Vous y retournez. Vous faites ce que vous avez à faire mais vous ne revenez pas sans lui. Ai-je été clair ?

— Très clair, Père.

— Avant le 31.

— Ce sera fait, Père. Comptez sur moi.

Car c'était une des rares choses qu'il enviait aux Japonais, Gottfried inclina le buste en signe de déférence. Cela lui sembla approprié. Respectueux sans être démonstratif. Il tira sur le bras de Mickaël. Ils sortirent.

Chapitre 17

Juillet 1998

Bierhoff était seul au deuxième poteau. D'une superbe reprise de volée du gauche, il tira à bout portant sur le gardien croate. Celui-ci, dans un surprenant geste réflexe, parvint néanmoins à dévier le ballon, lui interdisant la route des filets. Josef bondit hors du canapé et tapa du dos de sa main droite dans celle de gauche. L'égalisation était reportée.

Cette surprenante équipe de Croatie tenait tête à la *Nationalmannshaft** depuis plus d'une heure. Pire ! Elle menait au score : ce diable de Jarni avait crucifié Jürgen Klinsmann avec un tir croisé de plus de vingt mètres dans les arrêts de jeu de la première mi-temps. Cette qualification en demi-finale ne s'annonçait pas aussi simple que l'avaient annoncée les journalistes sportifs d'un air entendu, la veille du match, sûrs de la supériorité de leur équipe nationale, triple championne du monde.

— Ça commence à être chaud, dit Jacob, sans allant. Au sens propre comme au figuré… Il faut vraiment acheter un ventilateur, papa, on crève ici !

— Il faut marquer sans tarder, fit remarquer Josef qui ne l'avait écouté qu'à moitié. Ces maudits Croates vont finir par tous se mettre dans la surface de réparation pour tenir le score et ce ne sera plus jouable !

* Équipe d'Allemagne de football.

— À dix en plus !

Jacob fut déçu : l'évocation du carton rouge écopé par Christian Wörns à la fin de la première période n'eut pas l'effet escompté. Son père ne tiqua même pas.

— J'peux prendre une autre bière ?

— Eh oh ! On se calme avec les bières. Combien tu en as bu déjà ?

— C'est ma première ! répondit Jacob en levant sa bouteille vide.

— Une. Mais c'est la dernière !

— Merci, papa. Allez le *Nationalelf** ! s'exclama-t-il sans emballement.

Il se leva et passa dans la cuisine. « Prends-en une pour moi, s'il te plaît ! » lui lança Josef depuis le salon. Comme il ne trouvait pas le décapsuleur, il fouilla dans plusieurs tiroirs. Un cri de son père le fit revenir en courant devant la télé.

— Je le sens pas, je le sens pas, répétait Josef avec fébrilité.

Les joueurs au maillot à damier couraient vers le but allemand. Quatre bleus pour deux blancs. Le numéro 19 se décala sur la droite et prit ses responsabilités. Magnifique tir croisé ras de terre qui trompa pour la seconde fois le portier allemand. Dans le poste, le commentateur partit d'une longue plainte déchirante.

— C'est foutu ! dit Josef en se laissant tomber dans le canapé. C'est foutu.

— Mais non, papa ! Faut y croire !

— Deux buts en moins de dix minutes ! C'est foutu, je te dis !

Jacob le pensait aussi mais ça ne l'affectait pas autant que son père. Il s'en fichait un peu, même. Le sport ne l'intéressait guère. Il n'aimait pas le pratiquer, il n'aimait pas le regarder, il n'aimait pas en discuter. C'était Josef qui avait insisté pour qu'ils regardent ensemble ce quart de finale. Cette probable défaite de l'équipe emmenée par Hans-Hubert Vogts, qui fumait une cigarette d'un air contrit sur le banc de touche, le satisfaisait presque : son père ne lui redemanderait pas de sitôt de regarder un match de foot avec lui. Il vit l'ouvre-bouteille sur la table basse et décapsula les deux Kapuziner Weißbier. Il en offrit une à Josef.

Quand, à peine cinq minutes plus tard, Davor Šuker slaloma dans la surface de réparation et effaça deux défenseurs allemands pour planter le troisième but, Josef laissa son fiel se déverser dans

* Onze national : surnom de l'équipe.

un langage peu châtié dont il n'était pas coutumier (Jacob adorait toutefois quand il se lâchait ainsi).

— Putain, c'est pas croyable ! Nul, nul, NUL et NUL !

Comme le réalisateur français optait pour un gros plan sur la mine défaite du sélectionneur allemand, Josef en rajouta une couche :

— Regarde-moi ce con de Vogts aussi ! Avec sa sélection de NUL ! Matthäus... J'adore Matthäus mais il est trop vieux... Il fallait pas le sélectionner ! Il a rendu de grands services à l'équipe mais il n'est plus au niveau...

Il siffla sa bière d'une seule gorgée quand l'arbitre norvégien siffla la fin de la rencontre. Les supporters croates, venus en nombre dans le stade de Gerland à Lyon, laissèrent éclater leur joie. C'en était trop pour lui, il attrapa la télécommande et coupa la télévision. Ils restèrent un grand moment silencieux. Par les fenêtres ouvertes, quelques cruels coups de klaxon se firent entendre. Josef ressentit soudain une profonde mélancolie.

Pour ce qu'il avait à dire, il avait souhaité que la *Mannshaft* l'emportât. Une victoire aurait rendu moins grave son annonce. Cependant, il était décidé à ne pas la reporter et il choisit de ne pas y aller par quatre chemins :

— Tu te rappelles ce match qu'on avait fait, Platz der Republik ?

— Euh... Oui... mentit Jacob, surpris par la question.

— Tu n'étais pas grand. Tu avais... Dix ans peut-être... Oui, c'est ça ! C'était en 1993, tu avais dix ans. Je t'avais acheté un ballon parce que tu avais été très brave à l'hôpital, tu te rappelles ?

— Oui. Je me souviens, dit-il en buvant une gorgée de bière qui, déjà, était tiède.

— On t'avait pris un peu de sang et, à l'époque, je t'avais dit que c'était contre la grippe...

Jacob se tourna vers son père qui commençait à l'intriguer.

— Et ? demanda-t-il. Ce n'était pas pour ça ?

— Non.

— Et c'était pour quoi alors ?

— Il s'agissait d'un test prédictif génétique.

— Hein ?

— Un test génétique prédictif. Pour savoir si tu étais porteur du gène de la maladie de Huntington.

Jacob regarda Josef d'un air sonné.

— Je ne comprends pas ce que tu me racontes, papa... Je...

— Tu n'es pas malade, Jacob. Le test était négatif.

— Mais qu'est-ce que c'est, cette maladie ?

— La maladie de Huntington est une maladie génétique qui se déclare tôt ou tard chez toute personne possédant le gène HD. Sur le chromosome quatre. C'est une répétition de trois acides nucléiques…

Il stoppa. Il s'était très bien renseigné sur cette maladie, il en connaissait les causes, les symptômes, l'absence de traitement. Pour mieux l'apprivoiser, il avait appris à la connaître. Alors elle avait cessé de le terroriser. Mais il n'était pas nécessaire que Jacob en sût autant que lui et il ne voulait pas diluer son propos afin qu'il gardât toute sa force. Il reprit :

— La maladie engendre une atrophie progressive des neurones qui se traduit par des problèmes de mémoire, des troubles moteurs, des mouvements involontaires… Mais tu n'es pas porteur de ce gène, Jacob. Le test, c'était pour ça.

Il se tut.

— C'est mortel ? demanda Jacob.

— Oui.

— Tout le temps ?

— Oui. Tout le temps.

— Il existe un traitement ?

— Non.

Josef sut que son fils avait compris mais que, effrayé, il repoussait le moment de poser la bonne question. Tel celui qui, au bord de la falaise, hésite à sauter.

— Génétique, ça veut dire héréditaire ?

— C'est ça. Ta grand-mère Anna en est morte. À l'époque, on appelait cela la chorée de Huntington.

— Et toi, tu n'as pas…

Ne pas tergiverser. Toute circonvolution ne ferait qu'augmenter la peine.

— Si. Elle me l'a transmise. C'est pour ça que je t'ai emmené faire ce test. Tu avais de grandes chances d'être porteur toi aussi mais ce n'est pas le cas.

Il vit des larmes gonfler dans les yeux de Jacob. Il se rapprocha de lui, lui prit sa bouteille des mains pour la poser sur la table. Il le serra dans ses bras, voulut par le corps lui transmettre cette confiance dont il n'avait pas chargé son discours.

— Mais ne t'inquiète pas, mon fils. Je suis là encore pour un bon bout de temps. On en verra d'autres, des matchs de foot, toi et moi. Ce n'est pas une maladie à évolution rapide, certains sujets la développent même très lentement. Cela peut prendre des dizaines d'années. Je suis là... Et le principal, c'est que tu sois sain.

Ensuite, il lui raconta l'histoire dans sa totalité. Comment il avait vu surgir les premiers symptômes chez sa mère. Il se souvenait très bien de l'année, c'était en 1970. La première fois, ils en avaient ri. Son bras gauche s'était détendu de façon brusque, tel un ressort. Sa main avait tapé la table. Elle avait crié : « Aie ! » Il avait dit : « Eh bien ? Si tu veux le sel, demande-moi, ce sera plus prudent ! » L'année suivante, il avait commencé à donner des cours de maths à la Humboldt-Universität zu Berlin*. Il avait une petite chambre dans le quartier de la faculté et, tandis que la maladie avançait, il s'était éloigné. La dégénérescence progressa à la vitesse d'une bête affamée, dévorant tout le corps d'Anna Schmidt sur son passage. En moins de deux ans, elle ne pouvait plus s'assumer. Pris dans le tourbillon de sa propre vie, apeuré de voir sa mère dans cet état, Josef n'eut pas le courage de s'occuper d'elle. Il la plaça dans un établissement spécialisé où il venait lui rendre visite deux fois par semaine. Vite, elle ne le reconnut plus. Trois années suffirent pour qu'ils deviennent des étrangers l'un pour l'autre. Josef espaça ses visites.

Anna mourut le 5 mai 1975. Josef prit toutes les dispositions pour qu'elle soit enterrée dans sa ville natale, dans le Südfriedhof de Leipzig. Il raconta à Jacob comme le temps était magnifique ce jour-là. Un soleil radieux, une température douce, presque estivale. Ce lundi 5 mai, il ne ressentit aucune peine. Elle arriva plus tard sous la forme d'un chagrin pesant, poisseux, dont il mit deux ans à se défaire.

C'était pourquoi il lui disait tout ça. Parce que c'était l'histoire de leur famille. Parce qu'il ne voulait pas que Jacob souffre comme il avait souffert. Parce que Jacob lui survivrait.

* Plus grande Université Humboldt de RDA.

Chapitre 18

18 décembre 2012

Berlin était illuminé comme une attraction de fête foraine. La fée électricité s'en donnait à cœur joie qui, un peu avant 4 heures alors que le jour finissait, avait pris le relais avec ostentation. En attendant les traditionnels marchés de Noël qui accueilleraient les touristes et les Berlinois pour *Heiligabend**, des marchés de l'avent thématiques avaient fleuri un peu partout: artisanat au domaine de Dahlem, écologie dans Sophienstraβe, bio sur Kollwitzplatz... Les rues du centre-ville grouillaient de monde. Les riverains à la recherche des derniers cadeaux ou en quête d'une oie pour le repas du 25 se mêlaient avec la masse des badauds venus goûter au charme spécial de la capitale pour cette dernière semaine de l'année.

Jacob, qui n'était pas venu dans la capitale depuis plus de deux ans, semblait étranger à l'agitation ambiante. Cette féerie mercantile ne lui rappelait pas sa tendre enfance, trop éloignée de la fête de la Paix qu'il avait connue avant que sa mère ne les quitte pour repartir en France. Une célébration plus sobre dont il gardait pourtant un souvenir ému: il se rappelait du *Stollen*, ce gâteau traditionnel aux amandes, aux raisins et aux écorces d'orange que cuisinait sa mère dans l'après-midi du 24 tandis qu'il attendait que passe le père Frimas en regardant la télévision. Il se remémorait le *Weihnachten in Familie** que Josef mettait sur le vieux poste à

* Réveillon de Noël.

* « Noël en famille ». Album de Frank Schöbel, chanteur à succès de l'ex-RDA.

cassettes (sous son impulsion, Princess of Jazz avait tenté d'en faire une reprise jazzy) et qu'il pouvait encore chanter par cœur du début à la fin. À l'époque, pas si lointaine, ils fêtaient ça en famille, dans leur petit appartement d'Alte Jakobstraβe, situé à un pâté de maisons du mur, comme toutes les autres familles est-allemandes. Les rues n'étaient pas plus peuplées qu'à l'ordinaire. Au contraire, dès le début de l'après-midi, elles se vidaient, donnant à la ville un air étrange. Ce barnum lumineux lui apparut donc déplacé et cette foule compacte gênante pour ce qu'il avait à faire. Par chance, le district de Lichtenberg, plus excentré, était plus calme. Jacob avait choisi de commencer par le commencement.

Arrivé à neuf heures du matin, après une courte mais réparatrice nuit de sommeil, il avait décidé de parcourir Fanningerstraβe, la mystérieuse rue du bristol jaune, dans son intégralité. Il était sorti à la station de U-Bahn de Magdalenenstraβe, avait traversé l'imposante allée de Francfort avec ses deux fois quatre voies, avait remonté la rue Alfred jusqu'à Roedeliusplatz. Sans le savoir, il marchait sur les traces qu'avait laissées son père, un demi-siècle auparavant.

Il agit avec une méthode dont il ne se saurait pas cru capable.

Il parcourut toute la rue sur le trottoir de droite, vérifiant les noms de tous les habitants du côté pair. Il lui fallut parfois attendre devant la porte d'un immeuble qu'on lui ouvrît afin d'examiner les boîtes aux lettres. Il interrogea toutes les personnes qu'il croisa et laissa son numéro de téléphone aux concierges des immeubles, aux commerçants. Son pansement sur le visage, loin d'effrayer, semblait favoriser l'empathie de ses interlocuteurs car il ne fut que rarement éconduit. Au milieu de la matinée, il trouva, au numéro 52, une Lisa Worms. Étudiante en droit à la *Freie Universität*, Jacob comprit assez vite qu'il la dérangeait : elle était originaire de Nuremberg, n'habitait Berlin que depuis deux ans et ne connaissait pas d'Heinrich Worms. Pas un membre de sa famille ne portait ce prénom.

Sans se décourager, quand il arriva à la Gudrunstraβe vers 13 heures, il fit demi-tour et revint, toujours sur le trottoir de droite, pour inspecter cette fois le côté impair de la rue. Il lui fallut un peu moins de cinq heures pour revenir à son point de départ. Pas un seul Worms de ce côté-ci.

Il rentra à l'hôtel, exténué. Une vilaine ampoule lui meurtrissait le pied droit au niveau du talon d'Achille. Il se fit couler un bain.

Les tensions accumulées de la journée disparurent dans l'eau chaude tandis que les interrogations, occultées par l'action, l'assaillaient: Heinrich Worms était-il toujours vivant? Avait-il seulement existé? Quelle lettre pouvait-il bien garder? Que disait-elle? Le concernait-elle seulement? Se faisait-il des films? Était-il paranoïaque comme Ann l'avait suggéré à demi-mot?

Il voulut l'appeler mais y renonça. Il ne voulait pas abandonner si vite et il prit du temps pour se convaincre qu'être en proie au doute était sain. Il devait mettre la main sur Heinrich Worms. Revigoré, il se lava en frottant énergiquement toutes les parties de son corps puis descendit au restaurant de l'hôtel où il s'offrit un solide repas. Revenu dans sa chambre, il mit au point son plan de bataille pour le lendemain puis tenta de se détendre devant une émission de télévision. À 22 heures, il reçut un SMS: « *Tu me manques. Je m'excuse. Appelle-moi. Je t'aime. PS: Je suis toujours chez ma sœur.* » Avec nonchalance, du bout des pouces, il rédigea une réponse: « *Je t'aime aussi mais je suis le seul à pouvoir faire ce que j'ai entrepris.* » Après l'avoir relu, il catapulta son texto dans la poubelle sans l'envoyer.

Il s'endormit peu avant minuit, la télé allumée.

Il se réveilla avec des douleurs aux jambes assez vives. Il lui fallut une demi-heure pour que ses muscles courbaturés retrouvent une mobilité satisfaisante. Il prit un déjeuner copieux à base d'œufs brouillés et de *Leberwurtz**. Rassasié, gonflé d'une énergie bouillonnante, il sortit à la recherche d'un endroit qui ferait office de QG. Il ne voulait pas rester à l'hôtel. Il ne chercha pas longtemps et entra dans le premier café internet qu'il croisa, s'installa à une table et commanda un thé. Il lança Firefox, demanda à Google de le diriger vers un annuaire allemand. Il vérifia une nouvelle fois que son portable était bien chargé puis attendit qu'on lui serve son thé pour ne pas être dérangé. Son mug fumant devant lui, il entra le patronyme Worms dans la barre de recherche et décida de commencer par la ville de Berlin. Entrée. Un résultat, un seul (l'étudiante de la veille n'avait apparemment pas ouvert de ligne de téléphone fixe). Irmtrud Worms, résidant Spiekermannstr. 16. Une femme. Peut-être la femme d'Heinrich? Il composa le numéro. Trois sonneries puis la voix d'une femme, grave, presque rauque:

— Irmtrud Worms, j'écoute?

— Bonjour, madame Worms. J'espère que je ne vous dérange

* Saucisse à base de foie de porc.

pas. Je m'appelle Jacob Schmidt.

— Oui. Et ?

— Je m'excuse de vous importuner mais je suis à la recherche d'un homme du nom d'Heinrich Worms qui résidait rue Fanninger dans les années…

De quelle décennie s'agissait-il ? Son père avait eu le papier pour ses dix-huit ans, croyait-il se rappeler. Il était né en 1945 donc ce devait être en 1963. Non ! À cette époque, il ne l'avait pas trouvé donc tout portait à croire que…

— Monsieur Schmidt ?

— Euh… Oui ?

— Je ne connais pas d'Heinrich Worms. Je vous prie de m'excuser mais j'ai des choses à faire. Bonne journée, monsieur.

— Attendez peut-être que…

Elle avait raccroché. « Merde ! Quel con je fais ! » dit-il à haute voix en donnant de rage un coup de poing sur sa table. La fille qui était installée sur le poste à côté lui jeta un regard mauvais. Il baissa les yeux. « Quel abruti ! » pensa-t-il. Il recomposa aussitôt le numéro mais personne ne répondit. Il but une gorgée de thé, resta un moment à regarder les cases blanches *Wer/Was* et *Wo** sur l'écran plat de son ordinateur.

Une seule Worms sur Berlin, deux en comptant l'étudiante. Cela ne faisait pas beaucoup et lui parut étrange. Certes, « Worms » ne figurait pas dans le top dix des patronymes germaniques les plus répandus, dont le haut du classement était tenu par les Müller, les Meyer, les Schneider ou même, comme lui, les Schmidt. Il s'agissait de noms de métier : meunier, fermier, tailleur et forgeron. Or, le nom Worms était d'origine géographique – petite ville de Rhénanie-Palatinat – et arrivait donc beaucoup plus bas dans la liste. À la dix-sept mille deux cent cinquante-sixième place lui apprit un site de généalogie. Mais, tout de même, une seule Worms sur Berlin… Certes, le *Telefonbuch** ne recensait que les téléphones fixes. Quid des mobiles ? Aucun annuaire pour ça, du moins à sa connaissance. Une rapide prospection sur la toile le lui confirma. Il existait bien des sites qui proposaient ce service mais la recherche était payante et Jacob la considéra comme peu fiable.

Une fraction de seconde, il voulut tout laisser tomber mais, dans un sursaut de détermination, il se jeta sur le clavier, soudain certain que quelque chose allait sortir, tapa « Heinrich Worms » dans le

* Qui/Quoi et Où

* L'annuaire téléphonique.

rectangle vide et valida sans préciser de ville pour que la recherche se fasse sur l'ensemble du territoire. La réponse s'afficha en moins d'un millième de seconde. L'unique réponse : *Worms Heinrich, Bahnhofstr. 183, 33161 Hövelhof.* Une vague de satisfaction le parcourut. Comme il ne savait pas où se trouvait cette ville, il ouvrit un nouvel onglet dans son navigateur et localisa cette petite bourgade de Rhénanie du Nord à l'ouest de l'Allemagne, pas trop loin de la frontière belge.

Et si c'était lui ?

Il attrapa son téléphone et entra les premiers chiffres avant de s'arrêter subitement. Cet Heinrich était-il un cousin de son père ou de sa grand-mère ? Il posa ses mains sur son visage, ferma ses yeux et tenta de se concentrer. Que lui avait dit son père, à ce réveillon de Noël, quand il lui avait donné le bristol. Son cousin ? Notre cousin ? Le cousin de ta grand-mère ? Il ne parvint pas à se remémorer les mots exacts de Josef. Très vite, il calcula donc les âges entre lesquels devait se trouver celui de ce mystérieux cousin Heinrich : soixante-huit ans s'il était né en même temps que son père, quatre-vingt-douze ans si sa date de naissance coïncidait avec celle de sa grand-mère. Cette donnée en tête (il lui faudrait parler à un homme âgé, voire très âgé) il recomposa le numéro.

— Heinrich Worms.

— Monsieur Worms ?

— Heinrich Worms, oui. Que puis-je pour vous ?

Le ton était ferme, teintée d'impatience. La voix était jeune.

— Bonjour, monsieur. Je m'appelle Jacob Schmidt et…

— Je ne suis pas intéressé, je vous remercie.

— Non, attendez ! Attendez ! cria Jacob sous l'œil chargé de reproches de sa voisine. Je ne suis pas un démarcheur, je suis… Je… Connaissez-vous Anna Schmidt ?

La question parut surprendre son interlocuteur. Il n'y avait plus aucun bruit à l'autre bout du fil.

— Monsieur ? relança Jacob.

— Oui ?

— Connaissez-vous Anna Schmidt ?

— Non. Je connais une Kathrin Schmidt, une Carolin Schmidt et un Peter Schmidt mais pas de Anna Schmidt.

Jacob ne put contenir sa déception.

— Ah ? Et peut-être que…

— Qui êtes-vous, monsieur ? demanda Worms, agacé.

Il décida de jouer cartes sur table :

— Je m'appelle Jacob Schmidt. Anna Schmidt était ma grand-mère. Elle aurait confié une lettre à son cousin Heinrich Worms qui habitait Berlin à l'époque. Rue Fanninger. Je suis à la recherche de cette lettre pour des raisons… Des raisons familiales… importantes. Vous êtes le seul Heinrich Worms en Allemagne alors j'avais pensé que…

— Non. Visiblement ce n'est pas moi. Je suis désolé, monsieur. Si vous voulez bien m'excuser, j'ai du travail.

— Oui. Évidemment. Merci, monsieur. Et encore pardon pour le dérangement.

— Bonne journée.

Jacob finit son thé qui était froid.

Il entreprit ensuite, avec opiniâtreté, d'appeler tous les Worms vivant en Allemagne. Il y en avait, d'après l'annuaire, trois cent quarante-sept. Les réponses qu'il obtint étaient invariablement les mêmes auprès de ceux qu'il parvenait à joindre : « Non, je ne connais aucun Heinrich Worms », « Non, ce nom ne me dit rien », « Oui, bien sûr, je vous rappelle si jamais je me souviens de quelque chose » pour les plus cordiaux, « Je n'ai pas le temps », « Je suis désolé mais je suis occupé », pour les autres.

Vers 17 heures, sans crier gare, la batterie de son téléphone rendit l'âme. Alors seulement, Jacob s'aperçut qu'il avait faim car il n'avait rien avalé d'autre que son thé depuis le matin. Il découvrit que la nuit était tombée, que la fille qui était assise à côté de lui en début de matinée avait été remplacée par un gros garçon aux cheveux longs et gras qui arborait un horrible tee-shirt aux couleurs du groupe de heavy metal Axel Rudi Pell. Il régla sa facture Internet au jeune roux qui tenait la caisse et rentra à l'hôtel. Sur le chemin du retour, il compta le nombre de numéros qu'il lui restait à contacter sur la liste imprimée au cyber café. Il réalisa que, sans un petit coup de pouce du destin, il lui faudrait des jours pour s'acquitter de cette tâche sans garantie de résultat.

Il dîna tôt dans le restaurant de l'hôtel. Puis, maussade, il se mit au lit, regarda d'un œil distrait une émission sur *Das Erste** et s'endormit avant 10 heures.

Quand il se réveilla, comme à son habitude, il attrapa son téléphone pour vérifier l'heure, ses mails, ses SMS et ses tweets. Sorti de sa léthargie numérique, son écran affichait deux messages en

* Première chaîne de télévision allemande.

absence. Le premier, déposé à 7h45, était d'Ann. Le second, enregistré la veille à 18h43 était plus intrigant. Il s'agissait d'un numéro inconnu. Il appela sa boîte vocale et passa le message d'Ann sans même l'écouter. Le deuxième était celui d'une femme : « *Oui, bonjour, monsieur. Je me permets de vous rappeler car vous êtes passé dans mon salon hier pour demander si je connaissais un certain Heinrich Worms. Je n'ai pas changé d'avis (elle gloussa) mais aujourd'hui, j'en parle à madame Ampferl, c'est une de mes fidèles clientes, eh bien, elle me dit qu'elle connaissait ce monsieur que vous cherchez. Alors, comme ça semble vous tenir à cœur, je vous appelle. Vous pouvez me rappeler si vous voulez. Le salon est ouvert de 9 heures à 19 heures tous les jours jusqu'au samedi. Nous sommes fermés les dimanches et lundis. (blanc) Eh bien, bonne soirée, monsieur.* »

Jacob resta interdit quelques secondes. Il se souvenait très bien de ce salon de coiffure, le seul de la rue, dont les vitrines étaient recouvertes des tarifs des prestations, en grosses lettres jaune criard. Fébrilement, il appuya sur la touche 2 de son téléphone pour réécouter le message. Alors, sûr de ce qu'il avait entendu, il courut prendre une douche, s'habilla à la vitesse grand V, ne fit qu'un passage éclair par le restaurant pour chiper une banane qu'il mangea dans le métro en direction du district de Lichtenberg. À 9h20, il franchissait le seuil du salon de coiffure, *Smiley der Friseur*, situé au Fanningerstraβe 62.

Le salon était désert. Une fille, qui ne devait pas avoir seize ans, était derrière la banque d'accueil. Elle leva le nez du carnet de rendez-vous dans lequel elle était plongée et offrit à Jacob son plus beau sourire. Elle était très maquillée. Ses paupières étaient peintes d'une couleur bleue tirant sur le gris métallisé et ses lèvres étaient rose bonbon, très brillantes. Elle ressemblait un peu à une poupée Barbie. Jolie mais artificielle.

— Bonjour, monsieur.

— Bonjour.

— Vous aviez rendez-vous ?

— Non. En fait, je ne viens pas pour me faire couper les cheveux…

— Ah ? dit la fille, déçue (et son sourire s'effaça).

— Vous m'avez laissé un message hier… Enfin, pas vous, mais la gérante du salon. Je cherche quelqu'un et il se pourrait qu'elle connaisse quelqu'un qui le connaisse.

L'apprentie coiffeuse le regarda avec deux yeux tout ronds, sans vie. Elle n'avait pas compris la requête de Jacob et cela ne l'étonna qu'à moitié: la clarté de sa dernière phrase laissait à désirer. Quelqu'un entra alors dans le salon, la petite clochette placée au-dessus de la porte tintinnabula.

— Ah ! Madame Müller. Entrez, je vous attendais, dit la fille d'une voix pleine, un large sourire de nouveau aux lèvres.

Puis, à l'attention de Jacob, elle ajouta sèchement en tendant la main vers une rangée de fauteuils contre le mur :

— Madame Sachs n'arrive qu'à 10 heures. Vous pouvez l'attendre ici si vous voulez.

Elle se jeta sur le manteau de sa cliente. Jacob s'assit, attrapa un exemplaire de *Brigitte** dont il attaqua la lecture en attendant.

Il atteignait l'horoscope de la dernière page quand une femme d'une cinquantaine d'années entra dans le salon.

— Ah ! Bonjour, madame Sachs, dit Barbie en lançant un regard à Jacob. Comment allez-vous ?

— Bien, Jenny, répondit-elle sans la regarder.

Elle jeta un coup d'œil sur Jacob, laissa échapper un tout petit « Bonjour, monsieur » avant de lancer un tonitruant « Bonjour madame Müller, comment allez-vous aujourd'hui ? » L'intéressée tourna sa tête recouverte de lames de métal qui lui donnaient un air d'extraterrestre.

— Bien. Très bien. Et vous ?

— Eh bien écoutez, tout à fait bien. Jenny s'est bien occupée de vous ?

— Très bien, très bien.

— Voyons.

Du bout des doigts, elle attrapa une mèche de cheveux enfermée dans son carcan d'aluminium, la leva au niveau de ses yeux et fit mine de vérifier le travail réalisé.

— Mouais. Eh bien, je n'aurais pas fait mieux madame Müller, dit-elle sans y croire. Allez, je vous laisse lire tranquillement.

Elle abandonna la sexagénaire et vint vers Jenny à qui elle tendit son manteau. Distraitement, elle compulsa le carnet de rendez-vous du jour. Jacob s'était levé et s'approchait.

— Oui ? Monsieur ? Vous aviez rendez-vous ?

— Non, je vous attendais. Je suis le monsieur qui cherche Heinrich Worms. Vous m'avez laissé un message hier. Je suis

* Magazine féminin allemand.

désolé de ne passer qu'aujourd'hui mais mon téléphone était déchargé et...

— Ah ! Oui ! s'exclama la coiffeuse. Oui oui oui oui... Eh bien... C'est une sacrée coïncidence, vous ne trouvez pas ?

— Oui, confirma Jacob d'un air emprunté.

— Juste après que vous soyez passé... C'était hier... Non, avant-hier, madame Ampferl rentre dans le salon pour sa mise en pli du mercredi. Elle vient tous les mercredis depuis... Oooh... Au moins, trente ans. Peut-être plus, parce que, eh bien pour être franche, même quand ma mère tenait le salon, j'ai toujours souvenir de l'avoir vue ici les mercredis. C'est dingue, non ?

Jacob, avec un air entendu, hocha la tête en guise d'assentiment.

— Eh bien, je lui raconte votre histoire parce que madame Ampferl, elle aime bien papoter, c'est son petit plaisir, et chez Smiley der Friser, le client est roi ! La cliente est reine plutôt, devrais-je dire ! N'est-ce pas madame Müller ?

— Oui. C'est vrai, confirma tête d'alu.

— Un autre magazine, madame Müller ?

— Je veux bien, oui.

— Jenny. Magazine.

La fille s'exécuta sans un mot.

— Mais où en étais-je ? Ah oui ! Eh bien, je lui raconte votre histoire et voilà pas qu'elle me dit qu'elle connaissait un Heinrich Worms dans le temps. Mais, il y a longtemps car, pour ne rien vous cacher, (elle baissa d'un ton et se pencha vers Jacob pour murmurer) elle a plus de quatre-vingt-dix ans, madame Ampferl ! (Voix normale) mais pour son âge, elle a encore toute sa tête. Eh bien, moi je dis que si elle dit qu'elle connaissait un Heinrich Worms, elle connaît un Heinrich Worms !

Jacob regarda la volubile coiffeuse. Le débit de sa voix, ses intonations qui modulaient de façon soudaine, lui avaient fait tourner la tête tel un verre de *Eiswein** servi à l'apéritif, le ventre vide.

— Je suppose que vous voulez parler à madame Ampferl, lui demanda-t-elle comme en confidence.

— Oui, je...

— Eh bien !... Il faudra attendre mercredi prochain !

Elle rit, satisfaite de sa plaisanterie.

— Non, sans blague. Je peux vous donner son adresse si vous voulez lui parler. Vous êtes de la police ? demanda-t-elle subitement.

* Vin de glace allemand.

— Oui. Je suis du BKA, répondit Jacob sans vraiment savoir pourquoi il mentait.

Madame Sachs eut un geste de recul.

— Ah ? s'étonna-t-elle en faisant pencher sa tête sur le côté, ses lèvres pincées. Eh bien, je vais vous donner son adresse, monsieur l'inspecteur.

Sous la banque, elle attrapa un cahier recouvert de cuir noir dont elle fit tourner les pages.

— Eh bien… Voilà… Madame Ampferl habite Rüdigerstraße, au 48. Juste au-dessus du magasin de faux ongles de Ramona Kilburg, le Nail Art and Design, précisa-t-elle avec un effroyable accent anglais.

— C'est loin d'ici ?

— Oh non, vous sortez à gauche, puis première à droite, c'est au bout, au croisement.

— On peut aussi continuer tout droit en sortant et tourner à gauche après, crut bon de préciser sa cliente.

— Tout à fait, madame Müller, tout à fait. Mais il vaut mieux tourner à gauche, puis à droite. C'est plus court, trancha-t-elle.

— Merci, madame, dit Jacob en faisant un pas en arrière vers la sortie.

— Je peux peut-être savoir ce que vous voulez à ce monsieur Worms ? osa la coiffeuse, taraudée par la curiosité.

— Hélas non, madame. Dans nos enquêtes, la confidentialité et la discrétion sont de mise, éluda Jacob avec un aplomb qui le surprit lui-même. C'est pourquoi je vous demanderai de ne pas ébruiter ma visite madame… Madame ?

— Madame Sachs, répondit-elle, comme apeurée.

— Madame Sachs. C'est noté, dit-il en tapotant de son index droit sur sa tempe. Je vous souhaite une bonne fin de journée, madame. Mesdames.

Il sortit lentement, comme il s'imaginait que le ferait un policier du BKA, accompagné jusqu'à la porte par six yeux circonspects. Dans la rue, tandis qu'il marchait en direction de la rue Rüdiger, il sourit de son audace et s'étonna du pouvoir d'un simple mensonge, pourvu qu'il soit assené avec culot.

Il n'eut aucun mal à trouver le domicile de madame Ampferl. Elle habitait au premier étage. Il grimpa l'escalier. Par politesse, il regarda si l'heure n'était pas malvenue pour une telle visite. 10 h 23, c'était parfait. Il sonna. Des pas se firent tout de suite entendre derrière la porte. Puis le bruit d'un objet, une chaise peut-être, qu'on traînait sur le sol. Le judas s'obscurcit alors.

— Qui êtes-vous ?

— Bonjour, madame Ampferl. Je viens de la part de madame Sachs, du salon de coiffure. Elle m'a dit que vous connaissiez Heinrich Worms.

Aucune réponse. Le judas était toujours sombre.

— Je suis Jacob Schmidt. J'arrive de Francfort, je... Je dois absolument retrouver monsieur Worms.

Il entendit le raclement de la chaise. Le judas s'éclaircit. La porte s'entrouvrit, maintenue par une chaînette de sécurité. Jacob dut baisser les yeux pour découvrir une petite vieille, qui ne devait pas mesurer un mètre cinquante, le dévisageant derrière ses lunettes aux verres épais. Elle ne disait toujours rien. Il eut peur qu'elle ne lui refermât la porte au nez et décida de jouer le tout pour le tout. Il sortit son portefeuille de sa poche intérieure, en extirpa sa carte de fidélité des magasins MusikShop-City qu'il présenta brièvement à la grand-mère.

— Jacob Schmidt. Inspecteur au BKA. Je dois absolument retrouver Heinrich Worms.

Il vit que madame Ampferl tentait de déchiffrer sa carte. Par chance, la lumière blafarde du palier, dans le dos de Jacob, l'éclairait mal. Elle hésita avant d'annoncer :

— Je vous ouvre.

La porte se referma. S'ouvrit. La petite vieille s'effaça pour l'inviter à entrer. Jacob rangea sa carte dans son portefeuille avec le plus de naturel possible.

— Merci, madame.

Il pénétra dans l'appartement. Une odeur de renfermé mêlée à celle d'un bouillon de légumes lui monta immédiatement aux narines. Il discerna la petite marche en bois derrière la porte qui permettait à la vieille dame de grimper jusqu'au judas.

— Passons dans la cuisine, nous serons plus à l'aise, proposa-t-elle.

— Je vous suis, madame.

Il s'engagea derrière elle. Sur le buffet qui trônait au milieu du vestibule, il marqua un temps d'arrêt devant un cadre qui protégeait une photo en noir et blanc. Le fond était gris clair, un peu flou, et l'uniforme se détachait bien. L'officier d'une petite trentaine d'années portait une moustache taillée comme le *Führer* en son temps, petit carré pileux sous le nez. Sur ses épaules, les galons étaient unis avec un liseré blanc sur leur contour. Au milieu de sa casquette, l'aigle de la Wehrmacht tournant la tête vers la droite et, au-dessous, sur la visière noire, une tête de mort, symbole de la SS. Madame Ampferl se retourna et dit :

— Mon mari, *Scharführer** Ernst Ampferl. Il est mort en 44, sur le front de l'Est. Il a combattu avec Heinrich Worms.

Elle reprit sa marche lente vers la cuisine et Jacob lui emboîta le pas. Ils s'installèrent autour de la table. Le fumet de la soupe aux légumes emplissait encore la pièce.

— Vous voulez boire quelque chose, inspecteur ?

— Oui. Je veux bien.

— Je peux réchauffer du café. Je viens de le faire.

— Très bien. Merci.

Elle se leva et mit le feu sous une casserole posée sur la plaque de cuisson.

— Je vous écoute, dit-elle. Que voulez-vous savoir, inspecteur ?

— Comme vous l'a dit madame Sachs, je suis à la recherche d'Heinrich Worms.

— Je peux savoir pourquoi ?

Cette question, posée sur un ton comminatoire, glaça les sangs de Jacob. Il s'efforça de ne rien laisser paraître et répliqua :

— Non, je suis désolé madame. Je ne suis pas autorisé…

— Très bien. Très bien. J'ai compris. Voulez-vous du sucre, inspecteur ?

— Non. Merci.

Elle ouvrit le meuble sous l'évier, en sortit deux tasses en faïence blanche, décorées de fleurs roses assez laides. Elle les posa sur la table, servit le café.

— S'il est encore vivant, Heinrich Worms est en France, dit-elle alors de but en blanc.

— En France ?

— Et depuis longtemps. Il est passé à l'Ouest en 1953.

Comme Jacob ne disait rien, elle continua :

— Il a disparu peu de temps après les émeutes. Nous nous voyions régulièrement depuis qu'il était revenu du front. C'est lui qui m'avait rapporté les effets d'Ernst. Ils avaient combattu les communistes ensemble. C'était devenu… un ami.

Ce fut fugace mais Jacob perçut la gêne de son interlocutrice. Il en déduisit hâtivement qu'ils avaient été amants.

* Sergent.

— Puis, il y a eu les émeutes de 53 et Heinrich a disparu peu de temps après.

Elle but une gorgée de café. Jacob l'imita et faillit se brûler.

— Comment savez-vous qu'il est en France ? demanda-t-il en posant sa tasse.

— Il m'a écrit. Une lettre par an jusqu'en 60. Il voulait… que je le rejoigne.

— Mais vous n'êtes pas partie.

— Non. Je suis née dans cette rue, monsieur l'inspecteur, comme mes trois frères et sœurs, comme mes parents. J'habite cet appartement depuis cinquante-cinq ans ! Vous comprendrez que j'ai hésité. Quand je me suis décidée, car il m'avait convaincue, passer à l'Ouest était devenu compliqué. Puis ils ont construit le mur. Et Heinrich a cessé de m'écrire.

Elle finit sa tasse d'une traite mais Jacob n'osa pas faire de même de peur de s'ébouillanter.

— Et vous savez où il habitait ? En France ?

— Oui, monsieur l'inspecteur. Vous souhaitez le savoir, bien entendu ?

Presque centenaire… Cette vieille l'époustouflait.

— Oui.

— À Paris, monsieur l'inspecteur. La capitale. Je me souviens même de la rue. La rue Blomet.

Jacob tourna la tête à la recherche d'un morceau de papier où noter cette adresse. Comme il n'en vit pas, il enregistra l'information sur son téléphone.

— Avec un T à la fin ?

— Oui. E et T. Dites-moi, fit-elle remarquer en désignant son portable, vous avez de drôles de méthodes dans la police maintenant.

— C'est plus pratique… Bien. Je vous remercie infiniment, madame. Vous m'avez été d'un grand secours.

— C'est tout naturel, monsieur l'inspecteur.

— Je vais vous quitter…

— Vous ne buvez pas votre café ? fit-elle mine de s'inquiéter.

— Si ! Si ! Bien sûr !

Il souffla sur le breuvage brûlant qu'il avala avec difficulté, par petites rasades, sous l'œil inquisiteur de la vieille. Elle le raccompagna alors jusqu'à la porte d'entrée. Sur le seuil, Jacob la remercia une nouvelle fois :

— Encore merci pour vos renseignements madame Ampferl.

— De rien. Si je peux rendre service à la police, c'est avec grand plaisir. Surtout quand ils font partie de la fanfare. Moi-même, j'adore la musique, dit-elle avec malice.

Elle n'avait pas été dupe et Jacob se sentit aussitôt morveux. Il bafouilla quelques remerciements supplémentaires et se dirigea vers la cage d'escalier pour disparaître au plus vite.

— Ah ! Monsieur l'inspecteur ! l'interpella-t-elle.

Jacob s'arrêta et se retourna.

— Oui ?

— Peut-être aimeriez-vous savoir que Heinrich Worms a cru bon de changer son nom en arrivant en France... Les patronymes allemands n'étaient pas au goût de tout le monde à cette époque et dans cette région d'Europe.

Jacob revint vers la vieille, comme aimanté.

— Ah ? Et... Comment s'appelle-t-il maintenant ?

— Henri Vormet. E et T à la fin. Comme pour Blomet.

Dans la rue, Jacob fit des bonds de joie. Cette entreprise dans laquelle il s'était lancé tête baissée, sans vraiment réfléchir, prenait un tour nouveau. Heinrich Worms existait. Heinrich Worms alias Henri Vormet, résidant à Paris. Pas un instant il n'imagina qu'il était mort. Sa vieille maîtresse allemande (car il avait vu juste) était toujours en vie, il devait en être de même pour lui.

Il ne put résister à l'envie d'appeler Ann. Certes, il n'avait remporté qu'une bataille, mais quelle bataille ! Sur l'écran de son smartphone, il appuya sur l'icône représentant le visage de sa chérie. Le numéro d'Ann se composa. Il tomba sur le répondeur. Tout à son allégresse, il laissa un message.

Il rentra en courant à l'hôtel, réunit ses affaires, paya sa chambre et s'offrit un taxi jusqu'à l'aéroport.

Il acheta un billet sur le premier vol pour Paris, France.

Chapitre 19

Octobre 1979

Comme à son habitude, Josef attendait la fin du générique pour se lever de son siège. Il aimait prolonger au maximum sa séance, juste pour le plaisir d'être dans la salle. Les fauteuils moelleux, un peu défoncés, dans lesquels on était si bien ; l'obscurité et les silhouettes des autres spectateurs dont on apercevait les visages à la faveur d'une scène plus lumineuse que les autres ; et puis le film bien sûr. Pas ceux de propagande, validés par le parti, aux scénarii prévisibles, que la DEFA* pondait à la chaîne dans les studios de Babelsberg à Potsdam, grande banlieue de Berlin. Non. Les autres, ceux qui passaient entre les mailles du filet de la censure ou qui en évitaient les pièges, semblant se calquer sur les canons en vigueur pour mieux les dénoncer.

En 1966, alors étudiant, Josef avait eu la chance de voir le western atypique réalisé par Frank Beyer, *La Trace des pierres*, avant qu'il ne fût retiré des salles pour « sa vision déformée de la réalité socialiste » comme l'avait justifié le *Neues Deutschland**. Il avait adoré cette histoire qui, traitant pourtant des sujets imposés, mettait en exergue l'absurdité et l'iniquité du régime est-allemand. Il avait voulu emmener sa mère le voir au cinéma mais elle avait refusé. Pour elle, tout était propagande, tout était à la solde du parti

* Deutsche Film AG. Studio d'État de la RDA.
* Quotidien est-allemand, ancien organe officiel du parti.

et de son chef mythomane, Walter Ulbricht. Sa mère ne voulant pas l'accompagner, le septième art était un plaisir que Josef avait appris à ne pas partager.

Beyer avait payé cher son impertinence : il lui avait fallu dix années pour tourner un autre film et *Jacob le menteur* était sorti en 1975, l'année de la mort d'Anna. Cette fois-ci conforme à la ligne artistique officielle, il était toujours à l'affiche quatre ans plus tard et, enfoncé dans l'un des fauteuils fatigués du Babylon Kino sur la Rosa-Luxemburg-Platz, Josef finissait d'en lire le générique de fin.

Quand les grands lustres se rallumèrent, invitant les derniers spectateurs à sortir, il se leva doucement. Ses jambes étaient un brin ankylosées et il rallia la sortie à petits pas. Il allait poser la main sur la poignée de la porte quand il fut tiré avec force en arrière. Ses doigts se refermèrent sur le vide, il perdit l'équilibre, tomba à la renverse et chuta lourdement sur les fesses. Il se releva mais reçut un violent coup de poing dans l'abdomen qui lui coupa la respiration. Il se plia en deux, recula, buta contre la rangée de fauteuils la plus proche. Les yeux clos par la douleur, il ne discerna pas le visage de son agresseur. Ce dernier lui asséna un nouveau direct sur le nez. Il entendit un bruit de craquement et laissa échapper un cri.

— Tu nous appartiens ! Ne l'oublie pas ! Ne l'oublie jamais !

L'homme lui décocha un coup de pied qui ne le toucha presque pas.

— Sale juif !

Josef sentit l'air frais de l'extérieur et vit une ombre disparaître dans l'encadrement de la porte.

Il lui fallut dix minutes pour recouvrer son souffle et ses esprits. Une employée du cinéma, qui faisait un ménage sommaire entre les deux séances, le trouva avachi dans le fauteuil près de la porte. Ses mains étaient toutes rouges et son nez en sang avait fait une tache sombre sur la moquette et sur l'assise.

— Monsieur ? Monsieur ? Ça va ?

— À votre avis, répondit Josef sur un ton ironique frisant la méchanceté.

— Vous êtes tombé ?

— On m'est tombé dessus, vous voulez dire… Une espèce de malade…

La femme le regarda puis tourna la tête vers l'arrière de la salle.

— Il ne faut pas que vous restiez là, monsieur. La prochaine séance va commencer dans quelques minutes et…

— J'ai compris… Je m'en vais.

Josef se redressa. Une violente douleur dans le ventre lui arracha un nouveau cri de douleur.

— Vous êtes sûr que ça va ? demanda avec gentillesse la femme en posant sa main sur son épaule.

Josef se dégagea et poussa la porte.

— Oui. Je m'en vais.

— Faites le tour, il y a une trousse de pharmacie dans notre salle de repos. Je vais voir ce que je peux faire.

— Inutile, dit-il en s'éloignant.

Sur le trottoir, avec la fraîcheur de la nuit, la douleur déjà s'estompait et il prit soudain conscience de la sollicitude de cette femme qu'il avait envoyée paître sans courtoisie. Il se retourna pour la remercier mais la porte s'était refermée. Il longea le mur de la contre-allée pour revenir sur la place, décidé à aller la voir pour se faire soigner et s'excuser mais la foule compacte qui attendait devant le guichet l'en dissuada. Il n'avait pas envie d'être le point de convergence de tous les regards. Il tourna les talons et rentra chez lui.

Là, il se passa de l'eau sur le visage. Une vilaine fente s'était ouverte au sommet de son nez, juste sous la ligne des sourcils. Il prit son courage à deux mains et tenta de faire bouger l'arête nasale. Par chance, elle ne semblait pas cassée. Dans la cuisine, il trouva une bouteille de *Kartoffelschnaps** pleine, cadeau de ses étudiants à la fin de l'année dernière. Il remplit un verre qu'il avala cul sec. La rasade lui brûla le gosier avant de diffuser une douce chaleur dans son organisme qui l'apaisa. Il s'en servit un deuxième verre, puis un troisième.

Il se réveilla le lendemain avec un mal de tête carabiné. Tout son corps était contracturé comme s'il avait été rossé par un régiment entier. Son œil droit était gonflé, ses pommettes avaient pris une teinte violacée et, devant son miroir, il lui fallut admettre qu'il n'était pas beau à voir. Par chance, le week-end commençait et il n'aurait pas à se présenter dans cet état devant ses étudiants et ses collègues. Il s'aspergea le visage d'eau froide.

Tu nous appartiens !... Sale juif ! Les invectives de son agresseur, qui l'avaient tourmenté la veille avant que l'alcool ne les noie dans une brume apaisante, le laissaient perplexe. À qui appartenait-il ? Comment l'homme savait qu'il était juif ? Jamais, auprès de ses collègues, de ses camarades, de quiconque, il ne s'était revendiqué

* Alcool de patate (vodka en russe).

israélite. Il n'y avait même jamais fait allusion, comme le lui avait appris sa mère le jour même où elle lui avait révélé leur judéité. Il s'en souvenait bien, il avait douze ans.

Anna lui avait expliqué que l'Allemagne avait changé, qu'elle n'était plus prête à les considérer comme les siens ; que vivre sur le sol de leurs bourreaux n'était pas bien vu ; qu'il n'était pas judicieux d'afficher « cette facette » – il se rappelait le terme utilisé par Anna –, qui avait coûté la vie à tant de leurs coreligionnaires. Puis, elle avait insisté : de toutes les façons, ce n'était pas leur confession qui les modèlerait, leurs racines qui leur dicteraient leur façon d'agir ou de penser. Et elle tint parole, le sujet ne revint plus jamais dans la conversation. Josef – qui n'était pas circoncis – oublia qu'il était juif. Jusqu'en 1963 et le second procès d'Auschwitz qui s'ouvrit à Francfort pour décider du sort de vingt-deux SS ayant participé au programme de destruction massive national-socialiste dans le camp d'Auschwitz-Birkenau. Cette affaire fit suffisamment de bruit pour qu'on en perçût les échos de l'autre côté du mur. Alors, seulement, Josef se rappela qu'il était juif. Sans le crier sur les toits, sans en toucher mot à sa mère, il s'arrangea pour suivre ce procès du début à la fin, se procura des journaux de l'Ouest, écouta DW*. Les comptes rendus d'audience l'ébranlèrent et, pour la première fois, il se sentit juif.

Quelques mois avant, pour son dix-huitième anniversaire, Anna lui avait confié l'existence d'une lettre mystérieuse, détenue par son cousin Heinrich. Troublé par cette coïncidence temporelle, il n'avait pas pu s'empêcher de considérer cette révélation à la lumière de sa subite judéité (et cette insulte antisémite prouvait qu'il avait eu raison) sans toutefois oser en parler à sa mère. Il avait tenté de retrouver Worms mais ne s'était pas acharné, avait choisi de faire confiance à sa mère. De ne s'intéresser à cette lettre que s'il lui arrivait quelque chose, comme elle le lui avait fait promettre.

Or, la veille, dans ce cinéma, il lui était arrivé quelque chose.

Il s'essuya le visage, sortit de la salle de bains et passa dans la cuisine pour trouver quelque chose à se mettre sous la dent. Il attrapa un bocal de saucisses d'*Halberstadt**, l'ouvrit, en attrapa une avec les doigts et la mangea telle quelle. Comme la fameuse madeleine de Proust qu'il n'avait pourtant jamais lu, cette charcuterie lui rappela aussitôt Anna. Presque tous les dimanches, elle

* Deutsche Welle. Radio ouest-allemande.
* Saucisses très populaires fabriquées en RDA.

servait pour le repas de midi cette saucisse, chaude, avec un œuf au plat et un petit pain rond. Sa mère lui manquait. Il aurait tellement aimé l'avoir à ses côtés. Lui demander son avis. À coup sûr, elle lui aurait dit ce que renfermait cette lettre sibylline. Pourquoi elle lui tenait tant à cœur. Une bouffée de culpabilité l'envahit : il l'avait laissée mourir toute seule dans son lit d'hôpital. Il n'avait pas été là et Anna l'avait prévu qui lui avait confié ce secret des années auparavant. Il sentit des larmes lui monter aux yeux. Il se devait de respecter les dernières volontés de cette mère qu'il avait abandonnée.

Il avala deux autres saucisses, but un grand verre d'eau puis sortit à la recherche du cousin Heinrich. Sans méthode particulière, il passa tout son week-end dans la rue, interrogea tous les habitants de Fanningerstraße et des rues alentour. Son visage tuméfié n'inspirait pas la confiance et, souvent, les gens ne lui répondaient pas, s'éloignaient rapidement de lui. Ceux qui acceptèrent de lui parler ne l'aidèrent pas plus.

À croire qu'Heinrich Worms n'avait jamais existé.

Chapitre 20

20 décembre 2012

C'était à la fin de l'hiver dernier.

— Non ! Si tu prends à droite, on se rallonge de cinq grosses minutes. Prends tout droit !

— Mais arrête, Jacob. Je suis passée par là tous les jours pendant deux ans, je sais qu'il faut…

— C'est pas possible d'être aussi têtue ! Tu me tues !

— Tu n'as pas l'impression d'en faire un peu trop ? avait-elle dit en enclenchant son clignotant droit.

— C'est la meilleure ! C'est moi qui en fais trop ! Tu sais quoi ? Tu me saoules. Puisque tu veux prendre à droite, prends à droite. Ciao !

Jacob avait ouvert la portière, était sorti et était parti dans la direction opposée. Ann était restée interloquée et l'avait regardé disparaître dans son rétroviseur central. Le feu était passé au vert, la voiture derrière elle avait klaxonné. Elle avait passé la première et avait tourné à droite. Arrivée à la soirée d'anniversaire, elle l'avait attendu mais il n'était jamais venu.

Jacob s'était volatilisé pendant deux jours entiers.

Dans sa classe, Ann était souvent confrontée à ces comportements puérils, ces caprices d'enfants gâtés comme elle les appelait. Crier, taper des pieds, pleurer ou, dans un autre registre, disparaître et ne pas répondre au téléphone, étaient autant de façons d'attirer l'attention, de faire converger les regards, d'accaparer l'autre. On lui avait appris à ne pas y accorder d'importance et elle avait donc géré la crise comme elle savait le faire : elle n'avait rien fait, ne s'était pas inquiétée. Jacob était revenu, tout miel, un peu morveux, avec un énorme bouquet de roses rouges. Ce soir-là, ils avaient fait l'amour comme pour la première fois.

Mais cette fois-ci c'était différent : Jacob avait claqué la porte l'avant-veille et Ann commençait à trouver le temps long. De plus, il lui avait paru agité, tourmenté. Son histoire était assez décousue mais, à bien y réfléchir, elle regrettait de ne pas l'avoir écouté plus attentivement. Elle conçut *a posteriori* qu'elle avait peut-être été un peu trop expéditive dans son jugement. Entre ses cours et l'anniversaire de sa sœur aînée, elle n'avait pas eu trop le temps de réfléchir à ce que Jacob lui avait dit mais la réaction de ce dernier, assez vive, presque disproportionnée, lui prouvait qu'elle n'avait été ni très diplomate ni très psychologue. Elle s'en voulait.

Elle avait donc envoyé deux SMS d'excuse qui étaient restés textos morts. Dans l'ascenseur, elle tenta de l'appeler mais elle tomba sur son répondeur : *« Vous êtes bien sur le portable de Jacob Schmidt. Laissez-moi un message… Ou ne m'en laissez pas. »*

— Jacob, c'est moi. Je suis désolée, je comprends que ton histoire te tenait à cœur, je n'ai pas compris sur le coup mais… Euh… Appelle-moi, tu me manques. J'aime pas quand tu disparais comme ça. Appelle-moi, je sors de l'école à 14 heures, on pourrait peut-être se retrouver quelque part pour… Dîner ou… Appelle-moi. Je t'aime.

Elle raccrocha, rangea son téléphone dans une poche de sa parka. L'hiver n'avait pas encore vraiment commencé, la température était encore clémente, proche d'une petite dizaine de degrés, mais Ann ne voulait pas s'enrhumer à trois jours des vacances de Noël. Dans le hall, devant la grande glace, elle ajusta son bonnet, enfila ses gants, ferma la fermeture éclair jusqu'en haut du col doublé de fourrure. Équipée, elle cala la bandoulière de son cartable sur son épaule droite, appuya sur l'interrupteur déverrouillant le loquet électrique. Dehors, il faisait nuit et les lampadaires étaient encore allumés. Elle partit d'un pas soutenu en direction de *Schwarzburgschule*, son école, deux pâtés de maisons plus loin.

Tout alla si vite qu'elle n'eut pas même le temps de crier.

Elle sentit le coup sur sa tête mais était inconsciente quand ils la jetèrent dans le coffre de la BMW.

*

Ses paupières droites étaient collées par une substance poisseuse et elle eut du mal à ouvrir les yeux. Une horrible migraine lui vrillait le cerveau. Elle redressa sa tête au prix d'un effort démesuré. Elle était assise sur une chaise en métal où étaient fixés, à l'aide de colliers d'électricien en plastique, ses poignets et ses chevilles. Un chiffon était enfoncé dans sa bouche, maintenu en place par un bâillon en tissu qui exhalait une désagréable odeur chimique.

Elle n'avait aucune idée de l'endroit où elle était. Elle examina les lieux. Cela ressemblait à un appartement. Les murs étaient défraîchis, le sol était recouvert d'une moquette marron sale qui semblait renfermer une tonne de terre et de poussière. Dans un coin, un sommier à ressorts hors d'âge était appuyé à la verticale contre le mur, calé à sa base par une espèce de plot en ciment d'une trentaine de centimètres de diamètre dont le ferraillage jaillissait à plusieurs endroits telles les piques d'un oursin. Il n'y avait qu'une seule fenêtre. Le carreau en bas à droite manquait et avait été remplacé par un morceau de contreplaqué. Des bris de verre jonchaient le sol à sa verticale. Les volets métalliques étaient fermés mais elle put entrapercevoir la lumière du jour derrière les fentes des persiennes.

Curieusement, elle ne paniqua pas.

Un sang froid dont elle ne se serait pas crue capable lui commandait de ne pas paniquer et, quand elle eut repris ses esprits, elle sut qu'elle ne devait pas gaspiller son énergie à comprendre ni pourquoi elle était là, ni qui l'y avait amenée, mais se concentrer sur le meilleur moyen d'en partir. Elle essaya de tirer sur le plastique du serflex mais elle ne put créer du mou. Sans réfléchir, agissant d'instinct, elle se jeta alors sur le côté, entraînant la chaise avec elle. Elle chuta lourdement et son épaule gauche en fit les frais qui lui lança comme une flopée d'aiguilles dans le bras. Une fois au sol, elle entreprit de se tortiller, pliant son buste puis le détendant tout en poussant et tirant sur ses jambes. La technique lui permit de se déplacer en direction du vieux sommier en fer rouillé. Il lui fallut un temps fou pour l'atteindre. Elle était en sueur mais, au prix d'une nouvelle série de contorsions, elle réussit, non sans se faire mal, à glisser une des armatures rouillées du morceau de béton armé entre ses poignets et le collier plastique. Faisant fi de la douleur, elle exerça des tensions dans tous les sens possibles sur son lien et ses efforts payèrent car elle finit par trouver la bonne action : elle entendit les dents de plastique reculer, clic par clic. Elle put dégager sa main assez rapidement. Ses poignets étaient en sang mais elle n'y prêta pas attention. Ses mains libres, elle bascula sur le ventre, et rampa jusqu'aux morceaux de verre sous la fenêtre. Elle attrapa un éclat de vitre en forme de lame de triangle allongé, se retourna sur le dos et trancha le collier qui enserrait ses chevilles. Elle était libre. Elle se leva et la tête lui tourna. Elle porta sa main à son crâne, sentit le sang qui avait coulé sur son visage et l'adrénaline cessa soudain de faire son effet.

Elle prit peur.

Elle s'élança en dehors de la pièce, tomba sur un petit couloir. Elle n'hésita pas et fonça sur la porte d'entrée. Cette dernière était fermée et elle eut beau s'acharner sur la poignée, elle refusa de s'ouvrir. Elle fit demi-tour. Il n'y avait que deux pièces dans l'appartement. Dans la seconde, elle trouva sa parka qui avait été posée sur un vieux canapé à l'assise trouée. Elle se précipita, fouilla ses poches à la recherche de son téléphone, ne le trouva pas. « Noooooon ! cria-t-elle, hystérique. » Elle agita son manteau, retourna toutes les poches, il n'y avait plus rien. Elle le jeta par terre avec rage. Ici aussi, les volets étaient fermés. Elle s'approcha de la fenêtre. La crémone avait été ôtée et seul le carré dépassait du carcan, empêchant l'ouverture. Elle essaya de la faire tourner sans succès. Elle revint en courant dans la première pièce pour constater qu'elle ne pouvait pas non plus ouvrir la fenêtre. Elle glissa alors ses doigts sous la plaque de contreplaqué qu'elle arracha avec violence. Elle introduisit son bras dans l'espace entre les volets et les vitres pour atteindre l'espagnolette du volet. Elle avait réussi à lui faire faire un huitième de tour quand elle entendit le bruit d'une clé dans la serrure de la porte d'entrée. Elle se figea.

*

Gottfried Feuerbach n'avait pas hésité : il fallait retourner en Allemagne aussitôt. Son droit à l'erreur avait été utilisé, on ne lui pardonnerait pas un nouveau faux pas. Que dirait Bernd s'il lui apprenait qu'il avait de nouveau échoué ? Toujours cette frayeur, presque irrationnelle, que lui inspirait le père d'Angelina (dans les yeux de laquelle, parfois, il captait aussi cet éclair froid, cette lueur effrayante, dépourvue de la moindre once de pitié ou d'empathie, qui lui glaçait le sang). Il s'installa derrière le volant et entreprit de régler le GPS sur l'adresse de l'institutrice.

— Tu fais quoi ? s'inquiéta Mickaël.

— On retourne à Francfort.

— Hein ? Tu déconnes ou quoi ?!

— J'ai l'air ?

— Putain, il est minuit ! On va pas se taper quatre heures de route maintenant !

— Ta gueule ! Je t'demande pas de conduire, t'as qu'à pioncer !

— C'est quoi le plan ?

— T'as pas entendu là-haut ?

Décidément, ces francophones frisaient parfois le débile. Gottfried valida l'adresse qu'il avait entrée. 431 kilomètres. Quatre heures et dix minutes. Ils y seraient avant qu'elle ne parte pour l'école.

— Tu fais chier, Gottfried.

Il fit celui qui n'avait pas entendu.

— Toutou à son pépère, ajouta l'autre pour lui-même, en inclinant le dossier de son siège pour piquer un petit somme.

Cette réflexion était celle de trop. Que ce con osât la ramener alors qu'il était responsable de cet aller-retour le mit hors de lui. Avec une vivacité dont il savait faire preuve malgré son quintal de muscle, il glissa sa main droite sous le crâne de son équipier et, d'un geste puissant, lui fracassa le front sur la plage avant. Le choc fit un bruit mat qui résonna dans l'habitacle.

— Putain c'est quoi ton problème, conard ! éructa Mickaël en se redressant, le nez en sang. T'as un putain de problème !

— Tu as un putain de problème, répondit-il.

Il dégaina son Beretta et lui en colla le canon contre la bouche.

— Et je vais te l'expliquer parce que je ne suis pas sûr que tu l'aies compris. Cette mission n'est pas n'importe quelle mission. Ce mec est important. Deux fois qu'on le laisse se barrer, c'est deux fois de trop et y'aura pas de troisième. Donc... (il rengaina son semi-automatique) on retourne à Francfort maintenant, on planque devant l'appart' de sa copine. Quand elle sort, on l'embarque et on se démerde pour qu'elle nous amène à lui ou qu'il vienne à elle. C'est pas plus compliqué que ça. Une fois que c'est fait, on le ramène ici. T'as compris cette fois-ci ?

Mickaël grommela quelque chose qui ressemblait à un « oui » avant de s'enfoncer dans son siège. Feuerbach mit le contact, les huit cylindres vrombirent dans le silence du parking.

— Tu nettoieras la boîte à gants avant que ça sèche, dit Gottfried en désignant la tache de sang sur la plage avant.

*

Il roula sur le territoire suisse en respectant la vitesse maximale autorisée de 120 km/h puis appuya sur l'accélérateur quand il fut en Allemagne*. Il lui fallut un peu moins de quatre heures pour revenir à Francfort-sur-le-Main. Il trouva assez facilement une place dans Gluckstraße, une vingtaine de mètres en amont de l'entrée de l'appartement d'Ann Krause, car il savait qu'elle « descendait » sa rue pour se rendre à son travail.

Le matin, Ann Krause ne sortit pas de chez elle et Gottfried crut un instant qu'ils étaient maudits. Avait-elle déjà rejoint son homme ? L'avait-il convaincue de se cacher ? Ils l'attendirent toute la journée sans échanger un mot et ce fut avec un soulagement à peine masqué qu'ils la virent arriver, vers 16 heures. Elle marchait d'un pas tranquille, équipée comme pour une randonnée autour du pôle, son cartable en bandoulière.

— Qu'est-ce qu'on fait ? demanda Mickaël. On la chope ?

— Y'a trop de monde dans la rue. On n'est plus à une journée près maintenant. On attend, on la cueillera demain matin. Comme prévu.

— Cool. Je peux aller chercher à manger ? J'ai la méga dalle.

Gottfried avait décidé qu'il ne laisserait plus aucune marge de manœuvre à son partenaire. Celui-ci ne devait plus avoir à prendre une seule initiative. C'était le meilleur moyen pour éviter un troisième échec. Impossible donc de laisser le Neuchâtelois seul dans la voiture à surveiller la cible. Si, pour une raison X ou Y, il fallait prendre une décision rapide et agir dans la foulée, il n'en serait pas capable. Gottfried le regarda. Il avait du sang sur la moustache et son nez avait gonflé, donnant à son visage de boxeur de deuxième catégorie une touche grotesque, burlesque même.

— Tu passes d'abord dans une pharmacie. Tu dis que t'es tombé et tu te fais soigner parce que tu as vraiment une tête qui fait peur. S'agirait pas que tu éveilles les soupçons du voisinage.

Mickaël s'observa dans le miroir de courtoisie. Il eut une moue contrariée mais n'osa pas faire de remarque.

* La vitesse n'est pas réglementée sur les autoroutes en Allemagne.

— Tu veux quelque chose ? demanda-t-il seulement en relevant le pare-soleil.

— T'as qu'à aller au MacDo. Tu me prends la même chose que toi. Big Mac, frites, Coca.

— Moi je prends des Royal Cheese quand je vais au MacDo.

— Prends des Big Mac, c'est meilleur.

L'autre le scruta de son regard vide.

— Prends ce que tu veux mais magne-toi le cul ! T'as vu où était le MacDo ? On est passé, devant en arrivant.

— Ouais, c'est bon.

Il sortit et ne revint que quarante-cinq minutes plus tard, le nez recouvert par un bandage blanc qui lui faisait le tour de la tête, un sachet en kraft siglé du M jaune dans chaque main. Quand il ouvrit la portière de la voiture, une odeur de frites grasses agressa les narines de Gottfried.

— Reste dehors. On bouffe pas dans ma voiture, ça pue ! ordonna-t-il.

Ils dînèrent assis sur le capot de la BMW. Quand ils eurent fini, Feuerbach s'essuya les mains consciencieusement et se déplaça jusqu'à une poubelle de rue pour y déposer leurs ordures. Il remonta dans la voiture.

— Qui t'a fait ce pansement ?

— La pharmacienne.

— C'est discret, commenta-t-il, ironique.

— Ben ouais mais... Elle m'a dit que j'avais de la chance que mon nez est pas cassé, protesta l'autre mollement.

— Je vais pioncer le premier. Tu lâches pas des yeux l'entrée de l'immeuble. Si elle sort, tu fais rien tu me réveilles, sinon tu me réveilles à trois heures du mat', je prendrai mon quart. T'as pas intérêt à chier cette fois-ci puisque t'as l'air de tenir à ton groin !

Gottfried fit basculer le dossier de son fauteuil. Il ferma les yeux. La nuit s'annonçait courte.

Comme convenu, Mickaël le réveilla quelques heures plus tard. Gottfried sentit des fourmillements dans ses jambes qu'il avait gardées repliées sous le volant. Comme il ne voulait pas rester à côté du gros francophone dont il avait déjà supporté les ronflements pendant tout le trajet entre la Suisse et l'Allemagne, il sortit pour se dégourdir les jambes et fumer une cigarette.

Il venait d'allumer la sixième quand l'institutrice sortit.

Il fit le tour de la voiture, ouvrit la porte passager :

— Réveille-toi ! Elle est là ! Tu ouvres le coffre, tu te mets au volant et tu viens au pas à sa hauteur. Je me charge du reste. Ne merde pas !

Il jeta sa Marlboro dans le caniveau. Dans la poche de son blouson, il attrapa la matraque télescopique qu'il avait achetée aux États-Unis. D'un coup sec du poignet vers le sol, il déploya cette arme blanche d'une redoutable efficacité malgré sa taille réduite qui équipait les policiers américains. Il ne prit pas la peine de vérifier que le gros s'était bien réveillé (s'il foirait, il le tuait) et, en quelques enjambées rapides, il rejoignit l'institutrice. Ses baskets-rangers en cuir souple ne firent aucun bruit sur le macadam et elle ne se retourna pas. Il fit quelques pas derrière elle, prit le temps d'inspecter la rue. L'heure était matinale, il n'y avait pas de voiture hormis la sienne, il n'y avait pas de piéton. Il leva sa matraque et en asséna un coup sur le sommet du crâne de la femme qui chuta sans un bruit. Il la cueillit sous les aisselles avant qu'elle ne s'affalât. Mickaël, qui roulait au pas à côté d'eux, stoppa et déclencha l'ouverture automatique du hayon arrière. Il n'eut aucun mal à jeter le corps inanimé dans le coffre, mais dut lui plier les jambes pour qu'elle y entre. Dix secondes plus tard, il s'installait sur le siège passager :

— Roule !

Mickaël appuya sur l'accélérateur.

Il ne leur avait pas fallu une minute pour s'emparer d'elle. Intérieurement, Gottfried se maudit une nouvelle fois pour l'enlèvement raté du dimanche précédent : avec un peu de sang-froid, un peu de technique, un rapt était pourtant si facile !

Quand il estima qu'ils s'étaient suffisamment éloignés, Gottfried fit signe à Mickaël de s'arrêter sur le parking désert d'un magasin d'alimentation qui n'était pas éclairé.

— Je reprends le volant. Endors-la. On a un peu de route, je veux pas qu'elle se réveille en plein milieu.

Ils changèrent de place. L'odeur clinique du chloroforme emplit l'habitacle.

— C'est bon ?

— OK. Elle va pioncer une bonne heure.

— Impec.

Il prit la route de Kelsterbach, petite ville attenante à l'aéroport de Francfort. Au cours de son travail préparatoire des mois derniers, il y avait repéré un immeuble à l'abandon où ils ne seraient pas dérangés. Il rejoignit l'autoroute, franchit la rivière Main, laissa sur sa gauche le Frankfurter Golf Club caché dans la gigantesque forêt urbaine de Stadtwald qu'il traversa avant de bifurquer pour longer l'aéroport international. Il arriva dans Mörfelderstraβe qui donnait sur les pistes d'atterrissage alors qu'un soleil timide peinait à se lever. Il fit le tour de l'immeuble promis à une destruction prochaine, s'arrêta devant le grillage sommairement planté qui en interdisait l'accès. Mickaël n'eut aucun mal à crocheter le cadenas un peu rouillé qui tenait la chaîne liant les deux vantaux du portail. Il entra, veilla à ce que son coéquipier refermât derrière eux puis fonça vers l'entrée du parking souterrain dont la porte métallique, enfoncée, ne jouait plus son rôle. Il s'engagea dans la rampe d'accès, descendit et se gara.

Il chargea la fille sur son épaule comme un vulgaire sac de plâtre. Malgré l'obscurité, ils trouvèrent sans trop de mal la porte qui permettait d'accéder à l'immeuble. Derrière, sur la gauche, un escalier leur permit de remonter au rez-de-chaussée. Les appartements des deux premiers étages avaient été murés afin qu'ils ne fussent pas squattés. De plus, un chambranle avait été scellé dans un grossier mur de briques sur le palier du troisième et une porte en fer épaisse interdisait l'accès aux étages supérieurs. Las, sa serrure de mauvaise qualité n'offrit que peu de résistance. Les deux hommes grimpèrent jusqu'au troisième. Deux portes d'entrée leur faisaient face. Feuerbach choisit celle qui était fermée et semblait ne pas être cassée.

— Tu peux ouvrir celui-là ? s'inquiéta-t-il.

— Ouais.

— Et tu pourras refermer ?

Mickaël se pencha et examina la serrure.

— Pas de problème. C'est du standard. Je dois même avoir un passe.

— Alors, on entre.

Le francophone sortit un trousseau de clés et en essaya trois avant de trouver la bonne. Les volets étaient fermés mais les persiennes laissaient passer suffisamment de lumière pour qu'on distinguât quelques meubles défoncés qui traînaient çà et là.

— On la met sur la chaise. Et on attend qu'elle se réveille.

— On l'attache ? demanda Mickaël.

— À ton avis ? souffla Gottfried.

— Putain, j'ai tout laissé dans la voiture.

— Eh ben tu redescends, ducon !

Il le regarda partir en traînant des pieds puis se tourna vers l'institutrice. Après lui avoir ôté sa parka, ses gants et son bonnet, il essaya de l'asseoir sur la chaise mais, encore inanimée, elle glissa et tomba. Sur le sol, son corps désarticulé était presque beau, les traits de son visage, fins et anguleux, lui donnaient un air slave.

— T'iras pas plus bas, ma jolie, dit-il en sortant une cigarette.

Il fuma avec lenteur, ralentissant ses gestes. Inspiration. Expiration, fumée. Inspiration. Cette fois, il n'allait pas merder. Cette pétasse savait obligatoirement où il était, il suffisait d'être convaincant. Et, même s'il n'aimait pas particulièrement ça, il savait comment s'y prendre. Expiration, fumée. Il ne put s'empêcher de tirer des plans sur la comète : d'ici deux heures, elle aurait parlé. Inspiration. Avec un peu de chance, car elle finirait bien par tourner, la cible serait toujours sur Francfort et ils pourraient mettre la main dessus avant la fin de la journée. Retour sur Berne dans la nuit et comparution devant Bernd Wagner à la première heure du lendemain. Expiration, fumée. Il esquissa un petit sourire de satisfaction quand Mickaël entra dans la pièce avec précipitation.

— On a un petit problème.

— Quoi ?

— Y'avait un mec en bas. Il tournait autour de la bagnole. Un clodo.

Gottfried se tendit.

— Qu'est-ce t'en as fait ?

— Je l'ai assommé.

Il jeta le mégot de sa cigarette et inspira profondément (un truc japonais). Ne pas se brusquer. Ne pas commettre d'impair. Agir avec professionnalisme.

— OK. On attache la fille.

Il releva et maintint Ann Krause sur la chaise tandis que Mickaël attachait ses poignets et ses chevilles aux montants métalliques à l'aide de serflex noirs. Une fois ligotée, Gottfried palpa les poches du pantalon de l'institutrice puis vida celles de sa parka où il trouva son téléphone portable et un trousseau de clés. Il glissa le tout dans son blouson.

— OK. On descend voir ton gus. Go.

Après avoir refermé la porte derrière eux, ils redescendirent au parking. L'homme gisait sur le flanc, à côté de la BMW. Il avait de longs cheveux sales, portait un manteau déchiré et sentait fort l'urine et l'alcool.

— Il était où, ce con ?

— J'sais pas. Il squattait peut-être dans une cave.

— Je vais voir.

Gottfried dégaina son automatique et sortit de sa poche droite un silencieux qu'il vissa sur le canon.

— Et lui ? demanda Mickaël.

— Tu le butes. Il a vu la bagnole. Démerde-toi pour faire ça sans bruit.

Il revint sur ses pas, passa la porte tambour, ne tourna pas à gauche pour revenir au rez-de-chaussée mais prit à droite, en direction des caves. Il progressa lentement, fit une pause à chaque bifurcation pour s'assurer que personne ne le surprenne. Il lui fallut presque dix minutes pour dénicher la cave où avait élu domicile le SDF. Elle était aménagée de façon sommaire. Au fond, sur deux palettes de bois en guise de sommier, un matelas avait été jeté où deux couvertures mitées reposaient en boule. Contre le mur de gauche, une planche en appui sur deux caisses de vin faisait office de table. Elle était recouverte de restes alimentaires moisis et de canettes de bières vides. Dans la cave mitoyenne, Gottfried découvrit un amoncellement immonde de vieux vêtements, de bric et de broc, qui dégageait une odeur désagréable, âcre et ammoniaquée. Il porta sa main à son nez.

Ce sous-homme était la preuve de la dégénérescence avancée des sociétés modernes. Ce rebut était un appel au changement, au renouveau. D'évidence, il fallait faire table rase et recommencer sur un socle sain, une société saine. Bien sûr, cela passerait par l'élimination de parasites comme celui-ci. Qui se soucierait de sa mort ? Les mêmes qui se souciaient de sa vie, personne. Mais ce changement n'était pas simple : il fallait être fort pour affirmer que toutes les vies ne valaient pas la même chose. Puis, après l'avoir clamé, être encore plus fort pour faire en sorte de se mettre en phase avec ses discours. Bernd Wagner y parviendrait, il en était convaincu.

Il finit son inspection du sous-sol où il ne trouva aucun autre occupant, avant de revenir à la voiture.

— C'est fait ?

— Ouais. Je l'ai étranglé mais putain j'ai les paluches qui puent maintenant ! répondit Mickaël

Il approcha ses mains du visage de Gottfried pour le lui faire constater. Ce dernier les écarta d'un mouvement brusque tout en reculant d'un pas.

— Dégage ! Rien à foutre de tes mains qui puent ! Il est où ?

— Je l'ai mis là-bas, dans le fond.

Feuerbach distingua effectivement une masse sombre posée contre le mur, au fond du parking.

— Ça ira, on y retourne. La pétasse a dû se réveiller.

Ils remontèrent au pas de course.

*

Comme un lapin pris dans les feux d'une voiture, Ann semblait pétrifiée. Elle n'osait plus, ne pouvait plus bouger.

— Eh ! Regarde ça, mademoiselle veut ouvrir la fenêtre sans notre autorisation, lâcha le plus gros des deux hommes. Besoin d'un courant d'air ?

Il rit de sa blague.

— On la remet sur la chaise, dit l'autre qui n'avait pas esquissé un sourire.

Ils avancèrent vers elle. Elle tenta de fuir mais ne parvint pas à la porte. Deux bras se refermèrent sur son torse telles les mâchoires d'un étau. Elle cria, essaya de se débattre mais elle sentit que ses forces l'abandonnaient. Ils l'assirent sur la chaise qu'ils avaient relevée. De nouveau, ils attachèrent ses pieds, ses poignets. L'homme au crâne rasé se posta alors devant elle et lui asséna une gifle.

— Ta gueule !

Sonnée, elle se tut, pourtant elle reçut une deuxième gifle qui envoya sa tête de l'autre côté, puis une troisième puis une quatrième. L'homme ne disait rien. Il frappait. Elle cessa de compter. Une pluie de coups infinie s'abattit sur elle. Son nez explosa ainsi que son arcade sourcilière droite, elle sentit le sang emplir sa bouche. Puis le molosse délaissa son visage pour frapper à l'abdomen. Le premier impact au ventre lui coupa la respiration et elle crut qu'elle allait mourir étouffée. Il cogna ses flancs et une douleur vive lui transperça les côtes. Elle geignit.

Il stoppa.

Tandis qu'il reprenait son souffle, il essuya ses mains rougies dans un chiffon que lui tendait l'autre.

Ann qui respirait en sifflant, cracha entre ses jambes une boule de sang qui contenait deux dents. Ses yeux se révulsèrent. Une énième gifle lui interdit de perdre connaissance. L'homme au crâne rasé baissa ses yeux au niveau des siens.

— Écoute-moi, Ann Krause (il insista sur son patronyme), j'ai des questions à te poser. T'as compris que je veux des réponses. Tu réponds, ça s'arrête. Tu réponds pas, je cogne. T'as compris ?

Elle grogna.

— T'as compris, dit-il. Tant mieux. Mickaël ! Donne-lui de l'eau !

*

Mickaël apprécia en connaisseur l'application avec laquelle Gottfried frappait. Pas trop fort pour qu'elle ne perdît pas connaissance, assez cependant pour que chaque coup lui arrachât un cri de douleur. Ce n'était pas la première fois qu'il pouvait juger de l'efficience de la méthode de Gottfried, car celui-ci procédait toujours de la même manière : il frappait d'abord, posait les questions ensuite. C'était pour le moins original mais diablement efficace. L'interrogé, sonné par la première salve, réfléchissait moins bien et cela faisait gagner un temps précieux. Mickaël avait en effet constaté que cette technique permettait de zapper le moment de flottement pénible des débuts d'interrogatoire, celui où la personne assise sur la chaise tentait de gagner du temps en testant son interrogateur. Dans une situation similaire, un Russe, un Africain ou un Chinois par exemple, ne se posait pas la question de savoir jusqu'où son bourreau était capable d'aller pour lui extorquer une information, il le savait et le craignait. Un citoyen d'Europe, où la torture avait disparu – officiellement – depuis de nombreuses décennies, ne parvenait pas à imaginer qu'un autre être humain puisse être capable de n'importe quelle exaction pour obtenir une réponse ou un renseignement. Et il fallait qu'il le comprenne pour commencer à parler.

Gottfried lui avait expliqué tout ça au début de leur coopération et lui avait appris que cette façon d'opérer était le fruit d'une longue réflexion. Il avait ajouté qu'il fallait une force de caractère hors du commun pour la mener à bien. D'après lui, personne n'aimait faire du mal gratuitement. L'homme n'était pas un animal et même si certains s'en rapprochaient, tous gardaient ce fond d'humanité qui les freinait. D'après lui, Hitler aussi était humain et, s'il avait réussi à monter si haut, c'était parce qu'il avait su refréner cette humanité pour n'écouter que sa raison. Son demi-échec ne lui était pas imputable. Il incombait à ses généraux qui s'étaient montrés faibles, humains.

— Mickaël ! Donne-lui de l'eau !

— Ouais ! Tout de suite !

Il attrapa dans son sac la bouteille d'eau minérale Staatl. Fachingen, l'ouvrit et vint la verser sur le visage de la fille. Cela fit une flaque rouge sous la chaise. Il la vida dans son intégralité.

— T'avais soif, hein, pétasse ? se crut-il obligé d'ajouter.

Gottfried vint relever la tête pantelante de l'institutrice pour qu'elle le regardât.

— Où est Jacob Schmidt ? demanda-t-il d'une voix claire.

La fille râla et émit un affreux borborygme inintelligible.

— J'ai pas compris. Répète !

— Je… sais… pas…

— Tttt, laissa échapper Gottfried entre ses dents en lâchant sa tête qui retomba, trop lourde pour les muscles de son cou. Je croyais que tu avais compris. Je croyais que je n'aurais pas à faire ce que je vais faire.

Il porta un premier coup sous le sein droit. Elle hurla. Tout son corps se tendit et il s'en fallut d'un rien qu'elle ne basculât en arrière.

— Tiens-la, lui ordonna Gottfried.

Mickaël vint poser ses mains sur les épaules de la fille mais prit garde de ne pas trop se coller à elle pour ne pas tacher ses vêtements de sang. Gottfried frappa à nouveau. Trois fois. Il attendit quelques secondes avant de reposer sa question.

— Je… sais… pas…

Une gifle. Puis une autre. Ann Krause semblait inerte et sa tête bougeait sous les coups comme l'aurait fait un polochon.

— Où est Jacob Schmidt ? Réponds !

— Je…

Elle perdit connaissance.

— Putain ! Merde ! jura Feuerbach.

Il attrapa le chiffon et nettoya ses mains.

— Elle sait pas.

— Hein ?

— Elle sait pas où il est. PUTAIN !

Il se mit à marcher dans la pièce, tournant autour de la chaise comme un satellite en orbite autour d'un astre massif.

— Tu veux que je la réveille ? J'ai de l'ammoniaque et…

— Non, c'est inutile. Elle sait pas.

Il s'arrêta et s'assit à même le sol, le dos appuyé contre le mur.

Il sortit une cigarette et se mit à fumer. Mickaël attendit sans bruit. Gottfried alluma huit clopes l'une après l'autre, le mégot de la dernière servant à embraser la suivante. Puis, il resta un long temps silencieux. Une heure. Peut-être deux. À un moment, l'institutrice fut prise d'une violente quinte de toux qui la réveilla, elle expectora des glaires sanguinolentes avant de perdre à nouveau connaissance. Gottfried ne la regarda même pas. Il semblait perdu dans ses pensées. Soudain, il se leva. Mickaël, qui s'était assis lui aussi, l'imita.

— Bon. Si elle peut pas nous dire où il est, il faut qu'on le fasse venir.

Il sortit de la poche de son blouson le téléphone portable d'Ann Krause.

— Tu vas l'appeler ? demanda Mickaël.

Il alluma l'iPhone.

— Oh putain, c'est pas vrai ! s'exclama-t-il. Y'a un code pour déverrouiller ! PUTAIN ! C'est pas vrai ! MERDE !

Mickaël comprit qu'il avait là une chance de rattraper ses conneries des derniers jours.

— Fais voir ! dit-il.

— Hein ? Quoi ?

— Passe-moi le portable.

Gottfried le regarda d'un drôle d'œil mais, après une brève hésitation, lui fit passer le téléphone. Il s'agenouilla devant son sac, y farfouilla quelques secondes pour en extirper une fine tige métallique qui lui servait parfois à crocheter des serrures récalcitrantes. D'un geste expert, il fit sortir la SIM de son logement. Il prit alors son Galaxy S et remplaça sa carte à puce par celle de l'institutrice. Il ralluma son portable. Sans surprise, l'appareil lui demanda le code PIN. Il tapa quatre fois zéro et, en priant pour cela fonctionne, il valida. Bingo ! Il navigua dans les menus jusqu'au répertoire téléphonique pour en afficher les entrées, descendit jusqu'à la lettre S où il trouva Schmidt Jacob. Avec fierté, il tendit à Gottfried le résultat de sa manipulation.

— Et voilà ! Le code ne verrouillait que le téléphone. Et le code PIN, neuf fois sur dix, les gens ne le changent pas !

L'autre prit le Samsung sans le remercier.

*

Gottfried se mit à déambuler dans la pièce pour se calmer. Parce qu'il savait que la colère altérait le jugement et faisait faire des erreurs. Et il était en colère. Il s'assit par terre, alluma une cigarette. Ainsi, il reprenait le contrôle de sa respiration et donc de son corps tout entier. Il dut en fumer huit pour se sentir serein, de nouveau maître de toutes ses facultés.

Dans cette mission, tout se liguait contre lui. Comme si quelqu'un ne voulait pas qu'il réussisse. Mais qui putain ? Qui ? La fille ne savait pas où était la cible, c'était une évidence. Il avait frappé juste, il avait frappé fort, si elle avait su, elle l'aurait dit. Un temps, son esprit vagabonda... Tout se mélangea – Bernd, Angelina, Schmidt, le clochard du parking, sa mère, le Neuchâtelois, l'odeur des frites du MacDo, Berne, Francfort – dans un magma chaotique. Soudain, il détendit les doigts de ses mains qui craquèrent et sortit de cette hébétude inepte.

S'en tenir au plan qu'il avait exposé à Bernd Wagner plus tôt dans la nuit : si elle ne savait pas, il fallait l'utiliser comme appât. La sachant en danger, Jacob Schmidt viendrait à eux. Il lui suffisait donc de l'appeler pour... Non. C'était trop direct et pourrait l'effrayer. Il valait mieux se faire passer pour elle et l'inciter à venir. Que dire ? Schmidt était malin, il le leur avait prouvé à deux reprises, il fallait la jouer fine. Y aller doucement. Ne pas le brusquer. Commencer par un SMS. Juste un SMS destiné à l'inquiéter ou l'intriguer. « J'ai peur. » ou « Passe me voir, je voudrais te dire un truc. ». Puis, après, un autre plus direct : « Viens vite. » ou « J'ai besoin de toi. ». Mais comment écrivait-elle ses textos ? Utilisait-elle des abréviations ? Des smileys ? Il se leva d'un bond et attrapa le smartphone qu'il avait glissé dans son blouson. « Tu vas l'appeler ? » demanda l'autre crétin. Pression sur le bouton central. Un code. Comme une douche glacée.

— Putain, c'est pas vrai ! Encore un code ! Putain !

Il s'en fallut de peu qu'il ne jetât l'appareil au sol, de rage, pour le briser en mille morceaux.

— Fais voir ! lui intima Mickaël.

— Hein ? Quoi ?

— Passe-moi le portable.

Feuerbach regarda son partenaire et lui trouva un visage plus dégénéré qu'il ne l'avait encore remarqué – parce qu'il souriait crânement ? Que cet abruti fut capable de trouver le code de ce téléphone le laissait perplexe. Toutefois, devant son air déterminé, il se résolut à le lui passer. Après tout, il excellait dans le crochetage des serrures, peut-être avait-il d'autres dons cachés? Gottfried le regarda faire sans dire un mot et essaya de ne manifester aucune surprise quand Mickaël lui mit devant les yeux le numéro de Jacob Schmidt. En d'autres circonstances, il se serait fendu d'un « bien joué » mais, pour l'heure, il n'en avait pas envie.

Peu habitué de la marque coréenne Samsung, il s'enquit auprès de son coéquipier de la démarche à suivre pour écrire un SMS.

— Tu glisses ton doigt sur son nom vers la gauche, ça devient orange et tu appuies dessus.

Il essaya de suivre cette drôle d'instruction (un simple bouton aurait été plus simple) mais ne parvint pas à ses fins.

— Putain! C'est quoi ce téléphone de merde! Tiens! Ouvre-le moi…

Dans sa main, le Galaxy vibra. Une photo de Jacob Schmidt jouant de la guitare basse s'afficha sur l'écran. Dessous, deux icônes symbolisant des téléphones, une rouge et une verte.

— C'est lui! s'exclama Mickaël. Réponds!

Gottfried le dévisagea. Plaisantait-il ou était-il vraiment si con? Il laissa sonner puis attendit fébrilement un éventuel message vocal. Ce dernier apparut trois minutes plus tard sous la forme d'une notification dans la barre d'état.

— Comment on appelle la messagerie?

Mickael, sans lui ôter le téléphone des doigts, fit les opérations nécessaires. Il appuya sur la touche haut-parleur. La voix synthétique de l'opératrice retentit dans la pièce: « *Vous avez. Un. Nouveau message. Nouveau message reçu le. 20. Décembre. À. Onze. Heures. Vingt. Deux. C'est moi. Écoute, je suis désolé d'être parti comme ça l'autre jour mais… tu sais cette histoire que tu n'as pas voulu écouter, eh bien! C'est vrai! J'ai retrouvé le mec, Heinrich Worms, dont mon père m'avait donné l'adresse sur le bristol que je t'ai montré. C'est un truc de dingue! J'ai réussi à trouver sa maîtresse de l'époque, en fait le gars est parti à l'Ouest dans les années soixante et il habite maintenant à Paris, rue Blomet. Il a même changé de nom, il s'appelle Vormet! C'est ouf!… Bon, je sais pas si tu me crois maintenant mais de toutes les façons, il faut que j'aille le voir, faut qu'il me donne cette lettre parce que je suis sûr qu'elle existe maintenant… Je… Là, je suis à Berlin mais… Euh… Je pars à Paris dès que possible. Je t'appellerai de là-bas! Je t'aime.* »

— Putain, c'est bon ça ! commenta Mickaël, enthousiaste, avant de demander confirmation. C'est bon non ?

— Ouais. C'est bon.

— Qu'est-ce qu'on fait ?

— Ta gueule ! Je réfléchis, aboya Feuerbach.

Gottfried avait envie de prendre une initiative mais il se rappela qu'il n'était qu'un soldat. Qu'un simple soldat taillé pour recevoir des ordres. Il savait exécuter les ordres et devait s'en tenir à ça. Une chaîne de commandements ne fonctionnait que si chaque maillon s'en tenait à sa tâche première. Et cette chaîne était le squelette de la cause. Il sortit de la pièce pour s'écarter de Mickaël et appela Bernd Wagner.

— Père ? C'est Gottfried.

— J'espère que tu as de bonnes nouvelles, lui répondit son beau-père d'une voix sèche.

— Nous savons où est la cible.

— Où ?

— Sur Paris. Il semble être à la recherche d'une lettre et doit y rencontrer un certain Henri Vormet.

— Une lettre ? Qu'est-ce que c'est que cette connerie ?

— Je sais pas.

— Et cet Henri Vormet, c'est qui ?

— Je sais pas.

À l'autre bout du fil, son interlocuteur s'emporta et la fin de la conversation fut tendue mais, quand il raccrocha, il avait reçu un ordre et savait donc quoi faire. Il revint vers Mickaël.

— Alors ?

— On part sur Paris.

— Quand ?

— Tout de suite. Il faut cinq heures pour y aller. Comme il est à Berlin, qu'il prenne l'avion ou le train, on y sera avant lui. Récupère tes affaires, on bouge !

Mickaël s'exécuta tandis que Gottfried ramassait chacun des mégots qu'il avait écrasés au sol.

— Et la fille ? demanda le Francophone.

Avec calme, Gottfried sortit son automatique toujours équipé du silencieux, l'appuya sur la tempe de l'institutrice et pressa la gâchette. Il ramassa la douille de neuf millimètres avant de sortir. Essuya la poignée de la porte sur laquelle ils avaient déposé leurs empreintes avant de la refermer.

Chapitre 21

Mars 1991

Martine Hespel avait vingt-quatre ans quand elle était arrivée à Berlin-Est, en décembre 1981.

Elle avait décroché son diplôme d'étude approfondie en ingénierie mathématique deux ans auparavant, conservant l'année d'avance qu'elle avait « acquise » en sautant la classe de CE2 sur les conseils de son institutrice, madame Barbier. Élève brillante, elle avait poursuivi son cursus universitaire comme doctorante en mathématiques, option mathématiques de l'ingénieur. C'est par hasard qu'elle apprit l'existence d'échanges franco-allemands entre la RDA et la France signés en 1980. Germaniste douée, elle obtint assez facilement le droit d'aller terminer sa thèse à l'université Humboldt de Berlin dans le cadre d'un traité de coopération entre les deux pays. C'est dans les murs de cette vénérable institution qu'elle croisa Josef Schmidt.

De douze ans son aîné, il enseignait les maths aux étudiants de première et deuxième année tout en poursuivant ses recherches sur la morphologie mathématique. Il possédait un petit bureau dans la même aile et au même étage que Martine. Elle le croisait régulièrement dans les couloirs et, assez vite, ils eurent l'occasion de partager un café. Il lui fit goûter au *Mischkaffe**, cet ersatz distribué

* Café mélangé. Mixture ne comportant que 51 % de café, le reste étant constitué d'un mélange de chicorée, de seigle et de betterave à sucre.

quelques années auparavant par le gouvernement dont il lui restait des sachets. Josef avait expliqué à sa nouvelle amie française comment l'addiction des Allemands de l'Est à l'arabica et autre robusta avait failli plonger le pays tout entier dans un marasme économique, finalement surmonté grâce au mischkaffe (et aux accords commerciaux entre la RDA et le Vietnam). Plus tard, dans l'intimité de son bureau, que les murs couverts d'étagères remplies de papiers, de livres de maths et de copies d'élèves calfeutraient, il lui fit comprendre comment seule la RDA pouvait se retrouver dans de telles situations. Il lui fit toucher du doigt l'absurdité de ce régime sans jamais, admirable tour de force sémantique, le dénigrer de façon frontale, la paranoïa étant alors dans les gènes de tous les Allemands de l'Est, *a fortiori* les intellectuels. C'est encore dans ce bureau, un mercredi soir, très tard, qu'il l'embrassa. Elle qui attendait ce baiser depuis déjà des mois, lui offrit dans la foulée sa virginité conservée, non pas par conviction mais par manque de temps. Jusqu'à Josef Schmidt, les études l'avaient entièrement accaparée. Les parents de Martine étaient en France, Josef était orphelin, alors tout alla très vite. Ils se marièrent au cours de l'été 1982. Un mariage sans cérémonie religieuse, célébré à la va-vite par un adjoint du bourgmestre de Leipzig.

Jacob naquit douze mois plus tard, le 29 juin 1983, dans une chambre de l'hôpital de la Charité. De sa fenêtre, Martine voyait la Spree couler derrière le mur. Toutes les années qu'elle passerait en RDA, elle se rappellerait cette image. Berlin-Est fut pour elle comme une prison dans laquelle elle avait choisi de rester. Et ce choix lui avait été doux : prisonnière parce qu'elle le voulait. Prisonnière par amour.

Le jeune couple s'installa au 29 Alte Jakobstraβe, près du célèbre Checkpoint Charlie, et y vit comme un signe. Leur famille se construirait sur des bases solides, des bases mathématiques, un ensemble commun.

Martine soutint, non sans mal, sa thèse à la fin de l'année 83 grâce au soutien de son mari qui la convainquit de conclure ses études, elle qui aurait bien tout laissé tomber pour s'occuper de son fils. Cette « formalité » remplie, elle prit alors trois années pour élever Jacob. Quand il eut l'âge d'être pris en charge au jardin d'enfants, elle eut envie de revenir dans la vie active et, appuyée par son époux, trouva un poste de *Lehrbeauftragte für Mathematik**.

* Chargée de cours en mathématiques.

Leur famille s'épanouit et Martine fut heureuse.

Jusqu'en 1989.

Le tumulte, l'embrasement puis l'allégresse qui s'emparèrent de la ville, du pays tout entier, consumèrent le cœur de son mari et elle fut la première à voir le changement qui amorça la métamorphose de Josef (elle se souviendrait longtemps de cette flammèche dans ses yeux quand ils franchirent le poste frontière Heinrich-Heine-Straße le 9 novembre 89). Comme des millions d'Est-Allemands, cette nouvelle liberté lui tourna la tête. Il voulait tout ce dont il avait été privé jusqu'alors. Et les femmes en faisaient partie. Il commença à tromper Martine avec des collègues, des étudiantes, sans même chercher à se cacher. Elle se dit que cela lui passerait et elle endura ces affronts répétés pendant une année entière. Elle pensait que cette étape franchie, cette folie assouvie, il reviendrait vers elle et qu'une nouvelle phase de tranquillité conjugale serait alors possible. Dans les moments les plus durs, elle se persuadait même qu'il lui ferait un deuxième enfant. Mais rien n'y fit. Il s'éloigna d'elle, inexorablement.

Elle craqua.

Elle ne tira pas de coup de semonce, ne fit pas de chantage, ne posa pas d'ultimatum. Elle demanda le divorce que Josef accepta.

Neuf ans après son arrivée, elle qui avait pensé revenir en France avec son fils, partit seule. Comme elle était venue.

*

— Elle revient quand Maman ?

— Écoute, Jacob, je te l'ai déjà dit. Maman et moi, c'est terminé. Elle ne reviendra pas. Tu la verras pendant les vacances et le reste du temps on sera tous les deux. Allez ! Aide un petit peu, prends donc ce carton, il n'est pas lourd.

Josef lui tendit un carton rempli de serviettes de table et de torchons. Jacob tendit ses deux petits bras. Quand son père y posa la boîte, son poids le déséquilibra, l'emporta vers l'avant et il chuta.

— Eh Ben ! Va falloir manger des épinards pour prendre des muscles ! s'écria Josef en le relevant.

Il riait et Jacob l'imita.

— Mais non ! J'ai de la force, papa. J'étais pas prêt, tu vas voir !

Il attrapa le carton et, au prix d'un bel effort, parvint à le soulever. Il partit en vacillant en direction de la porte. Quand il y arriva, il tomba nez à nez avec Philipp, un collègue de son père venu prêter main-forte.

— C'est trop lourd pour toi, ça, bonhomme ! dit-il. Allez ! Donne-le moi.

Il le délesta du paquet et fit demi-tour pour aller le poser dans le camion qui attendait en bas dans la rue.

— Eh ! râla Jacob. C'était mon carton !

— C'est pas grave. Tiens, tu peux prendre celui-là si tu veux, proposa son père.

Jacob s'exécuta.

— Tu vas voir, on va être bien là-bas, dit Josef, rêveur.

Le soir, ils s'endormirent au milieu des cartons dans leur nouvel appartement du Westfälische Straße 79. C'était plus loin de la faculté mais Josef y tenait tellement…

Enfin, il allait vivre à l'Ouest.

Chapitre 22

20 décembre 2012

Bernd marchait dans le sillage de son épouse. Les bras chargés de sacs en papier multicolores, elle fendait la foule assez dense qui déambulait sous les arcades de la Kramgasse, la plus longue galerie marchande d'Europe.

Nathalie Wagner n'était pas de ces femmes qui flânaient et cela ne dérangeait pas Bernd de faire du shopping avec elle. Au contraire, il aimait la voir tirer des lignes droites entre les magasins où elle trouverait les articles choisis en amont sur Internet. Pas d'idée de dernière minute, pas de coup de foudre pour telle ou telle babiole. La liste était dressée et devenait un plan de bataille auquel elle ne dérogeait sous aucun prétexte. Jamais il ne l'aurait admis devant des amis mais, à bien des égards, Bernd tâchait de calquer sa propre carrière politique sur le modèle de son épouse. Se fixer des étapes puis passer de l'une à l'autre sans s'égarer.

Wagner suivait donc son épouse sous les *Lauben**, savourant pour l'occasion un Cohiba Lanceros à la fumée riche et ronde. Un long module très aromatique, d'une vingtaine de centimètres, au goût de miel avec des notes de cèdre et d'épices qui couvrirait toute la durée de l'excursion. Il n'entrait pas dans les boutiques, attendait patiemment qu'elle y fît ses emplettes. Ceci ne prenait en règle générale que très peu de temps car elle savait ce qu'elle voulait et

* Promenades couvertes.

s'était assurée de son prix et de sa disponibilité. Elle entrait, sortait environ cinq minutes plus tard avec un autre sac et, sans lui adresser un mot, se dirigeait vers le magasin suivant. Parfois, elle traversait la rue pour passer d'une arcade à l'autre. Jamais elle ne confiait les sacs à Bernd (cela avait toujours été ainsi) qui pouvait profiter de la balade, fumant et admirant sans s'en lasser les fontaines à l'eau translucide du sculpteur médiéval Hans Gieng. Il aimait particulièrement la célèbre et terrifiante *Kindlifresserbrunnen* représentant un ogre mangeant un enfant ou encore la *Schützenbrunnen,* la *Fontaine du tireur,* avec ce drôle d'ours qui tirait au fusil entre les jambes de son maître.

Cette journée shopping était une coutume à laquelle le couple Wagner n'avait jamais dérogé. Tous les cadeaux de Noël étaient « faits » ce jour et, quand Nathalie avait acheté tous les présents pour Angelina, les parents, les tantes, les oncles, les neveux et les nièces, elle le signalait à son mari afin qu'ils se séparent pendant une heure pour acheter, chacun de leur côté, le cadeau qu'ils s'offriraient quelques jours plus tard. Ce qu'elle fit en sortant d'une boutique de montres où elle avait acquis une Swatch bariolée pour le dernier fils de son frère :

— On se retrouve dans une heure…

— Au pied de la tour de l'Horloge, termina-t-il car il en était toujours ainsi depuis trente ans qu'ils étaient mariés. Très bien. À tout de suite, ma chérie.

Et il ajouta, comme toujours depuis trente ans :

— Tu veux que je te prenne quelques sacs ?

Ce à quoi elle répondit, comme toujours depuis trente ans :

— Non. Merci. Je préfère les garder avec moi. À tout de suite, mon chéri.

Elle disparut dans la foule en un rien de temps.

Cette année, il lui achèterait ce joli collier en or qu'elle avait vu dans une bijouterie de Münstergasse, près de la bibliothèque centrale de Berne, et qu'elle lui avait montré, il y avait quinze jours. Depuis qu'ils s'étaient dit oui, dans cette petite église de Zurich en 1980, il lui avait toujours offert ce qu'elle avait choisi quelques semaines auparavant mais il s'était toujours dit qu'un jour, il la surprendrait en achetant autre chose. Ce joaillier était à deux pas de l'horloge astronomique, celle devant laquelle passait tous les jours Albert Einstein pour se rendre au bureau fédéral de la propriété intellectuelle et qui lui inspira, disait-on ici, la théorie de la relativité. Il avait donc le temps de finir son cigare posément en marchant jusqu'au pont de la porte Est de la vieille ville ceinturée par l'Aar.

Alors qu'il apercevait la flèche verte de la Nydeggkirche*, son téléphone sonna. Il cala son cigare entre ses lèvres et se hâta d'enlever ses gants, d'ouvrir son manteau en cachemire pour attraper son iphone dans la poche intérieure. L'appel entrant était inconnu. Il décrocha :

— Bernd Wagner, j'écoute.

— *Herr Wagner. Das bin ich**.

C'était lui.

C'était Hanz.

Bernd se tendit. Bilingue, il passa du français à l'allemand comme on appuie sur un interrupteur.

— Oui ?

— Où en sommes-nous, Herr Wagner ?

— Je gère la situation, monsieur.

— Avez-vous le colis, Herr Wagner ?

— Oui… Enfin non… Mais mes hommes devraient l'intercepter d'ici quelques jours.

Il se mordit la joue. Quelques jours ! Et pourquoi pas quelques semaines pendant qu'il y était ! Il tenta de se rattraper mais l'autre ne lui en laissa pas le temps :

— Ce n'est pas ce qui était prévu.

— Oui… Je… Ce n'est pas ce que je voulais dire. Quelques heures, un jour tout au plus.

— L'organisation a investi beaucoup d'argent dans l'Aurore Blanche, Herr Wagner. Cette contribution vous oblige…

— Évidemment, monsieur. Évidemment.

— Les sommes investies, conséquentes, je ne vous ferai pas l'affront de vous en rappeler les montants, ne peuvent pas l'avoir été en pure perte.

— C'est une évidence… mais ne vous inquiétez pas. Tout est sous contrôle, je vous l'assure.

— Bien. C'est une bonne nouvelle, Herr Wagner.

Il se tut. Bernd n'osa pas combler le silence qui lui sembla durer une éternité.

— Dans deux jours, le 22, nous organisons une soirée à l'occasion de Noël. Venez. Avec votre épouse si vous le désirez. Un cour-

* Église de Nyddeg

* Monsieur Wagner. C'est moi.

sier vous apportera l'invitation dans la journée de demain. Pourrez-vous vous libérer ?

— Bien sûr, affirma Bernd qui n'avait pourtant pas la moindre idée ni du lieu choisi pour cette « soirée » ni de ses disponibilités.

— Vous aurez sûrement de bonnes nouvelles pour moi et il me sera plus agréable de les entendre de vive voix. N'est-ce pas, Herr Wagner ?

— Évidemment. Évidemment. Le 22. C'est noté.

— Vous recevrez l'invitation demain. À bientôt, Herr Wagner.

— À bientôt. Je vous souhaite une excellente fin de journée. Et Joyeux Noël.

L'autre avait déjà raccroché et c'était aussi bien tant Bernd regrettait ce « joyeux Noël » lâché à la va-vite.

Cet appel lui coupa toute envie de flâner. Il rangea son téléphone et prit soudain conscience de l'air froid qui s'engouffrait dans son manteau grand ouvert. Il le referma prestement, enfila ses gants, jeta son cigare et revint vers la porte Ouest de la ville à grands pas. Tourmenté (« Herr Wagner » résonnait dans sa tête comme un funeste glas), il entra dans la bijouterie avec précipitation comme s'il avait eu l'intention de la dévaliser. L'homme derrière le comptoir de verre, occupé à servir une femme âgée, releva la tête. Un agent de sécurité qui se tenait debout près de la porte fit un pas en avant. Bernd s'excusa d'un petit geste de la main. Le vendeur revint à sa cliente et le vigile recula. Chose incroyable, dans ce magasin immense, un seul vendeur. L'attente lui parut longue et pénible avant qu'une fille d'une trentaine d'années ne sortît d'une porte située derrière la banque.

— Monsieur ? l'invita-t-elle à s'approcher. Bonjour. Comment puis-je vous aider ?

— Je voudrais un…

La sonnerie de son téléphone retentit.

— Je vous prie de m'excuser.

— Mais bien sûr, monsieur.

Il attrapa son smartphone avec une certaine anxiété. Sur l'écran, la photo de Gottfried s'afficha.

— Désolé, je dois prendre cet appel, dit Bernd à la vendeuse. Je reviens.

Vivement, il sortit du magasin et décrocha.

— Père ? C'est Gottfried.

— J'espère que tu as de bonnes nouvelles.

Celui qui pensait devenir son gendre lui apprit qu'il avait encore laissé filer la cible. Elle était à Paris, à la recherche d'une lettre dont on ignorait le contenu. Il mentionna aussi un certain Henri Vormet dont personne ne savait rien.

Ces informations le mirent hors de lui.

— Tu ne sais pas grand-chose, Gottfried, ça devient pénible ! s'emporta-t-il.

Un passant se retourna vers lui. Il fit le tour du pilier de l'arcade et baissa d'un ton. Il n'y avait pas cinquante solutions. Dans deux jours, il devrait rendre des comptes et il était hors de question que subsistent de telles zones d'ombre.

— Vous allez le chercher à Paris et vous me tirez cette histoire de lettre au clair. C'est compris ? dit-il d'une voix ferme.

— Oui, Père.

— Je veux que tu me tiennes au courant le plus souvent possible.

— Ce sera fait.

— Gottfried ?

— Oui, Père ?

— Ne foire pas cette fois-ci.

Il prit dix secondes pour se calmer et retourna dans la bijouterie. Son épouse serait là dans quinze minutes. Il ne fallait pas traîner, elle détestait les retards.

Chapitre 23

20 décembre 2012

Le vol LH3245 de la Lufthansa se posa à l'aéroport Charles-de-Gaulle à 19 h 58. Jacob erra un temps dans l'aérogare, un peu perdu. Bien qu'il maîtrisât correctement la langue de Molière, il peina à comprendre comment se rendre sur Paris à l'aide des transports en commun et, après avoir tourné une demi-heure sans oser demander de l'aide, il se décida à prendre un taxi. Il monta dans la première berline de la file, une Peugeot 607 noire.

— Je vous écoute, lui demanda le chauffeur, une femme qui mâchait un chewing-gum de façon assez disgracieuse.

— Je voudrais aller dans un hôtel proche de la rue… Attendez, je vous prie.

Il sortit son téléphone, retrouva la note enregistrée chez madame Ampferl.

— Proche de la rue Blomet, s'il vous plaît.

— Mmm. 15e donc… Un hôtel comment ?

— Pas trop cher, s'il vous plaît.

— Mouais… Comment pas trop cher ?

Jacob fut étonné par cette question. N'avait-elle pas compris ? Il se creusa la tête pour trouver un synonyme et reformula sa réponse :

— Un hôtel peu onéreux, s'il vous plaît.

— Ouais, j'avais compris ça… Combien d'euros la chambre ?

— Ah ! Euh… Cinquante euros, c'est possible ?

— À ce prix-là, les chiottes seront sur le palier, mon brave monsieur ! Bon, je vous emmène et on verra. On trouvera bien, hein ?

La femme rit et Jacob se crut obligé de sourire en retour.

— Vous êtes américain ? lui demanda-t-elle en démarrant.

— Non. Allemand.

— Ah ?

Dans le rétroviseur, Jacob perçut la déception sur le visage de son chauffeur qui ne lui adressa plus la parole de tout le voyage.

L'autoroute et le périphérique étaient fluides et il ne leur fallut qu'une quarantaine de minutes pour arriver dans le 15e arrondissement de la capitale. Jacob regardait les décorations lumineuses qui pendaient au-dessus de la rue de Vaugirard, les oriflammes d'ampoules accrochés aux poteaux des réverbères, les sapins de Noël dans les vitrines des magasins et il trouvait cela joli, plus joli qu'à Berlin. Ils s'engagèrent dans la rue Blomet. Au croisement avec la rue de l'Amiral Roussin, le chauffeur pila en apercevant, plus loin sur la droite, la pancarte rouge vif de l'Hôtel Amiral.

— Ça vous ira, ça ? dit-elle avec agacement.

— Euh… Oui… bafouilla Jacob.

Comme il ne bougeait pas, la femme ajouta :

— Vous descendez là ? La rue est à sens unique. Je veux bien faire le tour du pâté de maisons mais bon… Vous pouvez marcher un peu aussi !

— Oui. D'accord.

De l'index, elle tapota le compteur qui indiquait la somme de soixante-quatre euros. Jacob constata avec soulagement qu'il avait juste assez d'argent liquide pour s'acquitter du prix de la course. Il paya, attendit sa monnaie qui mit du temps à venir puis sortit. L'air était frais, plus frais qu'à Berlin, lui sembla-t-il. Malgré le prix assez élevé de la chambre, il prit la dernière de libre.

*

Ils arrivèrent sur Paris peu avant 18 heures. Trouver l'adresse exacte de Vormet fut un jeu d'enfant à l'aide d'un site Web français appelé Pages Blanches. Gottfried décida de planquer devant le domicile de Vormet pour y attendre la cible mais, vers minuit, il changea d'avis quand il fut convaincu que Jacob Schmidt ne viendrait plus avant le lendemain matin. Ils avaient le temps de monter mettre la main sur cette putain de lettre qui donnerait du grain à moudre à son beau-père.

— On va voir, annonça-t-il à Mickaël.

— Maintenant ?

— Les autres habitants doivent dormir. Il n'y a plus de passage, c'est parfait. On monte, on questionne, on trouve la lettre et on redescend.

— Et on fait quoi du mec ?

— On le bâillonne et on l'attache. On a juste besoin qu'il reste tranquille jusqu'à ce que la cible se pointe. Il devrait venir demain. On le cueillera en bas. Allez, go !

— Et s'il est pas tout seul ?

— On improvisera. Allez, cagoules !

Ils s'équipèrent en silence avant de sortir de la BMW. Devant le digicode, Mickaël n'hésita pas. Après s'être assuré que personne ne passait dans la rue, il sortit de son sac une bombe aérosol dont il vaporisa le contenu sur le clavier métallique. Comme par magie, les touches régulièrement enfoncées par les résidents apparurent avec netteté.

— OK. Six, huit, neuf et A. J'y vais.

— Combien de temps ? demanda Gottfried qui surveillait les environs.

— Vingt-quatre combinaisons. J'en ai pour cinq minutes. Généralement, ça commence par la lettre.

Avec méthode, sans précipitation, il se lança. A689. A698. A896. A869. A968. Le bruit de la gâche électrique se fit entendre. Il poussa la lourde porte en chêne et ils se glissèrent dans le hall de l'immeuble. Sur chaque boîte aux lettres, le nom et l'étage correspondant. Vormet. Troisième. Mickaël crocheta sans difficulté la porte permettant d'accéder à l'ascenseur. Ils montèrent jusqu'au troisième. Deux portes sur le palier.

— Merde ! C'est où ? s'inquiéta Mickaël en constatant que le nom du propriétaire des lieux ne figurait pas sous le bouton de la sonnette.

Gottfried s'accorda quelques secondes de réflexion. Devaient-ils rebrousser chemin ? Non. Cette lettre prouverait à Bernd Wagner qu'il pouvait avoir confiance en lui. Qu'il était un homme de main sûr et efficace qui avait jusqu'alors joué de malchance. Que ces erreurs n'étaient pas à mettre à son crédit. Il voulait prouver à son futur beau-père qu'il méritait sa fille. Et l'envie était si forte de bien faire qu'il trouva la solution à son problème. Il attrapa son téléphone, se connecta à Internet. Pages Blanches. Qui ? Vormet Henri. Où ? Rue Blomet, Paris. Le nom s'afficha presque aussitôt. Afficher le numéro ? Il cliqua et les dix chiffres apparurent. Clic. Le numéro se composa comme par magie.

— Écoute ! intima-t-il à Mickael.

Dans le silence, la sonnerie du téléphone se fit entendre nettement. Porte de gauche. Il raccrocha.

— Et si ça l'a réveillé ? demanda le francophone.

— On attend quinze minutes avant d'entrer.

Ce qu'ils firent. Un quart d'heure plus tard, Mickaël était à genoux devant la serrure de la porte de gauche. Seize minutes plus tard, ils entraient dans l'appartement d'Henri Vormet. À la lueur de leurs Maglite qui coupaient la pénombre comme des faisceaux laser, ils constatèrent tout de suite que le propriétaire des lieux devait être âgé. L'endroit faisait vieux. L'endroit sentait le vieux. Le mobilier était usé et démodé. Dans le salon, face à la télé, un fauteuil au dossier inclinable accompagné d'un pouf pour y poser les pieds. Sur le tube cathodique, disposés sur des napperons, des cadres photos. Certains clichés jaunis montraient un jeune couple et leur enfant. Un autre, plus récent, avait fixé une famille entière, posant devant les alignements de menhirs à Carnac.

Ils passèrent dans la chambre. Un homme dormait dans le grand lit aux montants de bois tournés. Il était sur le dos, sa couverture remontait sans un pli jusque sous son menton, sa respiration était faible. On eut dit qu'il était mort.

Gottfried recula dans le salon. À voix basse, il donna ses instructions :

— Chloroforme mais léger. Juste pour nous laisser le temps de l'attacher.

— OK.

Mickael sortit le nécessaire. L'odeur de l'halogénoalcane emplit la pièce. Il en imbiba un chiffon et retourna dans la chambre. D'une main ferme, il l'appliqua sur le nez et la bouche du vieil homme qui se réveilla l'espace d'un court instant. Ses yeux exorbités roulèrent dans tous les sens mais il ne se débattit que très peu. Puis, sans un bruit, il perdit connaissance. Après avoir enlevé la couverture, les deux hommes l'attachèrent à même son lit à l'aide d'un gros rouleau de scotch qu'ils firent passer plusieurs fois sous le sommier.

Gottfried enfonça dans sa bouche un slip qu'il trouva dans une petite commode. Les volets étaient clos. Il ferma la porte et alluma la lumière. Ils s'assirent sur le bord du matelas et attendirent qu'il se réveille.

Quand le vieil homme rouvrit les yeux, Gottfried y lut une terreur incommensurable et il sut immédiatement qu'il n'aurait aucun mal à le faire parler. Soupçonnant une santé physique fragile, il jugea prudent de ne pas appliquer sa méthode habituelle et s'approcha du lit pour se pencher au-dessus d'Henri Vormet. D'une voix grave, il s'adressa au vieillard en allemand, sans penser une seconde que celui-ci pourrait ne pas comprendre ce langage.

— On cherche une lettre, papy. Tu nous dis où elle est et on s'en va. Je vais enlever le tissu que t'as dans la bouche. Tu gueules pas, hein ?

Il ne prit pas le temps de s'assurer que son message avait été compris et ôta le sous-vêtement de la bouche de Vormet. À peine l'avait-il retiré que le vieux débris se mit à pleurnicher. Une plainte monosyllabique plus qu'un cri qui s'amplifia dans la pièce jouant le rôle de caisse de résonance. Gottfried réagit au quart de tour. Il asséna une première gifle au vieillard et enchaîna avec deux coups de poing dans le ventre pour le faire taire. L'effet escompté ne se fit pas attendre, l'ancêtre se tut. Mais, très vite, son visage se congestionna. Une grimace déforma ses traits. Son corps frêle se raidit sous le scotch. Gottfried l'observait, interloqué, sans savoir quelle attitude adopter. Tout alla très vite. Quelques soubresauts plus tard, Henri Vormet ne soutenait plus sa tête qui tomba sur le côté, sans vie. Le rose de ses joues disparut vite pour laisser place à une pâleur cadavérique.

Les deux hommes restèrent un long moment déconcertés devant le cadavre du vieux.

— Ben merde ! dit Mickaël. Il est mort, ce con !

— Je l'ai même pas touché, ajouta Feuerbach comme pour se justifier.

Toutefois, cet imprévu ne le contraria pas outre mesure. Ils étaient venus pour la lettre. Bien sûr, ils auraient gagné du temps si le vieux leur avait craché l'endroit où il la gardait mais il fallait faire avec. Mettre fin à cette spirale de l'échec qui leur collait aux basques depuis trop longtemps maintenant.

— C'est pas grave. On fouille. On va trouver, dit Gottfried.

— On cherche quoi ?

— Une lettre. L'appart' n'est pas grand, on va trouver. Elle est adressée à Jacob Schmidt. Soyons méthodiques. On commence par la chambre.

Ils la fouillèrent de fond en comble mais ne trouvèrent rien. La deuxième chambre était presque vide, quelques cartons seulement qu'ils retournèrent. Ils ne contenaient que de vieux habits de femme. Ils passèrent alors dans le salon. Sous la fenêtre donnant sur la rue, un petit bureau était appuyé. Gottfried vida les tiroirs et inspecta leur contenu, rien qui ne ressemblât à ce qu'ils cherchaient. L'unique placard, encastré dans un mur, était rempli sur sa partie supérieure de boîtes à chaussures aux contenus variés : des photos, des outils, des ampoules, des bougies. Le bas du placard était une penderie. Ils la vidèrent, jetant à travers la pièce les manteaux et autres vestes aux coudes rapiécés.

— Rien, décréta Mickaël après qu'ils eurent tout retourné.

— Reste la bibliothèque, répondit Gottfried en s'approchant des étagères qui couvraient la presque totalité du mur séparant le salon du couloir. Une lettre, c'est facile à cacher dans un bouquin. On aurait dû commencer par là. C'est parti !

Quelques centaines de livres à sortir, à secouer les pages en bas pour faire tomber un éventuel pli dissimulé. Gottfried attaqua la partie gauche tandis que Mickaël s'attelait à la partie droite. Ils en avaient vidé un gros tiers quand Feuerbach s'empara d'un dictionnaire sur l'étagère du haut encore pleine. Le livre ne vint pas, bien coincé entre d'autres volumes. Comme il tirait plus fort, l'étagère, qui n'avait pas été fixée au mur, vint avec et bascula en avant. De ses deux bras, Gottfried l'étaya pour qu'elle ne tombât pas mais quelques dizaines d'ouvrages chutèrent bruyamment au sol. Mickaël lui vint en aide et ils redressèrent le meuble. Ils se figèrent, tendant l'oreille pour saisir un éventuel bruit dans l'immeuble. Comme ils n'en décelèrent aucun, ils se remirent au travail. Ils touchaient au but quand on frappa à la porte. Sur la pointe des pieds, ils se rapprochèrent de l'entrée. Des coups, encore.

— Monsieur Vormet ? chuchota une voix étouffée. Monsieur Vormet ? C'est madame Barday. Vous allez bien monsieur Vormet ? J'ai entendu du bruit…

Les deux hommes reculèrent.

— Qu'est-ce qu'on fait ? demanda Mickaël.

— On bouge. Cette conne est capable d'appeler les flics. Remets ta cagoule. On sort et on s'arrête pas.

Ils réajustèrent leur passe-montagne, revinrent vers la porte d'entrée. Gottfried posa sa main sur la poignée. D'un geste vif, il ouvrit la porte en grand. Une petite femme blonde manqua de tomber dans le couloir. Il la bouscula, l'envoyant valdinguer sur le palier. Elle cria de douleur quand sa tête tapa la grille métallique qui fermait la cage d'ascenseur. Déjà, il s'élançait dans l'escalier suivi par Mickaël. Une minute plus tard, ils étaient dans la BMW et quittaient le quartier.

Chapitre 24

21 décembre 2012

Jacob se leva tôt. À la réception de l'hôtel, la jeune femme chargée d'accueillir les clients n'eut aucun mal à trouver pour lui l'adresse exacte d'Henri Vormet. Elle précisa à Jacob qu'il lui fallait laisser la mairie sur la droite, l'église Saint-Lambert sur la gauche puis continuer sur une centaine de mètres pour trouver le numéro 131 qui faisait face au porche d'entrée de la Clinique Blomet. Jacob la remercia chaleureusement et partit d'un pas allègre.

Ce jour serait un grand jour, pensa-il. De ces jours charnières qui ponctuaient une existence. L'air était froid mais le ciel bleu, sans aucun nuage, annonçait une belle journée d'hiver. Jacob était heureux d'avoir été jusqu'au bout de cette aventure, si fantasque qu'elle eut pu paraître il y avait encore quelques jours de cela.

Au 131, il eut la bonne surprise de trouver la porte extérieure ouverte et il mit cela sur le compte de ce vent qui le poussait dans le dos ces dernières heures. Il se posta devant l'interphone et appuya franchement sur bouton H. Vormet. Derrière la porte en verre, un homme d'une quarantaine d'années sortit de l'ascenseur et vint vers lui. Il ouvrit la porte palière et Jacob se poussa pour le laisser passer. L'homme, qui portait une veste de cuir, se tourna un instant vers lui. Jacob, qui avait toujours le doigt sur la sonnette, n'osa pas se glisser dans le hall pourtant accessible et fit mine d'attendre qu'on lui répondît. L'homme sortit dans la rue et Jacob jeta alors sa main pour bloquer la porte qui se refermait vite. Il put pénétrer dans l'immeuble et emprunta l'escalier pour grimper au troisième étage, celui de monsieur Vormet d'après l'étiquette collée sur sa boîte aux lettres.

Sur le palier du deuxième, il croisa deux policiers en tenue qui descendaient en discutant de façon animée. Il regarda le sol. Les deux agents ne lui prêtèrent pas attention, trop absorbés dans leur discussion. Quand il s'engagea dans la dernière volée de marches pour accéder au troisième, il put voir qu'une des portes de l'étage était ouverte. Deux hommes en tenue blanche qui les recouvrait intégralement, farfouillaient dans une grosse mallette en inox posée sur le palier. Le plus naturel possible, Jacob passa à côté d'eux et jeta un œil dans l'appartement ouvert. L'endroit grouillait de monde. Il ne s'arrêta pas et continua son ascension jusqu'au quatrième étage. Là, il appela l'ascenseur, se glissa dans la cabine et redescendit jusqu'au rez-de-chaussée.

La police.

Que faisait la police chez Henri Vormet ?

La panique le gagna. Les deux hommes de Francfort l'avaient-ils déjà retrouvé ? Avaient-ils des contacts avec la police française ? Allemande ? La capitaine du BKA l'avait-elle fait suivre ? Naïvement, il avait pensé que son départ précipité pour Paris et cette distance qui le séparait de Francfort l'avaient mis en sécurité. À l'abri des problèmes pour un petit moment.

Il sortit dans la rue et partit en direction de la place de la Convention.

— Monsieur ! Monsieur !

Quelqu'un le hélait. Il se retourna. L'homme qui l'avait croisé dans le hall, celui qui lui avait ouvert la porte, était sur le même trottoir et courait vers lui.

*

Le Commandant Valéry Flaubert trouva une place sur un parking deux roues à l'intersection des rues Blomet et de l'Abbé Groult. Il ne garait jamais sa BMW R75 n'importe où, de peur qu'un piéton distrait ou un ado facétieux ne la fasse tomber. Il adorait sa série 5, cette arrière-arrière-petite-fille du mythique sidecar fabriqué à des fins militaires pendant la seconde guerre mondiale. Il l'avait achetée en 1993, peu de temps après son dix-huitième anniversaire, et ne s'était depuis déplacé qu'avec elle. Il la bichonnait, l'emmenait chez le garagiste au moindre problème, au moindre bruit suspect ; il la garait dans un parking couvert ; jamais il ne s'élançait sans l'avoir fait tourner trois ou quatre minutes pour mettre toutes les pièces du moteur à la bonne température. Cette moto était l'enfant qu'il n'aurait jamais.

Il remonta à pied jusqu'au numéro 131, présenta sa carte tricolore à l'agent qui en gardait l'entrée.

— Bonjour, commandant.

— Quel étage ?

— Le troisième.

La porte en verre, protégée en temps normal par l'interphone, était ouverte. Il pénétra dans le hall et libéra le taquet qui la retenait. Poussée par le groom, elle se referma. Il revit soudain madame Mioche, sa prof de français au lycée Georges Leygues à Villeneuve-sur-Lot, sa ville natale. Il l'entendit prononcer, avec sa voix pointue et haut perchée, le titre de cette pièce d'Alfred de Musset qui figurerait quelques mois plus tard sur la liste des œuvres choisies pour son oral du baccalauréat : *Il faut qu'une porte soit ouverte ou fermée*. « Mais fermée, c'est mieux. » compléta-t-il *in petto*, comme une mini revanche sur le 7/20 qu'il avait obtenu après avoir été interrogé sur ce proverbe en un acte lors de la session anticipée du bac C. Il monta en courant. Sur le palier du second, il tomba nez à nez avec la médecin légiste Sarah Paulin qui descendait.

— Ah ! Commandant !

— Alors ?

— Crise cardiaque.

Il hocha la tête d'un air entendu et reprit son ascension vers le troisième étage.

— Vous ne voulez rien savoir d'autre ? demanda la légiste.

— Non, répondit-il sans s'arrêter.

— Ah ? Remarquez, je n'ai rien d'autre à vous dire. Il faudra attendre l'autopsie.

Pourquoi la brigade criminelle était-elle saisie pour un ACV* ? Quand il arriva chez Henri Vormet, il eut immédiatement la réponse à sa question : tout avait été retourné et on aurait dit qu'un ouragan était passé à l'intérieur de l'appartement. Il prit le temps d'observer

* Accident cardio-vasculaire.

les lieux, avec méthode, mettant à profit son excellente mémoire photographique. Sans se presser, il tourna sur lui-même pour enregistrer un panorama complet du salon.

— Ah ! L'écrivain !

Le commandant tourna la tête. Le commissaire Kuhn venait vers lui, suivi par le procureur de la République Gardieux. Tous deux portaient des sur-chaussures bleues et des charlottes de la même couleur sur la tête. Le commissaire arracha son couvre-chef.

— Ça va ?

Flaubert serra la main que lui tendait son chef de section.

— On est saisis. C'est pour toi, le groupe Letellier est toujours sur l'affaire des Lilas. Le corps part à l'autopsie cet après-midi mais ça ressemble pas mal à un cambriolage qui a mal tourné : le cadavre est attaché, c'est le bordel... Mais bon... Tu me boucles ça vite fait ? Monsieur le procureur... Après vous...

Les deux hommes ôtèrent les protections destinées à ne pas souiller la scène de crime qu'ils jetèrent dans un carton posé plus loin.

— Sympa vos chaussures ! fit remarquer Kuhn à l'endroit du magistrat avec une pointe d'ironie à peine voilée.

Déjà ils étaient partis. Valéry resta songeur un temps. Il n'aimait pas trop cette locution « cambriolage qui a mal tourné ». Presque quinze ans à la brigade criminelle et il n'avait jamais vu de tels cambriolages ! Quelque chose se cachait toujours derrière. Ce genre d'affaire était toujours beaucoup plus compliqué que ce qu'il paraissait. Il avança jusqu'à la pièce de laquelle sortait le bruit feutré, mais reconnaissable entre tous, d'une équipe de l'identité judiciaire en plein boulot. Il s'arrêta sur le seuil et, comme il ne voulait pas s'équiper, prit garde de ne pas poser ses mains sur le chambranle.

La petite chambre était déjà bien remplie. Trois techniciens, vêtus en blanc de la tête aux pieds, s'affairaient autour du cadavre d'un vieil homme, allongé sur son lit comme pour une veillée mortuaire. Il était recouvert d'un étrange linceul de scotch marron qui envoyait des éclats brillants et moulait les formes de son corps. Cela lui fit penser à de la nourriture sous vide. Les deux yeux de la victime étaient grands ouverts et semblaient fixer le plafond. Dans un coin, le capitaine Joachim Daguerre, le procédurier du groupe, veillait au bon déroulement des opérations. Flaubert l'interpella :

— Joachim !

Le capitaine leva le nez, reconnut son chef de groupe et vint vers lui.

— Alors ?

— Ben, le vieux a été attaché à son lit avec du scotch. La légiste dit que son cœur a lâché. Faut dire qu'il était plus tout jeune, le papy !

— Le découvreur ?

— La voisine du dessous. Elle a entendu du bruit, elle s'est inquiétée et elle est montée. Deux gars sont sortis en trombe... Rudy l'interroge.

— Combien de temps encore ?

— On n'a pas encore fait les mesures pour le plan de masse... J'sais pas... Deux heures ?

— Vous fermerez ses yeux, ordonna Valéry Flaubert en tournant les talons.

Il s'éloigna sans ajouter un mot. Le capitaine Daguerre, qui travaillait avec lui depuis sept ans, habitué donc à ce comportement d'autiste, ne s'en formalisa pas et retourna à son travail.

Le commandant fit le tour de l'appartement. Une seule chose le fit tiquer : les livres. Pourquoi donc les deux cambrioleurs avaient-ils tout mis à terre ? D'ordinaire, ce type de fric-frac allait vite. Les gars entraient, neutralisaient le ou les occupants si nécessaire – on parlait de saucissonnage – puis recherchaient argent liquide, bijoux, objets petits et de valeur, horloge, argenterie éventuellement... L'opération ne durait que quelques minutes, une heure tout au plus. Pourquoi retourner l'intégralité de la bibliothèque ? Cela ne tournait pas rond. Étaient-ils à la recherche d'un coffre caché derrière les livres ? D'un document dans les livres ? D'un livre tout simplement ?

Perplexe, il descendit d'un étage et toqua sur les deux portes du palier. Une seule s'ouvrit. Une petite femme se tenait dans l'ouverture. Un bandage enserrait le sommet de son crâne, d'où dépassaient quelques mèches blondes ondulées.

— Oui ? demanda-t-elle d'une petite voix.

— Police. Commandant Flaubert. Le lieutenant Colidor est chez vous ?

— J'suis là !

Le lieutenant Rudy Colidor apparut derrière la femme. Il la dépassait de presque deux têtes et devait être trois fois plus large qu'elle. Flaubert pensa à une éclipse de lune.

— Peux rentrer ?

— Bien sûr ! Madame Barday, c'est mon boss.

— Ah, souffla la femme, rassurée.

Elle s'effaça et laissa le passage. Ils retournèrent dans la cuisine où le lieutenant prenait sa déposition. Une agréable odeur de café.

— Vous voulez un café, commandant ?

— Oui. Merci.

Madame Barday lui servit une tasse. Il souffla dessus à deux reprises puis l'avala d'une traite.

— Alors ? demanda-t-il au lieutenant.

— Madame Barday habite ici et cette nuit, vers…

— Une heure moins dix du matin, compléta la femme.

— Vers une heure du mat', elle entend un bruit bizarre à l'étage du dessus. Comme si on jetait un truc assez lourd par terre. Comme elle sait que son voisin est âgé, elle se dit que, peut-être, il est tombé ou… autre chose. Alors, elle monte voir si tout va bien. Elle tape à la porte, s'annonce, colle son oreille mais elle n'entend rien. Et puis d'un seul coup, la porte s'ouvre et y'a un homme qui sort en la bousculant tellement fort qu'elle gicle et que sa tête va cogner sur la rambarde de…

— Sur la grille de l'ascenseur, corrigea-t-elle.

— Ouais, sur la grille de l'ascenseur et elle tombe KO. Quand elle retrouve ses esprits vers, euh…

— 2 heures.

— Vers 2 heures, ce qui… Quand même, une heure inconsciente… Bon, elle entre dans l'appartement de son voisin dont la porte est restée ouverte et trouve monsieur Vormet sur son lit. Mort. Voilà.

— Les deux hommes ? demanda Flaubert.

— Ben, elle a pas eu le temps de les voir quoi…

— Mais elle sait que ce sont des hommes ?

— Commandant ! répliqua madame Barday, un peu décontenancée par cet officier qui l'ignorait de manière grossière. Vous croyez vraiment qu'une femme aurait pu me bousculer au point de me faire perdre connaissance pendant près d'une heure ?

Oui. Flaubert le croyait. Il aurait pu dresser dans la minute une liste de vingt noms de filles capables de ça. L'image de Ioulia Makarov, une marâtre russe d'un mètre quatre-vingt-dix pour presque cent kilos, qui avait tué son mari en lui maintenant la tête dans le four de leur caravane près de la porte de Pantin, lui vint d'ailleurs en tête. Mais il ne dit rien. Il se leva.

— Merci pour le café, madame.

Sans attendre de réponse, il quitta l'appartement. Il voulait maintenant repasser à la brigade pour faire un premier point sur tous les éléments qu'il venait de glaner. Il avait toujours fonctionné ainsi et cela lui réussissait plutôt bien. Il descendit par l'escalier. Dans le hall, il croisa un jeune homme barbu d'une trentaine d'années qui s'escrimait sur un bouton de l'interphone.

Il sortit dans la rue et constata avec mauvaise humeur que l'agent chargé de surveiller l'entrée n'était plus là, il avait dû aller s'acheter des cigarettes ou se réchauffer un peu dans un bistrot quelconque. Il remonta vers sa moto à pas lents. Déjà, les questions se bousculaient qu'il lui faudrait noter sur un cahier, à la brigade. Devant chacune d'elles, il dessinait un carré d'un centimètre de côté. Entre chacune d'elles, il laissait quatre lignes vierges, pour la réponse. Quand il avait la réponse, il cochait la case au feutre rouge. C'était sa méthode. Comme il passait devant une boulangerie, l'envie lui prit de s'offrir quelque chose à manger. Il était parti un peu vite de chez lui et n'avait rien avalé depuis hier, à l'exception du café de madame Barday. Il acheta un croissant au beurre et un pain au raisin. Dans la rue Blomet, le soleil s'était glissé avec ruse entre les bâtiments haussmanniens et éclairait un pan de mur, dessinant comme une porte de lumière. Il vint au milieu pour capter cette douce chaleur d'hiver. Avec plaisir, il mangea une viennoiserie. Attaqua la suivante.

Le doigt de l'homme.

Il était fait ainsi. Sa mémoire photographique faisait souvent ressortir une image de la scène de crime, le visage d'un témoin, une immat'… Il n'aurait pas su dire pourquoi ces photos mentales lui revenaient comme ça, mais elles étaient la plupart du temps d'une importance capitale.

Le doigt de l'homme dans le hall de l'immeuble sur le bouton de l'interphone. L'étiquette à sa droite indiquait H. Vormet. Le nom de la victime.

Cet homme sonnait chez la victime.

Il jeta le reste de son croissant dans le caniveau et revint d'un pas rapide vers le 131. Il n'était qu'à une cinquantaine de mètres de la porte quand celle-ci s'ouvrit. En sortit l'homme à la barbe.

— Monsieur ! Monsieur !

L'homme se tourna vers lui et partit en courant.

Valéry s'élança à sa poursuite.

Le fuyard bifurqua à gauche dans la rue Alain Chartier qui débouchait sur la place de la Convention. Valéry avait déjà comblé une grande partie de son retard quand ils y arrivèrent. Le barbu fonça vers la bouche de métro et y entra. Valéry était presque sur lui et n'eut aucun mal à l'intercepter quand il s'arrêta, décontenancé, devant les barrières d'accès aux quais. L'homme n'opposa presque aucune résistance. Le commandant, sous l'œil des voyageurs qui crurent bon de rater un métro pour assister à l'interpellation, lui ramena ses bras dans le dos et lui passa les menottes. L'enquête de flagrance avait débuté avec l'arrivée de la brigade criminelle sur les lieux du crime et, dans ce cadre, l'OPJ avait le droit de placer un suspect en garde à vue. Flaubert força donc sa nature taciturne pour lui stipuler ses droits tout en le ramenant vers la sortie :

— Vous êtes placé en garde à vue à compter de ce jour vendredi 21 décembre 2012 à (il referma sa main droite sur la chaînette reliant les deux bracelets métalliques et regarda sa montre à son poignet gauche) 9 h 45 pour être entendu dans le cadre de l'affaire d'homicide sur la personne de Henri Vormet. Vous avez le droit de garder le silence, de faire appel à un avocat et de consulter un médecin.

*

Sur l'écran de l'ordinateur, par la magie du réseau poste à poste, le commissaire Kuhn et Valéry Flaubert observaient Jacob Schmidt. Il était assis sur une chaise, dans le bureau du groupe Flaubert. En face de lui, le lieutenant Colidor jouait avec des trombones, confectionnant une chaîne qui devait déjà dépasser le mètre de longueur.

— Qui c'est ? demanda le chef de section en s'enfonçant dans son large fauteuil en cuir.

— Jacob Schmidt, résidant à Francfort.

— En Allemagne ?

— Oui.

— Il est allemand ?

— C'est tout comme… Il ne comprend rien à ce qu'on lui demande. J'ai requis un traducteur qui ne devrait pas tarder.

— Tu n'as trouvé personne qui parle allemand dans la brigade ?

Le commandant ne considéra pas que les quatre années de collège passées à étudier la langue de Goethe faisaient de lui un germaniste accompli. Il n'avait jamais apprécié cette langue et encore moins l'unique professeur qui l'enseignait à l'institution Sainte-Catherine de Villeneuve-sur-Lot, monsieur Perdreaux, surnommé « le collabo » en référence à son idolâtrie suspecte des mœurs allemandes.

— Non.

— Qu'est-ce qu'il fout en France ?

Flaubert ne répondit pas. Il n'aimait pas se répéter – il n'aimait pas parler en général – or, il avait déjà signalé à son supérieur qu'il n'avait pas pu être entendu faute de traducteur.

— Bon. Quand l'interprète arrive, tu me préviens.

Valéry sortit du bureau du commissaire pour se diriger vers le sien. Quand il entra, Jacob se tourna vers lui. Il attrapa une chaise et vint s'asseoir en face de lui, à côté du lieutenant. Sans rien dire, il entreprit de l'observer. De le scruter. Ainsi, il jugeait, il jaugeait. L'homme qui se tenait devant lui était-il coupable ? Avait-il quelque chose à se reprocher ? Cachait-il quelque chose ? Gêné, Jacob baissa les yeux.

Flaubert le détailla de haut en bas. La barbe de l'Allemand était bien taillée, ses cheveux, ses ongles étaient propres. Sa tenue vestimentaire, sans être sophistiquée, témoignait d'un confort financier certain. Ses baskets relativement neuves étaient d'une marque connue. Pas de traces d'usure ou de saleté sur son pantalon et son sweat-shirt. Sur la manche droite de sa doudoune, qu'il avait posée sur le dossier de sa chaise, Flaubert reconnut l'écusson Canada Goose – Arctic Program – une veste chaude qu'il envisageait de s'offrir quand ses finances le lui permettraient.

Ce scan terminé, Flaubert se leva. Il lui fallait sa ration de caféine, la journée s'annonçait chargée : les interrogatoires menés à l'aide d'un traducteur étaient toujours plus longs, plus pénibles à mener. Il traversa en direction de la machine à café posée sur une petite table au fond de la pièce. Il attrapait l'anse de la verseuse quand on frappa à la porte. Il se retourna. Un avocat en robe noire se tenait sur le seuil.

— Oui ? demanda le lieutenant Colidor.

— Maître Castel, je suis commis d'office.

— Ah ! Bonjour, maître. Entrez, nous attendons le traducteur, votre client ne parle pas français.

— C'est ce qu'on m'a dit, oui. J'me démerde en anglais, un peu l'espagnol parce que c'est pas loin du pays basque mais j'touche pas un mot de croate, moi ! s'exclama-t-il avec un fort accent du Sud-Ouest.

— Ça tombe bien, il est allemand, ironisa le lieutenant.

— Oh ! Putain ! C'est pire ! À part, Beckenbauer, vasistas et *mein Führer*, je pige que dalle au boche moi ! dit-il en riant.

— On s'ra trois ! ajouta Colidor. Asseyez-vous.

Le baveux avança jusqu'à son client, lui tendit la main.

— Il est attaché, fit remarquer le lieutenant.

— Vous exagérez quand même…

— Il a tenté de s'enfuir, maître…

— Et ? Je vais vous demander de le détacher, ordonna Castel. Nous ne sommes pas dans les locaux de la Gestapo tout de même !

Il rit.

Le lieutenant chercha l'aval de son supérieur. D'un signe de tête, Flaubert l'autorisa à enlever les menottes au suspect. Les mains libres, Jacob Schmidt put serrer la main que lui proposait une nouvelle fois son avocat.

— Iche bine maître Castel. Votre a-vo-cat. Vous comprenez ? Non ? Avocat… (Il tourna sur lui-même pour faire flotter sa robe.) Bon, il comprend rien. On va attendre le traducteur. Il arrive dans combien de temps ?

— Il ne devrait pas tarder.

— Bien, dit-il en s'asseyant.

Le commandant se servit une tasse de café. Il la brandit en direction du lieutenant qui lui faisait face pour savoir s'il en voulait un. Colidor fit non de la tête. Puis, à l'attention de l'avocat qui lui tournait le dos, comme si cela lui coûtait, il lança :

— Un café ?

— Oui, répondit maître Castel.

— Oui, je veux bien.

Tous les regards convergèrent sur Jacob.

*

Ses jambes, fatiguées par les événements des derniers jours, par les kilomètres qu'il avait parcourus dans Berlin pour retrouver l'adresse de Vormet, lui paraissaient lourdes. Il n'avançait pas, il en était conscient. Bientôt, dans une minute, dans quelques secondes, l'autre le rattraperait. Il aperçut l'entrée d'une station de métro.

Du monde ! Il fallait du monde ! Il n'oserait rien s'ils étaient entourés de monde. Il se jeta dans l'escalier qu'il dévala, fonça dans le couloir gris sans savoir où aller. Quand il arriva face aux portillons interdisant l'accès aux quais, il s'arrêta. En une fraction de seconde, son poursuivant était sur lui. Lorsqu'il sentit sa main s'abattre sur son épaule, son énergie le quitta d'un coup, comme l'air d'un ballon de baudruche.

Il ne voulut plus lutter. Il reconnaissait sa défaite et n'aspirait plus qu'à connaître son ou ses adversaires. Apprendre les raisons de leur acharnement. Ce fut à peine si la présence de tous ces gens autour d'eux le rassura. Il ne les voyait presque pas. L'homme lui passa les bras dans le dos. Il sentit la morsure froide des colliers en métal qui se refermaient sur ses poignets. L'homme le poussa en direction de l'extérieur. Il se mit en marche sans même avoir l'idée de crier, de demander de l'aide. Ce n'était plus la peine. C'était fini.

— Vous êtes placé en garde à vue à compter de ce jour vendredi 21 décembre…

Un policier en civil. Il s'agissait d'un policier français en civil.

— ... dans le cadre de l'affaire d'homicide sur la personne de Henri Vormet…

Il était mort ! Assassiné ! Le jour où il venait lui rendre visite.

— ... droit de garder le silence, de faire appel à un avocat et de consulter un médecin.

Ainsi, le droit français permettait de se taire ? Il userait de ce droit.

*

— Nous ne sommes pas dans les locaux de la Gestapo tout de même ! dit l'avocat en riant.

On lui enleva les menottes. Contrairement à ce qu'il avait toujours vu dans les films, il ne ressentit pas le besoin de se masser les poignets et serra la main que lui proposait une nouvelle fois son *Rechtsanwalt**.

— Iche bine maître Castel. Votre a-vo-cat. Vous comprenez ?

Bien sûr qu'il comprenait.

Depuis qu'il était arrivé dans les locaux de la police, il avait eu plusieurs fois envie de cesser de feindre. Mais quelque chose l'en avait empêché. Un mécanisme de défense primaire, un peu simpliste peut-être, mais qui lui donnait un sentiment de supériorité, un peu le même que celui conféré par un coup d'avance aux échecs. Convaincus qu'il ne parlait pas un mot de français, ses divers interlocuteurs ne prenaient plus la peine de s'écarter de lui pour évoquer son cas. C'était un avantage qu'il avait finalement décidé de conserver.

* Avocat.

— Non ? Avocat…

L'homme fit un tour sur lui-même.

— Bon, il comprend rien. On va attendre le traducteur. Il arrive dans combien de temps ?

Jacob avait mis à profit ce laps de temps pour réfléchir à sa défense. « Dans le cadre de l'affaire d'homicide », avait dit le commandant quand il l'avait arrêté. Vormet assassiné le jour où Jacob lui rendait visite. Était-ce une simple coïncidence ? C'était difficile à imaginer. Néanmoins, il n'avait rien à se reprocher et, si sa fuite ne jouait pas en sa faveur, il n'avait pas besoin de justifier sa présence rue Blomet. Pourquoi rendait-il visite à la victime ? Affaire personnelle. Pourquoi avait-il fui ? Parce que l'homme lui avait fait peur, qui n'avait même pas annoncé qu'il était de la police.

— Un café ?

Il avait soif. Ce café lui fit envie. Cela lui échappa :

— Oui, je veux bien.

À peine avait-il prononcé ces quatre mots qu'il les regrettait déjà. Les hommes qui l'entouraient se turent. À sa droite, l'avocat se tourna vers lui. L'officier qui l'avait arrêté se rapprocha. Il s'assit sur le bureau et planta ses yeux dans les siens. L'esquive n'était plus possible, l'heure était à l'affrontement. Il ne baissa pas le regard.

— Vous parlez français ?

*

— Évidemment. Je suis française, madame, répondit sa mère sur un ton pincé.

— Oh ! Toutes mes excuses, madame. Mais vous savez, nous ne comptons plus les familles qui souhaitent inscrire leur enfant sans n'avoir jamais été, ne serait-ce qu'une fois, en France.

— Je comprends, répondit Martine Hespel-Schmidt.

Assis sur une chaise à côté d'elle, Jacob jouait nonchalamment avec une petite voiture en métal rouge. Il la faisait glisser sur sa cuisse, sans bruit, mimant le bruit du moteur dans sa tête.

— Nous n'acceptons que des élèves qui parlent déjà français. C'est une condition indispensable pour intégrer la *Spezialschule**, reprit la directrice. Ainsi, Jacob est né en France ?

— Non. Mais je suis française et…

* Classes spéciales dans lesquelles les élèves les plus doués bénéficiaient d'enseignements plus poussés dans certains domaines comme le sport, les langues ou la musique par exemple.

— D'où êtes-vous originaire ? Si je puis me permettre…

— Toulouse.

— Ah ! La ville rouge…

Martine regarda la femme assise en face d'elle. Ses cheveux blonds étaient ramenés à l'arrière de sa tête en un chignon soigné. Tentait-elle de la tester ou se trompait-elle ? Martine avait eu à plusieurs reprises l'occasion d'appréhender les comportements étranges nés avec ce drôle de régime est-allemand. La plupart des citoyens louvoyaient au quotidien entre une allégeance dévote au parti et une méfiance vis-à-vis de ses instances dirigeantes et de leurs décisions. Il lui semblait (et elle retrouvait cette indécision larvée jusque chez Josef pourtant grand pourfendeur du régime) que très peu d'Allemands avaient opté pour une position claire et tranchée. Ainsi, dans les échanges du quotidien, que ce fût avec un voisin, un commerçant ou un collègue, Martine avait toujours la désagréable sensation que la moindre de ses phrases pouvait jouer en sa défaveur. Elle avait développé une légère paranoïa sociale, accrue par la pointe d'accent français qu'elle n'avait pas su chasser et qui, trahissant ses origines, la rendait suspecte aux yeux de ses interlocuteurs. Tout du moins en était-elle convaincue.

Nonobstant, Jacob la transcendait. Elle aurait tout fait pour lui et, si en son absence elle se serait contentée de hocher la tête de façon assez vague pour que la directrice entendît ce qu'elle voulait, elle répliqua :

— Rose. Toulouse est connue pour être la ville rose.

— Ah ! Oui ! Évidemment ! s'exclama la femme. Je suis d'autant plus impardonnable que je l'ai visitée. Mais revenons à Jacob.

Elle se tourna vers l'enfant.

— Comment t'appelles-tu ? lui demanda-t-elle en français.

— Jacob.

— Peux-tu me dire quelque chose en français, Jacob ? continua-t-elle.

— Que voulez-vous que je vous dise, madame ? Un poème ?

— Euh… Oui… répondit-elle, surprise de la qualité d'expression de son futur élève (elle savait déjà qu'il intégrerait sa classe).

— Raconte donc *Le Corbeau et le Renard*, suggéra Martine qui lui avait fait apprendre la fable, non sans mal.

Jacob s'exécuta dans un français irréprochable.

— Bien, dit la directrice quand il eut fini, je pense que nous devrions te trouver une place. Tu parles mieux le français que moi !

*

Le commandant Flaubert regarda Jacob Schmidt.

— Ça change la donne.

Il porta sa tasse à ses lèvres et en siffla le contenu d'une traite.

— Rudy, descends monsieur dans l'aquarium, nous l'interrogerons plus tard.

— Eh ! s'écria maître Castel. Je souhaiterais m'entretenir avec mon client.

— Rudy.

Le lieutenant se leva, abandonnant à regret son chapelet de trombones.

— Et remets-lui les pinces maintenant qu'on sait qu'il comprend, on n'est pas à l'abri d'une tentative d'évasion.

Le lieutenant Colidor s'exécuta malgré les protestations du baveux. Les trois hommes sortirent du bureau et Flaubert ne put s'empêcher de jeter un coup d'œil discret mais appuyé sur les fesses de Jacob.

Qu'on se foute de sa gueule. Voilà bien la chose qu'il détestait par-dessus tout…

Jacob Schmidt allait s'en apercevoir.

*

Flaubert et Colidor se relayèrent toute la nuit pour bombarder Jacob de questions. Toujours les mêmes. Que faisait-il en France ? Quand était-il arrivé ? Où résidait-il ? Où avait-il appris la langue française ? Pourquoi se rendait-il chez Henri Vormet ? Quel lien l'unissait à la victime ? Pourquoi avait-il fui ? Pourquoi avait-il laissé croire qu'il ne parlait pas français ?

Jacob répondait inlassablement la même chose.

Il était en France depuis hier. Il avait pris une chambre à l'Hôtel Amiral rue de l'Amiral Roussin. Il ne connaissait pas Henri Vormet mais Henri Vormet le connaissait et il était venu pour lui parler. Il avait fui parce qu'il avait eu peur et n'avait pas essayé de cacher sa maîtrise de la langue française mais s'était tu parce qu'il en avait le droit.

Les deux officiers ne purent en savoir davantage. Malgré la fatigue grandissante qui se lisait sur les traits du jeune homme, il ne craqua pas, même quand son avocat tira sa révérence sur les coups de quatre heures du matin.

Dans la journée, les échantillons d'ADN prélevés, comme l'autorisait le CPP* contre toute personne à l'encontre de laquelle il existait des raisons plausibles de soupçonner qu'elle avait commis ou tenté de commettre une infraction, furent envoyés rue de Dantzig dans le 15e arrondissement. L'empreinte génétique de l'Allemand fut comparée à celles relevées sur la scène de crime, notamment à celle d'un poil brun trouvé emprisonné dans la partie collante du scotch marron ayant servi à neutraliser monsieur Vormet. Aucune correspondance. Le service de dactyloscopie montra de façon irréfutable que ses empreintes digitales ne se trouvaient pas sur la scène de crime, même s'ils les retrouvèrent sans surprise sur le bouton de l'interphone et celui de l'ascenseur. Les fichiers nationaux* furent consultés, ils restèrent muets: Jacob Schmidt était inconnu des services de police français.

Flaubert émit l'hypothèse de demander la collaboration de leurs collègues allemands. Quand il fit part, au milieu de la nuit, de son idée au commissaire Kuhn, il essuya une fin de non recevoir assez sèche. Les emmerdes étaient déjà assez nombreux entre deux services de police franco-français pour ne pas y ajouter ceux outre-Rhin, lui expliqua en substance le chef de section.

Vingt-trois heures et cinquante-six minutes après son interpellation, Jacob Schmidt sortit libre des locaux de la brigade criminelle, sis au 36 quai des Orfèvres.

* Code de Procédure Pénale.

* FNAEG (Fichier National des Empreintes Génétiques) et FAED (Fichier Automatisé des Empreintes Digitales).

Chapitre 25

22 décembre 2012

Comme inscrit sur l'invitation, une luxueuse voiture noire de marque allemande se présenta devant le domicile de Bernd Wagner peu avant 19 heures. Bernd entrouvrit sa fenêtre et interpella le chauffeur qui sortait du véhicule. L'homme à la casquette leva la tête en sa direction.

— J'arrive.

L'autre ne répondit rien, se contenta de sortir un paquet de cigarettes de sa poche et en alluma une. Wagner passa dans le salon où son épouse s'escrimait avec du papier cadeau sur un carton de la taille d'une boîte à chaussures.

— Je ne sais pas ce qui m'a pris ! lança-t-elle. C'est la première et dernière fois que je fais les paquets toute seule. Je suis gourde parfois, je te jure !

— La plus jolie gourde qu'il m'ait été donné de rencontrer. C'est bien simple, je meurs de soif ! osa Bernd.

Nathalie jeta à son mari un regard noir. Elle détestait ce genre d'allusion grivoise, qu'elle fût au troisième ou quatrième degré. Les plaisirs de la chair n'avaient jamais été son fort et c'était bien la seule chose que Bernd aurait pu lui reprocher. Elle trouvait cela populaire. Dégradant. Dès le début de leur mariage, elle avait fait comprendre à son époux qu'il ne faudrait pas trop compter sur elle pour les parties fines. Quand il avait émis quelques réserves, elle avait été claire: certaines filles adoraient cela et le faisaient très bien, il n'avait qu'à s'en servir. Elle avait seulement demandé (non, elle avait exigé plutôt) que les filles qu'il serait amené à choisir, soient saines, propres et que les ébats s'organisent à l'extérieur du domicile conjugal. Cette prise de position, loin d'étonner Bernd, l'avait ravi et conforté dans son choix : Nathalie n'était décidément pas n'importe qui. Elle l'élèverait s'il savait s'appuyer sur elle. Ce qu'il fit. Pour le reste, Bernd eut recours à une excellente maison d'*escort girl* de Genève dès la première semaine qui suivit son mariage.

— Bien, j'y vais. Tu n'as pas changé d'avis ? demanda-t-il par pure politesse car il ne voulait pas qu'elle vînt.

— Non. Amuse-toi bien.

— Oh tu sais, je n'y vais pas pour m'amuser...

— Eh bien, ne traîne pas. Tu seras rentré plus tôt.

— Bien. Bonne soirée.

Il vint poser une bise sur le front de son épouse qui le lui prêta l'espace d'une seconde avant de revenir à ses paquets.

Dans la grande glace du vestibule, Bernd ajusta son nœud papillon, enfila son manteau en cachemire, ses gants et sortit. Dès qu'il eut franchi le seuil de son appartement, il sentit son estomac se nouer et le stress l'envelopper entièrement. Comme un suaire glacé.

Il n'avait pas le droit à l'erreur. Il le savait et le craignait. D'autant plus que son destin dépendait de la réussite d'une mission menée par un abruti de cent dix kilos avec de l'eau dans la tête. Abruti qui l'avait appelé la veille pour lui annoncer qu'il avait éliminé l'étrange monsieur Vormet mais qu'il n'avait pas trouvé de lettre. Abruti qui lui avait pourtant assuré avec un aplomb convaincant que la cible serait bientôt interceptée.

Pour se rassurer, il posa sa main sous son cœur pour sentir le renflement de l'écrin en cuir noir qu'il comptait offrir en guise de bonne foi car il n'en avait plus besoin.

Le chauffeur ouvrit la portière arrière quand il se présenta. Bernd s'installa. Bien que la banquette en cuir noir fût d'un confort haut de gamme, il ne s'y enfonça pas, incapable de se relâcher. L'homme fit le tour de la berline pour revenir à sa place, mit le contact et, quand le moteur s'alluma, ce fut à peine si Bernd sentit la moindre vibration. Il n'avait pas fait cent mètres quand la vitre séparant l'avant de l'arrière du véhicule s'ouvrit vers le bas dans un glissement feutré.

— Monsieur ?

— Oui.

— Dans le vide-poches qui vous fait face, dans le dossier du siège avant, vous trouverez une cagoule. Je vous demanderai de bien vouloir l'enfiler.

Bernd ne fut pas surpris. Il ouvrit la niche et y attrapa le couvre-chef.

— Par avance, je vous prie d'accepter les excuses de monsieur Hanz. Il m'a demandé de préciser que cette disposition n'est pas personnelle. Tous les visiteurs du château y sont soumis pour des raisons de sécurité.

— Je comprends.

— Bien. J'espère que vous n'aurez pas trop chaud. N'hésitez pas à me le dire si c'était le cas. Cette cagoule est fabriquée dans un tissu respirant de très bonne qualité mais il arrive que certains passagers la supportent mal.

— Très bien.

— Une dernière chose...

— Oui ?

— Pourriez-vous me remettre votre téléphone portable ? Je vous le rendrai dès que nous arriverons.

— Euh... Oui... Bien sûr.

Wagner sortit son iPhone et le déposa dans la main du chauffeur qui la tendait vers l'arrière.

— Je vous remercie, monsieur. Pouvez-vous enfiler la cagoule, s'il vous plaît ? Ne vous inquiétez pas, les vitres teintées rendent l'habitacle invisible depuis l'extérieur.

— Le voyage est-il long ?

— Une petite heure si nous sortons de Berne sans embouteillages.

— Bien.

Bernd retira ses gants, se débarrassa de son manteau qu'il posa avec soin à côté de lui, boucla sa ceinture puis se couvrit la tête. Il constata combien le passe-montagne était opaque. Il était dans l'obscurité la plus complète.

Les premières minutes, il put – car il connaissait Berne comme sa poche – visualiser mentalement le trajet emprunté par son chauffeur. Il reconnut l'épingle à cheveux de la rue Eiger pour tourner dans Schwarzenburgstraße, le feu tricolore trop long de Weissensteinstraße. Mais, quand ils sortirent de la capitale, il se résolut à se laisser porter. Connaître le trajet, la localisation de ce mystérieux château, s'avérait inutile : s'il réussissait, il rentrerait à coup sûr dans le cercle fermé de ceux qui connaissaient le chemin et, *a contrario*, s'il échouait, il lui faudrait éviter ce trajet à tout prix !

Après un long tronçon en ligne droite, une autoroute sûrement, le chauffeur s'engagea dans une portion plus sinueuse. Bernd sut qu'ils prenaient de l'altitude car il dut déglutir à plusieurs reprises pour rétablir la pression dans ses oreilles douloureuses. Puis, la voiture s'arrêta un court moment avant de repartir au pas. Bernd entendit le bruit des roues sur le gravier. Arrêt.

— Vous pouvez ôter la cagoule, monsieur. Nous sommes arrivés. J'espère que le voyage n'a pas été trop pénible.

Bernd ne se le fit pas répéter. La lumière l'agressa et il dut cligner des yeux. Il prit une grande bouffée d'air frais par le nez, secoua la tête énergiquement comme pour reprendre ses esprits. Le chauffeur ouvrit sa portière. Wagner prit son temps pour sortir, se rhabilla sans se presser. La voiture était stationnée au pied d'un escalier monumental en demi-cercle menant à une double porte vitrée devant laquelle était flanqué un domestique en livrée. Quand il posa le pied à terre, les gravillons blancs crissèrent avec grâce.

— Je vous en prie, monsieur. Vous êtes attendu, lui dit le chauffeur en lui tendant son téléphone.

Bernd récupéra son smartphone, regarda l'heure sur la Rolex que lui avait offerte Nathalie pour leurs vingt ans de mariage : le voyage avait duré une grosse heure. Il leva alors les yeux vers le château. Il s'agissait d'une grande demeure bourgeoise adossée à un pan de montagne que pas une autre habitation ne défigurait. Bernd tourna sur lui-même pour tenter de se repérer mais n'aperçut que des sapins dans le vaste parc de la propriété. Il monta les marches alors que sa voiture repartait, cédant la place à une autre berline qui attendait derrière. Le majordome lui ouvrit la porte. De la musique, un opéra de Wagner. Il entra. Un homme en costume, derrière un pupitre, l'interpella tandis qu'un autre domestique le débarrassait de son manteau et de ses gants. Il récupéra l'écrin qu'il fourra dans la poche de son pantalon.

— Bonsoir, monsieur. Bienvenue au château.

— Bonsoir.

— Puis-je avoir votre invitation, s'il vous plaît ?

— Elle est dans mon manteau.

Il se retourna. Son vêtement avait déjà disparu.

— Je suis Bernd Wagner, se justifia-t-il.

— Ah ! Monsieur Wagner... Vous êtes attendu. Je ne vous retiens pas plus. Je vous en prie, entrez. Vous trouverez un buffet dans le grand salon, droit devant vous. Je vous souhaite une excellente soirée, monsieur.

Cet accueil obséquieux n'était pas pour rassurer Bernd qui avança d'un pas hésitant. Quand il entra dans le grand salon, il vit tout d'abord l'étendard qui pendait depuis le plafond où il avait été fixé sur une des larges poutres. Large de trois mètres, long de plus de cinq mètres, entièrement noir, la croix de Wotan* s'y détachait au milieu d'un cercle blanc rehaussé d'un léger liseré gris foncé. Devant une longue table, une centaine d'hommes, une coupe de champagne à la main, discutaient en petits groupes. Bernd se fraya un passage jusqu'au buffet où il demanda à son tour une flûte de blanc de blancs. Il ne put s'empêcher de prendre un petit toast qu'il grignota pour se donner une contenance et ne pas laisser paraître sa stupeur : si certains convives étaient, comme lui, en smoking, beaucoup d'autres étaient en uniforme militaire. Il détailla celui de l'homme le plus proche de lui.

Bottes en cuir noir immaculées dans lesquelles entrait un pantalon bouffant noir. Veste anthracite couverte de nombreuses décorations dont la célèbre croix de fer (Bernd tiqua car il put y lire 1939, noté en relief sur la branche du bas, or, à cette date, il était évident que son propriétaire – la cinquantaine – n'était pas né.), chemise brune et cravate kaki. Sur les pattes de collet, Wagner distingua à droite la double rune sieg caractéristique du corps des *Schutzstaffel*, et à gauche les trois feuilles de chêne au-dessus de deux carrés, correspondant au grade d'*Obergruppenführer**. Une sangle en cuir marron passait de l'épaule droite jusqu'à la hanche gauche où elle rejoignait le ceinturon à large boucle ronde frappé de l'aigle sous la devise *Gott mit Uns**. Sur le bras gauche, le brassard rouge vif floqué de la swastika tournant dans le sens des aiguilles d'une montre, chère au *Führer*. Enfin, la tête de mort argentée sur la visière de sa casquette qui brillait de mille feux.

Passé ce petit moment de surprise, Bernd se surprit à admirer ces uniformes magnifiques et le courage des hommes qui les portaient. Il apprécia en connaisseur la beauté et le respect qu'imposait cette assemblée. En finissant son verre, il formula le vœu secret qu'elle

* Wotan était une divinité germanique. Le pendant d'Odin dans la mythologie nordique.

* Général dans la SS.

* Dieu est avec nous.

lui fît serment d'allégeance très prochainement.

Alors qu'il faisait signe à un serveur derrière le buffet pour qu'il lui remplît sa coupe vide, quelqu'un lui posa la main sur l'épaule. Il sursauta et se retourna. Un jeune homme qui ne devait pas avoir vingt ans lui faisait face.

— Monsieur Wagner, monsieur Hanz souhaiterait vous entretenir en particulier avant son allocution. Auriez-vous l'amabilité de me suivre ?

— Mais bien sûr.

Ils traversèrent la salle de réception pour emprunter une porte sur la droite qui donnait dans un grand couloir sombre. Ils le suivirent jusqu'au bout avant d'emprunter un escalier. Ils montèrent à l'étage et le jeune guide s'arrêta devant une porte sur laquelle il donna deux petits coups avant de se glisser dans la pièce, laissant Wagner seul dans le corridor.

Bernd observa les lieux. Sur sa droite, un tableau était accroché, éclairé par une applique murale. Il s'approcha. C'était une gravure qui représentait un homme chaussé de sabots, courant au milieu d'un décor apocalyptique. Des arbres dénudés lançaient leur tronc vers le ciel sombre, comme des bras sans mains, tandis qu'à l'horizon, sous des nuages lourds, un soleil pâle se couchait, jetant sur la scène ses derniers rayons rasants. Sur les épaules de l'homme était juché un loup. Sa gueule était ouverte et son œil blanc tranchait avec son pelage noir. Bernd se pencha pour lire la légende qui figurait sous le dessin : *Le Loup-garou*, par M. Maurice Sand.

— Monsieur Hanz va vous recevoir.

Il sursauta. Le jeune homme avait réouvert la porte et, d'un petit signe de la main, il invitait Bernd à avancer. Celui-ci obéit et entra dans la pièce. Il marcha jusqu'à l'endroit désigné par son guide qui lui fit signe de s'arrêter quand il y arriva. Une grande baie jetait dans la pièce une lumière crue qui tranchait avec la pénombre du couloir. Il y avait un grand bureau en bois foncé. Derrière, un fauteuil au large dossier. L'homme qui y était assis regardait à l'extérieur la forêt verte et dense des alpages helvètes et Bernd ne put donc distinguer son visage.

— Bonjour, Herr Wagner. Avez-vous fait bon voyage ?

— Oui, excellent.

— Bien. Avez-vous de bonnes nouvelles à m'annoncer, Herr Wagner ?

Bernd avait réfléchi à sa réponse durant tout le trajet.

Néanmoins sa gorge se noua et, d'une voix mal assurée, il mentit du mieux qu'il le put :

— Mes hommes sont en possession du colis.

— Ah ! Excellente nouvelle, Herr Wagner. L'avez-vous amené jusqu'à nous ?

— Non. Il est toujours en France. À Paris… Il doit être en direction de Berne en ce moment même. Mais je vous ai apporté le peigne ! relança Bernd avec un semblant d'enthousiasme qu'il espérait communicatif.

Il sortit l'écrin de sa poche intérieure, bien emballé dans un sachet plastique cristal, et avança pour le déposer sur le bureau. Il n'avait pas fini son premier pas que le jeune guide s'interposa entre lui et son commanditaire.

— Bien. Remettez-le à Gerhardt, je vous prie. Je vais vous demander de garder le colis à l'abri pendant quelques jours. La cérémonie de ce soir ouvre un colloque de travail de quatre jours qui ne me permet ni de m'absenter ni de m'occuper de quoi que ce soit d'autre. Avant la fin de l'année, je prendrai contact avec vous pour procéder au transfert.

— Très bien, acquiesça Bernd qui avait retrouvé un peu d'assurance.

— Dès que nous aurons récupéré le colis, les sommes correspondant au solde de notre accord vous seront versées.

— Je vous remercie.

— C'est moi qui vous remercie, Herr Wagner. Malgré quelques contretemps, vous avez mené à bien cette mission importante.

Il se tut. Bernd n'osa pas bouger ni rien ajouter.

— Profitez de la soirée, Herr Wagner. Bonsoir.

— Bonsoir.

Bernd sortit. En redescendant vers la salle de réception, il pesta contre lui-même. On le traitait comme s'il avait été un vulgaire sous-traitant, tout juste bon à obéir aux ordres, et il n'avait pas haussé le ton. Il était pourtant bien plus que cela.

Et il le leur montrerait.

*

L'homme attendit que la porte claquât avant de faire pivoter son fauteuil. Il attrapa l'écrin qu'il sortit du sachet. L'ouvrit. Prit le peigne. Il le regarda longtemps, apprécia la douceur de l'ivoire sur la pulpe de ses doigts. Puis, avec une volupté non feinte, il peigna ses cheveux vers l'arrière. Wagner avait été meilleur qu'il ne l'aurait cru – le mirage du pouvoir faisait accomplir des miracles – et tout allait pouvoir se mettre en place.

Enfin.

Quatre-vingt-dix ans bientôt que le monde attendait ça.

Chapitre 24

23 décembre 2012

Anke Hoffer sourit quand elle vit qu'un collègue facétieux n'avait pas pu résister au plaisir de décorer le grand ficus de l'entrée. Le pauvre arbuste ployait sous les guirlandes de toutes les couleurs et des boules brillantes, fixées en grappes à chacune de ses branches, finissaient de le tirer vers le sol, lui donnant un air de saule pleureur saltimbanque. Une petite pancarte posée contre le tronc rappelait qu'un petit pot était organisé le 24 pour « marquer le coup ». Anke savait qu'elle n'y participerait pas. Rater le réveillon de Noël marquerait la fin de son mariage à coup sûr ! Markus était à cran ces derniers jours. Des soucis dans son boulot. Anke ne l'ignorait pas. Elle n'ignorait pas non plus qu'il aurait sûrement aimé en parler avec elle. Mais il aurait fallu pour cela qu'elle fût chez elle.

La semaine qui venait de s'écouler avait été quelque peu mouvementée. La surveillance active, vingt-quatre heures sur vingt-quatre, de Till Kross et Gayr Tsarvaiev, l'avait tenue éloignée du domicile familial où elle n'était rentrée que pour changer de vêtements et prendre des douches. Elle n'avait pas vu ses enfants qui avaient pris leurs quartiers chez sa mère, comme souvent lors des « coups de bourre », et n'avait dormi qu'une nuit avec Markus sur les sept dernières.

Mais c'était terminé.

L'interpellation de Till Kross l'avant-veille avait changé la donne. L'intégriste débutant n'avait pas mis longtemps avant de se mettre à table – les peines prévues à l'encontre des actes terroristes avaient été assez dissuasives – et il avait couché sur le papier la liste complète des activistes de son réseau djihadiste se revendiquant de Millî Görüz*. Une liste d'une dizaine de noms au sommet de laquelle trônait celui de Tsarvaiev. La plupart étaient connus des services de police à l'exception du dernier, Akim Deso Al-Almani. Un énorme dispositif, qui prévoyait l'arrestation de tous les membres de la liste Kross simultanément à travers tout le pays, avait été décidé. Anke Hoffer avait donc été chargée de loger Al-Almani dans les plus brefs délais.

Il ne lui avait fallu qu'une journée pour percer le secret de ce pseudonyme. Deso faisait référence à Deso Dogg, rappeur berlinois célèbre devenu combattant, qui avait posté ses premières vidéos le montrant en tenue militaire depuis la Syrie à la fin de l'été où, sous le nom de guerre de Abou Talha Al-Almani – Abou Talha l'Allemand – il répétait en boucle : « Notre devoir est d'aller faire la guerre. »

Avec intelligence, Anke avait alors décidé de se faire bête : elle avait demandé la liste de tous les Akim recensés à Berlin, ville natale de Deso Dogg, puis avait concentré ses efforts sur ceux d'origine ghanéenne (le père du rappeur était ghanéen). Trois noms. Le premier n'habitait plus en Allemagne, le deuxième était mort cinq ans auparavant, le dernier, Akim Boudjellabah, né en 1996, habitait le quartier de Neukölln et fréquentait assidûment la mosquée de l'imam Pierre Vogel, ancien boxeur et prêcheur radicaliste.

Le dernier nom sur la liste avait une adresse !

Le vaste coup de filet était donc prévu ce jour et Anke Hoffer avait promis à son mari que, une fois les perdreaux en cage, elle reviendrait fêter Noël à la maison. Mais elle tenait à être aux premières loges quand son chef donnerait le top. Avec les caméras fixées sur les casques des hommes de la *Bereitschaftspolizei**, on pouvait suivre chacune des interpellations en direct. Un mur de douze écrans avait été installé dans la grande salle de débriefing et tout le service attendait l'heure de la séance, prévue pour 14 heures.

* Association musulmane indépendante fondée en Allemagne dans les années soixante-dix considérée comme organisation islamiste fondamentaliste par les renseignements généraux allemands.

* Force de réserve permanente dépendant du ministre fédéral de l'Intérieur qui effectue de façon ponctuelle des missions de maintien de l'ordre, d'assistance ou de renfort.

Anke vint poser ses affaires sur son bureau. Elle comptait faire un peu de ménage, en profiter pour classer les dizaines de papiers qui encombraient sa surface de travail. Elle n'était pas à proprement parler « bordélique » mais ne figurait pas non plus parmi les accros de l'ordre. Souvent, car c'était la même chose à la maison, Markus se moquait d'elle et mettait cette bivalence sur le compte de ses origines françaises (et il riait chaque fois qu'il le disait). En effet, la mère d'Anke était native de la ville de Fribourg, cité à la frontière des Suisses romande et alémanique.

— Capitaine ?

Hoffer leva la tête. Le lieutenant August Pfeiffer était devant son bureau.

— Oui.

— *Le polizeikommissar Bahlow* du LKA de Berlin vient d'appeler… Enfin, il y a quinze minutes environ. Vous n'étiez pas là, j'ai pris le message. Il souhaiterait que vous le rappeliez.

Anke Hoffer, qui avait continué à ranger ses papiers, posa tout ce qu'elle avait dans les mains.

— Il vous a dit ce qu'il voulait ?

— Non. Il a juste dit que c'était pour l'affaire du Museum.

— OK. Merci, lieutenant.

La capitaine attrapa son téléphone. Il lui fallut une minute pour retrouver le numéro qu'elle avait stocké dans la liste « collègues » de son portable.

— Lieutenant Bahlow ? Capitaine Hoffer, du BKA. Vous avez cherché à me joindre ?

— Ah ! Capitaine ! s'exclama-t-il d'une voix chaude. Oui. Vous êtes où actuellement ?

— Au bureau, répondit Anke.

— Ah, d'accord… À Wiesbaden donc ?

— Oui.

— Bon…

— Qu'y a-t-il, lieutenant ?

— J'aurais préféré vous montrer mais… Vous ne pouvez pas monter sur Berlin, demain par exemple ?

— Non. Impossible.

— D'accord… C'est pas grave…

— Alors, lieutenant ? s'impatienta Anke.

— Je vous fais la version complète ou vous êtes pressée ?

— Allons-y pour la totale, j'ai un peu de temps.

— Bien. J'ai reçu, hier dans l'après-midi, un coup de fil d'un collègue du *Polizeirevier* de Magdebourg… Euh… C'est un peu compliqué, vous êtes prête ?

— Oui, répondit Anke en soufflant.

— Un homme vient porter plainte pour une tentative de vol à la roulotte sur son véhicule, il y a environ trois semaines. Au commissariat de Magdebourg, comme il y a pas mal de monde à l'heure où il se présente, on le fait attendre, et il a donc le temps de lire le signalement des deux hommes que nous avons diffusé en septembre, vous vous souvenez ?

— Oui. Évidemment. Et ?

— Il n'a pas reconnu les deux hommes, la description était trop vague…

— Et ? le relança Hoffer comme il se taisait.

— Il dépose sa plainte et rentre chez lui. Une semaine plus tard, rien à voir, il entreprend de monter un petit film qu'il avait fait à l'occasion de son passage à Berlin, en septembre dernier… Vous voyez où je veux en venir ?

— Non, répondit la capitaine un brin agacée.

— Avec sa femme, ils sont allés rendre visite à son frère et sa belle-sœur. Et, entre autres occupations, ils ont visité le Deutsches Historisches Museum. Là, en bon touriste, il a filmé les œuvres, les statues, les salles… Il décide donc de faire un petit montage de tous ses rushs quand soudain ! En arrière-plan, alors qu'il passe d'un tableau à l'autre, il reconnaît sur son écran d'ordi, les deux loustics du signalement grâce à leurs vêtements et leur allure. Dingue, non ?

Anke choisit de ne pas faire de commentaire.

— Vous avez la vidéo ? demanda-t-elle.

— Ben oui, parce que le gars, en bon citoyen, est revenu au commissariat pour faire part de sa trouvaille aux collègues de Magdebourg qui m'ont appelé.

Là encore, la capitaine Hoffer se dispensa de faire une remarque alors qu'elle n'en pensait pas moins : elle ne portait pas dans son cœur ce genre de « bon citoyen » qui s'empressait de venir cafter les faits et gestes de ses concitoyens. Il lui fallait toutefois reconnaître que, dans l'exercice de sa profession, ces petits rapporteurs permettaient souvent de gagner du temps. Mais, et c'était bien ce qui la turlupinait, la Gestapo en son temps avait dû penser la même chose, qui en avait fait un mode de fonctionnement privilégié.

— On est sûrs que c'est eux ?

— Oui, oui. J'ai vérifié personnellement avant de vous appeler, dit-il avec fierté. Ça ne dure pas des plombes mais on les voit bien. En plus, l'image est en HD, on peut zoomer sans trop perdre de la qualité.

— Le film date du 7 septembre ?

— Oui.

— Quelle heure ?

— 17h46 exactement. Y'a le timecode en bas de l'image.

— Une minute, lieutenant.

Anke Hoffer sortit son ordinateur portable. Quand elle ouvrit le capot, il s'alluma presque instantanément. C'était pour cela qu'elle l'avait choisi : pas de disque dur, stockage sur mémoire flash qui lui conférait une rapidité d'exécution proche de celle d'une tablette. Elle double-cliqua sur le dossier Museum posé sur son bureau et n'eut aucun mal à retrouver les infos qu'elle cherchait. Heure de fermeture du musée, six heures de l'après-midi. Heure présumée de la mort, le 8 septembre entre cinq heures zéro sept et cinq heures quarante-six du matin. Ça pouvait coller : soit les deux hommes étaient venus en repérage, soit – hypothèse la plus probable – ils avaient attendu la fermeture pour se cacher dans le musée en guettant l'arrivée du gardien, porteur du badge d'accès à la réserve.

— Vous pouvez m'envoyer la vidéo, lieutenant ?

— Vous ne venez pas à Berlin ? répondit l'autre, déçu.

— Non. Nous sommes sur une grosse affaire actuellement. Je ne peux pas me déplacer.

— Bon… Je vous l'envoie. Vous avez un mail ?

Anke lui dicta son courriel professionnel.

— En revanche, je préfère vous prévenir, l'image va perdre en qualité, c'est obligé.

— Je m'en contenterai. Si j'ai besoin de l'original, je ferai un saut chez vous !

— Ah ! Bien. Bon… Je vous envoie ça, capitaine.

— Merci, lieutenant. Au revoir.

Elle raccrocha et appuya séance tenante sur le bouton *power* de son PC de bureau qui avait besoin, lui, d'une grosse poignée de minutes pour sortir de son sommeil numérique et être opérationnel. Elle rangea quelques papiers en attendant. Sans vraiment les ranger d'ailleurs. Une certaine fébrilité s'était emparée d'elle car elle n'avait jamais remisé cette affaire du Museum dans le dossier classé.

Enfin, son logiciel de messagerie apparut. Le mail de Bahlow était le dernier des quarante-cinq messages entrants. Anke l'ouvrit et cliqua sur la pièce jointe. Elle visionna le petit film. Le lieutenant ne lui avait pas menti. On discernait très bien les deux hommes même si leur passage dans le champ de la caméra était fugace. Sur la ligne interne, Anke joignit Franz Aldermann.

— Ah ! Salut, Anke ! Tu veux savoir ce qui me ferait plaisir pour Noël ? lui demanda-t-il avant qu'elle ait pu ouvrir la bouche.

— Non, Franz, je le sais déjà ! répliqua-t-elle du tac au tac sans en avoir la moindre idée.

— Ah ? Je suis curieux de l'apprendre.

— Viens me voir à mon bureau et je te dis tout.

— J'arrive !

Dix minutes plus tard, l'analyste se présentait, essoufflé, devant Hoffer.

— Sympa, le sapin à l'entrée ! Alors ? Ce cadeau ?

— D'abord ma requête !

— Tu es dure en affaire, toi ! C'est quoi ?

— Assieds-toi, l'enjoignit-elle.

Quand il fut assis à ses côtés, elle lança la vidéo sur son ordinateur et appuya sur la barre espace quand les deux meurtriers apparurent. L'image se figea. De l'index, elle tapota sur son écran.

— Peux-tu me passer ces deux visages à la moulinette ?

— Reconnaissance faciale ?

— Oui.

— Tu as une autorisation ?

— Franz… Mon petit Franz, roucoula-t-elle pour l'amadouer.

— Ah, quand il s'agit de demander ! T'es chiante ! Il faut une autorisation…

— Allez ! Et je te dis ce que je compte t'offrir à Noël.

— Vas-y !

Anke se pencha à l'oreille de l'analyste et lui murmura :

— Le numéro perso de Lukas.

— Lukas ? LE Lukas ? demanda-t-il.

Comme Anke hochait la tête pour confirmer, Franz se releva d'un bond, un large sourire sur le visage.

— Envoie la vidéo par le réseau ! Tu as ta réponse dans la demi-heure !

Il partait déjà quand il s'arrêta soudain, fit demi-tour et revint sur ses pas.

— Tu ne mens pas, hein ? Tu me le donnes ?

— Mais oui, mais oui.

— Pas son numéro de poste, hein ? Je l'ai déjà, celui-là !

— Non. Le perso, je t'ai dit ! Allez fonce !

Dès qu'il eut disparu, Anke s'escrima à remettre la main sur ce numéro qu'elle avait quelque part, elle en était sûre, mais où ?

Lukas travaillait dans un autre service mais, il y avait deux ans environ, il avait accroché la voiture de Anke dans le gigantesque parking souterrain commun à tous les employés de la citadelle. En vrai gentleman, il avait laissé sa carte de visite sous l'essuie-glace de la Classe A pour que Anke pût le joindre. Ils s'étaient vus brièvement, autour d'un café, pour décider de faire jouer leurs assurances respectives. L'orientation sexuelle de Lukas n'était pas difficile à cerner et Anke avait parlé de lui à Franz qui était friand de garçons grands, minces et avec moustache. Le portrait craché de Lukas. Franz, qui avait accès à toutes les fiches du personnel, avait fouillé et était tombé raide amoureux de cet inconnu qu'il n'avait jamais vu. Le mystérieux Lukas était depuis devenu un jeu entre lui et Anke.

Son téléphone sonna alors qu'elle remettait enfin la main sur la carte de visite coincée dans le rabat de la couverture plastique de son agenda de l'année dernière.

— Rien à la moulinette, annonça l'analyste.

— Dommage.

— Mais…

— Oui ?

— D'abord le numéro !

— T'es chiant, Franz ! On parle boulot, là !

— Le numéro… Ou rien…

Elle composa un courriel qu'elle lui envoya.

— Regarde tes mails !

— *Got it* ! Merci, ma chérie ! s'enflamma-t-il, des trémolos dans la voix.

— De rien. Alors ?

— Le gars de droite a un sacré tatouage sur le bras droit. L'avant-bras pour être plus précis. On ne le voit pas longtemps mais j'ai pu agrandir, retravailler un peu l'image…

Anke se raidit et se concentra sur ce que disait Franz.

— Tu peux me le décrire ?

— C'est le numéro 88, écrit en lettres gothiques sur lesquelles s'enlacent deux serpents que l'on a écorchés.

— Leur crâne est en squelette. Avec leur langue fourchue qui en sort. Il y a aussi une tête de mort à côté et des os ?

— Oui, c'est ça ! Comment le sais-tu ?

— Merci, Franz. Tu peux m'envoyer une photo du tatoo, s'il te plaît ?

— Oui, je le fais à l'ins…

— T'es un amour ! Tu me raconteras… Avec Lukas…

— Oui mais…

Elle avait déjà raccroché. L'homme qu'elle avait croisé, la semaine dernière dans le *Polizeirevier* de Francfort, le jeune avec la barbe avec qui elle était allée boire un verre, elle devait lui parler.

Elle devait lui parler immédiatement !

Elle lança l'impression de la photo du tatouage, se leva d'un bond pour aller la récupérer sur l'imprimante posée un peu plus loin. Quand elle passa devant le bureau du lieutenant Sachs, celui-ci s'étonna :

— Ben ? Où tu vas ? Tu restes pas pour regarder ?

— Je n'en ai pas pour longtemps. Un truc à vérifier. Je reviens.

Elle descendit au parking, s'engouffra dans sa Classe A et se rendit au sixième commissariat de Francfort, rue Turm. Elle se présenta à l'accueil, carte professionnelle bien en avant, et demanda à parler au lieutenant Bauer car elle se souvenait qu'il avait enregistré la plainte du jeune homme. On lui demanda de patienter. Elle attendit plus d'un quart d'heure, comprit que le rancunier lieutenant la faisait marronner mais elle s'efforça de ne rien laisser paraître quand il se présenta :

— Lieutenant Bauer. Quel bon vent vous amène, capitaine ?

— Bonjour lieutenant. Peut-on passer dans votre bureau ?

Le lieutenant la regarda d'un air bizarre, entre la surprise et l'agacement.

— Mais bien sûr, capitaine, répondit-il, du fiel dans la voix.

Ils marchèrent sans un bruit jusqu'à son bureau. Quand ils entrèrent dans la grande salle commune, Anke jeta un œil vers le poste du commandant Meyerfield et fut soulagée de constater qu'il n'y était pas. Bauer s'installa sans inviter Hoffer à faire de même. Elle prit donc l'initiative de s'asseoir face à lui.

— Jacob Schmidt, dit-elle sans préambule pour tester son interlocuteur.

— Jacob Schmidt ? C'est un joueur de la Mannschaft ? Parce que je ne suis pas trop foot personnellement, je pratique le tennis, alors Becker, Haas ou Stich, oui ! Mais Schmidt…

Anke Hoffer hésita. Rentrer dans son jeu et perdre une bonne heure avant d'obtenir une info ou lui rentrer dedans au risque de ne rien obtenir ? Elle ne se sentait pas d'humeur à le brosser dans le sens du poil et opta pour l'affrontement :

— Ça fait plaisir de voir que vous connaissez vos dossiers, lieutenant, dit-elle sèchement. Enfin, façon de parler, vous m'aurez comprise, car je trouve ça plutôt inquiétant. Êtes-vous bien noté par votre hiérarchie, lieutenant Bauer ?

L'officier accusa le coup. Qu'un petit bout de femme comme celle qui se trouvait en face de lui puisse balancer des directs aussi puissants le désarçonna.

— Je…

— Jacob Schmidt est venu déposer plainte, ici même, il y a six jours. Et vous avez déjà oublié son nom ?

— Non… Non… Je vois très bien de qui il s'agit, c'est juste que…

— C'est juste que quoi ? Vous vous en souvenez ? Tant mieux ! Je vous écoute, lieutenant.

— Eh bien… On a… J'ai été faire un tour dans la rue où il a été agressé pour trouver un témoin mais… Mais, personne n'avait rien entendu, rien vu… Donc…

— Vous avez classé l'affaire ?

— Non… Parce que… On ne manque pas de travail vous savez, tenta-t-il de contre-attaquer sans trop croire en ses chances de retourner la situation.

La capitaine, sûre d'avoir pris l'ascendant sur son adversaire, décida de baisser d'un ton pour ne pas gâcher l'avantage acquis.

— Je n'en doute pas, lieutenant. J'ai besoin de voir Jacob Schmidt. J'ai pensé que vous pourriez m'aider.

— Oui… Oui, bien sûr.

Bauer se redressa sur sa chaise et tira son clavier d'ordinateur vers lui. Il retrouva très vite le dossier des plaintes enregistrées le 17 décembre. Puis l'adresse de Schmidt.

— Voilà. Il habite au 9, Freihofstraße.

— C'est loin ?

— Non. C'est à deux pâtés de maisons.

— Vous m'accompagnez ? proposa-t-elle en se levant.

— Euh… Oui… Oui.

— Notez son numéro de téléphone. Au cas où, ordonna-t-elle.

Ils sortirent. Devant le commissariat, Anke attendit que le lieutenant ouvrît la route. Cinq minutes plus tard, ils se présentaient devant l'entrée de l'immeuble.

— Digicode, constata Bauer.

— Appelez-le !

Le lieutenant s'exécuta.

— Ça sonne… Répondeur. Je laisse un message ?

— Non.

Une femme sortait de l'immeuble. Anke bloqua la porte. Ils montèrent vivement jusqu'au deuxième étage où ils trouvèrent porte close. Ils sonnèrent, cognèrent mais personne ne semblait être présent dans l'appartement.

— Eh oh ! C'est pas bientôt fini, ce bordel ?

Les deux policiers se retournèrent. Dans l'escalier, ils aperçurent les jambes d'un homme penché vers le palier du second.

— Police ! lâcha Bauer.

— Ah…

L'homme se redressa et descendit jusqu'à eux. Il portait des pantoufles sales et une culotte de survêtement à la propreté douteuse. Son tee-shirt, tendu par un ventre proéminent qu'il avait du mal à dissimuler complètement, était couvert de taches de gras. Il sentait la bière. Anke ne put s'empêcher de reculer d'un pas quand il s'approcha.

— Je préfère. Parce que ces temps-ci, l'immeuble est salement fréquenté ! Mais vous vous trompez d'étage, le cambriolage a eu lieu au troisième. En face de chez moi !

— Un cambriolage ! Quand ?

— Il y a six jours, le 17. Ils sont rentrés chez Honecker en pleine nuit. Ils l'ont assommé, tenté de le ligoter. Huit points de suture sur le crâne tout de même !

— Savez-vous s'il est actuellement chez lui ? demanda Anke.

— Qui ? Honecker ?

— Oui.

— Oh non ! Chaque année il part fêter Noël dans sa famille… À Potsdam. Avec cette histoire, il est parti avant-hier. Plus tôt que d'ordinaire ! Ça l'a remué quand même… Mais il a déjà tout raconté à vos collègues.

La capitaine interrogea Bauer du regard. Celui-ci leva les yeux vers le ciel tout en baissant les commissures des lèvres. Il n'était pas au courant. Peut-être était-il allé déposer plainte dans un autre commissariat, près de l'hôpital où il avait dû se faire soigner ?

— Mais j'ai tout vu !

— Pardon ? s'exclama Bauer.

— J'ai tout vu, répéta le gros voisin. Par le judas !

— Vous l'avez dit aux policiers ?

— Ben non ! Personne ne m'a rien demandé ! Mais puisque vous me le demandez… Vous me le demandez, hein ?

— Oui, on vous le demande.

Le gros prit alors la voix d'un petit marquis qui raconte le lever du roi :

— Je regardais *Gute Zeiten, schlechte Zeiten** sur RTL quand j'ai entendu du bruit sur le palier. Alors je suis venu me coller au judas et j'ai vu les deux hommes sortir de chez Honecker.

— Deux hommes ! Vous pourriez les décrire ?

— Ben… Oui et non, parce qu'ils avaient des cagoules noires. Mais deux balaises avec des rangers, comme les flics. Ils ne sont pas restés longtemps, ils sont partis en courant vers le bas. Y'en a un qui a gueulé : « C'est quoi ce bordel ? C'est pas le troisième ? En dessous ! Là ! »

Anke Hoffer n'avait pas besoin d'en écouter davantage. Ce qu'elle subodorait depuis cinq grosses minutes déjà se confirmait : les deux hommes, ceux du musée, étaient venus pour Jacob Schmidt. Ils l'avaient raté la veille, ils étaient revenus. Pourquoi s'étaient-ils trompés d'étage ? Mystère. Ils étaient descendus et si…

— Merci, monsieur, lança-t-elle, cassante, au témoin oculaire.

— Mais… Vous voulez pas savoir si…

— Non merci. Vous pouvez disposer.

Le gros la regarda.

— Merci, monsieur, répéta Anke. Rentrez chez vous !

Le lieutenant Bauer balaya l'air de sa main pour le pousser à déguerpir. Il tourna les talons et s'engagea dans l'escalier en grommelant.

— Il faut qu'on entre, annonça la capitaine au lieutenant Bauer.

— Chez Schmidt ? Maintenant ?

— Maintenant. Appelez le ministère public, qu'il ouvre une *Ermittlungsverfahren** !

— Pour quelles raisons ?

— J'ai peur de trouver un cadavre derrière cette porte !

*

La sonnerie du téléphone réveilla Jacob. Il émergea avec difficulté, crut qu'il n'arriverait jamais à garder les yeux ouverts. Quand

* Les bons et les mauvais moments. Soap opera diffusé en Allemagne, sur RTL Television, depuis mai 1992.

* Phase préliminaire d'une procédure d'enquête placée sous l'autorité du ministère public.

il put enfin lire l'heure qui s'affichait sur l'écran de son portable, la sonnerie s'était tue. Appel entrant, numéro inconnu en provenance d'Allemagne à 11h04. Il avait dormi plus de vingt-quatre heures d'affilée ! Revenu de la brigade criminelle où les policiers français l'avaient cuisiné toute la nuit, il s'était effondré sur son lit et avait sombré dans un sommeil profond, cotonneux, sans rêves. Il se dirigea à pas lents jusqu'à la salle de bains où il prit une douche glacée qui le tonifia.

Alors qu'il s'essuyait les cheveux, un doute l'assaillit. Qui tentait de le joindre depuis l'Allemagne ? En d'autres circonstances, jamais un appel inconnu ne l'aurait perturbé mais, après la semaine qu'il venait de passer, il se sentit soudain mal. Il revint dans la chambre pour relire le numéro, identifia l'indicatif 335 attribué à la ville de Francfort. Il tenta sur son smartphone de retrouver le propriétaire de ce numéro via un annuaire inversé mais sa tentative ne fut pas couronnée de succès. Le mal-être allait grandissant. Vormet était mort le jour où il venait lui rendre visite. En France, à plus de mille kilomètres de Berlin. Ce n'était pas une coïncidence, ce ne pouvait pas être une coïncidence. Il était traqué et…

Il regarda le téléphone qu'il tenait dans sa main.

Géolocalisation… Comme dans les films… Était-ce possible ? La femme du BKA n'avait-elle pas ce pouvoir, les moyens technologiques pour le tracer à distance ? Si elle le pouvait, ses assaillants en étaient-ils capables ?

En tremblant, il éteignit son iPhone puis en éjecta la carte SIM.

Il s'habilla en hâte, réunit ses affaires.

Il devait changer d'hôtel. C'était impératif.

*

Le serrurier eut quelques difficultés à ouvrir la porte du domicile de Jacob Schmidt et, tandis qu'il s'escrimait, Anke se demanda si le jeune homme s'y trouvait. Quand enfin ils purent entrer, elle constata avec soulagement que les lieux étaient vides.

— Rien, résuma Bauer après qu'ils eurent fait le tour de l'appartement.

— J'ai quand même l'impression qu'il est parti précipitamment.

— Ah ?

— Dans la cuisine, le pain de mie et le paquet de salami traînent sur la table. Il y a des miettes sur le sol. Le placard de l'entrée est ouvert, il y a pris une veste et, regardez, en la tirant il a fait sortir les autres qu'il n'a pas pris la peine de ranger. Le tiroir du meuble ouvert, là-bas, qui semble contenir les papiers administratifs, n'est pas refermé. Son passeport n'y est pas…

— Mmm.

Le lieutenant était sceptique. Il regarda la capitaine et eut soudain l'impression qu'il s'était fait avoir. Cette petite femme qui lui en imposait tant s'avérait faillible. Intérieurement, il la maudit car c'était lui qui devrait s'expliquer devant le magistrat et boucler l'affaire. Foutue paperasse à remplir ! Il exécrait la partie bureaucratique de son boulot. Il réfléchit au moyen de se débarrasser de cette tâche ingrate car, après tout, il n'était pas l'instigateur de cette perquisition aux motifs légers, voire inexistants.

— Sa petite amie, je suppose…

— Hein ?

— Je suppose que cette fille est sa copine, répéta la capitaine en lui tendant une photographie qu'elle venait de trouver dans l'un des tiroirs du buffet de l'entrée.

Bauer la prit, la regarda.

— Oh ! Putain ! s'exclama-t-il en attrapant le cliché sur lequel il tapa à plusieurs reprises du dos de la main.

— Qu'y a-t-il ? s'inquiéta Hoffer.

— La fille…

— Oui ?

— J'ai vu sa photo ce matin, au briefing. On l'a retrouvée morte avant-hier dans un immeuble désaffecté près de l'aéroport, à Kelsterbach ! Elle était bien amochée. Ce sont des gamins qui s'amusaient dans l'immeuble qui l'ont découverte. Y'avait un autre corps aussi. Un homme.

Anke comprit qu'elle ne fêterait pas Noël à la maison cette année.

— Qui est chargé de l'enquête ?

— Meyerfield !

*

— Je veux voir les clichés, commandant !

Meyerfield ne moufta pas. Il toisait Hoffer du haut de son mètre quatre-vingt-dix, un petit sourire narquois au coin des lèvres. L'heure de la vengeance avait sonné.

— Cela ne va pas être possible, capitaine. Vous le savez bien.

Cette enquête m'a été confiée et je suis garant de la confidentialité des pièces à conviction.

— Bordel, Meyerfield ! s'emporta Anke. Arrêtez de jouer au con ! Vous savez comme moi que je peux obtenir les autorisations nécessaires pour consulter ce dossier. Mais le temps ne joue pas pour nous, chaque minute qui passe met Jacob Schmidt en danger.

— Si obtenir ces autorisations n'est pas un problème, qu'attendez-vous pour faire le nécessaire ? persifla le commandant.

De rage, la capitaine frappa le pot à crayons posé sur le bureau du commandant qui valdingua à travers la pièce.

— Pauvre con ! Je vous tiendrai comme personnellement responsable si nous arrivons trop tard !

Elle sortit du commissariat. Elle avait besoin d'air frais pour se calmer. Par chance, il était glacial et fit effet immédiatement. La capitaine passa quelques coups de fil. Cet abruti de Meyerfield allait devoir abdiquer. On lui assura que tout serait réglé dans la demi-heure et elle décida de profiter de cette attente pour appeler Markus. Son mari décrocha dès la première sonnerie :

— Oui, chérie ! Ça va ?

— Oui, oui.

— Je suis à Saarbrücken jusqu'à quatre heures. Ce n'est pas très loin de la France alors, comme les enfants sont chez ta mère, je me suis dit que j'avais le temps de passer à Metz. Il y a là-bas un pâtissier, Fresson, qui fait partie des meilleurs Français. J'avais envie d'acheter le gâteau pour demain chez lui. Qu'en penses-tu ?

— Oui, pourquoi pas mais…

— Quoi ? Tu penses qu'à cette période il faut commander ?

— Eh bien…

— C'est bien ce que je pensais ! Mais d'autre part, j'ai vraiment envie d'un truc exceptionnel ! Je vais essayer de partir plus tôt et je vais aller voir !

— Markus ?

— Oui ?

Elle se tut.

— Tu ne seras pas là demain ? demanda-t-il d'une voix blanche.

— Je te jure que c'est la dernière fois ! Je ne peux pas faire autrement ! C'est une aff…

— Une de plus ! Ce sont toujours des affaires plus importantes les unes que les autres ! Tu avais promis, Anke. Les enfants ne t'ont pas vue depuis une semaine, Noël est dans deux jours et tu…

Sa voix se voila. Anke l'entendit renifler.

— Markus ? souffla-t-elle. Chéri ?

— Je vais acheter ce gâteau. J'espère que tu seras là pour le goûter.

— Markus ? Markus !

Il avait raccroché. Anke sentit sa gorge se nouer et les larmes lui montèrent aux yeux. Elle les essuya d'un revers de la main. Pour la cinquantième fois peut-être, elle se jura que, cette affaire résolue, elle ne mettrait plus jamais son travail avant sa famille.

Puis, pour ne pas ruminer ses déboires conjugaux, elle repartit pour le front. Elle rentra se mettre au chaud dans le commissariat et, comme les autorisations n'étaient toujours pas arrivées, elle s'occupa de lancer un avis de recherche dans le fichier INPOL* à l'encontre de Jacob Schmidt. Comme à son habitude – c'était une obligation dans les affaires de terrorisme – elle joignit dans la foulée son contact au *SIRENE-Büro** pour une entrée dans le SIS*. Après avoir décliné ses fonctions d'« autorité signalante », elle transmit le nom de Jacob, son prénom, le lieu et la date de sa naissance, sa nationalité et son sexe.

Elle envoya avec son téléphone le cliché qu'elle avait fait depuis une photo trouvée dans son salon et précisa le motif du signalement : Jacob entrait dans la catégorie des personnes disparues ou à placer en sécurité. Enfin, elle fit ajouter le relevé des empreintes qu'elle avait fait faire dans l'appartement de Freihofstraße.

Du coin de l'œil, tandis qu'elle téléphonait, elle surveillait Meyerfield. Ce dernier faisait semblant de travailler mais elle voyait bien qu'il ne faisait rien à part jouir de l'emmerdement dont il était l'auteur.

Enfin, les fax arrivèrent qui donnaient carte blanche au capitaine Anke Hoffer. Elle les arracha de la machine et vint les jeter sur le bureau du commandant.

— Je veux un accès complet !

Le commandant Meyerfield prit tout son temps pour lire les papiers avant de déclarer :

— Mais je vous en prie, capitaine. C'est si gentiment demandé !

* *Informations und Auskunftssystem für die gesamte Polizei*. Informations et système d'information pour l'ensemble de la police

* *Supplementary Information Request at the National Entry*. Bureau national pour la gestion du SIS.

* Le Système d'information Schengen. Système informatique mis en place dans le cadre de la réalisation de l'espace Schengen. Les différents services de sécurité des États membres peuvent y consulter ou y enregistrer des informations sur des personnes ou des objets. Il constitue l'une des mesures dites compensatoires à la libre circulation prévue par l'Accord et la Convention Schengen.

Chapitre 25

24 décembre 2012

Comme chaque année depuis qu'il était monté sur la capitale, Flaubert s'était proposé pour être de permanence le jour du réveillon. Cette astreinte volontaire avait deux avantages : il avait toujours un collègue qui « lui en devait une » et, surtout, cela lui donnait une excellente raison de ne pas redescendre à Villeneuve-sur-Lot pour y fêter Noël dans sa famille.

Presque quinze ans qu'il échappait ainsi à ce barnum familial, aux enfants de sa sœur aînée toujours plus nombreux, aux enfants de son frère toujours plus mal élevés, aux mecs de sa sœur cadette toujours plus cons. Et puis ses parents qui vieillissaient et qu'il supportait de moins en moins.

Et puis ce *coming out* qu'il n'aurait jamais le courage de faire.

Combien de fois il avait regretté de ne pas leur avoir jeté son homosexualité au visage lors d'un de ces dîners, comme on jette un cocktail Molotov, avec rage et envie de blesser. Il avait hésité, quand il était plus jeune, avant d'être flic. Mais toujours, une inflexion dans la voix de son père, une remarque de sa mère, l'en avaient dissuadé. Ce n'était jamais le bon moment. Et cette question qui revenait, inlassablement : qui était-il pour les décevoir ainsi ? En avait-il seulement le droit ? Car cet aveu les aurait peinés, il n'en avait jamais douté. L'homophobie de son père, ancien gendarme, était à peine voilée et il n'avait pas besoin d'avoir bu un verre de trop pour affirmer qu'« il n'était pas une tapette », que chez les Flaubert « on n'était pas des pédés », que tel ou tel ministre n'était qu' « une grosse tarlouze ». Sa mère ne formulait jamais de tels propos mais il ne l'avait jamais entendue reprendre son père, confirmant dans cette complicité silencieuse une façon de penser similaire. « Locutions phatiques populaires qui ne préfigurent pas la véritable inclination de ton paternel pour les amours invertis », lui avait dit un ancien amant – un professeur de français en collège – avec qui il s'était épanché plus que d'ordinaire sur sa famille. Flaubert avait hoché la tête d'un air entendu mais il ne partageait pas cet avis. Son père était homophobe. Sa mère aussi.

Il était gay et ne goûtait donc pas leur compagnie.

Il préférait être à la brigade ce jour nationalement arrosé où le champagne, entre autres boissons alcoolisées, coulait à flots. Depuis presque dix ans qu'il était de doublure* le 24, il avait toujours eu une affaire d'homicide à gérer. Souvent, l'alcool désinhibait, faisait sauter les barrières morales traditionnelles pour laisser affluer les pulsions les plus basses, les plus dangereuses, les plus meurtrières, en éteignant la raison : les auteurs laissaient plus d'indices que nécessaire, agissaient devant témoin, ne prenaient aucunes précautions (de celles qui, additionnées, étaient qualifiées de préméditation devant un tribunal d'assises). Ainsi, ces « affaires de Noël » comme on les appelait, se résolvaient dans l'heure parfois, dans la journée toujours. En une décennie de permanence, il avait bouclé neuf meurtriers. Dont une femme qui, il s'en souvenait encore, avait tué son mari en lui fracassant le crâne avec le saumon congelé prévu pour le dîner.

C'est pourquoi, quand il arriva quai des Orfèvres, il était comme excité par la journée et la nuit à venir. Il gara sa moto dans la cour intérieure et grimpa par l'escalier mythique. Les locaux semblaient déserts pourtant, quand il passa devant le bureau du groupe Letellier, il aperçut Chihab et Lefort.

— Joyeux Noël, l'écrivain ! l'interpellèrent les deux lieutenants en usant de son surnom au 36.

— Doublure ? demanda-t-il.

— Ouais, oam ! répondit Lefort qui arborait un ridicule bonnet de père Noël en feutrine rouge râpée.

— Moi, je tiens compagnie au gros barbu avant qu'il ne parte faire sa tournée. Mais je me casse en fin d'aprem, ajouta la fille en clignant de l'œil.

* De permanence.

— Le patron est là ?

— Kuhn ? Non.

Il rejoignit le bureau de son groupe où il prépara une pleine verseuse de café. Il lui faudrait bien ça. Il était là jusqu'au lendemain matin.

Il passa la matinée à ranger des papiers, classer des dossiers sans être dérangé. Vers dix heures et demie, il se replongea dans un *cold case*, relut les différentes pièces, réexamina les photos de la scène de crime qu'il avait pourtant vues des centaines de fois. Cela l'occupa plus d'une heure sans qu'il ne puisse entrapercevoir l'ombre d'un nouveau biais pour relancer l'enquête. Las, il referma le dossier et passa commande d'un menu C1 au restaurant japonais Azabu de la rue Dauphine. Il s'accorda une Asahi. Pour fêter Noël... Au bout du fil, le serveur lui affirma que sa commande serait prête dans dix minutes alors, comme d'habitude, parce que les locaux de la Crim' étaient strictement interdits au public, il descendit pour attendre le livreur devant le porche du 36. Ce dernier arriva depuis le pont Neuf et Valéry ne peut s'empêcher de sourire. Le gamin roulait à une vitesse d'escargot, bien inférieure aux 50 km/h autorisés sur le quai. Bien inférieure surtout à l'allure qu'il devait adopter en général pour livrer ses petites boîtes en carton. La fameuse peur du gendarme. L'officier régla son repas et remonta d'un pas lent jusqu'à son bureau. Dans l'escalier, peu avant le sas d'entrée de la brigade, il croisa le lieutenant Lefort qui descendait, sans doute pour se griller une cigarette.

— Eh l'écrivain !

Flaubert se plaqua contre le mur pour laisser le passage à son collègue. Celui-ci s'arrêta trois marches au-dessus de lui.

— C'est pas oat qui avait un Boche dans ton bureau y'a pas longtemps ?

— Si.

— Avec une beubar, non ?

— Une quoi ? demanda Valéry qui n'était pas vraiment coutumier du langage du lieutenant, réputé pour n'avoir pas perdu ses tics banlieusards à son incorporation dans la police.

— Une barbe.

— Oui.

— Y'a une collègue qui vient d'appeler d'Allemagne pour oat. Il faut que tu rappelles. Anissa a laissé son numéro sur ton bureau.

Le commandant s'élança vers le haut.

— Eh cimer, non ? s'exclama le Lieutenant dans son dos.

Valéry trouva un Post-it collé au milieu de sa table de travail. Capitaine Henke Aufer. BKA. Wissbaden. Dessous, un numéro commençant par 0049. Il décrocha immédiatement son téléphone.

*

Anke avait travaillé toute l'après-midi ainsi qu'une bonne partie de la nuit sur le meurtre d'Ann Krause. Accompagnée du lieutenant Bauer, elle avait été jusqu'à la scène de crime, près de l'aéroport de Francfort, puis elle s'était présentée aux domiciles de Dieter et Gerold, les deux gamins qui avaient découvert les corps. Les deux enfants, ravis d'être les centres d'intérêt d'un policier de Wiesbaden, ne lui avaient rien appris : profitant des vacances qui commençaient, ils étaient entrés pour jouer dans l'immeuble désaffecté en passant sous le grillage à l'angle de Berliner Platz comme ils le faisaient depuis un mois, chaque fois qu'ils avaient un peu de temps. Ils avaient trouvé le cadavre du SDF dans le garage et avaient prévenu la police. C'était tout. Le corps d'Ann Krause avait été trouvé suite à la fouille minutieuse de tout le bâtiment ordonné par l'officier arrivé sur les lieux. Contrairement à Meyerfield qui s'échinait à vouloir connecter ces deux homicides, la capitaine, sans le dire (elle n'était pas chargée de l'enquête après tout) les avait tout de suite décorrélés. Pour elle, il n'y avait aucun lien : le clochard avait eu la mauvaise idée d'être au mauvais endroit au mauvais moment.

En fin de journée, Anke avait été voir le cadavre de l'institutrice à la morgue. Les ecchymoses sur son corps ne laissaient planer aucun doute : elle avait été torturée par des personnes au sang-froid exceptionnel. Des professionnels capables d'abattre une femme d'une balle dans la tête comme on tue un animal de ferme blessé. Elle avait demandé au service de balistique interne de comparer en urgence le projectile trouvé dans le cerveau de l'institutrice et celui récupéré sur le gardien du Deutsches Historisches Museum en septembre dernier. Quand on lui annonça que les deux balles avaient été tirées par la même arme – les micro-rayures dues aux rainures du canon étaient parfaitement similaires – cela ne l'étonna pas.

Elle était sur la piste de deux hommes qui traquaient Jacob Schmidt.

Mais, comme les shérifs des westerns, qui évaluaient la distance les séparant du hors-la-loi en cavale à la chaleur des cendres dans l'âtre du bivouac, Anke avait la désagréable impression d'arriver chaque fois en retard. Devant un feu éteint, aux cendres froides et grises.

Il fallait que cela changeât: elle décida de se mettre sérieusement sur la piste.

Elle arriva très tôt à l'Office fédéral de police criminelle – elle n'avait pas eu le courage de déjeuner avec Markus et était partie alors qu'il dormait encore – et fila directement au bureau SIRENE de la division ZD*. Elle demanda à profiter de la puissance de l'unité de coordination et d'assistance Prüm. Et elle ne fut pas déçue: le système automatisé de comparaison dans les fichiers nationaux des pays partenaires européens avait déjà renvoyé un « *hit* ». Les empreintes digitales de Jacob Schmidt avaient été relevées et ajoutées au FAED français le 21 décembre. L'opérateur transmit au capitaine les coordonnées de l'unité signalante: DRPJ Paris*, brigade criminelle.

Anke Hoffer eut soudain l'impression que les cendres étaient plus tièdes. Elle revint dans son bureau, décrocha son téléphone et composa le numéro de la Crim'. Dans le français approximatif que lui avait légué sa mère, elle demanda à entrer en contact avec l'officier de police judiciaire Flaubert, signataire du procès-verbal. À son grand désarroi, elle tomba sur une femme qui fut incapable de lui passer le commandant. En revanche, elle accepta de prendre un message.

*

— *Ja*?

— Bonjour… Euh… Je suis le Commandant Flaubert…

— *Wer sind Sie? Wie haben Sie diese Nummer gehabt?*

— Pardon…

Valéry fit un effort démesuré pour sonder sa mémoire à la recherche de ses connaissances en allemand. L'espace d'un instant, il regretta d'avoir opté pour l'anglais en entrant au lycée.

— *Ich spreche kein Deutsch.*

* Services centraux de la Police Judiciaire qui regroupent les services de présence (notamment le centre de veille tactique) du *Bundeskriminalamt*, l'identité judiciaire et les unités opérationnelles.

* Direction Régionale de la Police Judiciaire.

— *Wer sind Sie ?* répéta son interlocuteur sur un ton mauvais.

— *Do you speak english ?* osa Flaubert.

— *Nein. Diese Zahl ist nicht der Öffentlichkeit zur Verfügung, es muss ...*

— *Ich möchte mit Henke Aufer sprechen, bitte.*

— *Mit Wem ?*

— *Henke Aufer.*

— *Warten Sie eine Sekunde.*

Flaubert avait chaud. Cette microscopique conversation l'avait entièrement mobilisé et il sentit son cœur battre plus vite qu'à l'accoutumée. Il attendit deux minutes avant que quelqu'un ne revînt vers lui. Une voix de femme.

— *Hallo, ich bin Anke Hoffer.*

— *Hallo, ich bin der Kommandant Flaubert. Sie rief mich an ?*

— *Ja. Ich bin zur Zeit über einen Fall mit einem unserer deutschen Staatsangehörigen, und ich erfuhr, dass er derzeit in Frankreich. Sie führten eine Untersuchung gegen ihn ...*

— *Entschuldigen Sie mich, ich spreche sehr wenig Deutsch und...* la coupa Valéry qui n'avait rien compris à la dernière phrase.

— Ah... Je peux parler français... Enfin, je peux tenter. Vous me comprendez ?

— Oui.

— Ah. C'est bien. Je dis que je suis *Polizeioberkommissar* Hoffer. En français, vous disez Kapitan, je crois.

— Capitaine, oui.

— Oui, c'est ça. Je suis capitaine Anke Hoffer. Vous arrêtez un Allemand, hier...

— Avant-hier, oui. Jacob Schmidt.

— *Ja.* Je le cherche avec intérêt beaucoup. Est-il toujours avec vous ?

— Non. Nous l'avons relâché hier matin. Aucune charge ne pesait contre lui.

— Pourquoi vous avez arrêté lui ?

Bizarrement, la voix de cette femme inspira confiance à Flaubert qui n'aurait pas répondu à cette question si quelqu'un d'autre la lui avait posée :

— Une affaire d'homicide. Il se trouvait près de la scène de crime. Nous l'avons entendu comme témoin.

— Homicide ? demanda Hoffer qui n'avait pas compris le mot.

— Crime.

— Vous pensez pouvoir le trouver dans France ?

— Si je peux le retrouver ? Peut-être. Il a laissé une adresse.

— Pouvez-vous aller trouver lui, s'il vous plaît ? Je pense qu'il est dangereux.

— Ah ? s'étonna Flaubert qui n'avait pas eu l'impression que Jacob Schmidt ait jamais présenté le moindre danger. Il est armé ?

— Non, non. Comment vous disez en France… *Es ist nicht gefährlich, er ist in Gefahr.*

Le commandant percuta :

— Il est en danger ?

— *Ja. Ja.*

— Je vais voir ce que je peux faire, dit-il laconiquement.

— C'est très important, *Kommandant*, insista Hoffer.

— OK. Je vais voir. Je peux vous rappeler à ce numéro ?

— *Nein.*

— Ah ? Je…

— Je vais partir pour France tout de suite. Peut-on se retrouver à Paris ?

Cette proposition surprit Flaubert. Elle le froissa presque. Certes, Jacob Schmidt lui avait paru louche et son histoire aurait mérité plus amples investigations mais il n'avait pas perçu ce degré d'urgence qui nécessite la venue immédiate d'un officier allemand sur le sol français. Néanmoins, sa curiosité de flic l'emporta et il rebondit :

— Vous prenez le premier avion, je suppose ?

— *Ja.*

— Vous venez de Berlin ?

— *Nein*. Francfort.

— Une seconde.

Il posa le combiné sur son bureau. Ouvrit Firefox, tapa Lufthansa dans la barre de recherche Google et consulta les vols en partance de Francfort jusqu'à Paris.

— Un avion décolle dans une heure. Vous pouvez le prendre ?

— *Ja,* répondit Anke après avoir réfléchi quelques secondes.

— Il met une heure dix pour arriver à Charles-de-Gaulle. Vous y serez à trois heures moins le quart. Je viens vous chercher.

— *Vielen Dank*. Merci.

— Vous avez peur à moto ?

— Non.

— Très bien. À tout à l'heure.

Il s'apprêtait à raccrocher quand il aperçut le prix du billet d'avion dans la colonne de droite de son navigateur. 655,79 € !

— Oh !

— *Ja ?*

— Le prix du billet d'avion est élevé et…

— Ce n'est pas importance. Je pars. À tout de suite, *Kommandant*.

*

Jacob était dans un drôle d'état. Un état qu'il aurait eu du mal à définir mais qui, c'était une certitude en revanche, était tout sauf agréable. Le mélange d'un effroi viscéral, animal et d'une envie d'en découdre. Cette sensation, qui l'habitait depuis près d'une semaine, depuis l'agression dont il avait été victime devant son immeuble, avait atteint son paroxysme dans cette petite chambre d'hôtel parisienne, loin de son pays, loin des siens (il s'était retenu d'appeler Ann, persuadé de pouvoir être géolocalisé par son appel).

Il passait en quelques minutes d'un enthousiasme pugnace à une posture pusillanime. Une caméra de sécurité installée dans sa chambre d'hôtel aurait filmé un drôle de manège : celui d'un homme qui se levait d'un bond de son lit, se dirigeait vers la porte d'un pas assuré puis, soudain, stoppait, semblait se perdre dans ses pensées pendant une longue minute et revenait s'asseoir, les épaules basses et l'œil éteint. Ensuite, la même séquence, quelques dizaines de minutes plus tard : volontarisme dynamique suivi d'un abattement paralysant.

Tout se bousculait dans sa tête. Ce qu'il fallait faire, ce qu'il ne fallait pas faire, ce qu'il aurait fallu faire… Mais rien qui ne s'imposait comme une évidence.

Dehors, une guirlande de Noël jetait dans la chambre des éclairs violacés qui teintaient les lieux en rose.

Par intermittence.

*

Valéry leva les yeux vers le tableau déroulant des vols à l'arrivée. Le numéro LH1043, en provenance de Francfort, était à l'heure. Ses passagers étaient en train de débarquer. Flaubert se dirigea d'un pas lent vers l'escalator qui l'emmena au niveau 0 du terminal 2F. Il s'assit sur un banc en face de la sortie. Dix minutes plus tard, les premiers voyageurs débarquaient dans le hall, des hommes d'affaires pour la plupart, en costume sombre, un petit cartable comme unique valise. Il n'eut donc aucun mal à identifier la capitaine Hoffer. Cette petite femme blonde au pas énergique tranchait parmi le flot masculin grisâtre et avait, de plus, la démarche d'un flic. Il vint au-devant d'elle.

— Capitaine Hoffer ?

— *Ja*. Oui, dit-elle en s'arrêtant.

— Commandant Flaubert.

Valéry tendit sa main. Anke la serra avec poigne.

— Merci d'être venu me chercher, *Kommandant*.

— Ma moto est garée au parking. Vous n'avez pas de bagage ?

Anke se tourna vivement pour lui montrer son sac à dos noir.

— On y va ? suggéra-t-elle. Je suis vous.

Flaubert se rendit jusqu'à sa BMW, plus vite qu'il ne l'aurait fait tout seul. L'Allemande à ses côtés imprimait un rythme rapide : cette femme était pressée, l'affaire était urgente.

Il lui tendit le casque intégral supplémentaire qu'il avait pris. Elle l'enfila. Le moteur boxer de la Strich-Fünfer rugit au premier coup de démarreur dans le parking souterrain. Anke Hoffer attendit que son pilote s'installât pour se caler derrière lui. Sans qu'il n'eût rien à lui dire, elle serra ses bras autour de sa taille. Se colla contre son dos.

Quand il arriva à la fin de l'autoroute A1, il profita de l'embouteillage habituel avant d'entrer sur le périphérique pour soulever la visière de son casque et demander à sa passagère si elle souhaitait passer à la brigade dans un premier temps.

— *Nein*. Direct voir Schmidt. C'est très important de le trouver, *Kommandant*.

— OK.

Valéry avait ré-ouvert le PV de garde à vue avant de partir pour y noter l'adresse du domicile en France donnée par Jacob Schmidt. Il prit donc l'extérieur, sortit porte de Sèvres et se dirigea vers l'hôtel rue de l'Amiral Roussin. Provincial, il ne connaissait pas Paris comme sa poche mais possédait un sens de l'orientation remarquable. D'instinct donc, il tourna à gauche dans la rue Cambronne, contourna la place du Général Beuret pour rejoindre la rue Blomet et constata avec satisfaction qu'il ne s'était pas trompé. La rue de l'Amiral Roussin était la première à droite. Faisant fi du sens interdit, il la remonta jusqu'à l'entrée de l'hôtel. Sa passagère sauta au sol alors qu'il roulait encore. Elle arracha son casque et s'engouffra dans le deux étoiles.

*

Anke regarda sa montre. Elle avait une heure et demie avant l'embarquement. Elle ne devait pas traîner. Elle imprima le petit topo qu'elle avait fait et, ses deux pages A4 sous le bras, se dirigea vers le bureau du chef de section. Ce dernier, trop occupé à gérer les interrogatoires des membres de la liste Kross aux quatre coins du pays, écouta d'une oreille distraite les raisons qu'avançait la capitaine pour justifier son voyage. Tout juste s'il s'étonna de ce besoin impérieux, urgent, de mettre la main sur un compatriote en France. Il signa l'ordre de mission et congédia Anke qui n'en demandait pas moins.

Elle récupéra dans le tiroir du bas de son bureau le sac à dos Eastpack qu'elle gardait toujours à portée de main. Elle en vérifia rapidement le contenu : affaires de rechange propres, nécessaire de toilette, clé USB, matraque télescopique.

Une heure plus tard, elle prenait place côté hublot dans le vol LH1043 en direction de Paris. Quand l'avion se posa sur le tarmac français, elle savait exactement ce qu'elle voulait faire. Sa priorité était de retrouver Jacob Schmidt. Témoin capital, il était en danger. Elle franchit la douane sans s'arrêter pour déclarer sa matraque, pourtant classée arme de catégorie D en Europe, comme le suggérait un panneau en plusieurs langues juste avant la sortie. Dans le hall, un homme s'avança vers elle et se présenta comme le commandant Flaubert. Elle le suivit jusqu'à sa moto, prit place à l'arrière, se serra contre lui. Il était épais. Large mais pas gras. Elle crut sentir, sous le blouson de cuir, ses muscles abdominaux.

Le trajet fut comme une parenthèse pour Anke. Elle oublia presque pourquoi elle était venue. Elle se surprit à savourer le voyage, collée à cet homme inconnu. Le vent de la vitesse, les vibrations de la moto. Elle était bien. Presque honteuse, elle dut reconnaître qu'elle était attirée, physiquement attirée, par cet homme qu'elle n'avait jamais vu. C'était si dur avec Markus ces derniers temps… Elle ne savait même plus quand ils avaient fait l'amour pour la dernière fois. Elle qui, plus jeune, aimait tant ces plaisirs charnels, n'en avait plus le goût et, sur cette moto, cette chaude et agréable sensation l'inquiéta : son désintérêt pour le sexe ne cachait-il pas un désintérêt pour son mari ? Étaient-ils arrivés au bout ? Elle n'avait jamais vu le problème sous cet angle, préférant accuser son boulot et ses horaires de dingue mais, à y bien réfléchir, peut-être n'était-ce là qu'une façon de se voiler la face…

La moto ralentit.

— On passe à la brigade ? demanda son chauffeur.

Elle déclina « l'invitation ». Comme dessoulée par cette question, toute son attention se reporta sur Jacob Schmidt. Elle posa son bras gauche sur la barre chromée à l'arrière de la selle pour se détacher du commandant.

Ils traversèrent Paris pour s'arrêter devant un petit hôtel. Anke comprit qu'il s'agissait là de la dernière adresse laissée par Schmidt à ses homologues français. Elle sauta du deux-roues et entra comme une furie dans l'établissement.

— *Was ist die Zimmernummer von Jacob Schmidt ?*

Le réceptionniste la regarda d'un air bête.

— Je suis désolé, je ne parle pas allemand, avoua-t-il. *I'm sorry, I'm not speaking deutchland.*

— Quel est numéro de chambre de Jacob Schmidt ?

— Qui ?

— Jacob Schmidt, répéta Flaubert qui était entré à son tour.

— Je suis désolé, je ne peux pas vous donner une telle information, madame… Monsieur…

Valéry sortit sa carte tricolore et reposa sa question.

— Ah ! Ça change tout… Si vous êtes de la police…

*

La faim était trop forte et eut raison de ses dernières réticences. Il devait aller acheter quelque chose à manger. Jacob enfila sa doudoune et sortit. Comme l'ascenseur tardait à arriver, il descendit par les escaliers. Dehors, le quartier était encore agité. Jacob entra dans la première boulangerie et acheta deux croissants et un drôle de gâteau dur appelé palmier. Quand il y planta les dents, il sut ce qu'il devait faire. Il rentra dans sa chambre d'hôtel en courant.

*

— Monsieur Schmidt nous a quittés ce matin, annonça le réceptionniste en usant d'un ton mélodramatique exagéré.

— *Was* ? s'écria Anke.

— Quand est-il parti ? demanda Flaubert.

— Peu avant midi.

— A-t-il dit où il allait ?

Derrière son comptoir, l'homme regarda Flaubert pendant dix grosses secondes.

— C'est une blague ? finit-il par dire.

— Il ne vous l'a pas dit ?

— Non. Aucun de nos clients ne m'informe de leur destination quand ils quittent notre établissement. Et nous n'avons pas coutume de le leur demander.

— Comment a-t-il payé sa chambre ?

— En liquide.

Valéry tourna les talons et sortit. Anke le rejoignit quelques secondes plus tard.

— On dirait bien que vous l'avez raté…

— *Nein ! Es muss einen Weg gebe !*

La capitaine se mit à faire les cent pas sur le trottoir. Au quarante-septième, elle fondit sur Valéry.

— Il a laissé un téléphone ?

— Oui.

— Un portable ?

— Oui.

— On peut le suivre… Avec…

Elle tendit l'index de sa main droite vers le ciel.

— Satellites ?

— *Ja* !

— Vous voulez que nous le géolocalisions ?

Anke secoua la tête, elle ne comprenait pas ce verbe.

— Vous voulez le trouver à l'aide du signal de son téléphone ?

— *Ja* !

— Il va falloir demander au procureur… Ou alors…

Le commandant enfila son casque et enfourcha sa moto. Il y avait un autre moyen. Plus rapide.

— Venez !

*

Cela n'avait pas marché à Berlin, mais peut-être cela donnerait-il des résultats ici, en France. Vormet devait avoir de la famille. Si oui, elle était dans l'annuaire. Par chance, dans le hall de l'hôtel Cactus, au bout de la rue Plumet, à environ deux cents mètres à vol d'oiseau de la rue de l'Amiral Roussin, un téléphone fixe et un vieil ordinateur connecté à Internet étaient à la disposition des clients. Les Pages Blanches françaises renvoyèrent trois Vormet sur la France entière. Un à Paris, un à Rennes, un à Marseille.

Jacob hésita avant d'appeler. Dans quelques heures, les gens allaient commencer à fêter Noël. Les déranger n'était peut-être pas judicieux, il risquait d'être éconduit sèchement. Son hésitation fut cependant de courte durée : il devait savoir et puis – il se répéta cette phrase comme un mantra – il devait le faire pour Henri Vormet, pour que sa mort ne soit pas vaine.

Il appela tout d'abord à Paris. Personne ne répondit.

À Marseille, son interlocuteur ne connaissait pas Henri Vormet.

À Rennes, il tomba sur une fille assez jeune, à en juger par sa voix aux inflexions adolescentes :

— Bonjour. Je me présente, je suis Jacob Schmidt. Je voudrais parler de Henri Vormet.

— Papy ? Qui êtes-vous ? La police ?

— Non, non. Je suis un ami de Henri Vormet.

— Si c'est une blague, elle n'est pas très drôle, je vous préviens ! s'énerva la fille. Maman ! Maman !

Jacob entendit le combiné changer de mains.

— Qui est à l'appareil ?

La voix était ferme. Plus mûre.

— Je suis Jacob Schmidt. Je suis venu en France pour trouver Henri Vormet. Vous le connaissez ?

— Oui. C'est mon beau-père. Enfin, c'était.

— Je suis désolé de…

— Vous savez qu'il est mort ? Vous appelez pour me le dire ?

— Non, non… Je… Je suis sincèrement désolé de vous déranger mais mon histoire est compliquée… Je… Je dois absolument parler avec quelqu'un qui connaît bien Henri Vormet. Je pense que je sais pourquoi il est mort.

Silence. Il entendit la respiration feutrée de la femme à l'autre bout du fil.

— Vous êtes à Paris ? demanda-t-elle avec plus de douceur.

— *Ja*… Oui…

— Mon mari doit y monter le 26 pour régler les obsèques de son père qui souhaitait être enterré au cimetière du Montparnasse, aux côtés de sa femme. Ils ont une concession.

— Pourrais-je parler à votre mari, s'il vous plaît ?

— Il n'est pas là. Il s'est absenté quelques minutes pour… Ah ! Vous avez de la chance. Ne quittez pas.

Jacob tendit l'oreille. Il entendit une porte s'ouvrir, se fermer, une conversation étouffée :

— Ils n'avaient presque plus rien ! J'ai pris un bâtard ! dit une voix masculine.

— Bernard ?

— Oui.

— Un homme veut te parler de ton père. Il a un drôle d'accent. On dirait qu'il est allemand…

— Il a dit qui il était ?

— Jacob Schitte. Il dit savoir pourquoi ton père est mort.

— Passe-le-moi !

Jacob se raidit.

— Bernard Vormet, j'écoute ?

— Bonjour… Je suis Jacob Schmidt… Je suis désolé pour votre père…

— Merci. Que voulez-vous, monsieur Schmidt ?

Jacob décida de ne pas tourner autour du pot.

— Je sais que ça peut paraître bizarre mais je pense que votre père avait une lettre pour moi. Et je pense qu'il est mort à cause de cette lettre.

Il y eut un long temps où l'autre ne dit rien.

— Une lettre, dites-vous ?

— Oui.

— Elle est ici. À Rennes.

Jacob eut du mal à croire ce qu'il venait d'entendre.

— Vous… l'avez ?

— Non. Elle est dans un coffre, à la banque. Mon père me l'a confiée il y a une dizaine d'années après qu'il ait fait son infarctus. Il avait peur de mourir sans avoir eu le temps de me transmettre son secret… Je suis son fils unique.

— Pouvez-vous… me l'apporter à Paris ? Votre épouse m'a dit que vous…

— Non.

— Mais…

— Je ne peux pas parce qu'il faut la deuxième clé.

— La deuxième clé ?

— Le coffre où est enfermée la lettre s'ouvre avec deux clés en simultané. Je possède une de ces clés. L'autre est à Paris. Chez mon père.

Jacob revit l'appartement d'Henri Vormet. Le désordre. Les livres en vrac sur le sol du salon… Ils cherchaient la clé !

— Vous savez où ?

— Elle est cachée dans un des pieds du lit de mon père. La boule du haut se dévisse. La clé est dedans.

Jacob Schmidt sentit ses forces se décupler.

— Je vais chercher la clé ! Je peux être chez vous demain !

*

Alors qu'ils montaient l'escalier A menant à la brigade, Flaubert se demanda s'il n'avait pas fait une promesse de gascon. N'Guyen était-il seulement là ? Il ne l'avait pas croisé ce matin et n'était pas monté sous les combles où le lieutenant avait sa pièce à lui. Loin du brouhaha de l'étage inférieur avec ses grands bureaux communs à tous les membres d'un groupe. Ce privilège lui était accordé car le lieutenant N'Guyen était un as de l'informatique. Trois portables se partageaient la surface de sa table et, sur le mur d'en face, plusieurs disques durs reliés par des câbles ronronnaient doucement, vingt-quatre heures sur vingt-quatre. Au 36, on faisait souvent appel à lui avant de solliciter le SITT*. Et, souvent, son aide était suffisante.

Ils empruntèrent la coursive contournant le filet tendu sous la grande verrière pour arriver dans l'antre du geek. La lumière bleu pâle qui s'en échappait rassura Valéry. Si les écrans étaient allumés, le lieutenant devait être devant ! En effet, N'Guyen pianotait sur l'un de ses nombreux claviers.

— Bonjour, commandant… Madame, ajouta-t-il quand il aperçut Anke. Vous êtes de doublure vous aussi ?

— Oui. Et j'ai besoin de toi.

— Avec plaisir !

— Tu peux me tracer ce portable, s'il te plaît ?

Valéry posa devant lui le Post-it sur lequel il avait recopié le numéro de téléphone de Jacob Schmidt. Le lieutenant le regarda et, d'une inflexion de tête, lui demanda s'il pouvait parler en présence

* Service de l'informatique et des traces technologiques. Ce service répond aux réquisitions concernant l'analyse de matériels numériques, l'exploitation de vidéos, de bandes audio et de téléphones portables.

de la femme qui l'accompagnait. Flaubert acquiesça d'un signe.

— Recherche officielle ?

— Non.

— OK. C'est parti !

— Combien de temps ?

— Vous savez compter jusqu'à dix ?

Anke sourit et se mit à compter dans sa tête. Même à Wiesbaden, une géolocalisation demandait une petite minute. Cette prédiction invraisemblable et inutile traduisait ce sentiment de supériorité typiquement français dont on se moquait outre-Rhin.

Au chiffre sept, le jeune officier annonça :

— Désolé. La carte SIM est inactive. Soit elle a été détruite, soit elle a été retirée de l'appareil.

Il attrapa l'écran de son ordinateur qu'il tourna en direction de ses visiteurs avant de poser son doigt sur un point rouge qui s'affichait sur une carte de Paris centrée sur le 15e arrondissement.

— Le seul truc que je peux vous dire, c'est que la dernière fois qu'elle a borné c'était sur l'antenne relais posée sur le toit d'un immeuble au carrefour de la rue Blomet et de la rue de l'…

— Amiral Roussin, termina Valéry. Merci, Nicolas.

— Vous pouvez garder alerte sur ce numéro, s'il vous plaît ? demanda Anke avec respect.

Une nouvelle fois, N'Guyen demanda l'autorisation silencieuse de son supérieur. Une nouvelle fois, Flaubert acquiesça.

— Pas de problème, madame. Si le propriétaire de ce numéro reconnecte son téléphone au réseau, je vous appelle.

— Merci.

— De rien. Et joyeux Noël !

Chapitre 26

25 décembre 2012

Jacob observa la rue Blomet patiemment. Au loin, des éclats de voix alcoolisés, des rires stridents qui se répercutèrent sur les façades des immeubles et passèrent comme des feux follets sonores. Il était deux heures du matin, les luminaires de Noël étaient éteints alors il scruta les ombres. Examina les voitures garées sur le côté droit, à la recherche d'une BMW quatre roues motrices. Quand il fut convaincu qu'il n'était pas attendu, il releva la capuche de son sweat sur sa tête et s'élança. Il marcha, sans courir, jusqu'au 131. Lorsqu'il posa sa main sur le clavier du digicode, il inspira. Et si Bernard Vormet ne l'avait pas cru ? Il bloqua sa respiration et composa le code à quatre chiffres que le Rennais lui avait communiqué. A968. La porte se déverrouilla. Il souffla et entra, tira la porte pour qu'elle se referme vite derrière lui. Là, dans l'obscurité de ce petit vestibule, il se sentit en sécurité.

Il sortit de sa poche sa carte de fidélité des magasins MusikShop-City en plastique souple.

Sur YouTube, il n'avait eu aucun mal à trouver des vidéos expliquant comment ouvrir une porte claquée par inadvertance. La plupart des tutoriels utilisaient une radiographie qu'il convenait de glisser dans l'interstice entre le battant et le chambranle pour la faire remonter jusqu'au pêne. En forçant un peu, la porte s'ouvrait. Jacob s'était alors demandé où trouver un tel cliché. Fouiller dans les poubelles d'un hôpital ou aller passer une radio en prétextant une douleur quelconque ? Peu convaincu par l'une ou l'autre des solutions, il avait continué ses investigations et avait trouvé un petit film de très mauvaise qualité dans lequel un homme expliquait une technique similaire. La seule différence était l'outil utilisé : une carte plastifiée type carte bleue. Il avait passé la soirée à s'entraîner sur la porte de sa chambre. Il fut surpris de l'étonnante facilité avec laquelle il la déverrouilla. Cela demandait un petit coup de main mais, une fois acquis, la technique était fiable et reproductible. Glisser la carte par le haut, la descendre vers le bas pour repérer la position du loquet puis la retirer et l'introduire à l'horizontale du pêne en poussant fermement pour le forcer à rentrer dans la gâche. Il prit un certain plaisir à renouveler l'opération, s'enhardit même à aller forcer les portes de service dans le couloir de son étage. Avec succès.

Cependant, face à cette porte vitrée, dans l'immeuble d'Henri Vormet, il était nerveux. Et s'il n'y arrivait pas ? Cinq secondes plus tard, il franchissait l'obstacle, un large sourire aux lèvres.

Bien que les marches de l'escalier soient recouvertes d'une épaisse moquette carmin, il monta sur la pointe des pieds jusqu'au troisième étage. La porte de l'appartement d'Henri Vormet était barrée en diagonale par plusieurs longueurs de scotch jaune sur lequel étaient inscrits en lettres noires les mots « SCELLÉ – NE PAS OUVRIR ». Effectivement, à chaque extrémité des bandeaux plastifiés, Jacob repéra les sceaux de cire rouge qui garantissaient l'inviolabilité théorique des lieux. Sans tergiverser, il les fit sauter. Le plus silencieusement possible, il tourna la poignée, en priant pour que la porte n'ait pas été refermée à double tour. Par chance, ce n'était pas le cas. Il se glissa dans l'appartement.

Dans le salon, il frissonna. La police avait laissé les lieux en l'état. Tout était retourné. Une montagne de livres se dressait au milieu de la pièce, en vrac, les pages froissées, les couvertures cornées. Les meubles avaient été déplacés et étaient restés ainsi, tordus, de biais. Les tiroirs et les placards étaient ouverts. Les coussins des fauteuils gisaient au sol. Le combiné de l'interphone pendait lamentablement dans le vide.

Ce capharnaüm lui fit craindre le pire : et si le cadavre était toujours là ? Il prit quelques secondes pour se raisonner car cette éventualité était absurde. Comment imaginer laisser le corps d'une personne décédée ! En Allemagne, il était évident que cela ne se faisait pas. Mais en France ? Les habitants de ce pays étaient parfois si étranges… Non ! Stupide ! Il avança au ralenti vers la chambre mais, au fur et à mesure qu'il s'en approchait, il sentit ses jambes flageoler. L'espace d'un instant, il crut même qu'il ne serait pas capable de mener sa mission à bien. Moins d'un mètre devant la porte, il se figea.

C'était comme sauter dans le vide. C'était comme cet été-là.

— Allez, Jacob ! Saute !

Ses pieds lui faisaient mal. Le caillou – du calcaire aux aspérités saillantes – était coupant. En bas, son père faisait des petits mouvements de brasse pour rester sur place. Parfois, il sortait un bras de l'eau et l'encourageait à le rejoindre. Il le regardait. Il était si petit. C'était si haut.

— Allez ! Tu serres bien tes jambes et tu colles tes bras contre tes hanches ! Tu peux le faire, Jacob ! Allez !

Ce n'était pas la première fois qu'ils venaient en vacances sur l'île de Rügen. Située dans la mer Baltique, au large de la ville de Stralsund, la plus grande île allemande, sur laquelle avait été bâti le colosse de Prora*, était un lieu de villégiature prisé des Allemands de l'Est. Par le biais de l'université, son père avait obtenu la jouissance d'un appartement dans le village de Sassnitz, pas très loin de la mer, pendant la deuxième semaine du mois d'août.

Par un sentier qui serpentait à travers la forêt, on accédait à une petite plage de sable blanc, au pied des célèbres falaises de craie. Lui et ses parents s'y rendaient chaque jour en fin de matinée. Ils se baignaient, pique-niquaient, lisaient, s'amusaient et, invariablement, au milieu de l'après-midi, juste avant de rentrer, son père escaladait la falaise pour atteindre un petit surplomb, quatre ou cinq mètres au-dessus du niveau de la mer, duquel il sautait en criant pour le faire rire.

Chaque année, il demandait à sa mère l'autorisation de faire pareil mais sa mère s'y était toujours opposée. « Tu es trop petit. C'est trop dangereux. L'année prochaine, on verra. » Et cette « année prochaine » était arrivée. Il venait d'avoir six ans. Sans trop y croire, il avait demandé l'autorisation et elle lui avait été accordée. Incrédule, il avait regardé sa mère qui avait dit : « Allez, dépêche-toi d'aller sauter avant que je ne change d'avis. » Il avait couru jusqu'à

* Bâtiment de plusieurs kilomètres de long construit sur demande de l'association nazie *Kraft durch Freude* (La Force par la Joie) afin d'offrir à chaque travailleur une semaine de vacances au bord de la mer.

la mer et rallié à la nage le caillou qui permettait de monter jusqu'au plongeoir naturel. Le cœur battant la chamade, il avait escaladé, s'était hissé sur le petit promontoire, s'était retourné et…

— Allez saute ! Ne réfléchis pas ! Plus tu réfléchis, plus ce sera dur ! hurlait Josef.

— Ne le force pas, Jo ! S'il ne veut pas, il peut redescendre en marche arrière, cria Martine depuis la plage. Tu as entendu, Jacob ?

— Allez ! Saute !

Il avait fermé les yeux, avait mis son pied droit au-dessus du vide.

Puis avancé le gauche.

*

Vide. La chambre était vide. Comment avait-il pu penser une seule seconde que le cadavre puisse encore être là ? Il se dirigea vers le lit. Le scotch marron, éventré sur toute la longueur telle une cicatrice, le surprit : ils l'avaient attaché. Pour quoi faire ? L'avaient-ils frappé ? Étouffé ? Il se concentra, s'efforçant de ne pas penser à ce qu'il avait pu se passer dans cette pièce. Il n'avait pas le temps de s'égarer. La première boule qu'il attrapa ne bougea pas. La seconde se dévissa sans problème. Collée dans le fond du pas de vis, il trouva la clé.

Il la glissa dans sa poche et, sans se retourner, quitta l'appartement.

*

Gottfried Feuerbach regarda Jacob Schmidt entrer dans l'immeuble de la rue Blomet.

— On y va ? lança Mickaël, excité.

— Non.

— Hein ? Ben pourquoi ?

— Qu'est-ce que t'es con ! s'emporta Gottfried. Et enlève-moi ce bandage, tu m'énerves !

— La pharmacienne a dit de le garder…

— Enlève-le ou je t'explose, ordonna-t-il d'une voix glaciale.

Mickaël déglutit avec bruit. Puis, lentement, il déroula la bande qui maintenait le coton sur son nez. La compresse se détacha avec difficulté, collée par du sang séché.

Gottfried ne pouvait plus le supporter. Par chance, la mission touchait à sa fin : comme il l'avait prévu, la cible était revenue. Il ne lui avait fallu que de la patience. Et il ne comptait pas tout foutre en l'air une nouvelle fois en se montrant trop pressé. D'abord attendre que l'autre récupère la lettre. Puis le cueillir. Une pierre, deux coups. N'importe quel débile aurait compris ça mais il avait fallu qu'il tombe sur celui qui n'avait pas pigé. Il n'avait pas envie d'expliquer. Pas envie d'user de la salive pour éduquer ce sombre connard qui disparaîtrait très vite de son champ de vision.

L'homme ressortit dix minutes plus tard. Gottfried attendit qu'il s'éloigne d'une centaine de mètres pour sortir de la voiture, une camionnette Renault louée pour l'occasion. Il marcha derrière lui, à une distance suffisamment grande pour ne pas être repéré. Ils remontèrent la rue Blomet jusqu'à la station de métro Volontaires puis Jacob s'engagea dans une rue qui montait. En haut, il entra dans un hôtel au drôle de nom.

Gottfried sortit son téléphone et composa un SMS à l'attention de son beau-père. Puis il alluma une cigarette.

*

Jacob resta un long moment assis sur son lit à contempler, les yeux vitreux, la clé qu'il tenait dans sa main. En laiton jaunâtre, la courte tige était étoilée et l'anneau en losange doublement percé portait la mention « Pollux, breveté ». Longtemps, il la soupesa. La fit tourner au creux de sa main. En apprécia le relief. Les creux, les picots.

C'était plus qu'un morceau de métal.

C'était un morceau de sa vie.

Il ne réussit à trouver le sommeil que vers quatre heures du matin et émergea, comme surexcité, peu avant 7 heures. Il prit une douche glacée, descendit déjeuner dans la salle commune du rez-de-chaussée. Depuis le téléphone de l'accueil, il laissa un message sur le répondeur du fils d'Henri Vormet : « J'ai trouvé la clé. Je prends le premier train pour Rennes. Je vous appelle dès que je sais à quelle heure j'arrive. »

*

— Il sort, dit Mickaël.

— Je le suis.

— On le chope pas ?

— Non. On a merdé deux fois, on attend qu'il soit dans un

endroit où on ne risquera pas de voir débarquer les flics ou n'importe qui d'autre. Tu as ton téléphone ?

— Oui.

— Tu attends qu'on ait disparu pour démarrer.

— OK.

Gottfried avait installé sur son iPhone un logiciel mouchard qui permettait à Mickaël de le suivre sur le sien à l'aide d'une appli idoine – petit point bleu clignotant sur un plan de Paris. Ainsi, dès que l'occasion se présenterait, il immobiliserait Schmidt avec le Taser et la camionnette serait là en moins d'une minute pour procéder à l'extraction.

Cette fois, c'était la bonne !

Il sortit et se glissa dans les pas de Schmidt. Celui-ci descendit la rue des Volontaires et plongea dans l'entrée du métro qui semblait se fondre dans l'immeuble du dessus. Gottfried ne s'inquiéta pas : les boyaux du métropolitain parisien étaient « connectés », on pouvait y téléphoner. En surface, Mickaël ne perdrait pas le signal. Les rues étaient désertes en ce jour de Noël, il n'aurait aucun mal à les suivre à distance. Ligne 12, direction Porte de la Chapelle. Il n'y avait pas grand monde sur le quai et Gottfried dut attendre le dernier moment pour se jeter dans le wagon après que Jacob soit monté. Ils descendirent à la gare Montparnasse dans laquelle régnait une agitation qui surprit Feuerbach.

*

Jacob avança jusqu'à un guichet.

— Un billet pour Rennes, s'il vous plaît.

— Départ 10h08, 11h08 ou 12h08, dit l'employé en tapotant sur le clavier de son ordinateur. Ou cet après-midi.

— Le premier, s'il vous plaît.

— TGV 5560, direct. Départ à 10h08, voie B.

— Très bien. Combien de temps pour arriver ?

— Deux heures vingt.

Il s'acquitta du prix de son billet puis alla s'asseoir sur un banc face à la voie B.

Il glissa la main dans sa poche pour y sentir le métal froid de la clé et tenter naïvement de rafraîchir son visage brûlant.

*

« Cible repérée. Attend le bon moment pour extracsion. »

Bernd Wagner posa son téléphone à côté de sa tasse de café et sourit. Ce texto, posté à deux heures trente-quatre du matin, le mit d'excellente humeur malgré les fautes d'orthographe qui ne firent que confirmer ce qu'il pensait : cet homme était un imbécile indigne de sa fille. Il allait pouvoir fêter Noël sans stress. Et sans son futur beau-fils. Décidément, cette journée s'annonçait radieuse. Il hésita à reprendre un deuxième croissant mais y renonça : les effluves de la dinde aux marrons préparée par Maria emplissaient déjà l'appartement et il avait bien l'intention de lui faire honneur ce midi-là. Il convenait donc de ne pas abuser au petit déjeuner car la vie était ainsi faite, un équilibre permanent à trouver. Avec la nourriture, comme pour l'argent, les femmes ou la politique. Bernd avait toujours été conscient de cet état de fait et il s'était convaincu en vieillissant que cette clairvoyance n'était pas partagée par le plus grand nombre. Qu'elle était le privilège d'une élite. Au quotidien, la masse basculait donc du côté du plus séduisant. Ou du plus fort.

Elle basculerait de son côté.

Qu'elle le veuille ou non.

*

Anke Hoffer était comme étourdie quand elle se réveilla. Elle ne savait pas où elle était. Elle ne reconnaissait pas cet endroit dans lequel elle ne se souvenait pas être entrée.

— Café ?

Elle leva la tête et reconnut le commandant Flaubert. Il était habillé mais avait les cheveux mouillés. Des bribes de sa soirée de la veille lui revinrent alors. Les recherches à la brigade. Les rues de Paris. Le clochard, gisant dans son sang. Puis ce premier verre, au petit matin, pour fêter Noël et la « relève » (ce mot dont elle ignorait le sens). Puis… Elle ne se rappelait plus.

— Nous sommes chez votre maison ?

— Oui. Bien dormi ?

— Oui. Je… Enfin…

— Vous étiez fatiguée hier et, comme vous n'aviez pas réservé d'hôtel, je me suis permis de vous inviter à dormir chez moi.

Anke prit soudain conscience qu'elle était allongée dans un grand lit double posé au milieu de ce qui ressemblait à une chambre à coucher. Une gêne immense l'envahit. Elle jeta un rapide coup d'œil sous la couette, elle était en culotte, ne portait plus de chaussettes.

— On a… Est-ce que nous avons…

Flaubert, qui avait compris le sens de cette question incomplète, sourit.

— Non.

Cette femme lui était sympathique et, sans qu'il ne puisse s'expliquer pourquoi, s'était créée entre eux, en l'espace d'une après-midi et d'une nuit d'astreinte, une complicité qu'il n'avait jamais connue avec une autre personne. Il ajouta :

— Malgré votre insistance, j'ai décliné votre proposition.

Anke rougit. Elle se revit sur la moto. Ses bras passant de son ventre à son bas-ventre. Elle décréta qu'elle ne se souvenait pas.

— Vous repartez aujourd'hui ? demanda Valéry.

— *Nein*. Je dois retrouver Schmidt.

— Nous l'avons cherché toute la nuit, lui rappela Flaubert. Paris est grand… Et il n'est peut-être même plus à Paris…

*

Collé contre la vitre derrière laquelle défilait un paysage gris, Feuerbach se demandait s'il n'avait pas fait une connerie à trop hésiter. Néanmoins, en y réfléchissant, il se convainquit qu'il n'aurait pas pu faire autrement. Si l'indécision était le défaut des faibles, la précipitation ne valait pas mieux et il en avait fait l'amère expérience ces derniers jours.

Au bout du wagon, Jacob, dont la tête penchait sur son épaule gauche, semblait s'être assoupi. Hélas, il y avait trop de monde dans le train pour tenter quoi que ce soit. Il fallait attendre d'être arrivé à Rennes. Là-bas, loin de l'agitation de la capitale, ce serait plus facile. Dès qu'il avait su leur destination (et cela lui avait coûté cinquante euros pour dissiper les soupçons du guichetier de la gare à qui il avait demandé un billet « dans le même train que le client d'avant »), il avait envoyé Mickaël devant. Parti avec plus d'une heure d'avance, il serait déjà devant la gare quand ils y arriveraient.

Ce détour en Bretagne n'était qu'une façon de reculer pour mieux sauter.

*

Jacob suivit le panneau SORTIE. Sous une verrière aux poutrelles métalliques blanches, comme une copie immaculée de la tour Eiffel, un escalator descendait en pente douce vers la vaste place de la gare. Il traversa les voies de bus et trouva Le Petit Caboulot en face des bornes de location des Vélo Star, la bicyclette en libre-service de la ville. Il y entra sans hésiter et, à peine en avait-il franchi le seuil, qu'un homme d'une cinquantaine d'années en costume sombre se leva. Il était dégarni et portait une moustache poivre et sel. Ses verres de lunettes n'avaient pas de montures et lui donnaient un air bonhomme, malicieux presque.

— Bernard Vormet ?

— Oui, c'est moi. Venez, je suis assis là-bas, dit-il en désignant la table qu'il venait de quitter.

Ils s'installèrent.

— Vous avez la clé ? demanda Jacob.

— Oui. Et vous ?

— Oui. On peut y aller ?

— Tout de suite ?

— Oui, répondit Jacob, trahissant son excitation et son impatience.

— La banque est fermée. C'est un jour férié aujourd'hui, dit Bernard Vormet comme pour se justifier.

— Ah… Que fait-on alors ?

— J'ai peur qu'il ne faille attendre demain.

Jacob accusa le coup. Il était parti si vite, sans penser une seule seconde à ce foutu jour de Noël.

— Voulez-vous boire un verre ? proposa Vormet.

— Euh… Oui. Je veux bien.

L'homme leva le bras pour attirer l'attention du serveur.

— Que voulez-vous ?

— Un café, s'il vous plaît.

— Très bien.

— Je vais… Je peux passer aux toilettes ?

— Je vous en prie.

Tandis que le fils d'Henri Vormet passait commande, Jacob se leva et balaya la salle des yeux pour y repérer le panneau floqué du traditionnel sigle homme-femme des WC.

Et il le vit.

Assis au comptoir, il baissa la tête quand leurs regards se croisèrent. Jacob sut que c'était l'homme qui le traquait depuis des jours. Il en eut aussitôt la conviction profonde. Elle l'ébranla tout entier sans pour autant le déstabiliser. Comme si cette rencontre était dans l'ordre des choses, Jacob admit qu'il était normal de le trouver là. Derrière lui. Dans son ombre.

Cet homme était son ombre.

— Quelque chose ne va pas ? demanda Vormet. Vous êtes pâle.

— L'homme... Là-bas... Il...

À quoi bon expliquer. Il se baissa pour refaire son lacet. Dans le même mouvement, il sortit la clé de sa poche et, sous la table, la fit glisser jusqu'à Vormet. Il se releva et dit :

— La clé est à vos pieds. Récupérez-la. Je dois partir...

— Mais ? Qu'est-ce que...

— On se retrouve dès que possible... Je vous appelle.

Il se leva et laissa derrière lui le Breton médusé qui n'avait pas bougé. Il marcha d'un pas tranquille jusqu'à la porte. Quand il passa à ses côtés, l'homme se tourna pour lui présenter son dos. Jacob sortit, tourna à droite, fit deux mètres.

Courir ! Encore !

*

Gottfried appela Mickaël dès que le train fut arrêté. Le Neuchâtelois l'attendait dans une petite rue, derrière la gare. « Tiens-toi prêt ! »

Il entra dans le petit restaurant où venait de pénétrer la cible. S'assit au comptoir, commanda une bière qu'il régla aussitôt pour être libre de partir rapidement. Il essaya d'observer l'homme avec qui Schmidt discutait. Concentré, il n'eut pas le temps de baisser les yeux quand l'autre scruta la salle pour une raison inconnue. Pour un dixième de seconde de retard, il venait de se faire repérer. Il s'engueula *in petto*.

Jacob Schmidt échangea deux mots avec l'homme chauve et sortit. Dès qu'il fut dehors, il détala.

Gottfried sauta de son tabouret et partit à ses trousses. Fini de jouer. Il n'était plus temps d'attendre le bon moment.

En courant, il appela Mickaël. « Maintenant ! » hurla-t-il.

*

Son souffle était court.

Il longea le Café Leffe. S'élança dans la rue Jean-Marie Duhamel. Le Lav'Club. Vite. Le Mini Marché. Plus vite. Encore plus vite. Il passa devant un club privé à la devanture noire et opaque appelé La Sortie et il eut le cran d'en sourire. De trouver ça drôle.

Derrière lui, les pas semblaient se rapprocher mais il n'osa pas se retourner. À quoi bon ? Une ombre était toujours dans vos pas. Par définition, elle collait à vos pieds où que vous soyez. Mais alors ? Pourquoi courir ? Pourquoi fuir ? Pourquoi ? Un point de côté, déjà, lui vrillait l'abdomen. La rue bifurquait un peu sur la gauche et, quand il arriva à la cassure, il s'arrêta.

Il stoppa net.

Et se retourna.

L'homme arrivait lancé vers lui.

Jacob se campa sur ses jambes aussi bien que le lui permettait sa respiration saccadée.

Il ne courrait plus.

« Viens, connard » grommela-t-il entre ses dents, se préparant au choc. Sans y réfléchir, instinctivement, il plia son tronc, à la manière d'un joueur de rugby avant un placage. Préparer l'impact. L'absorber. Se battre.

Mais l'autre s'arrêta devant lui. À quelques mètres.

Jacob vit les veines de son cou. Ses yeux sombres qui brillaient.

— *Was wollen Sie* ? cria-t-il. *Was wollen Sie, Scheiße* ?

L'autre ne dit rien. Il ne bougeait pas. Plus loin, dans la rue, Jacob discerna un couple qui faisait demi-tour.

— Qu'est-ce que vous voulez ? répéta-t-il.

— Toi, répondit l'homme en faisant un petit signe de tête.

La piqûre ne dura pas un millième de seconde. Les deux électrodes se fichèrent dans son dos. Son corps se tendit, tous ses muscles se paralysèrent, sa respiration se bloqua et il tomba comme un arbre mort. L'homme le réceptionna juste avant qu'il ne touchât le sol.

Il sentit le froid sur son nez et sa bouche.

Et sombra.

Chapitre 27

25 décembre 2012

Un cahot. Sa tête tapa par terre et il émergea.

La fin d'une parenthèse sombre. Comme sortir la tête d'une eau noire où la lumière et la vie ne s'aventuraient pas.

Il était allongé sur le sol ondulé d'une camionnette. Il serra ses abdominaux et décolla son visage pour regarder autour de lui. Il faisait noir. Un peu de jour entrait par des interstices qui donnait à sa prison métallique des teintes grises peu contrastées. Il tourna sur le flanc pour soulager la pression de son propre corps sur ses poignets et ses mains qui, liés dans son dos, lui faisaient mal.

Pendant de longues minutes, il ne sut que faire. Comme si son instinct de survie avait été anesthésié ; relent préhistorique oublié, balayé. Seule une prescience froide, clinique, l'accaparait totalement, qui lui soufflait que, de toutes les façons, il ne pouvait rien faire. Qu'il était là où il devait être. Dans cette posture de dominé, attaché tel un animal qu'on conduisait vers l'abattoir. Ou ailleurs. Peu lui importait.

Et puis ce souffle de vie, tiède. Celui-là même qui, disait-on, vous faisait accomplir des miracles dans ces situations dangereuses, décuplant vos forces, votre acuité visuelle ou intellectuelle. En quelques secondes, Jacob décida qu'il ne pouvait pas rester là sans rien faire.

Il tira sur ses mains. Sentit le lien qui les nouait entrer dans sa chair. Mais cette douleur lui fit du bien. Finit de l'extirper de cette léthargie dans laquelle il baignait encore. Alors il tira. Et tira encore. Il créa du jeu dans son entrave et, au prix d'un long effort, grâce à son sang qui constitua un lubrifiant de fortune, il parvint à faire glisser sa main gauche contre la droite et la dégagea. Détacher ses pieds fut facile. Dès qu'il fut libre de ses mouvements, il essaya d'ouvrir la porte arrière du camion mais elle était verrouillée.

Il tâta la poche de son blouson et fut surpris d'y sentir son téléphone portable. Il s'efforça de garder son calme et y introduisit la batterie ôtée l'avant-veille. Il inséra la carte SIM et appuya sur le bouton « *on* ». L'appareil s'alluma. Il ouvrit son carnet d'adresses et fit défiler les noms. Qui devait-il appeler ?

*

— Il s'est reconnecté, commandant !

Flaubert posa sa main sur le micro de son portable et se tourna vers Anke Hoffer.

— Jacob Schmidt est de nouveau sur le réseau !

Une lueur brillante passa dans les yeux de la capitaine.

— Où est-il ? demanda Valéry au lieutenant N'Guyen.

— Actuellement, il se déplace sur l'autoroute A6, en direction de Lyon.

— Où exactement ? Combien de kilomètres de Paris ?

— Il vient de passer Évry.

— Ajoute mon numéro de portable sur ton truc de géolocalisation. Je te rappelle.

Le commandant était déjà debout. Il attrapa son blouson.

— Il bouge. En direction de Lyon. On peut le rattraper mais il faut faire vite. Vous le voulez toujours ?

— *Ja, Ja.*

*

Gottfried Feuerbach affichait un petit sourire satisfait. Calé dans le siège passager de l'utilitaire qu'il avait loué sous un faux nom, avec de faux papiers d'identité, il savourait son travail. Tandis que Mickaël les emmenait vers Berne à une vitesse à peine inférieure aux 130 km/h réglementaires, il imaginait les compliments de son beau-père. Ce dernier serait obligé d'admettre que la mission avait été menée à bien malgré les petits accrocs initiaux. Mais ces contretemps étaient finalement excusables au regard de l'enjeu et un homme de l'intelligence de Bernd Wagner ne pourrait qu'en convenir.

Gottfried laissa ses pensées vagabonder et l'instant d'après, il voyait les seins d'Angelina. Ses seins lourds et fermes dont il pouvait sucer les tétons pendant des heures. Cela faisait presque une semaine qu'il ne l'avait pas vue, ni même appelée. Elle lui manquait. Physiquement, bien sûr, mais pas que.

— Je dois faire de l'essence, dit Mickaël en s'engageant sur la sortie de l'aire de service du Bois Guillerot.

— On est où ? demanda Feuerbach.

— Au sud de Dijon, on arrive à Dole. La frontière est à moins de deux cents bornes.

— Arrête-toi !

— Là ? Mais…

— Arrête-toi, bordel !

Mickaël obtempéra et se rangea sur le côté de la voie d'accès à la station.

— Vérifie que l'autre est encore HS. J'ai pas envie qu'il se mette à tambouriner quand on sera à la pompe.

— Y'a peu de chance, j'ai mis la dose.

— Ta gueule ! Va vérifier !

Le francophone jeta un œil dans son rétroviseur avant de sortir. Il fit le tour de la camionnette. Ouvrit les deux portes arrière. Sur le plancher, Jacob Schmidt était allongé, inanimé. Il referma et revint derrière le volant.

— KO.

Il passa la première et avança jusqu'aux pompes.

*

L'inconvénient de la moto était l'absence de gyrophare ; l'avantage était qu'on pouvait s'en passer : progresser dans la circulation, même dense, était chose aisée en deux roues. Il ne fallut que six minutes à Valéry pour rejoindre l'autoroute A6 depuis son F3 de Malakoff. Derrière lui, la capitaine se cramponnait mais la tension qu'il avait ressentie dans ses bras, tension érotique, au retour de l'aéroport la veille, avait disparu. Elle se tenait, c'était tout.

Quand il fut sur l'autoroute du Soleil, Flaubert tourna la poignée des gaz. Les chevaux arrivèrent régulièrement depuis le plus bas régime et les carburateurs à dépression, les 745 cm^3 du moteur propulsèrent dans un bruit sourd les deux officiers à une vitesse de croisière de 145 km/h. C'était tout du moins ce qu'affichait le compteur car Valéry savait que celui-ci, curiosité de ce modèle allemand, était un peu pessimiste et que leur vitesse devait être plus proche des 160.

Le commandant se cala le mieux possible, tâchant de ne pas appuyer sur ses bras pour ne pas se fatiguer trop vite. Dans le micro qui permettait une communication entre les deux casques ou avec l'extérieur, il demanda à son passager de bien se serrer dans son dos et de ne pas trop bouger.

— C'est vous le chef, commandant, répondit Hoffer en ponctuant sa remarque d'un petit rire. C'est une moto allemande, non ?

— Oui.

— Elle tourne bien, il semble.

— Très bien. Ce modèle est une merveille.

— Ah ! Ces Allemands… souffla Anke.

Valéry sourit.

*

La camionnette s'arrêta. Jacob se concentra sur la conversation qu'il pouvait entendre bien qu'elle soit étouffée par la paroi le séparant de l'habitable. « Vérifie que l'autre est encore HS. J'ai pas envie qu'il se mette à tambouriner quand on sera à la pompe. » Tout alla très vite et il n'eut pas le temps d'hésiter. Il entendit la portière du conducteur s'ouvrir. Il noua très sommairement la corde autour de ses chevilles et s'allongea, les mains derrière son dos pour les cacher. Il ferma les yeux. Derrière ses paupières closes, il perçut la lumière du jour, devina l'autre qui le regardait. Puis l'obscurité de nouveau. Et le camion redémarra.

*

— Vous venez de le dépasser, commandant !

— Quoi ?

— Sur ma carte, le signal du portable est juste derrière vous. Maintenant, la précision n'est que d'une dizaine de mètres. Il est peut-être juste devant !

— Vous avez entendu, capitaine ?

— *Ja* !

Valéry se concentra sur les voitures qui le précédaient mais il ne savait pas vraiment quoi chercher. Il sentit que la capitaine se décollait de lui.

— *Sie sind hinter !* dit Hoffer.

Flaubert regarda dans son rétroviseur. Derrière eux, à une cinquantaine de mètres, se trouvait un utilitaire blanc. Il relâcha avec souplesse la poignée de l'accélérateur. Se laissa imperceptiblement rattraper. Le chauffeur du camion mit son clignotant et changea de file pour les dépasser.

— Ne tournez pas la tête ! intima-t-il à Hoffer.

L'utilitaire Renault passa sur leur côté gauche. Dans son casque à la visière fumée, Valéry tourna les yeux et distingua l'homme assis à la place passager. Il avait le crâne rasé et un cou de taureau. Il semblait béat et regardait la route d'un air niais.

— *Das sind Sie* !

— Vous êtes sûre ?

— Oui, *Kommandant*.

— Nicolas, tu me reçois ?

— Oui.

— Sont-ils juste devant maintenant ?

— Exact.

— On les a.

— Très bien, commandant. Vous voulez du renfort ?

— Pour l'instant, non !

Ils roulèrent quelques kilomètres derrière eux. Valéry s'appliqua à garder une distance raisonnable entre les deux véhicules. Il savait d'expérience que sa moto lui conférait un avantage considérable. Peu de malfrats imaginaient être suivis par une vieille bécane qui aurait plus eu sa place dans un musée du deux-roues que dans les forces de l'ordre. Quand ils sortirent en direction d'une station essence, Flaubert n'hésita pas et sortit aussi.

— *Scheiße* ! Ils s'arrêtent ! s'exclama la capitaine quand elle vit la camionnette stationnée sur le bas-côté.

Valéry passa devant eux sans ralentir. Avaient-ils été repérés ?

— Nicolas ? Qu'est-ce qu'ils font ?

— Je ne sais pas, commandant. Ils sont arrêtés.

Flaubert avança jusqu'aux pompes à essence et se gara près de celle située à l'extrémité gauche. Il pourrait repartir en trombe si besoin était. Il déploya la béquille latérale de la R75 et mit pied à terre pour se dégourdir les jambes et les bras. Ils roulaient depuis presque trois heures et la fatigue se faisait sentir.

— Ils redémarrent, commandant. Ils viennent vers vous.

Au pas, la fourgonnette roula à son tour jusqu'à une pompe. Le chauffeur sortit du véhicule et attrapa le pistolet de diesel. Valéry enleva son casque et dévissa le bouchon de son réservoir.

— Que faites-vous ? s'inquiéta Hoffer.

— Je mets de l'essence.

— Il faut les stopper !

— Pas maintenant. Pas tous les deux. On ne sait pas de quoi ils sont capables. On ne sait même pas si votre homme est à l'arrière.

— Je veux vérifier.

— Non, pas possible ! Ne bougez pas de là, ordonna Flaubert en attrapant le bras de la capitaine qui tentait de s'éloigner.

*

— On met quoi là-dedans ? De l'essence ?

— Mets du gazole !

— D'accord.

Tandis que Mickaël sortait faire le plein, Gottfried consulta son portable. Il n'avait toujours pas reçu de réponse de son beau-père. Il relut son dernier texto : ce n'était pas une question. Cette absence de réponse était donc normale. Et puis, c'était Noël. Tout le monde devait être à table. Il composa un nouveau texto : « En route pour Berne avec le paquet. Arrivé prévu vers 21 heures. » Dans le rétroviseur, il vit le Francophone raccrocher le pistolet et fermer la trappe d'essence. Il descendit sa vitre et lui tendit cent euros.

— Tu payes en liquide !

L'autre attrapa le billet vert et se dirigea vers les caisses. Il paya. Gottfried attendit qu'il revienne pour annoncer :

— J'ai envie de pisser. Gare-toi devant la station. J'en ai pour une minute.

Mickaël avança sur une place de parking, perpendiculaire au bâtiment, qui venait de se libérer.

*

La camionnette se gara. Le passager en sortit et entra dans la supérette.

— J'y vais !

Hoffer ne laissa pas le temps à Flaubert de réagir. Déjà, elle avançait vers l'utilitaire blanc. Valéry referma son réservoir d'essence et ouvrit son blouson. Il fit sauter le bouton pression de son holster qui maintenait son automatique au chaud contre son flanc. Il se tourna vers l'autoroute, s'assura que personne ne venait et extirpa son Sig Sauer. En se retournant, il glissa l'arme dans la ceinture de son jean, crosse vers le haut, et s'élança derrière la capitaine. Anke marchait nonchalamment en direction des caisses. Quand elle fut dans l'alignement de la camionnette, elle s'accroupit et avança jusqu'aux portes arrière. Valéry la regarda avec consternation et effroi car elle n'était pas très discrète. Elle vint se plaquer contre l'estafette et Flaubert la vit gratter contre le métal. Il marqua une pause. Elle était inconsciente : elle n'était pas armée et ces deux gars, d'après elle, avaient déjà quatre morts à leur actif. Il décida d'aller la chercher mais, alors qu'il n'était qu'à quelques mètres d'elle, l'autre sortit des toilettes. Il aperçut Hoffer, collée contre le camion.

— Eh ! l'interpella-t-il.

Anke se releva. Flaubert attrapa la crosse de son pistolet mais le garda dans son dos. La capitaine agita sa main droite en avançant vers le molosse.

— J'ai fait tomber une pièce. Deux euros tout de même.

Elle le croisa sans rien ajouter, le dépassa. Un énorme bruit s'échappa alors de la camionnette. Quelqu'un tapait avec rage contre la porte latérale. Sur le seuil du petit supermarché, Hoffer se retourna subitement et cria : « *Polizei! Keine Bewegung!* » L'homme, qui venait d'ouvrir la porte passager, dégaina aussitôt et tira dans sa direction. Elle plongea dans le magasin pour se mettre à couvert. L'une des balles fit voler en éclats la porte vitrée. Une cliente, près d'un kiosque à journaux, se mit à hurler. « Police ! » beugla Flaubert à son tour. Le véhicule recula à toute vitesse et il dut s'écarter. Le passager tira deux fois vers lui. Les balles vinrent se loger dans la carrosserie d'une Audi noire derrière laquelle Valéry trouva refuge. Dès que les tirs cessèrent, il se leva et mit en joue le camion.

— *Nein* ! avertit Hoffer qui était ressortie du magasin. Schmidt est dedans !

— On le suit !

Valéry courut jusqu'à sa moto. Il enfila son casque. Déjà Anke l'avait rejoint et s'installait derrière lui. Il démarra et fit monter dans les tours sa jolie mécanique allemande sans se soucier de la ménager. Première. Deuxième. Ils avaient déjà rattrapé le Renault qui filait pourtant à vive allure sur la bretelle d'accès à l'autoroute.

— Nicolas ! On les prend en chasse sur l'autoroute A36. Préviens les collègues du coin. Il nous faut de l'assistance. Tu les mets en garde : ils sont armés et dangereux. Ils roulent dans un Renault Trafic blanc, immatriculé 456 Papa Mike Foxtrot 75. Ils ont un otage donc pas de gaffe.

— Je fais ça tout de suite, commandant.

Valéry n'osa pas s'approcher du camion qui prenait de plus en plus de vitesse. Troisième. Quatrième.

— Qu'est-ce qu'on fait, *Kommandant* ? demanda Hoffer.

— On suit. Il nous faut de l'aide.

— Donnez-moi votre arme. Je vais crever leurs pneus.

— Non. Je serais obligé de m'approcher et d'entrer dans leur zone de tir. Nous serions trop vulnérables. On les suit.

— Et quand ils arrivent en Suisse ? s'inquiéta Anke.

Flaubert ne dit rien. Il était sorti de sa zone de juridiction depuis belle lurette et travaillait sans filet. Ni autorisation. Cette collaboration inopinée était déjà une source d'emmerdes à elle toute seule. Naïvement, il n'avait pas pensé que cette traque dégénérerait si vite.

La camionnette passa sous le panneau de la sortie 1 en direction de Saint-Jean-de-Losne, ignora la voie de décélération pour, au dernier moment, tourner brusquement, en franchissant les zébras à pleine vitesse.

— Accrochez-vous, gueula Flaubert à l'attention de sa passagère lorsqu'il jeta sa machine à l'intérieur du virage pour les suivre.

Les roues droites du Trafic décollèrent et la force centrifuge, aidée par le centre de gravité haut du véhicule, le fit basculer sur son flanc gauche. Il glissa alors en ligne droite, dans une gerbe d'étincelles, et vint se fracasser sur le tronc d'un des arbres qui encadraient la chaussée. Bruit sourd, celui de la cognée sur le billot.

Valéry freina et s'arrêta vingt mètres devant la carcasse fumante. Des craquements métalliques se firent entendre, comme des plaintes. Les deux officiers n'osaient pas bouger. La porte passagère se souleva alors avec difficulté. Flaubert jeta son casque au sol et dégaina.

— Police ! Ne bougez plus !

Il aligna le Trafic, le guidon de son SP 2022 et sa mire. Inspira profondément. Jetée vers le haut avec force, la portière s'ouvrit en grand. Le commandant réitéra sa sommation.

— Police ! Sortez du véhicule ! Les mains en l'air.

L'homme gicla comme un diable sortant de sa boîte. Un rictus effrayant déformait son visage ensanglanté. Son arme pointait vers les deux officiers. Le commandant Flaubert fit feu. Sa balle de neuf millimètres parabellum mit moins de six centièmes de seconde pour venir se loger dans son front. Il s'affala vers l'avant et son buste se plia sur le plancher du camion. Ses bras chutèrent vers le sol. Sa main s'ouvrit, laissant tomber son Beretta.

Quelques secondes puis Anke avança. Flaubert lui emboîta le pas, Sig Sauer en avant. Ils firent le tour de la camionnette pour se présenter face au pare-brise avant. Le conducteur avait été écrasé par l'arbre dans lequel il s'était encastré. Anke s'approcha et, à travers la vitre explosée, elle posa son index et son majeur sur sa carotide.

— *Er ist tot*. Il est mort, traduisit-elle.

Sans dire un mot, ils passèrent à l'arrière du véhicule. Flaubert eut un peu de mal à ouvrir la double porte arrière, voilée au cours du choc. Néanmoins, à force d'insistance, elle céda.

Jacob Schmidt était allongé. Sa tête saignait. Anke s'engouffra dans la camionnette et vint s'accroupir à ses côtés. Elle se pencha sur lui, capta le souffle frêle de sa respiration.

— Il est vivant !

*

— Comment tu expliques ce bordel, l'écrivain? gueula le commissaire Kuhn après avoir amené Flaubert à l'écart.

La bretelle d'autoroute avait été fermée pour laisser le champ libre aux pompiers qui avaient éteint l'incendie de la camionnette (le carburant s'était enflammé peu après que les deux officiers eurent évacué ses occupants), aux ambulanciers qui avaient prodigué les premiers soins à Jacob Schmidt et aux agents de la DIR* chargés de dégager la carcasse et de nettoyer la chaussée souillée de gasoil et d'huile. S'étaient jointes à tout ce petit monde, les voitures de la gendarmerie et celles de la PJ parisienne. Valéry, les yeux dans le vague, regardait les lumières bleues et rouges et blanches et orange qui striaient l'air noir du petit bosquet dans lequel ils étaient.

* Direction interdépartementale des routes (anciennement la Direction départementale de l'équipement, DDE)

— En dehors de notre zone de juridiction, le jour de Noël, sans aucune autorisation préalable, tu me dessoudes deux mecs en compagnie d'un officier allemand qui n'a aucune habilitation officielle, pour mettre la main sur… un Allemand ! En 1871, Dreyfus a été condamné à mort pour moins que ça… Je te repose ma question, c'est quoi ce bordel ?

Le commandant se demanda s'il devait faire remarquer à son supérieur que le capitaine Dreyfus avait été condamné au bagne et non à mort, en 94 et non en 71. Il préféra rester sur la défensive :

— Compliqué.

— Quoi, compliqué ? s'énerva Kuhn. Tu peux rajouter un verbe et des sujets à tes phrases, s'il te plaît ? Pour une fois, Valéry, j'aimerais que tu développes…

Il ajouta, presque sur le ton de la confidence :

— Si tu veux que je te sorte de ce merdier, il va falloir la jouer fine.

À contrecœur – non pas réticent à faire un compte rendu à son chef de section mais parce que cela nécessitait qu'il parlât longtemps – Valéry exposa la suite des événements qui l'avaient amené jusqu'à ce trou paumé de la Côte d'Or. Kuhn l'écouta sans l'interrompre.

— OK, dit-il. On va…

Il suspendit sa phrase et s'éloigna de quelques pas pour réfléchir avant de revenir vers le commandant.

— Tu fais chier l'écrivain ! Pourquoi tu ne m'as pas tenu au jus ? On aurait monté un truc en collaboration avec les Fritz et l'affaire était dans le sac !

— Je vous l'ai suggéré, patron, dit Flaubert sans se démonter.

— Quand ?

— Quand Jacob Schmidt était en GAV dans nos locaux.

— Ah ? Je ne m'en souviens pas. Tu n'as pas dû le suggérer bien fort.

Flaubert passa outre la mauvaise foi évidente de son supérieur :

— Bon. On fait quoi maintenant ?

— Le mieux c'est de ramener tout ce beau monde chez lui en Allemagne, la frontière n'est pas loin, ils se démerderont. Le reste, je veux dire ce qui s'est passé ici, je devrais pouvoir le garder sous le boisseau.

— Le problème…

— Quoi, le problème ? Y'en a pas assez avec tes conneries, des problèmes ? C'est quoi le problème ?

— Jacob Schmidt ne veut pas rentrer chez lui. Il ne veut même pas passer à l'hôpital. Il veut aller à Rennes.

— À Rennes ? Qu'est-ce qu'il veut aller foutre à Rennes ?

— Comprendre… Comprendre pourquoi ces hommes lui en voulaient tant !

— Qui sont ces gars, d'ailleurs ?

— Inconnus au bataillon. Rien dans les fichiers français. Pas de pièces d'identité. Camionnette louée sous un nom d'emprunt, à l'aide de faux papiers. Les opérateurs de leurs téléphones portables sont suisses alors on peut présumer qu'ils le sont aussi. J'ai demandé au capitaine Daguerre d'obtenir leurs fadettes mais ça risque d'être long. Europol ne les connaît pas non plus mais ils ont promis de chercher.

— La moindre des choses, fais-moi penser à les appeler pour les remercier ! En tout cas, je ne veux rien savoir. Ton Jacob Shit il repart de l'autre côté du Rhin.

— Très bien. Vous avez fini ?

— Oui. Tu te charges de les ramener et moi je me débrouille pour que ton affaire ne fasse pas trop de vagues.

Les deux hommes se séparèrent. Valéry revint vers l'ambulance. Jacob, enveloppé dans une couverture de survie dorée, était assis sur la plateforme arrière. Il était en grande conversation avec la Capitaine Hoffer assise à côté de lui.

— *Ich muss zurück nach Rennes.*

— *Ich verstehe, aber ich fürchte, das ist nicht möglich. Es ist alles zu weit gegangen.*

— *Bitte, es ist mir sehr wichtig !*

Flaubert entra dans la danse :

— Qu'est-ce qu'il y a, à Rennes ?

— C'est personnel, répondit Jacob en se tournant vers lui.

— Alors retour en Allemagne. Ce soir.

Jacob regarda Anke. Son regard la suppliait d'intervenir en sa faveur. La capitaine lui devait bien ça, qui n'avait pas pris son histoire plus au sérieux quand il la lui avait racontée.

— *Kommandant*, dit-elle, c'est juste une journée. En partant maintenant, nous serons à Rennes dans sept heures. Je promets qu'après, nous prendre premier train pour notre chère patrie.

Flaubert regarda, non, contempla Anke Hoffer pendant presque une minute. Ses traits étaient réguliers. Ses yeux bleus brillaient d'un éclat vif et intelligent. De petite taille, elle était mince et on sentait qu'elle avait un corps tonique dont elle prenait soin. Seules quelques rides, peu marquées, trahissaient son âge : la vingtaine était loin derrière elle. Toutefois, force était de constater que c'était encore une très belle femme et Valéry dut reconnaître qu'elle l'attirait. Il fut surpris de ce sentiment car, aussi loin qu'il se souvienne, il ne se rappelait pas avoir été ému par le corps d'une femme. Il voulait rester avec elle, encore un peu. Prolonger cette collaboration. Juste pour le plaisir.

— Ne bougez pas. Je reviens, annonça-t-il.

Il se dirigea vers le lieutenant Colidor qui avait fait, lui aussi, le déplacement depuis la capitale. Appuyé contre la Subaru Impreza de la BRI*, il lançait un caillou en l'air et le rattrapait.

— Rudy ? T'as deux minutes ?

— Ouais.

— Viens, dit-il en le tirant vers le bois, à l'abri du gros camion de remorquage. Vous êtes venus comment depuis Paris, toi et Kuhn ?

— Ben… En bagnole.

— La même ?

— Non.

— Tu as le permis moto toi, non ?

— Ouais.

— Écoute… J'ai besoin de ta voiture et (Valéry inspira pour se donner de courage) j'ai besoin que tu ramènes ma béhème sur Paname. T'as les clés ?

— Ouais.

Le lieutenant tendit le trousseau de clés de la Clio à son chef de groupe. Flaubert fit de même avec celles de sa R75.

— Gaffe, hein ? Mollo sur les rapports… Vieille bécane…

— Pas de problème. J'ai une Kawa. La Ninja 250, dit-il d'une voix fière. Les bécanes, ça me connaît !

Cette affirmation, loin de rassurer le commandant, ne fit qu'accroître son inquiétude. La simple comparaison d'une machine japonaise avec sa série 5 relevait du blasphème et confirmait l'ignorance totale du lieutenant en matière de deux-roues motorisés.

— C'est une boîte quatre.

— Ah ? Bizarre.

— Pas au-delà des sept mille tours minute, hein ?

Il fallait que cette femme lui ait tapé dans l'œil – et dans le cœur

* Brigade Rapide d'Intervention.

– pour qu'il accepte un tel marché. Pour ne pas revenir sur sa décision, il prit congé du lieutenant, non sans lui avoir demandé de ne rien dire au commissaire, et revint vers Anke et Jacob.

— On bouge, leur annonça-t-il.

Anke Hoffer se leva.

— On va où ?

— On va à Rennes !

*

Bernd Wagner tripotait son téléphone avec nervosité. Le dernier texto de son futur-ex-gendre était clair. Ils auraient dû être là depuis longtemps. Gottfried n'avait pas répondu à son premier message. Ni au second.

Dieu qu'il n'aimait pas ça.

Quand tout ne se déroulait pas « selon le plan ».

Chapitre 28

26 décembre 2012,

Hormis une pause dans une station-service au niveau du Mans, ils firent la route d'une traite. Anke releva Flaubert à deux reprises et ils arrivèrent à Rennes peu avant cinq heures du matin. Ils tournèrent dans la ville et finirent par tomber sur une brasserie, pas très loin de la gare, qui leva son rideau de fer à cinq heures et demie. Ils s'y engouffrèrent pour avaler un copieux petit déjeuner. Les croissants qui sortaient du four du boulanger d'en face étaient excellents. Ils profitèrent de ce petit déjeuner pour faire connaissance.

À six heures et demie, avec l'aval de Flaubert qui estima qu'on pouvait le réveiller, Jacob appela Bernard Vormet. Ce dernier décrocha dès la première sonnerie comme s'il avait attendu ce coup de fil depuis toujours. Ils convinrent de se retrouver à l'ouverture de l'agence BNP-Paribas, sise rue de Nantes.

Le jeune Allemand et les officiers y arrivèrent en avance et attendirent Bernard Vormet. Quand celui-ci sortit de sa voiture, il eut une moue de surprise en voyant Jacob Schmidt entouré par ces deux personnages. Il avança timidement vers eux.

— Tout… Tout va bien ? demanda-t-il à Jacob.

— Oui, oui. Je vous présente la capitaine Hoffer et le commandant Flaubert.

— Ah ! commenta Vormet, surpris.

— Vous avez les clés ?

— Oui.

Et il tendit à Jacob l'exemplaire de son père qu'il avait ramassé la veille. Ils pénétrèrent dans l'agence bancaire, demandèrent à entrer dans la salle des coffres. Sans surprise (ils n'insistèrent d'ailleurs pas) on en refusa l'accès à Flaubert et Hoffer. L'employé les conduisit au sous-sol de l'agence, par un petit escalier de fer en colimaçon. Il composa un code compliqué qui déverrouilla une lourde porte blindée. Derrière, une petite salle d'une dizaine de mètres carrés dont les murs étaient couverts depuis le sol jusqu'au plafond de petits coffres munis de deux serrures à chaque extrémité de leur façade.

— Avez-vous les clés, messieurs ? Très bien. Il vous faut les introduire dans les serrures et tourner en même temps vers la gauche. Un quart de tour suffit.

Jacob et Vormet s'exécutèrent. L'employé s'approcha alors et, attrapant la poignée fixée au milieu du coffre, le tira. C'était un vulgaire parallélépipède en métal de la taille d'une boîte à chaussures. Il le posa sur une petite table qui était au centre de la salle des coffres.

— Très bien. Je vais vous laisser seuls comme l'exige la procédure. Je vais fermer derrière vous. Quand vous aurez fini, refermez la boîte et sonnez à l'interphone. Je viendrai vous ouvrir.

L'employé reculait vers la sortie quand Bernard Vormet annonça d'une petite voix :

— Je vais sortir aussi. Le contenu de ce coffre ne concerne que monsieur.

Il fit un petit sourire à Jacob qui ne le vit pas.

Les deux hommes sortirent et l'épaisse porte se referma sans un bruit, sans un claquement.

Le silence.

Jacob regarda cette curieuse petite boîte.

Il revit le cercueil de son père. Une petite pluie fine tombait sur le cimetière à Leipzig. Josef avait tout prévu, jusque dans les moindres détails, et la plaque de marbre était déjà gravée. À côté du nom de sa mère, figurait déjà le sien : Josef Schmidt 1946-2003. Il n'y avait personne. Jacob était tout seul. Il avait souri (et pleuré, c'était étrange) quand il avait vu le cercueil descendre dans le caveau. Un cercueil de prof de maths, avait-il pensé. Une simple boîte. Aucune fioriture. Du bois blanc, des poignées en acier galvanisé. Une boîte à chaussures.

Il fit basculer le couvercle vers l'arrière et se pencha au-dessus du coffre. Au fond, il y avait une enveloppe sans timbre dont le papier était jauni, sur laquelle était inscrit le prénom de son père.

Josef

Il l'ouvrit et en sortit une dizaine de feuillets pliés en deux, couverts d'une petite écriture ronde à l'encre noire.

Chapitre 29

Berlin, le 10 janvier 1953,

Mon cher Josef, mon cher enfant,

Si tu lis cette lettre, sache que je suis rassurée et inquiète à la fois. Rassurée car tu es encore en vie mais inquiète car quelque chose ou quelqu'un t'a poussé à venir la chercher. Ce quelqu'un ne te veut pas du bien, Josef : fuis ! Éloigne-toi le plus possible. Je t'ai tant aimé, Josef, nous avons traversé tant d'épreuves toi et moi, tu dois avoir confiance en moi. Cependant, pour que tu puisses réagir en conséquence, je vais tout te raconter.

Cette histoire est le récit de ma vie mais c'est aussi le récit de la tienne. J'espère que tu me pardonneras, mon enfant, de te l'avoir cachée si longtemps. J'espère que tu ne m'en voudras pas et que tu comprendras les raisons qui m'ont poussée à me taire, qui m'ont forcée à te mentir. Quoi que tu en penses, n'oublie jamais que je t'ai aimé, plus fort encore que tu ne peux l'imaginer. Voici mon histoire, mon fils.

Je suis née en 1921 à Leipzig, dans la petite rue Fichte. Ma mère, Bertille Schmidt née Levy, était comptable pour l'Alma Mater Lipsiensis, l'université de la ville. Mon père, Arnold Schmidt, tenait une petite boutique de mercerie, héritée de sa mère, à l'angle de

Steinstraße et Kochstraße. J'avais un frère, Almut, né cinq ans avant moi, qui mourut d'une pneumonie, à l'âge de sept ans pendant l'hiver 1923. Malgré cela, j'ai le souvenir d'une enfance heureuse, dans un foyer heureux. Mes parents étaient aimants et nous formions une famille formidable aux revenus modestes mais qui vivait confortablement.

En 1933, j'avais douze ans quand Hitler fut nommé chancelier par Hindenburg. C'était à la fin de l'hiver, je m'en souviens bien car il y avait encore de la neige. Je m'en souviens aussi très bien car ce fut un grand chamboulement pour notre famille. Dès le printemps qui suivit, maman fut renvoyée de l'université à cause de la loi pour la restauration du fonctionnariat qui excluait les juifs et les fonctionnaires « peu fiables » de la fonction publique. Maman vint alors aider papa à la mercerie mais la clientèle baissa de jour en jour : c'était devenu un magasin « tenu par des juifs » or, une ordonnance du NSAPD, adoptée en mars, décrétait l'isolement des magasins juifs ! Des affiches fleurissaient un peu partout sur les murs qui disaient : « Allemands ! N'achetez pas dans les magasins juifs ! »*

En 1934, l'abominable opération Juden unerwünscht* *était lancée. Ce fut une époque très dure. Les insultes, les quolibets et les menaces devinrent quotidiens. Maman m'interdit de sortir seule dans la rue et m'accompagnait partout où j'allais. Il y eut une petite trêve en 1936, à l'occasion des jeux olympiques de Berlin, mais elle ne dura guère et j'appris à marcher vite, la tête baissée.*

En 1938, j'entrai comme ouvrière dans l'usine d'armement d'Hugo Schneider appelée HASAG. Ce fut un coup de chance étrange car, à l'époque, seuls les Allemands « sûrs » étaient recrutés. Mon statut de demi-juive et mon excellent niveau en mathématiques me permirent, à l'aide d'une ancienne connaissance compréhensive de ma mère, d'obtenir ce poste d'aide-comptable. Mon travail consistait essentiellement à tenir le compte des cartouches qui sortaient par milliers des chaînes de production chaque jour. En août, on força maman et moi à ajouter le prénom Sarah sur nos papiers d'identité. Et puis ce fut la Nuit de cristal comme l'ont appelée les historiens par la suite. Une nuit de novembre, la population, embrigadée par les dirigeants politiques,*

* Nationalsozialistische Deutsche Arbeiterpartei. Le Parti national-socialiste des travailleurs allemands.

* Les juifs sont indésirables.

* Hugo Schneider Aktiengesellschaft Metalwarenfabrik. Manufacture qui n'hésita pas à utiliser la main d'œuvre concentrationnaire pour assurer sa production.

saccagea tous les lieux de vie juifs : synagogues, magasins, écoles… Aujourd'hui encore, quinze années plus tard, j'ai du mal à écrire tout ça mais je veux le faire pour toi, Josef.

Cette nuit-là, nous fûmes réveillés par le bruit dans la rue. Nous habitions dans un petit appartement de deux pièces au-dessus de la mercerie. Papa a ouvert les volets et il a vu les hommes, en bas, qui jetaient des pierres dans la vitrine. Il nous a dit de reculer, de rester dans la chambre et il est descendu. Il y eut des hurlements. J'entends encore mon père leur crier d'arrêter, qu'il n'était pas juif, qu'il était allemand, comme eux. Mais, ivres de colère, ivres de sang, ils ne l'ont pas écouté : il était de notoriété publique que ma mère était juive alors ils ont continué. Le rideau de fer a cédé sous la férocité de leurs coups. Papa n'a rien pu faire. Ils l'ont roué de coups tandis qu'ils saccageaient le magasin. Quand ils furent partis, nous sommes descendues en courant. Tout était retourné, ils avaient renversé toutes les étagères, vidé tous les tiroirs ! Papa gisait au milieu de son sang, à même le sol, inconscient. Malgré mes protestations, malgré mes pleurs, maman m'envoya chez madame Heisenberg, qui habitait de l'autre côté de la rue, pour le reste de la nuit.

Elle venait de me sauver la vie.

Papa est mort de ses blessures et je n'ai jamais revu ma mère, Josef. Le lendemain, très tôt, alors que je dormais encore, ils sont venus la chercher et l'ont emmenée. Je n'ai jamais su où. Madame Heisenberg me proposa alors de quitter le pays avec elle, ce que firent beaucoup d'entre nous, mais je m'y refusai. Je ne voulais pas abdiquer devant la violence. J'avais la fierté et la bêtise de la jeunesse. Je pleurais mes parents, je réclamais vengeance. Cette haine m'habita longtemps, terrée en moi, et explique peut-être tout ce que je fis par la suite.

Grâce à mon nom allemand (je frémis quand j'écris ceci mais c'était une réalité à cette époque !) et ma place de comptable chez HASAG, je trouvai une chambre de bonne sur Walter-Barth-Straße. Je compris vite que la discrétion serait obligatoire. Je ne disais rien, parlais le moins possible. J'arrivais au travail à pied, repartais à pied pour éviter les transports en commun. Je ne sortais jamais sauf pour faire mes courses.

Puis ce fut la guerre et ils eurent besoin de plus en plus de munitions pour assouvir leur soif de conquête, de sang et de larmes.

L'usine tournait à plein régime sous l'impulsion du Vierjahresplan* *voulu par Goering dès 1936. Très vite, pour réussir à tenir la cadence, des prisonniers affluèrent d'un peu partout pour travailler sur les chaînes. Ce que j'entendis alors me fit frémir mais c'était si dément, si insensé, que j'eus du mal à y croire. J'étais si naïve, Josef. En 1941, en septembre, nous fûmes obligés de porter l'étoile jaune. En octobre, nous eûmes l'interdiction absolue de quitter le pays. La situation se tendit. Je devais courir pour rentrer chez moi où je m'enfermais. Je ne sais par quel miracle on m'autorisa à travailler dans cette usine* mais cela dura jusqu'en 1942.*

Le 28 septembre de cette année (Ma mémoire est si bonne sur cette période que je voudrais oublier. Les évènements semblent y être gravés de façon indélébile…), alors que j'arrivais à l'usine, les hommes de la SS, avec leurs uniformes noirs couleur de la mort, étaient devant le grand portail. Ils « triaient » les ouvriers. Nous, les juifs, fûmes regroupés dans la grande cour puis chargés dans un train. Oui, Josef! Chargés comme on charge du charbon de bois ou des sacs de farine dans un train de marchandise. Je compris alors que nous valions moins que les marchandises. Les hommes sur le quai qui criaient, les chiens qui aboyaient. Martha, qui travaillait au fluxage, affaiblie par les vapeurs de plomb qu'elle inhalait quotidiennement, trébucha et tomba juste avant de monter dans le wagon. Un officier arriva et la roua de coups pour l'obliger à se lever. Il la tua sur place.

Le soir même, nous arrivions au camp de Buchenwald alors dirigé par l'Oberführer *Hermann Pister. Dès le premier soir, je sus que les rumeurs entendues à l'usine n'en étaient pas. Je découvris des femmes d'une maigreur extrême, dont le corps flottait dans leur robe de tissu grossier à rayures. Le lendemain, la journée commença par un long décompte. Cela dura des heures, il faisait encore très chaud et je faillis m'évanouir… Je ne dus mon salut qu'à ma voisine qui glissait son bras sous le mien quand je vacillai pour m'empêcher de tomber. Trois autres n'eurent pas cette chance et furent abattues d'une balle dans la tête par un officier sans que la longue litanie des noms ne cesse pour autant. Comme on écrase une mouche qui nous dérange sur la table de la cuisine sans interrompre sa discussion. À l'issue de cet appel, un kapo me conduisit*

* Le Plan de Quatre ans. Il préconisait, entre autres, une accélération du réarmement du Reich.

* Heydrich, à la demande des responsables du Plan de Quatre ans, accepta de ne pas déporter les juifs travaillant dans les usines d'armement ou les « demi-juifs ». C'est Hitler qui ordonne leur déportation à l'automne 42.

à Hans Schmidt, l'adjoint de Pister. On me fit entrer dans son bureau. Je rencontrai un homme d'apparence aimable qui m'apprit qu'il venait de rentrer dans ses nouvelles fonctions et cherchait une nouvelle secrétaire. Il avait noté que je portais le même nom que lui et il commença à remonter avec moi son arbre généalogique à la recherche d'une branche commune. Je compris que c'était là une chance à saisir. Dès le début de son inventaire, je sus que nos familles n'avaient aucun lien. Schmidt est un patronyme très courant dans notre pays. Toute sa famille était originaire de la province d'Ostfalen tandis que la mienne était venue depuis l'orient, du côté de la Pologne. Néanmoins, quand il évoqua un lointain aïeul du côté maternel qui habitait à Haale, je m'inventai un grand-oncle qui aurait pu être la même personne. Par chance, le lagerführer *n'était pas un homme suspicieux et il fut ravi d'apprendre que nous étions parents. Avec des mots acides, il regretta que le sang de sa famille ait été souillé par ma mère mais il consentit toutefois à me prendre à son service pour, dit-il, « m'éviter des travaux harassants ». Ainsi, je retrouvai mon métier de comptable et, si je dormais dans les baraquements avec les autres prisonnières, entassées dans des châlits puants, infestés par la vermine, avec notre gamelle en guise d'oreiller, mon sort était beaucoup plus enviable : je mangeais presque à ma faim et je n'avais pas froid pendant la journée dans le bureau chauffé que j'occupais. Bien que rustre, Schmidt était avec moi un homme poli, ce qui était surprenant : il faisait régner une terreur sans pareille dans l'enceinte du camp. Il avait les pouvoirs d'un dieu qui décidait de la vie ou de la mort. Je le vis tuer de ses propres mains plusieurs prisonniers pour des raisons futiles.*

En mars 1943, Pister et son adjoint furent conviés à Berlin pour apporter leur expertise en vue de la création d'un camp annexe destiné à la fabrication de missiles. Schmidt décida, avec l'aval de son supérieur, de m'emmener avec lui pour faire profiter les décideurs de mon excellente connaissance des chiffres du camp. Nous nous rendîmes dans une villa de la banlieue de Berlin. J'assistais, la plupart du temps sans rien dire, assise sur une chaise dans un coin de la pièce, à d'interminables réunions où le cognac coulait à flots et qui finissaient toujours avec l'arrivée de prostituées.*

Cependant, le quatrième jour, je sentis un changement. Les officiers arrivèrent tôt le matin, ils étaient rasés, sentaient bon l'eau de

* Créé en août 1943, il deviendra le camp autonome de Dora-Mittelbau en 1944.

Cologne. Schmidt ordonna qu'on m'apporte une robe plus propre que celle que je portais depuis mon arrivée, j'eus même le droit de me laver. Au milieu de la table, il n'y avait que de l'eau. La réunion commença et se déroula dans un sérieux monacal. Le repas de midi fut frugal.

Le Führer *arriva sans prévenir au milieu de l'après-midi.*

Une énorme berline noire avec des pneus sur ses flancs, à la tête d'un impressionnant convoi de plusieurs véhicules, se gara devant l'entrée de la villa. Je fus surprise de voir que le Führer *était assis à l'avant de la voiture. Il n'attendit pas qu'on lui ouvre la portière, il descendit et marcha d'un pas rapide jusqu'à la maison. Tous les officiers présents dans la pièce qui, comme moi, avaient assisté à son arrivée, se levèrent comme un seul homme et se mirent au garde à vous. Hitler entra dans la pièce, avança vers la table. Il leva sa main droite brièvement comme s'il chassait un insecte inopportun. Tous les hommes présents tendirent leur bras droit devant eux en criant* « Heil Hitler ».

Il n'était pas très grand. Portait un uniforme beige sous son grand manteau noir, avec des bottes et un ceinturon noirs, une chemise blanche et une petite cravate noire. Il ôta sa large casquette qu'il tendit derrière lui à son majordome. Il se débarrassa de ses gants et de son manteau puis vint au-devant de quelques officiers à qui il serra la main distraitement. Il demanda si tout se déroulait bien et, comme on lui répondit que oui, il annonça qu'il était attendu ailleurs. J'étais assise sur une chaise près de la cheminée et, depuis qu'il était entré dans la pièce, j'essayais de ne pas bouger. Ce fut quand il fit demi-tour pour repartir que nos regards se croisèrent. Cela ne dura pas une seconde car je baissai immédiatement les yeux. Il sortit. Les officiers crièrent « Heil Hitler ». *Nous le vîmes remonter dans sa voiture, il jeta un œil en direction des fenêtres et la grosse Mercedes disparut.*

La réunion ne reprit jamais. Dès que la dernière voiture du convoi franchit les grilles de la propriété, l'Obergruppenführer *Kammler, en charge du projet Dora, ordonna qu'on serve le meilleur cognac pour fêter la confiance dont venait de les gratifier le* Führer.

Trois jours plus tard, tôt le matin, alors que nous devions repartir pour Buchenwald dans la journée, Schmidt vint me trouver dans la petite chambre qui m'avait été allouée. « Prépare-toi, me dit-il, le Führer veut te voir ! Maintenant ! » Comme je demandai pour-

quoi je ne repartais pas avec lui, il ajouta : « Je n'en sais rien. Prépare-toi. Une voiture t'attend en bas. Quand tu es prête, tu descends. Le chauffeur te conduira au Führer. *Tâche d'être digne de l'honneur qui t'est fait. » Je répondis « Oui,* Hauptsturmführer *Schmidt. » et je m'exécutai. La voiture était celle qui avait amené le* Führer *l'avant-veille et le chauffeur était son propre chauffeur qui se présenta une fois que je fus installée à l'arrière. Il se nommait Erick Kempka. Nous roulâmes jusqu'à un aéroport. De là, un petit avion nous emmena jusqu'au milieu d'une forêt, où se trouvait la Wolfsschanze*. Nous y arrivâmes tard dans la nuit. Kempka me conduisit jusqu'à un bâtiment où je fus accueillie par une femme qui me mena jusqu'à un couchage. Éreintée par ce long voyage, je m'endormis aussitôt. Le lendemain, la même femme vint me réveiller. Elle me servit un copieux petit déjeuner avec du pain et du beurre (je n'en avais plus mangé depuis 38 !) puis elle posa à côté de moi une bassine pleine d'eau tiède, un savon et une boîte de carton blanc et me dit « Notre* Führer *veut que tu portes la robe qu'il y a dans ce paquet. Regarde-la et dis-moi si elle est à ta taille. » Elle l'était. « Lave-toi et habille-toi. Je t'attends dehors. Quand tu es prête, rejoins-moi. » Sans essayer de discuter, je me lavai, me changeai et sortis. La femme était assise dans la voiture de Kempka, je pris place à ses côtés.*

À la lumière du jour, je découvris un stupéfiant ensemble de blockhaus et de maisons en rondins cachés par les arbres de la forêt et protégés par des barbelés et des miradors. Nous passâmes plusieurs barrages de sécurité et nous traversâmes même une voie de chemin de fer pour arriver jusqu'à un blockhaus qui me sembla taillé dans la roche, comme certaines maisons troglodytes. La femme qui nous accompagnait entra avec moi, me guida jusqu'à une petite pièce et me dit d'une voix froide : « Notre Führer *va te recevoir. Ne me demande pas quand. Tu attends sur cette chaise, il viendra quand il viendra. Tu ne le regardes pas dans les yeux. Tu réponds toujours par « Oui, mon* Führer *». M'as-tu comprise ? » J'acquiesçai et pris place sur la chaise. Elle sortit. Je n'attendis pas longtemps. La porte qui donnait sur cette antichambre s'ouvrit comme par magie. « Entrez ! » Je me levai et pénétrai dans le bureau du* Führer. *Je me souviens que mon cœur battait à une vitesse folle, je pouvais sentir mon sang taper dans les veines de mon cou. Mes jambes flageolaient et mes mains tremblaient.*

* La Tanière du Loup. Quartier général d'Adolf Hitler situé dans les bois en Pologne.

J'avais si peur, Josef. La peur d'un enfant qui, la nuit, se baisse pour regarder sous son lit afin d'apercevoir le monstre qui s'y cache.

Le Führer *était assis derrière sa table de travail. Il était en chemise. Je me souviens de notre discussion comme si elle avait eu lieu hier.*

— Avancez. Regardez-moi. Comment vous appelez-vous ?

— Anna, mon Führer. *Anna Schmidt.*

— Savez-vous que Schmidt prend ses racines de der Schmied, *le forgeron ? C'est un nom allemand qui fait honneur à notre Troisième Reich. Ce Reich millénaire que j'ai bâti de mes mains, comme le forgeron fabrique le glaive qui tranche la tête de nos ennemis. Mon interprète, Paul-Otto Schmidt, affirme que c'est le nom le plus porté dans notre bel empire. Le saviez-vous ?*

— Non, mon Führer.

— Je le soupçonne toutefois de ne pas être très objectif.

Il rit. Il avait un petit rire comme un cri de rongeur, comme un crissement. Je crois que ce fut la seule fois que je le vis rire. Il cessa abruptement pour reprendre :

— Mademoiselle, je vous ai fait venir jusqu'à moi car… (il marqua une pause et, même si je ne le regardais pas, je sentis soudain une gêne) j'ai besoin d'une secrétaire et l'Oberführer Pister, en qui j'ai une entière confiance, m'a dit le plus grand bien de vous. Ma secrétaire, Fräulein *Junge, a… Elle a besoin d'aide. Je suis amené à signer de plus en plus de documents. L'avancée de nos troupes sur le front russe permet l'annexion de nouveaux territoires chaque jour plus nombreux qui nécessitent la mise en place d'une administration digne du Troisième Reich. Rien ne doit être négligé. Les peuples soumis doivent comprendre pourquoi le* Volk *est le peuple le plus à même de gérer leur existence. Pour leur bien. Pour une race dont l'humanité sera fière. Vous aurez compris, Anna, que tous ne peuvent décemment prétendre à la même place à la surface de la Terre. Il convient soit de hiérarchiser, afin d'anoblir, de purifier soit de laisser la mauvaise herbe prendre le pas sur tout le reste.*

Il parla pendant presque une heure, s'énervant tout seul puis se calmant puis s'emportant de nouveau. J'avais l'impression qu'il me récitait un de ses discours qu'on entendait à la radio, avec ses phrases toutes faites, ses jugements à l'emporte-pièce, ses aberrations, ses contre-vérités, sa mauvaise foi, comme s'il avait voulu me convaincre du bien-fondé de son action destructrice. Je ne sais si ce furent ses propos abjects qui me donnaient la nausée ou d'être debout si longtemps ou encore la fatigue du voyage mais j'eus alors une absence, je vacillai et je manquai de m'évanouir. Il se leva d'un bond pour me retenir et me soutint jusqu'à une chaise.

— Je vous présente mes excuses, Fräulein. *Je… J'ai tendance à oublier tout le reste quand je commence à parler. Je… Il faudra me le faire remarquer. Me le ferez-vous remarquer, Anna ? (J'hésitai…)*

— Oui, mon Führer.

— Bien. Très bien. Souhaitez-vous boire quelque chose ? Oui, bien sûr !

Il se leva et me servit un grand verre d'eau.

C'est ainsi, Josef, que je rentrai au service du plus grand dictateur de tous les temps. Au service de l'homme qui avait décimé la quasi-totalité de ma famille, de mes voisins, de mes proches. Je me répétais parfois avec cynisme que je ne pouvais pas être mieux protégée qu'au sein même de la tanière du loup. Aux côtés du loup. Après avoir été un temps la secrétaire de sa secrétaire, je devins sa « secrétaire de main ». Je signais à la place du Führer, *en imitant sa signature, des documents sans importance comme des décorations, des courriers, des attestations. Les documents importants étaient paraphés par le* Führer *lui-même mais il avait exigé que ce soit moi qui lui apporte le grand parapheur en cuir noir sur lequel ses initiales étaient dorées à l'or fin.*

Ma vie dans l'ombre du Führer *aurait pu durer des années ainsi. Je croisais les plus hautes personnalités du Reich, les monstres les plus immondes qu'il avait engendrés. Je me familiarisais avec les grades et découvrais la cour qui gravitait autour du* Führer. *Ce fut ainsi, quand je les observais, veules, surveillant le moindre de leur propos, que je pris conscience de l'extrême liberté que m'accordait le* Führer.

Tout changea le 6 juin 1944. Pour le monde et pour moi.

Nous étions au Berghof, la résidence de villégiature du Führer. Une villa perchée dans les alpes bavaroises depuis laquelle la vue sur la vallée était splendide. C'était en milieu de matinée. Un adjudant-major apprit au Reichsminister *Speer qu'un énorme contingent de troupes alliées débarquait sur les côtes normandes. Speer s'inquiéta de savoir si le* Führer *avait été prévenu. Celui-ci dormait encore et on lui répondit que non. Vers midi, le* Generaloberst *Jodl revint à la charge : il fallait prévenir le* Führer *: le* General der

Infanterie *Blumentritt demandait des renforts et souhaitait utiliser les divisions de Panzer stationnées plus loin dans les terres. Il y eut conciliabule : personne n'osait réveiller le* Führer *car personne ne réveillait jamais le* Führer, *pas même Eva Braun. Speer, qui connaissait le statut privilégié dont je jouissais auprès du* Führer, *m'entraîna à l'écart et me souffla : « Anna, vous seule pouvez entrer dans la chambre du* Führer. *Vous devez le réveiller. Il ne vous en voudra pas. Dites-lui que c'est urgent. »*

Je me présentai devant la chambre du Führer *qui ne fermait jamais sa porte à clé car cela ne servait à rien, personne n'aurait osé en franchir le seuil sans y être invité. Le cœur battant (je croyais que ma dernière heure était arrivée), je tournai la poignée et entrai dans sa chambre.*

Un peu de lumière passait à travers les volets et je pus rapidement distinguer les formes. Il était dans son lit et dormait encore. Je m'approchai. Son souffle était rapide, son sommeil agité, comme s'il faisait un cauchemar. J'approchai encore. J'étais juste au-dessus de lui. Je n'aurais eu qu'à tendre la main pour la poser sur son épaule mais je n'osai pas et restai un long moment comme cela. Puis, il eut un soubresaut et ouvrit les yeux. Il me fixa longtemps avant de dire : « Geli? C'est toi Geli ? » Surprise, je répondis : « Non, mon* Führer, *c'est Anna. Anna Schmidt, votre secrétaire. » Encore ensommeillé, comme s'il ne m'avait pas entendue, il ordonna : « Approche-toi, Geli. » Tétanisée, je m'exécutai. Sa main sortit de sous ses draps et se posa sur ma jupe, un peu au-dessus de mon genou. Un frisson me traversa. « Geli... Pourquoi as-tu fait ça, Geli ? » Sa main fit remonter le tissu de ma jupe puis se posa sur ma peau. J'étais comme pétrifiée, Josef. Je ne savais pas quoi faire et ne fis rien. Il me tira vers lui, imperceptiblement, je m'assis sur le bord de son lit. Comme je lui présentais alors mon dos, sa main se posa sur ma hanche, je sens encore aujourd'hui ce contact qui me répugnait. Puis son autre main. Il monta jusqu'à ma poitrine. Attrapa mes seins dans ses mains. Il s'assit dans son lit, derrière moi, posa ses lèvres dans mon cou, elles étaient glaciales. « Geli, Anna, c'est pareil, dit-il. Vous avez besoin de moi pour vous protéger. Vous êtes si fragiles. »*

Cette phrase ne cesse de me hanter. Je n'arrive pas à l'oublier. Je n'oublie pas non plus le dégoût que je ressentis alors. Ce jour-

* Angela Maria « Geli » Raubal (1908 – 1931) était la demi-nièce d'Adolf Hitler et le grand amour de sa vie.

là, Josef, je suis presque morte. C'est toi, toi seul mon fils, qui me permet de ne pas céder aux pulsions morbides qui m'assaillent chaque fois que j'y repense.

Je ne veux pas mettre de mots sur ce qui suivit mais tu auras compris, Josef, je n'en doute pas. J'aurais pu lutter, j'aurais pu me débattre, je n'en fis rien. À mon corps défendant, je choisis la vie. Josef, je prie de toute mon âme pour que tu me comprennes et que tu me pardonnes.

Il se leva peu de temps après, me congédia après que je me sois habillée. Dès que je sortis de sa chambre, le Reichsminister *Speer me demanda si le* Führer *était réveillé et pourquoi j'étais restée si longtemps. Je mentis : « Il dormait* Reichsminister. *» Le* Führer *sortit de sa chambre une petite demi-heure plus tard. Il était rasé et ne me jeta pas un regard. Il ordonna que la tête de pont alliée soit reprise au plus vite.*

Cet épisode fut suivi de nombreux autres. Souvent, que ce soit au Berghof ou dans sa tanière, il m'appelait pour telle ou telle raison fallacieuse, le plus souvent la signature d'un document, et abusait de moi. Non pas qu'il me violait, il n'y avait pas de violence physique dans nos rapports (il était plutôt doux et m'appelait Geli) mais c'était une violence tout autre, comme si je vendais mon âme au diable.

En juillet 1944, le Führer *échappa miraculeusement à un attentat dans son bunker de la Wolfsschanze. Les premières nausées apparurent en septembre 44. En janvier 45, la paranoïa du* Führer *ayant atteint son paroxysme, nous vînmes nous terrer dans le* Vorbunker *de Berlin où nous vécûmes en autarcie jusqu'en avril 1945.*

En février, je ne pouvais plus cacher mes rondeurs mais, auréolé par la « grandeur » de son illustre père, mon enfant, toi Josef, fut accepté comme si de rien n'était par l'entourage du Führer. *Eva Braun me demandait souvent de mes nouvelles comme si j'avais été la Vierge Marie des chrétiens, engrossée par le Saint-Esprit. On s'occupa particulièrement bien de moi pendant ma grossesse, je mangeais copieusement, des mets variés et, chose incroyable pour l'époque, beaucoup de fruits frais.*

Bientôt, je compris que j'importais peu. Le bébé lui, était important et, si le Führer *n'en parlait jamais, d'autres, autour de lui, en son absence évidemment, me firent comprendre combien cette naissance représentait un signe fort pour tous les défenseurs du*

Troisième Reich. Car, tous ceux qui croyaient en l'avènement du Reich millénaire n'étaient pas aveugles pour autant. Dans les couloirs, les propos critiques se multipliaient à l'encontre du Führer. *Tous constataient l'effondrement prématuré de cet empire si rapidement acquis et tous rejetaient la faute sur celui qu'ils avaient adulé quelques années auparavant. Le* Führer *avait perdu la confiance des siens et, à l'exception peut-être du ministre de la Propagande Goebbels qui refusait de se rendre à l'évidence, les plus fanatiques voulaient avancer sans lui. Et tu étais soudain celui qui les réunirait sous une bannière commune. Celui qui montrerait la voie. La nouvelle voie.*

Dans le Führerbunker, *les réunions se multipliaient qui voyaient les plus hauts responsables du Reich s'étrangler devant les décisions parfois absurdes du* Führer *que personne pourtant n'osait contredire. Celui-ci entrait dans des colères noires et sa santé se détériorait de jour en jour (je me souviens de sa main droite qui tremblait sans qu'il puisse la contrôler). Quand il était seul avec moi, il me confiait qu'il ne te connaîtrait jamais. Qu'il n'avait plus la force d'insuffler à ces incapables le vent de la victoire, pourtant si proche. Dans le* Vorbunker, *c'était le sentiment contraire qui avait pris le dessus. Tous attendaient la fin et les orgies apocalyptiques se multipliaient. Terrifiée, je ne sortais plus de ma chambre.*

Le 20 avril, le Führer *fêta son cinquante-sixième anniversaire, sans joie. Pour l'occasion, on ouvrit du champagne français que je goûtai pour la première fois. Le* Führer, *comme à son habitude, n'y toucha pas.*

Le 30 avril, il prit son dernier repas. En silence, le Führer *mangea en ma compagnie et celle de Traudl Junge, sa secrétaire, Erna Flegel, son infirmière et de Constanze Manziarly, sa diététicienne. Avant de quitter la table, il dit : « Merci, Constanze, c'était très bon. » Puis il se tourna vers moi et dit : « Adieu, Anna. » Il sortit.*

Une ou deux heures passèrent avant que Constanze ne débarque dans ma chambre dans un état de panique surprenant : « Il est mort ! » m'annonça-t-elle. « Notre Führer. *Il s'est suicidé. Avec Eva. Il est mort ! » Elle repartit en courant, je l'entendis colporter la nouvelle à mes voisins. Je restai un temps estomaquée. C'était un sentiment étrange que j'aurais bien du mal à t'expliquer. Puis, j'entendis du bruit. Des pas. J'entrouvris ma porte et assistai à un ballet désordonné des habitants du bunker. Timidement, je sortis,* *avançai dans les couloirs sans vraiment savoir où je voulais aller. Partout des gens soûls, d'autres qui criaient, d'autres qui couraient, sans but précis. Je fus bientôt au pied de l'escalier de la sortie de secours que je savais donner dans le jardin de la Chancellerie car j'avais accompagné un jour, avant que les bombardements ne se multiplient, le* Führer *qui y promenait sa chienne Blondi. Assis sur les marches, il y avait Dieter*. « Où vas-tu ? » me demanda-t-il. « Je m'en vais, je lui répondis. Le* Führer *est mort. » Il me regarda mais ses yeux bleus semblaient perdus dans le vide. « Ah ? Adieu, Anna. Dieu ait pitié de toi. » Il s'écarta pour me laisser le passage. Sans même vraiment savoir ce que je ferais une fois en haut, je gravis une à une les marches qui me menèrent à l'air libre. Dans mon dos, je crus entendre « Où est la servante juive ? » mais je ne me retournai pas et partis dans Berlin.*

La suite de mon histoire, tu la connais, mon fils. Je te l'ai déjà racontée à un détail près, tu n'es pas né en janvier 1946 mais en juin 1945. Ton père n'est pas russe mais peut-être aurait-il mieux valu ? Je ne sais pas. Ce que je sais, en revanche, c'est l'amour que je te porte et qui n'a jamais faibli. C'est au nom de cet amour que je t'ai caché ce que tu viens d'apprendre. Puisses-tu me pardonner un jour, mon fils. Néanmoins, si tu termines la lecture de cette lettre aujourd'hui, c'est que le silence n'est plus suffisant. Qu'il va falloir fuir, te battre peut-être. Fort de ce que tu sais, Josef, je ne doute pas que tu feras les bons choix pour ta sécurité et la sécurité de ta famille.

Je t'embrasse avec tout l'amour du monde. Je t'aime.

Ta maman, Anna.

* Armin Dieter Lehmann. Messager au *Führerbunker* pendant les derniers jours de la bataille de Berlin.

Chapitre 30

14 juin 2013

Jacob descendit Wilson Street jusqu'à l'intersection avec l'avenue Lee. Il s'arrêta devant le delicatessen et observa, dans le reflet de la vitrine, son garde du corps qui s'était arrêté quelques pas derrière lui. Il pénétra dans le magasin. Le vendeur, Peter, un gros roux aux joues roses qui portait des lunettes aux verres épais comme des culs de bouteille, l'interpella :

— *Ah ! You again, Steven !*

— *Eh ! Sell worse donuts and you won't see me anymore !*

— *Ah ah ! The usual ? Blueberry muffin and chocolate donut ?*

— *Yep... Add one of those bretzels, please !*

— *You mean Pretzel,* le corrigea Peter. *With a P, like Peter.*

— *You sure ?* le taquina Jacob.

— *Are you kidding me ?*

Jacob récupéra ses pâtisseries, sortit une énorme liasse de billets verts (cela l'amusait beaucoup d'avoir autant de billets pour de si petites sommes) et paya. Il fit exprès de sortir par la porte opposée à celle par laquelle il était entré et revint sur ses pas pour surprendre son ange gardien. Il posa son sachet sur le rebord d'une fenêtre, arriva dans son dos, sans bruit, et plaqua ses deux mains sur les yeux du colosse. S'il avait su que l'autre réagirait ainsi, il ne l'aurait pas fait : pas le temps de dire ouf et il était plaqué au sol, les deux poignets tordus dans une position très douloureuse, le genou du gorille qui s'enfonçait entre ses omoplates.

— Eh ! cria-t-il. *It's me* ! Jacob !

— *Fuck! You moron!*

Son garde du corps le releva prestement, le tapota pour le dépoussiérer et sourit l'air de dire « c'était pour rire » à un passant qui s'était arrêté à quelques mètres d'eux et les regardait, inquiet. En chuchotant, la main devant sa bouche, le gorille admonesta Jacob :

— *Fuck! Why did you do that?*

— *To joke,* avoua Jacob, penaud.

— *Fuck! That's not funny! And you scream your real name to the whole street, fuck! Move. We don't stay here! Come on!*

Jacob obéit. Quand il se rappela avoir oublié ses gâteaux, il se retourna mais le regard sombre de l'agent lui intima d'avancer. Cela lui fit de la peine car il avait pris l'habitude de déjeuner avec ce petit gâteau rond et troué, tous les matins depuis qu'il était arrivé aux États-Unis (il avait déjà pris un kilo).

La découverte de sa terrible ascendance l'avait bouleversé et il lui avait fallu plusieurs semaines pour s'en remettre. Il avait aussi dû faire le deuil d'Ann. Bref, il commençait tout juste, six mois après avoir lu la lettre, trois mois après avoir déménagé sur le continent américain, à sortir la tête de l'eau. À retrouver le goût de vivre.

Tout avait été géré dans son dos, il n'avait pas aimé mais c'était un peu de sa faute : il n'avait pas pu garder pour lui le terrible secret de sa grand-mère. En sortant de la banque, hagard, il avait tendu la lettre à l'officier du BKA qui l'avait lue puis fait passer au policier français. L'information était remontée aux oreilles des plus hauts dirigeants franco-allemands à la vitesse d'une balle de fusil. Dès le lendemain, Jacob était sous surveillance et une semaine plus tard, on lui annonçait qu'il allait devoir commencer une nouvelle vie, ailleurs, sous une fausse identité.

On lui « proposa » deux points de chute, ou de renaissance, c'était selon : New York City, quartier de Williamsburg, ou Tel Aviv, Israël. On lui expliqua à demi-mot qu'il n'y avait pas meilleurs endroits pour cacher le petit-fils d'Hitler. On lui affirma que les deux pays qui lui offraient cet asile le faisaient en toute connaissance de cause et s'engageaient à respecter la plus stricte confidentialité. Jacob ne dit rien mais ne put s'empêcher de sourire : près de soixante ans plus tard, il marchait dans les traces de sa grand-mère qui s'était réfugiée là où personne n'aurait pensé à la chercher.

(Au plus près d'Adolf.)

Il choisit le quartier juif orthodoxe de Brooklyn. Parce que la Grosse Pomme, tout de même. On lui acheta un petit trois pièces sur Bedford Avenue et, comme son niveau d'anglais était acceptable, on lui trouva un job de traducteur franco-anglo-allemand dans une entreprise de textile qui travaillait beaucoup avec l'Union Européenne. On lui imposa un service de surveillance, vingt-quatre heures sur vingt-quatre. Quand Jacob s'inquiéta du manque de discrétion d'un tel dispositif, on lui assura qu'il n'était que provisoire. Cela faisait six mois qu'il était escorté jour et nuit par un garde du corps, que son appartement était électroniquement relié aux bureaux secrets de la *Special Activities Division** de New York, que deux hommes dormaient dans une voiture en bas de chez lui et que des tireurs d'élite se relayaient dans un studio de l'autre côté de la rue, dont l'unique fenêtre donnait dans toutes les pièces de son appartement.

Jacob Schmidt, le petit-fils d'Adolf Hitler, était devenu aussi important que le président des États-Unis mais personne ne devait le savoir.

*

La journée avait été calme. Flaubert avait renvoyé les membres de son groupe chez eux et s'apprêtait à en faire de même. Il allait éteindre son ordinateur quand un mail arriva. Parce que personne ne l'attendait à Malakoff, il bascula sur sa boîte de réception. *From Anke Hoffer*. Il sourit et s'assit. Ouvrit le courriel.

« Salut Kommandant*!*

J'espère que tu vas bien depuis mon dernier message. Dans un mois, à la première semaine en juillet, j'amène Markus, mon mari, dans ta capitale pour souhaiter son anniversaire. On passe 5 jours en amour mais cela me ferait plaisir de te voir et de te présenter mon mari. Seras-tu là? Si c'est oui, nous pouvons te voir? J'attends ta réponse.

À très bientôt, j'espère.

Anke »

Valéry relut le message deux fois. Il n'avait pas revu la capitaine depuis l'affaire Jacob Schmidt mais ils étaient restés en contact,

* *Service de la Central Intelligence Agency* (CIA) en charge des actions clandestines.

avaient échangé quelques mails. Cette affaire, sans qu'ils en aient été vraiment conscients, les avait liés. Un lien fort. Étrangement indéfectible. Il cliqua sur le bouton Répondre.

« *Salut,* Polizeihauptmann.

Évidemment, vous êtes les bienvenus. Je serai là à cette époque. Si vous avez besoin d'un guide, n'hésitez pas, je rajouterai un side à ma moto. À juillet alors. Tu as mon numéro.

Valéry »

Il envoya sa réponse puis éteignit son PC. Récupéra sa veste sur le dossier de sa chaise et descendit l'escalier jusqu'à la cour du 36. Le planton le salua quand il passa sous l'arche pour sortir sur le quai des Orfèvres mais il ne le vit pas. Il avait un large sourire aux lèvres.

Il était content.

*

Bernd Wagner ferma sa porte et passa devant le bureau de sa secrétaire.

— Bonne soirée, Eva.

— Bonne soirée, monsieur.

Il se dirigea vers l'ascenseur, appuya sur le bouton d'appel et attendit en consultant sur son téléphone portable les nouvelles économiques. Les portes s'ouvrirent, il entra, pressa sur RDC. La cabine amorça sa descente. Stoppa. Bernd leva les yeux de son smartphone et s'aperçut qu'il n'était pas au rez-de-chaussée mais qu'il s'était arrêté au troisième étage. Il recula pour laisser entrer les deux hommes qui lui faisaient face. Ceux-ci ne bougèrent pas.

— Vous descendez ? demanda Bernd, irrité.

— Si on veut, répondit celui de gauche, le plus grand. Mais nous avons un message d'abord.

Bernd laissa tomber son iphone. Ses yeux s'écarquillèrent. Il voulut reculer mais son dos heurta la paroi du fond.

— Non. Je…

— De la part de monsieur Hans.

Le premier projectile lui explosa le genou droit. Il hurla de douleur. Le deuxième déchiqueta sa rotule gauche et, incapable de tenir debout, il s'effondra sur le sol. L'homme enclencha l'interrupteur qui permettait de bloquer les portes de l'ascenseur et s'accroupit. Il baissa la tête pour amener sa bouche près de l'oreille de Bernd Wagner (qui ne l'entendit pas car il s'était évanoui) :

— La cause ne peut plus tolérer une personne comme vous dans ses rangs. Adieu, Herr Wagner.

Il se releva et s'écarta pour laisser son complice lui loger deux balles dans le crâne.

Je tenais à remercier chaleureusement mes béta-lectrices. Vos corrections, vos critiques et vos remarques m'ont permis d'améliorer grandement le manuscrit originel. Merci donc à Ront, Hélène, Guillemette, Carole, Angélique.

Et à la tribu des A, Sarah, Elsa, Aurélia et Cécilia.

Je vous embrasse.

Parus dans la même collection

Le Baiser du Congre DEL PAPPAS
Bleu sur la Peau DEL PAPPAS
Le Jobi du Racati DEL PAPPAS
La Girelle de la Belle de Mai DEL PAPPAS
Écran total MAXIME VIVAS
Ainsi soient-elles PIERRE SERISIER
Le Royaume de Degun DEL PAPPAS
Du Sel plein les Yeux DEL PAPPAS
La Nuit des Bras Cassés MAURICE GOUIRAN
Harpo PIERRE SERISIER
Le Couteau sur la Langue RENÉ MERLE
Pleure pas le Mistral se Lève DEL PAPPAS
Le Cœur Enragué DEL PAPPAS
Le Théorème de l'Engambi MAURICE GOUIRAN
Le Cafoutchi du Diable DEL PAPPAS
Le Dernier des Chapacans MAURICE GOUIRAN
La Mue de la Cigale DEL PAPPAS
L'Arménienne aux Yeux d'Or MAURICE GOUIRAN
L'Anticyclone des Açores DEL PAPPAS
Les Martiens de Marseille MAURICE GOUIRAN
La Porte des Orients Perdus MAURICE GOUIRAN
Guantanamo Opération Porte ouverte MARC LEREAH
Bada d'Amour DEL PAPPAS
Les Damnés du Vieux Port MAURICE GOUIRAN
Saucisse dans le Métro SERGE SCOTTO
Marseille, la ville où est mort Kennedy MAURICE GOUIRAN
Sortez vos morts BRUNO LEYDET
L'Espincheur des Accoules DEL PAPPAS
Sous les Pavés, la Rage MAURICE GOUIRAN
La Gloire de Saucisse SERGE SCOTTO
Terminus Ararat MAURICE GOUIRAN
Frères d'Armes SERGE-YVES RUQUET
Train Bleu Train Noir MAURICE GOUIRAN
Meurtres à la Cité Radieuse ALAIN PUCCIARELLI
Saucisse Président SERGE SCOTTO
Vogue, Bel Engatseur, DEL PAPPAS
Spécial Dédicace LILIAN BATHELOT
Marseille sur Maire SERGE YVES RUQUET
Putains de Pauvres MAURICE GOUIRAN
La Théorie du K.O. LILIAN BATHELOT
Deus ex Massilia ANDRÉ FORTIN
Shanghai Skipper TITO TOPIN
Les Chèvres Bleues d'Arcadie MAURICE GOUIRAN
Croisère Jaune ZOLMA

Les Vrais Durs Meurent Aussi MAURICE GOUIRAN
Mistral Cinglant ZOLMA
Un Été Grec ANDRÉ FORTIN
Le Sang des Siciliens MAURICE GOUIRAN
L'Été tous les chats s'ennuient PHILIPPE GEORGET
Le Royaume des Sables PIERRE BOUSSEL
La Vie est un Sale Boulot JANIS OTSIÉMI
Qui a peur de Baby Love MAURICE GOUIRAN
La Prière du Maure ADLÈNE MEDDI
Appelez-moi Dillinger MAURICE GOUIRAN
Et la mort se lèvera JACQUES OLIVIER BOSCO
Requiem pour le Juge ANDRÉ FORTIN
Saucisse face à la Crise SERGE SCOTTO
Adios Viracocha ZOLMA
La Bouche qui mange ne parle pas JANIS OTSIÉMI
La Posture de la Méduse ALAIN PUCCIARELLI
Franco est Mort Jeudi MAURICE GOUIRAN
Pitié pour Constance ANDRÉ FORTIN
Le Paradoxe du Cerf-Volant PHILIPPE GEORGET
Le Cramé JACQUES OLIVIER BOSCO
Sur nos cadavres, ils dansent le tango MAURICE GOUIRAN
Le Chasseur de Lucioles JANIS OTSIÉMI
Et l'été finira MAURICE GOUIRAN
Les auteurs du Noir face à la Différence COLLECTIF
Raison d'Etat HUGUES LEFORESTIER
Parjures GILLES VINCENT
Les violents de l'Automne PHILIPPE GEORGET
La mort du scorpion MAURICE GOUIRAN
Restez dans l'ombre ANDRÉ FORTIN
Beso de la muerte GILLES VINCENT
J'ai fait comme elle a dit PASCAL THIRIET
Tortuga's bank ANDRÉ BLANC
Mais délivrez-nous du mal MAURICE GOUIRAN
L'autel des naufragés OLIVIER MAUREL
Djebel GILLES VINCENT
Loupo JACQUES OLIVIER BOSCO
Le chat Ponsard ANDRÉ FORTIN
African Tabloid JANIS OTSIÉMI
Tendres comme les pierres PHILIPPE GEORGET
Trois heures avant l'aube GILLES VINCENT
La traque de la musaraigne FLORENT COUAO-ZOTTI
Farel ANDRÉ BLANC
L'Hiver des enfants volés MAURICE GOUIRAN
Faut que tu viennes PASCAL THIRIET
Une terre pas si sainte PIERRE POUCHAIRET

Quand les anges tombent JACQUES OLIVIER BOSCO
Le crépuscule du mercenaire ANDRÉ FORTIN
Une nuit trop douce pour mourir MAURICE GOUIRAN
Trait bleu JACQUES BABLON
Voici le temps des assassins GILLES VERDET
Hyenae GILLES VINCENT
La filière afghane PIERRE POUCHAIRET
Au nom du fric PASCAL THIRIET
Méfaits d'hiver PHILIPPE GEORGET
Les voleurs de sexe JANIS OTSIÉMI
Violence d'État ANDRÉ BLANC
Rouge écarlate JACQUES BABLON
Maudits soient les artistes MAURICE GOUIRAN
A l'Ombre des patriarches PIERRE POUCHAIRET
Je vis je meurs PHILIPPE HAURET
Rien ne se perd CLOÉ MEHDI
Le printemps des corbeaux MAURICE GOUIRAN
La tête de l'Anglaise PIERRE D'OVIDIO

Achevé d'imprimer sur les presses
de Pulsio à Sofia
Imprimé en Bulgarie
Dépôt Légal : septembre 2016